W0412488

JE VAIS VIVRE

Lale Gül

Je vais vivre

roman

Traduit du néerlandais (Pays-Bas)
par Daniel Cunin

Fayard

Ouvrage publié avec le concours de la Fondation néerlandaise des lettres.

Les ressemblances avec des personnes ou des événements existants
ne sont pas une coïncidence, sauf lorsque cela crée des ennuis.

Couverture : Le Petit Atelier
Photo en couverture : © Annaleen Louwes

Cet ouvrage est la traduction intégrale, publiée pour la première fois
en France, du livre de langue néerlandaise :
Ik ga leven
édité par Uitgeverij Prometheus, Amsterdam.

© 2021 by Lale Gül
© Librairie Arthème Fayard, 2023, pour la traduction française.

ISBN : 978-2-213-72167-5
Dépôt légal : mai 2023

Pour ma grand-mère décédée entre-temps et pour Defne

Comment ça ? L'homme serait-il un avorton de Dieu ?
Ou Dieu une erreur de l'homme ?
Friedrich Nietzsche

Je veux être lu.
Multatuli

Que faites-vous de nos filles, ô bonnes mœurs ! Vous les contraignez à mentir et à simuler. Elles n'ont pas le droit de savoir ce qu'elles savent, de ressentir ce qu'elles ressentent, de désirer ce qu'elles désirent, d'être ce qu'elles sont.
Multatuli

Une fille, ça ne fait pas ça. Une fille, ça ne dit pas ça.
Une fille, ça ne demande pas ça.
Une fille, ça ne parle pas comme ça…
Multatuli

Tels sont les principes de l'éducation. Et une fois que pareille pauvre enfant emmaillotée croit, se résigne, obéit… une fois qu'elle a passé les belles années de sa floraison, totalement soumise, à tailler et élaguer, à étouffer et violer ardeurs, esprit, for intérieur… une fois qu'elle s'est retrouvée passablement froissée, faussée, fracassée et bien gentille – ce que les bonnes mœurs appellent gentille ! –, alors elle a des chances qu'un quelconque grand dadais lui offre la récompense pour toute cette gentillesse, en la nommant surveillante de son armoire à linge, machine exclusive brevetée pour entretenir son honorable lignée. Cela en vaut la peine !
Multatuli

La vocation de l'homme est d'être homme.
Multatuli

1

Que n'ai-je suivi le mouvement ! Rien de tout cela ne me serait arrivé, je ne serais pas devenue une réprouvée. Sachant ce que me réserve après-demain, je vais prendre aujourd'hui une décision irréfléchie. Dans la vie, il y a bien des choses qui paraissent géniales quand on les envisage, mais, en règle générale, mieux vaut ne pas les concrétiser. Ainsi de la publication de ces pages. Voilà pourquoi je vous adresse ce conseil cruijffien : Gardez pour vous tout ce qu'un jour vous risquez de regretter d'avoir dit.

Je vous entraîne dans mon récit. Espérons que ça provoquera un certain remue-ménage.

Il est 23 h 10, j'enfonce ma clé dans la serrure de la porte de Grand-Mère, la tourne. L'odeur familière, celle qui soulève le cœur et que je perçois à chaque fois quand j'entre dans son domaine, m'assaille. Cependant, au bout de quelques secondes, j'ai l'impression de ne plus la relever, du moins elle ne m'incommode plus, et c'est bien là ce qui importe. Il en va souvent ainsi quand ça ne sent pas la rose ; quand on passe d'un espace neutre à un lieu où le remugle envahit les narines – les chiottes d'un lycée, voire celles de nombreuses facs, le vestiaire du Fitness4Me Ladies Only de l'arrondissement

Bos-en-Lommer, la chambre de Freek après qu'il a fumé des cigarettes ou un joint, le logement de mes géniteurs quand Mère a préparé une friture (il n'y a pas de hotte aspirante dans ces cages à poules vétustes d'Amsterdam-West); quand on vient d'apporter le mouton saignant pour l'Aïd el-Kébir, après quoi ça fleure le sang frais pendant au moins trois jours; ou encore, comme je le disais, l'appartement de Grand-Mère –, un mur de puanteur nous saute à la figure, mais, après un petit moment, on s'acclimate. Dans la vie, on s'habitue à beaucoup de choses.

Dès que je me suis glissée dans ma chambre, j'écarte les rideaux d'un coup sec, puis, par habitude, j'ouvre grand la fenêtre. L'autre jour, j'ai placé partout des bâtonnets parfumés pour masquer un tant soit peu les arômes désagréables et fâcheux de Grand-Mère; plutôt que d'éliminer ces derniers, les diffuseurs de parfum ont tendance à créer un mélange de senteurs âpres en se fondant avec celles de la pomme verte et du Zwitsal. Il m'est avis que si pareille tentative reste vaine, c'est parce que la source et l'incarnation du rance et du renfermé subsistent: Grand-Mère. Or, comme dit l'autre: les problèmes, il convient de les attaquer à la racine.

Quand il passe, Halil, mon frère de dix-huit ans, éprouve en général le besoin de faire entendre son disque rayé: « Putain, gadji, ça schlingue, tu peux pas ouvrir les fenêtres, Jésus Marie Joseph ! » J'ai appris à ne plus y prêter attention. Que pourrais-je, de toute façon, lui répliquer de sensé ? Il sait que c'est parce que Grand-Mère est couchée, malade et affaiblie par son excédent de poids. Son état semble d'ailleurs s'aggraver de jour en jour à mesure qu'augmentent les couches de vêtements qu'elle accumule sur elle, y compris quand les chaleurs se font grosses elles aussi. On a l'impression que les bourrelets ont pris possession du corps de notre aïeule, qu'elle s'enfonce dans les boudins du Bibendum, surtout quand elle s'apprête à se lever. Elle souffre d'une érosion des genoux, un vieillissement des ligaments ou un truc de ce genre (dans son néerlandais rudimentaire, Père n'a pas su m'expliquer au juste de quoi il retourne ; or, comme c'est lui qui s'entretient de tout cela avec le toubib, les détails m'échappent). À ces maux s'ajoutent de la calcification, de l'asthme, du diabète, du parkinsonisme et Dieu sait quoi encore. Par conséquent, elle n'est plus en mesure de réellement se mouvoir. Selon le médecin, on pourrait envisager, sans prendre trop de risques, une opération des jambes à condition qu'elle maigrisse d'au moins trente kilos. Malheureusement, ça n'arrivera pas. Cela fait des années que des blouses blanches nous disent, en vain, qu'il lui faut à tout prix perdre ses réserves de graisse. Grand-Mère se fiche pas mal de sa santé. Si ça ne tenait qu'à elle, elle en finirait en deux temps trois mouvements. « Pour moi, ce serait une délivrance », qu'elle dit.

Cela fait belle lurette qu'elle est cynique et atrabilaire. La seule chose en mesure de la rendre encore un tantinet guillerette, ce sont ces maudits plats et boissons riches en sucre qu'elle absorbe goulûment ; voilà pourquoi je n'entends pas la priver de ces derniers semblants de plaisir : biscuits fourrés, tartes aux pommes, sodas, glaces et chips ; quand elle m'en réclame, j'en fais un stock. Analphabète, elle ne peut tuer le temps à la façon des autres grand-mamans : en lisant bouquins et journaux, en suivant l'actualité, en sudokuant… Étant donné qu'elle parle tout au plus un turc de cul-terreux – elle n'a jamais fréquenté la moindre école –, elle doit s'en remettre à un vocabulaire famélique et à un horizon plutôt borné, de sorte qu'elle n'est pas vraiment capable de saisir la teneur des émissions et autres documentaires diffusés sur les chaînes turques modernes. Le monde, selon sa culture générale, se limite à trois pays : les États-Unis, la Turquie et la Hollande. Les États-Unis, tout simplement parce qu'il y a une multitude de gens qui parlent de ce lieu de perdition, incarnation géographique du mal. Le monde moderne recèle nombre de nouveautés sur lesquelles elle ne sait pas mettre de mots, tout au plus parvient-elle à les montrer du doigt.

Vous comprendrez que j'en suis réduite à m'entretenir avec elle de la pluie et du beau temps. Et que, en mon absence, le calme, autrement dit l'ennui, trouble bien souvent sa sérénité.

Quant à mes géniteurs, il n'en va guère autrement. Ils étaient tout aussi analphabètes qu'elle lors de leur arrivée aux Pays-Bas, à vingt-cinq ans (âge approximatif, on ne connaît pas leur date de naissance exacte, elle n'a pas été enregistrée). Si l'on a en partie remédié à ce problème à l'époque, il existe bien assez de domaines dans lesquels ils ont toujours un gros handicap à rattraper, ainsi que va le montrer mon récit. Sans doute sont-ils capables de désigner quelques pays de plus que Grand-Mère, sans doute suivent-ils l'actualité au jour le jour ; mais, étant donné que les informations et la vision du monde qu'ils absorbent proviennent de la parabole turque, prémâchées pour une audience réactionnaire, collectiviste et ultrareligieuse, qu'elles sont de surcroît nappées de toutes sortes de sauces à sensation aussi absurdes que mélodramatiques pour rendre le tout plus digeste, il est plus correct de parler d'une propagande pure et simple, où un mélange assourdissant de kitsch et de dialectique fait office de faits avérés. L'objectif de ces médias consiste à diffuser un message d'une manière très racoleuse et sectaire. Tant à propos des affaires intérieures de la Turquie que pour ce qui a trait à l'étranger. Récemment, par exemple, ayant été exposée sans le vouloir à leurs émissions, j'ai entendu que Mark Rutte aurait dit aux Turcs de foutre le camp de la Hollande et que Geert Wilders aurait promis d'assainir le pays des tulipes de tout musulman. Certes, il me faut reconnaître que, sur ce dernier point, les producteurs ne se sont pas trompés de beaucoup si l'on se fie au slogan « La Hollande aux Hollandais » – quoi que cela puisse d'ailleurs vouloir dire – et à l'emploi de « foutre le camp » par le ministre-président au sujet de jeunes agitateurs biculturels. Mais bon, ai-je la faiblesse de penser, citer et traduire un peu plus fidèlement leurs propos, cela pourrait avoir un impact bien différent sur les téléspectateurs.

Sans compter les pompeux effets sonores qui accompagnent les images d'un Geert furieux et tonitruant, tel que nous le connaissons dans son habitat naturel, une scène tournant en boucle comme une réclame de télé-achat, à croire que la chaîne en question s'adresse à des troglodytes.

Une autre fois, mes géniteurs m'ont appris que les Pays-Bas, histoire d'enquiquiner les musulmans, mènent une politique spéciale réservée aux pupilles et orphelins turcs : on les place chez des parents adoptifs homosexuels. Les parents biologiques d'un certain Yunus de La Haye racontaient leur histoire au micro de journalistes avides de sensation : « On leur a dit que c'était contraire à notre foi, mais ils ont balayé nos souhaits du revers de la main. Ils le font exprès, parce qu'on est musulmans ! » Une autre fois encore, j'ai compris qu'au Parlement hollandais une députée d'extrême gauche était ouvertement adepte du PKK sans que la population la vilipende pour autant. Au contraire, les racistes et malpropres Bataves louent et soutiennent cette Mme Karabulut dans sa haine de la Turquie ; ils entendent diviser pour mieux régner afin de faire du pays de mes géniteurs un nouveau brasier et un énième État satellite – n'est-ce pas là ce en quoi excellent ces *gaouris* pervers et ces monstrueux bichons de l'Amérique et d'Israël ? Un discours corroboré tous les tant de temps par Kuzu, politicien néerlandais d'origine turque qui apparaît à la télévision turque pour proclamer que les Pays-Bas sont racistes jusqu'à la moelle, non, que dis-je, fascistoïdes, tant les citoyens que les juges, les policiers que les malfaiteurs, sans oublier toutes les institutions. On y viole la Constitution dès lors qu'il s'agit de musulmans ou de personnes de couleur. À chaque fois, le type jette en pâture le nom d'autres politiciens néerlandais d'origine turque qui se positionnent contre lui ou contre ses idées, afin de leur procurer maints tracas, par exemple faire une croix sur leurs vacances en Turquie.

Ces derniers temps, on a beaucoup parlé de la conversion, ou plutôt de la « reconversion », ainsi que disent les musulmans – tout un chacun naissant musulman, nous croyons que les géniteurs laissent leurs rejetons s'écarter du droit chemin s'ils ne sont pas des coreligionnaires –, de Joram van Klaveren à notre foi. Notre nouveau trèfle à quatre feuilles, on ne s'en rassasie pas, le deuxième membre du PVV à vivre une métamorphose, passant de sale et monstrueux raciste notoire doublé d'un répugnant islamophobe à… musulman dévot. Naguère général en première ligne des chemises brunes antimusulmanes – qui noircissent le tableau plus encore que naguère le parti de Pim Fortuyn ou qu'un Thierry Baudet ces derniers temps –, aujourd'hui héros accueilli à bras ouverts par d'affectueux zélateurs qui se voient confortés dans leur système de convictions. L'*oumma* vient d'attraper un énième gros poisson qu'elle ne se lasse pas de suspendre à la fenêtre, une nouvelle mascotte, un trophée. La religion, c'est comme les affaires : on cherche à s'affilier de grands noms ; à l'instar des marques de soda pour lesquelles des artistes célèbres secouent leurs gros nichons, se contorsionnent et se trémoussent par terre, on a dorénavant notre salope à nous qu'on prostitue à notre propre patriarcat, notre *helper whitey*.

Sans doute y a-t-il des chaînes d'information de qualité en Turquie, je n'en ai en réalité aucune idée. Comme mes géniteurs regardent toujours les mêmes programmes débilitants, je me dis que la télé ne diffuse rien d'autre que des nouvelles à sens unique qui n'éclairent qu'un point de vue limité, sans faire dans la dentelle, une diarrhée effrénée pour des créatures qui négligent la matière grise que renferme leur cafetière. Toujours dans la même veine, j'ai entre autres vu un micro-trottoir dans lequel on demandait au Mohammed moyen des rues d'Anatolie son avis sur l'événement au cours duquel la rédaction de *Charlie Hebdo* a été réduite en bouillie. Le propos se résumait à ceci : il ne s'agit évidemment pas là d'une chose vertueuse, tout le monde abhorre la terreur ; cela dit, ces gars-là, cette bande d'humoristes mal élevés, ces soi-disant champions de la « libre parole », ont un peu cherché ce qui leur est arrivé ; pas de quoi en faire des insomnies. « Tout un chacun doté d'un cerveau comprend que se moquer d'une figure sacrée aux yeux de tant de gens dans le monde, c'est appeler la violence sur soi, exposait l'un des passants ; je ne pige donc pas pourquoi on s'en étonne à ce point. » Le bon sens terre à terre disqualifie presque toujours le savoir et toute forme de spécialisation. Mais qui sait si le bonhomme n'a pas raison, après tout ? Quand on se choisit des ennemis, mieux vaut éviter les types réellement dangereux.

Après chaque attentat commis au nom de notre foi, vous pouvez être sûr comme deux et deux font quatre que ma communauté va dissocier acte et motivation, s'indigner à propos de l'indignation suscitée ; une marque de supériorité morale qui se déclenche toute seule dès lors qu'elle est formulée par des personnes moralement inférieures.

Je serais curieuse de connaître le résultat d'un sondage qu'on mènerait auprès des Turcs, en particulier au sein de la diaspora en Hollande, sur des caricaturistes de la trempe de ceux de *Charlie Hebdo*. Heureusement, la liberté d'expression ne se confond pas avec le droit d'avoir accès à un podium.

Une blague à propos de laquelle on ne s'autorise pas de rire nous met péniblement, cruellement à nu. Peu de choses tailladent en effet plus à vif que le sérieux d'une bonne grosse vanne. Je les méprise avec grande tendresse, ces gens qui se déchargent du devoir moral de tout offenser avec force et de tout défier avec une certaine régularité. Quant aux gens qui ont par-dessus le marché l'écœurant culot de mépriser ceux qui assument ce devoir, ils sont l'incarnation du mal. J'estime que certaines énonciations ne sont pas des opinions, mais des menaces réelles et graves pour la liberté d'expression.

Formuler des critiques est une question de savoir-vivre, de civilisation, cela n'a rien à voir avec une quelconque exigence de décence. La décence, c'est pour les cannibales qui, soucieux des bonnes manières de la table, mangent les personnes qui osent se livrer à la satire. Un véritable ami perçoit pleinement le sérieux des blagues que l'on fait, sans que cela l'empêche pour autant de rire.

Il est curieux de voir la façon dont les médias se jouent des gens sans mentir. Hier, par exemple, la presse locale annonçait : « Wilders condamné pour avoir exigé moins de Marocains en Hollande », et la turque : « Wilders échappe à une sanction malgré ses propos génocidaires. » La dernière fois que les sons générés par la chaîne de propagande ont pénétré, bien malgré elles, mes oreilles, une interview était en cours avec des Turcs d'Allemagne, de France et des Pays-Bas, qui tous avaient préféré être hospitalisés au pays – convaincus que les soins dispensés y étaient plus dignes d'éloges – plutôt que dans leur terre d'adoption. Ils racontaient toutes sortes d'anecdotes relatives à des membres de leur famille ou à des amis auxquels les médecins hollandais, français, allemands avaient assuré qu'ils allaient bien, que le stress expliquait les douleurs qu'ils ressentaient ainsi que les gémissements accompagnant celles-ci, alors qu'en Turquie les spécialistes avaient découvert que ces mêmes patients développaient un carcinome virulent qui aurait dû être traité depuis bien longtemps. Il en va de même de tante Kadriye et de son cancer des ovaires à un stade avancé. Elle aussi, on l'a soulagée de ses douleurs dans la mère patrie, mais il était déjà trop tard ; ici, en Hollande, on l'avait renvoyée d'un service à l'autre d'où elle était ressortie avec des diagnostics ne valant pas tripette. Plus tard, on devait découvrir que Grand-Mère souffre, en plus de l'érosion de ses genoux, d'un abcès métastatique, lui aussi découvert trop tard, mais n'allons pas trop vite en besogne…

Les autres personnes interrogées, une bonnette sous le nez, exposaient qu'elles préféraient passer sous le bistouri dans leur propre pays, car elles s'inquiétaient du racisme, de la haine et de la xénophobie qui montent comme des laitues aux Pays-Bas, sentiments ayant probablement fait leur chemin jusque dans la poitrine des médecins bataves. Une dame à la tenue petite-bourgeoise formulait ce point de vue de la sorte: « Le PVV compte un grand nombre d'électeurs, il se peut que mon médecin ou celui de mes enfants en fasse partie. Impossible dès lors de lui faire une confiance aveugle; or la confiance, c'est primordial. » La confiance, c'est en effet primordial si l'on entend jeter des passerelles; cependant, ce que je vois, c'est qu'on démolit celles, branlantes, qui ont le mérite d'exister. Les tranchées se font toujours plus profondes; bientôt, les ennemis ne pourront plus même se regarder dans les yeux, encore moins se parler. Faire preuve de compréhension envers ses ennemis, cela suppose uniquement de mieux se connaître soi-même.

Cet après-midi, j'ai entendu sur la même chaîne qu'un groupe de croyants rigides était descendu dans la rue en Amérique pour protester contre l'avortement. Ils vont jusqu'à réclamer la peine de mort pour les meurtriers de bébés à naître. J'ai songé: moi aussi, je suis favorable à la peine de mort, mais uniquement pour les personnes qui ont tué l'enfant en eux à force de dériver loin de toute candeur.

Grand-Mère est exemptée des tâches ménagères. Je m'en charge, bien qu'il me faille admettre que Mère en fait plus que moi ces derniers temps: depuis que je suis à la fac, que j'ai deux jobs d'étudiant et que j'entretiens une liaison amoureuse clandestine à pas mal de kilomètres d'ici, je ne suis pratiquement plus à la maison.

Les pores de Grand-Mère exhalent l'odeur des médicaments qu'elle ingurgite par pots au quotidien. Ce qui n'aide pas, c'est qu'elle n'a jamais l'idée d'ouvrir la porte du balcon ni l'une des fenêtres, pas même lorsque je m'absente pour une longue journée. Je l'ai maintes fois priée, suppliée, voire mise en demeure d'aérer le bordel quand je ne suis pas là. Elle s'y refuse. Elle s'en tape le croupion. Pour sa défense, il faut dire qu'elle est à elle seule un ballot de malheurs que le passé a déchiqueté de toutes parts ; mélancolique et lasse de la vie depuis des décennies, elle n'est plus capable, dans le sillage de cette déprime, de fonctionner normalement. En conséquence de quoi je ne peux lui en vouloir. Grand-Mère a enduré tant de revers que c'est un miracle divin si elle n'a pas encore atterri chez les fous ; au cours de sa vie, les dieux l'ont méchamment laissée tomber. Une enfance des plus pauvres, orpheline de mère, un père malingre et malade incapable de s'occuper de lui-même, mariée à l'âge de douze ans à un cousin, viols et maltraitances multiples pendant cette union, violence domestique sans pareille, enceinte à treize ans, un mari qui dilapidait tout ce qu'il possédait dans des jeux de hasard, une vraie brute doublée d'une canaille lunatique, un sale type qui avait le vin mauvais, qui battait leurs enfants (dont Père et l'oncle Bahattin, resté pour sa part handicapé à vie à la suite de toutes ces raclées) au point d'en tuer certains… En Hollande, il a divorcé de Grand-Mère avant d'épouser une femme de quarante ans sa cadette, originaire d'un trou turc, qu'il a pu convaincre grâce à son passeport néerlandais – et donc grâce à son fric. Entre-temps, il lui a fait cinq mouflets, dont le dernier serait sur Terre depuis quelques jours seulement. Grand-Père a plus de soixante-dix ans, mais, apparemment, son système reproducteur fonctionne toujours à merveille.

Je n'ai jamais vu Grand-Père. Il vit lui aussi à Amsterdam, peut-être l'ai-je donc croisé dans la rue sans le savoir. Seul Père est de temps en temps en contact avec lui ; nous autres, nous ne le connaissons qu'à travers des histoires à glacer le sang. Il arrive à Grand-Mère de parler d'Ayse et d'Atikè, ses deux filles que son mari a égorgées lorsqu'elles étaient bébés. Elles braillaient trop, ça le rendait fou furieux quand il était d'humeur agressive après avoir perdu de l'argent aux dés. Entrée dans une colère noire, Grand-Mère avait eu la pouacre outrecuidance de le blâmer et de le maudire ; alors qu'elle l'invectivait, elle avait pris sur les jambes la casserole de lait qui bouillait sur la cuisinière. Il ne s'agit là que de l'une des multiples anecdotes qu'elle raconte ; dans ma sollicitude, je préfère vous épargner les autres. Faudrait pas pourrir d'entrée l'ambiance.

Dans ses jeunes années, Grand-Mère était esthétiquement distinguée, elle avait de nombreux amants, ce qui veut dire, dans le contexte en question : nombre d'hommes essayaient de gagner sa main, mais ça ne changeait rien à rien, son père l'ayant promise en mariage, dès sa naissance, à un cousin. Dans ces contrées, on appelle ça un « serment au berceau ». Les géniteurs décident que deux bébés – le plus souvent issus de la même famille, ça dépayse moins ! – se marieront ensemble dès qu'ils seront mûrs pour ça. Du point de vue physiologique, s'entend. Pour sûr, Grand-Mère, elle en a vu de toutes les couleurs, à croire que des gens sont nés pour le malheur au même titre que le cochon pour le réduit. Au bout de son long chemin, il ne reste qu'une femme lasse de tout. Or, une apathie constante se révèle plus radicale qu'un suicide. La vie, en nous donnant la capacité de demeurer indifférent, nous a fait don de sa clémence. Grand-Mère se tient à distance respectable de la moindre étincelle d'enthousiasme en sommeil. L'indifférence est une manière de se protéger au détriment des autres.

Le plus malheureux dans tout ça, c'est qu'elle est incontinente : pour déféquer, elle parvient certes encore à gagner les toilettes, mais elle urine dans sa couche. Ça se sent. Partout. À longueur de journées. Le logement entier dégage une odeur désagréable ; c'est intenable, surtout en été. Ces appartements vétustes en bois, tant celui de mes géniteurs que celui de Grand-Mère, sont exigus, on vit les uns sur les autres, on peut à peine bouger son cul, ce qui rend encore moins commode une cohabitation avec elle ; malgré tout, ces inconvénients ne pèsent pas lourd quand je songe au seul avantage que me procure le fait de vivre sous le même toit qu'elle ; car elle est la gentillesse même. C'est ma copine pour la vie.

Ces logements comptent deux chambres à coucher, tout craque et grince, les cloisons sont minces, on entend tout – autant faire caca, je me dis, la porte des chiottes ouverte. En tout, 48 mètres carrés pour un loyer très abordable, ça explique pourquoi on habite là. On allonge 450 euros par mois, une bagatelle pour des pénates à Amsterdam de nos jours. Mes camarades de fac déboursent chacun 700 euros pour leur piaule. Ce prix avantageux ne tient pas au fait que la coopérative d'habitation nous trouve extrêmement sympathiques ou prône une politique philanthropique ; on habite entre ces murs depuis plus de vingt ans, voilà tout. Si jamais on part, les probloques demanderont sans vergogne 750 euros aux prochains locataires pour cette boîte à chaussures décrépite dans notre quartier défavorisé. Ou prioritaire. Ou en difficulté... À votre convenance. Et encore, cela vaut pour autant qu'il s'agit d'un loyer social. Le secteur privé, je préfère ne pas en parler.

Il y a un certain temps, notre quartier, le Kolenkit, a fait la une des journaux ; on a reçu officiellement la noble distinction suivante : être élu le pire quartier des Pays-Bas, ce qui signifie une dépendance économique notable, de grands retards linguistiques, de la délinquance juvénile, du vandalisme et des résultats scolaires désastreux dans l'ensemble. La photo accompagnant l'article montrait Grand-Mère qui, à l'époque, était encore à même de se traîner dehors. Tout le quartier a parlé de sa présence dans le journal (local et gratuit), mais ignorait totalement le contenu du papier ; sans doute la plupart des gens ne pouvaient-ils le lire ni le comprendre. Ou ils s'en fichaient. Quand ce n'était pas les deux.

2

La chose la plus vile que l'on puisse infliger à Mère : violer les lois non écrites du Code des conservateurs turcs, dont elle est l'une des gardiennes. Grand-Mère transgresse toutes les conventions, je ne suis guère en reste, ça provoque parfois des étincelles, mais ça crée un fort et incomparable lien entre elle et moi ; lorsqu'une dispute éclate, elle prend toujours ma défense, retire quand cela est possible la soupape de la cocotte-minute. Dès que mes géniteurs me foutent les chocottes, on resserre les rangs. Je fais la même chose pour elle. Grand-Mère pousse des jurons ou invoque la mort, y compris en présence de tiers, ce qui est un épouvantable péché selon notre foi. Il convient de porter sa souffrance avec « dignité », avec « patience et maîtrise de soi », etc., parce que c'est là, selon Mère, « un noble comportement ». Autrement dit, porter sa croix… mais sans croix. Invoquer la mort, c'est interdit, seul Allah sait si notre heure est venue. La souffrance fait partie des épreuves de la vie et du plan de Dieu. En attendant, j'ai appris que les meilleurs plans sont ceux qu'il est absolument impossible de réaliser.

« Il veut voir si on est capable d'y faire face sans se lamenter en permanence et sans perdre notre inébranlable foi en

Lui. » Enfant, saisir cette conception me posait déjà des difficultés. À l'époque, quand mes questions l'importunaient trop, Mère avançait que j'étais trop petite pour pénétrer ces choses ; toutefois, ça ne s'est pas amélioré avec les années, bien au contraire. Un jour, elle a eu recours à une analogie : « À l'école, vous faites des tests en classe alors que les profs pourraient vous donner toutes les réponses, mais macache, t'as beau en baver, ils veulent voir si t'arrives à t'en sortir toute seule. La vie, c'est pareil, Allah nous fait passer un test pendant qu'Il nous surveille. »

Pour sûr, c'était un test – au sens de mener une expérimentation, qui sait. Gosse encore, je me rendais compte que son exemple n'allait pas vraiment de soi ; toutefois, instinctivement, je sentais que je devais m'en contenter. Ça n'a pas changé depuis.

Même si elle n'ose pas en faire part à haute voix, Grand-Mère a une aversion sincère pour toute forme de bondieuserie. Régulièrement, Mère doit lui rappeler que c'est l'heure de la prière ; comme ça survient cinq fois par jour, c'est diablement difficile d'y échapper. Cela dit, Grand-Mère ne participe pas au ramadan. Dans son état, elle a certes une excuse valable, mais même avant, j'avais remarqué qu'elle s'empiffrait en douce. Pour que son comportement illégal ne sorte pas de l'antre de notre foyer de zélateurs, elle me graissait et me graisse toujours la patte ; puisqu'elle ne dépense pour ainsi dire rien – Mère se charge de ses repas et de sa garde-robe (elle est douée pour coudre des vêtements) –, ses allocs peuvent tout aussi bien servir de dessous-de-table.

Quand mon aïeule se plaint sans équivoque à propos de ses soucis physiques et de son existence en soi, ce qui, dans nos contrées, est considéré comme autant de doléances envers le Créateur, Mère, contenant sa rage, lui dit qu'elle ferait mieux de prier ou de réciter certains des passages du Coran qu'elle a mémorisés – ce serait bien plus utile. Alors Grand-Mère renâcle et se tait, mais, en attendant, elle bouillonne comme un volcan sur le point d'entrer en éruption. Au moindre *hic*, je peux voir qu'elle a un bouchon en liège dans le trou du cul, un bouchon qui a du mal à contenir la diarrhée montante… ou descendante. Sous son épiderme, quelque chose couve; des convulsions la parcourent. L'autre jour, la soupape a sauté: « Non, c'est des conneries ! » a-t-elle rétorqué d'un ton irrité alors que Mère lui suggérait de prier. La despote domestique a baragouiné: Dieu lui pardonne de prononcer pareilles calomnies qui ne peuvent être inspirées que par Belzébuth, puis elle a admonesté la pécheresse. Que Grand-Mère prenne garde ! qu'elle se dépêche de remplir son cœur rebelle de dévotion ! Elle aura à rendre compte, dans l'au-delà, de l'ire divine qu'elle s'attire sur le paletot. Or, étant donné son état, l'au-delà est dangereusement proche, elle ferait mieux d'y réfléchir à deux fois. Après tout, à mesure qu'on vieillit, le temporaire perd de plus en plus de son caractère original et théorique.

Tout en me défaisant de mon sac et en balançant mes clés sur mon bureau, je repère Grand-Mère dans le séjour. On cuit, le thermomètre indique vingt-sept degrés. Elle porte une robe longue à motif floral, comme toujours, et, passé dessus, un gilet tricoté. Bien entendu, elle porte aussi son foulard blanc. Je ne me souviens pas de la dernière fois où je l'ai vue sans, on a l'impression qu'il a poussé en même temps que sa tête et qu'il s'est incrusté dans son cuir chevelu. Les femmes âgées ont cette habitude, elles ne l'ôtent jamais, sauf pour prendre une douche, alors que rien ne les oblige à le porter à la maison, c'est du moins ce qu'on m'a appris à l'école coranique à l'époque où, enfant et adolescente, j'y suivais chaque week-end des cours.

Dans la pratique, bien des choses sont davantage liées à la culture qu'à ce qui est gravé dans les Saintes Écritures ; bizarrement, la doctrine que l'on m'a inculquée ne correspond pas aux mœurs qu'observent les musulmans qui m'entourent, une réalité que j'ai eu du mal à appréhender durant mon adolescence. À présent, je sais que l'hypocrisie et le décalage entre théorie et pratique font partie intégrante de la vie pieuse. Je crois qu'il y a bien plus de musulmans dans le monde que de personnes qui croient sincèrement en Allah. Beaucoup plus. On a plus de chances de croiser un pieux païen qu'un musulman pieux.

Un exemple : une transaction dans laquelle il est question d'intérêts constitue un péché impardonnable ; pourtant, beaucoup de mes coreligionnaires contractent une hypothèque ou un prêt, y compris des membres de ma famille qui ne manquent pas de m'accuser de violer de sacro-saintes prescriptions. Mes géniteurs n'accepteront jamais que je me présente à la maison avec un converti à l'islam. L'argument qui prévaut : qui touche à la poix se salit les doigts. Après tout, ne doit-on pas tailler tout de bon dans une poutre brute avant qu'elle ne soutienne un toit ? La doctrine pure n'accorde pas non plus de place à un mariage somptueux et tape-à-l'œil ; elle prône la simplicité dans ce bas monde et interdit toute dépense extravagante ayant trait à des choses purement terrestres. Autre prescription obligatoire : la prière cinq fois par jour. Or de nombreuses personnes, à commencer par les hommes, se soustraient à ces exigences.

Bien sûr, la question reste de savoir ce que c'est, *la* doctrine divine : celle-ci connaît une infinité de lectures différentes, mais permettez-moi de ne pas nous fatiguer, ni vous ni moi, je veux uniquement parler de *ma* doctrine, de *notre* doctrine, celle qu'on m'a inculquée à l'école coranique de la fédération Millî Görüş, que j'ai fréquentée dès l'âge de six ans et jusqu'à ma dix-septième année, cela sous la contrainte de la potentate Carabosse, qu'il m'arrive aussi d'appeler Mère : l'incarnation du mal, le tyran de cette tanière, un virus contre lequel n'existe aucun vaccin, une analphabète remplie à ras le bourrichon de haine et de ressentiment à mon égard, l'instigatrice de tous les dégâts et la cause de ma tragédie. Au fond, chacun devrait porter un nom dérivé de ses faits et gestes.

Quand il s'agit de luxe, de fric, de qualité de vie élevée, on coquette, on rivalise d'ardeur, alors qu'il s'agit là de comportements dénoncés ou fortement marginalisés par la doctrine. Pour certaines fêtes, on ne regarde pas à la dépense ; quant aux femmes, elles sont accros aux séries dramatiques axées sur les amours interdites que retransmettent les paraboles turque et arabe (les Arabes les achetant aux Turcs et les faisant traduire) ; les jeunes se trimbalent vêtus des tenues de marque les plus inabordables, y compris ceux dont les géniteurs touchent un salaire de misère et vivent dans un bidonville. La seule fois où je me suis aventurée dans la P. C. Hooftstraat, en plein centre chic de la capitale, j'y ai aperçu la moitié de mon quartier, alors qu'à ma connaissance toute cette jeunesse et leurs géniteurs ont besoin d'une rallonge pour joindre les deux bouts. Aux dates de paie, je vois régulièrement des collègues, rémunérés à remplir des rayonnages du supermarché, dilapider sur-le-champ la somme versée sur leur compte, commandant qui un blouson Canada Goose, qui un sac Louis Vuitton, qui une ceinture Gucci, qui une veste Parajumpers, qui des chaussures Isabel Marant, Balenciaga ou Alexander McQueen, après quoi ils n'ont plus même un euro pour se payer un sandwich à l'heure de la pause déjeuner. Les jeunes écoutent du rap drill de personnes de même couleur qu'eux, par exemple les incomparables Boef et Lijpe, qui prêchent une existence agressive, libertine, criminelle et nihiliste. Dans le rap, cela se combine avec les fers de lance de la doctrine religieuse, le tout formant un mélange toxique qui dépasse mon entendement – la doctrine n'interdit-elle pas dans tous les cas la musique ? De même qu'il vaut mieux éviter d'endurer pluie et bourrasques lorsqu'ils conjuguent leurs efforts – ils sont alors d'un emmerdant –, de même il n'y a rien de pire que ceux qui marient, en les encensant, la doctrine avec la culture de la rue et du crime. Ils se font de la sorte les tenants d'une sorte d'islam de gangsters. Beaucoup de membres de nos strates sociales sont des habitués des cabines de bronzage, car il ne fait pas bon paraître trop *pâle*, c'est une marque d'infériorité esthétique alors qu'une peau un rien hâlée passe pour le summum de la distinction. Même les filles qui portent le foulard, qui exposent à peine quelques millimètres carrés de peau, du moins en public, se prélassent sans discontinuer sous les lampes aux pouvoirs magiques. Les rares fois où je suis allée au Bijenkorf, j'ai tout de suite été frappée par le nombre de couleur-sable qui vont et viennent dans ce grand magasin huppé ainsi que par le nombre de hidjabs. D'une certaine manière, ils ne semblent pas se rendre compte que notre foi, sur laquelle la plupart d'entre eux ne cessent de débagouler, est incompatible avec la culture hip-hop profane, matérielle et superficielle à laquelle ils adhèrent. On dirait des cathos prêchant des fers de lance réformés.

Halil a lui aussi fréquenté l'école coranique. Il rentrait à la maison en racontant des anecdotes sur les punitions corporelles administrées par des profs aux garçons qui ne faisaient pas leurs devoirs ou qui n'arrivaient pas à ânonner un tant soit peu les versets qu'ils étaient censés mémoriser. Mes géniteurs estiment la violence physique indispensable dans le cadre d'une éducation digne de ce nom, ils en font l'éloge. « Autrement, on n'apprend jamais ce qu'est la discipline. L'homme n'est pas au mieux lorsqu'il est libre, la liberté le rend indolent, le fils d'Adam – l'être humain dans le jargon des zélotes – a besoin de directives et de brides, la discipline et la crainte sont nécessaires dans le cadre de l'offensive civilisatrice. Qui éprouve de la crainte sera plus fort au combat. Les autres se ramollissent. Que les blancs-becs louent les vieux sages ! Ne tiens pas compte des foutaises que colportent les Occidentaux qui embrassent inconditionnellement l'insolence, l'autonomie et la liberté de mouvement. Laisser libre cours au naturel, c'est menacer notre bonheur ainsi que la paix et l'harmonie dans la société et dans la famille. La crainte est la mère de la morale, il faut apprendre à filer doux », estime la cancrelate Carabosse. Grande lanterne, minuscule lumière. Mère, je peux lui décerner beaucoup de reproches, mais pas celui de se laisser enchaîner par une quelconque capacité cognitive. Ni de manquer d'une vision d'ensemble. Elle est cette vision à elle seule, un agglomérat d'idées robustes de basse origine. L'entendre, depuis sa carapace de certitudes et d'inébranlables faits, débiter à tour de bras sa sagesse sur tout et rien, c'est à chaque fois le comble du grotesque. Ne dit-on pas que plus le saule est épais, plus il est creux ?

Heureusement, j'ai, pour ma part, échappé à des trempes de ce genre ; on les réserve aux garçons. À l'heure actuelle, Defne, ma petite sœur de huit ans, est *cultivée* à l'école coranique par laquelle je suis passée. Il lui arrive de raconter elle aussi des anecdotes ; celles-ci m'amènent à me demander si la mutilation intellectuelle en cours n'est pas irréversible. Il est difficile de se faire une idée de ce pur désastre, poussé plus loin dans son cas, car, contrairement à moi, elle fréquente de surcroît une école primaire labélisée « halal ». Mais bon, je me vois, moi, et je garde espoir.

L'école coranique est une institution dont l'unique visée consiste à frustrer la recherche de la vérité. Science et raison n'y ont pas droit de cité. Je détestais cet endroit, ne voulais jamais y aller, suppliais Mère de me garder à la maison, mais à chaque fois je me retrouvais le cul par terre, dans un local exigu, au milieu d'une flopée de filles, nos corans posés sur une petite table branlante ; dans nos têtes enserrées d'un foulard, on pilonnait les textes sacrés. Si moi, bien que dépossédée au préalable de toute ouverture d'esprit et de tous les instruments qui donnent accès au scepticisme, si moi, créature d'une nature on ne peut plus simple, je suis parvenue à me libérer des chaînes de cette doctrine de malheur, je me dis que ma sœur devrait elle aussi, un jour ou l'autre, y parvenir. Je l'espère. Parallèlement, je sais que chaque parcours individuel résulte d'un concours de circonstances et de mille et une variables, qu'il y a bien peu de personnes qui rompent ces chaînes, je n'en connais à vrai dire aucune – comment savoir dès lors si mon espoir est raisonnable ou déplacé ? De façon générale, espérer, c'est sous-traiter sa propre responsabilité. Nietzsche n'avance-t-il pas que nul vainqueur ne croit au hasard ? Ce qui fait que je n'y crois pas non plus. Il s'agit après tout de s'entraîner à déléguer au destin affaires et responsabilités appropriées. L'avenir ne nous doit rien. Par conséquent, je m'emploie surtout à renverser la vapeur, même si je ne peux me soustraire à l'impression de m'épuiser en vain en faisant aller et venir la petite gomme de mon crayon à papier sur les lettres indélébiles laissées par un marqueur. Pour l'essentiel, toutefois, je considère l'humain, quelle que soit la situation, comme un gestionnaire de système en charge d'un réseau infini de possibilités qu'il lui revient de créer, bien plutôt que comme le jouet de la détermination substantielle du destin.

Récemment, Defne et moi faisions des courses pour Grand-Mère quand ma petite sœur a remarqué deux hommes en train de s'embrasser. « Beurk ! elle a éructé. C'est dégueulasse ! » Sans doute le couple a-t-il supposé qu'il s'agissait de ma progéniture, étant donné la béance en âge entre nous deux ; en moi, un sentiment de honte a pointé le nez. Sa sortie m'horrifiait ; aussi, je lui ai demandé de présenter ses excuses, ce qu'elle a fait dans les formes ; je l'ai familiarisée avec la conviction selon laquelle une personne sensée n'a pas à se moquer de l'affection que des gens se portent, ni de la manière dont ils l'expriment, quel que soit leur sexe. Les deux hommes lui ont tout de suite pardonné ; après tout, elle n'est encore qu'une gamine et elle éprouvait manifestement de la honte. La honte est un signe d'affection. Nous n'en éprouvons que vis-à-vis des gens qui nous sont chers. Avoir honte de ses propres inepties tout en les reconnaissant, telle est la véritable sagesse.

À l'instar des aliénés mentaux, les enfants se sortent de toutes les situations, ce dont je suis jalouse par moments, moi qui suis censée passer pour une adulte. La naïveté n'est-elle pas un luxe que tout le monde ne peut se permettre ? La consolation est toujours le privilège des faibles.

Defne apprend vite, elle a reconnu son erreur et s'est repentie. Il faut dire que chaque enfant est un tonneau qui sonne creux : on peut télécharger dedans tout ce qu'on veut. Personne n'entre dans la vie en étant intolérant. L'humain se complaît tout simplement à diriger ses flèches vers celles et ceux qui lui ressemblent le moins ou qu'il ne comprend qu'à peine, voire pas du tout. La civilisation n'est rien d'autre que ce qui doit brider cette inclination. La civilisation, c'est se comporter mieux que ce que l'on est.

Parfois, après un week-end d'endoctrinement, Defne rentre à la maison en trimbalant des tracts qui mentionnent des marques d'entreprises israéliennes qu'il convient de boycotter. Nestlé, Coca-Cola, Danone, Évian, Colgate, Maggi... Ou encore une liste de produits qu'il est interdit d'acheter au supermarché Albert Heijn, entre autres les dattes et les figues. Voici peu, il s'agissait d'un dépliant énumérant des marques françaises, cela après qu'Erdoğan avait appelé au boycott en raison de l'islamophobie présumée de Macron, à la suite des propos du Président français sur l'attentat qui a coûté la vie à Samuel Paty.

De temps en temps, ma sœur pose des questions que je préfère esquiver, par exemple : pourquoi les chrétiens et les juifs haïssent-ils les musulmans ? pourquoi les chrétiens ont-ils bombardé les musulmans en Irak ? pourquoi les musulmans bosniaques ont-ils été trahis à Srebrenica ? pourquoi enferme-t-on des musulmans dans des camps de concentration en Chine ? pourquoi le monde a-t-il permis qu'on fauche aux Palestiniens leur pays ? pourquoi dix mille personnes se sont-elles récemment rassemblées à Amsterdam, sur la place du Palais, pour protester contre les violences policières à l'encontre des personnes de couleur alors que pas un chien n'a aboyé, pas un buffle n'a moufté en faveur des Ouïgours ni contre la guerre au Yémen ? pourquoi, dans certains pays, la loi interdit-elle la négation de l'Holocauste alors que tout le monde a le droit de nier le génocide bosniaque ? Il paraît que c'est parce que les mécréants et les croyants des autres religions nous gardent rancune, ce dont Dieu nous a d'ailleurs avertis.

Je désavoue ses conclusions, lui expliquant que tout est bien plus compliqué qu'elle ne l'imagine, que souvent la réalité demeure floue. Je n'ai pas l'intention de l'inciter à cesser de se soucier de ces questions, ce dont elle ferait part à nos géniteurs : par expérience, je sais qu'elle n'a pas sa pareille pour cafarder. Malgré ce défaut, elle garde un secret dont dépend pour ainsi dire le reste de ma vie : sur l'écran de mon téléphone portable, elle a aperçu une photo sur laquelle on me voit embrasser Freek, mon amoureux. Je lui ai vivement recommandé d'emporter ce secret dans la tombe. À défaut, elle ne me verra plus jamais. C'est une torture, accabler ainsi une enfant de secrets, les enfants sont tellement candides et ingénus, ils s'expriment sans arrière-pensées ; j'exige donc de Defne une chose qui va à l'encontre de sa nature, mais je ne vois pas d'autre solution, il lui faut refréner ses inclinations. Pour rendre un enfant autonome, il suffit de lui ôter son innocence.

Defne est condamnée à grandir rapidement. Non seulement parce qu'elle garde les secrets de sa grande sœur – faute de quoi je serais à jamais rejetée par ma famille ou, pour le moins, châtiée pour mes péchés ô combien inexcusables –, mais aussi parce qu'elle subit une sexualisation de son corps dès l'âge de huit ans – le port à l'école d'un foulard et d'un long vêtement, les cours de gymnastique dont sont exclus les garçons – et se préoccupe d'épineuses questions de géopolitique, autant de choses qui indiquent qu'elle n'a pas le droit d'être une enfant comme les autres, *c'est ça*[1].

Pour l'instant, elle et moi pouvons malgré tout nous frotter les mains : tout comme moi naguère, elle fréquente l'école coranique uniquement le week-end, alors qu'il existe des internats où l'on vous enferme jour et nuit à longueur de semaine. Là, à l'instar d'un couvent, les activités quotidiennes s'inscrivent dans des horaires précis afin que les bambins ne restent surtout pas une minute à ne rien faire ; de la sorte, ils suivent un enseignement axé sur les théorèmes qui font de vous un *hafiz* : quelqu'un qui connaît le Coran par cœur, en langue arabe, de la quatrième à la première de couverture. Parmi les élèves, il y en a qui ont six ou sept ans, la plupart sont un peu plus grands. À la longue, ils dégénèrent en des maîtres habilités à instruire la flopée suivante de gosses dans des internats similaires ; ainsi tournent bien rond les roues du bus islamique – aux compartiments séparés en fonction du sexe. Tout mensonge ne tire-t-il pas son statut du nombre de personnes qu'il parvient à racoler pour être colporté ? Vues sous cet angle, ces écoles du week-end, ce n'est donc pas ce qu'il y a de pire. Mère, le diable en personne selon moi, aurait souhaité remiser ses gosses dans un internat où ils auraient continuellement été, sans jamais être dérangés, au service du Créateur, mais Père, malgré maintes hésitations, a mis le holà. Il faut qu'enfance se passe, estime-t-il. Sans compter que ce n'est pas donné, un tel établissement. À présent que Mère voit ce qu'il est advenu de Halil et de moi après onze années de fréquentation de l'école du week-end – une progéniture trop libre d'esprit et bien moins fervente sectatrice de Dieu qu'elle –, elle réfléchit de plus en plus à voix haute à un éventuel transfert de Defne dans un internat ; ne faut-il pas battre le fer quand il est chaud ? Elle n'entend pas sacrifier

1. En français dans le texte.

un troisième enfant sur l'autel des Lumières et du monstre polycéphale qu'on appelle individualisme.

L'autre jour, juste après le tremblement de terre qui a frappé la Turquie, la maîtresse coranique de Defne a proclamé que les catastrophes naturelles sont des punitions qu'Allah inflige à l'humanité, car, prise dans son ensemble, celle-ci persiste à pécher malgré le Message. Chaque fois que ma petite sœur me surprend à commettre un péché, par exemple m'épiler les sourcils (la malédiction d'Allah repose sur pareilles femmes !), me maquiller ou enfiler des vêtements trop courts ou trop moulants, omettre de prier, m'allonger à moitié nue et sans foulard sur la plage ainsi que le prouvent des photos conservées dans mon téléphone, m'opposer à nos géniteurs ou passer des coups de fil avec mon homme-hors-mariage, elle affirme que je suis coresponsable du sort misérable de personnes qui, à l'autre bout du monde, font face à des sécheresses, des tremblements de terre ou des éruptions volcaniques. D'une manière ou d'une autre, le Bon Dieu montre un certain zèle, y compris dans les textes sacrés, à infliger des sanctions au premier venu et non pas en priorité aux seuls délinquants. Le sacrifice pour racheter une faute dans sa forme la plus immonde, la plus barbare, le sacrifice de l'innocent pour les péchés du coupable, quel effroyable paganisme ! C'est Nietzsche qui le dit. L'individu est inexistant auprès du Seigneur. À certains égards, un message mémorable. Des actes qui contribuent à la destruction de l'environnement, et que bien peu déplorent, accablent eux aussi la collectivité. Même chose des comportements irresponsables pendant une pandémie. Apparemment, Dieu ne change pas Sa façon de nous admonester, donc Ses voies ne sont pas aussi impénétrables qu'on veut bien nous le dire ; il est possible de discerner un certain canevas. Cependant, l'homme ne tire aucune leçon du passé, il ne se rend pas compte que ce qui est mauvais pour la ruche n'est pas bon pour les abeilles. Et la bêtise peut, malheureusement, toujours compter sur l'avantage du nombre. Selon Defne, je fais partie des irrécupérables idiots. Croire en la culpabilité collective nous prive de la possibilité de croire en l'innocence individuelle, mais pas seulement. Pourquoi, dans la poursuite d'objectifs collectifs, y a-t-il toujours des individus qui se retrouvent lésés ?

De façon très régulière, j'ai l'impression d'être la mère de Defne. Elle a vu le jour alors que j'étais en année passerelle[1], je l'ai vue éclore et s'épanouir jour après jour. Les années sont passées à toute vitesse. Je me souviens qu'elle est arrivée à la maison, vermisseau aveugle, dans un Maxi-Cosi. Alors qu'elle était encore un bébé, je lui chantais des berceuses, je veillais sur elle quand maman était à la mosquée ou assistait à des cours coraniques, ce à quoi elle se livre avec ferveur et assiduité ; lorsque je devais réviser en vue d'un test ou d'un examen, elle estimait sa formation d'une importance plus cruciale que ma scolarité.

Je donnais à manger à ma sœur, jouais avec elle, lui écrasais chaque soir une banane, je savais la calmer quand elle pleurait et faire le nécessaire pour l'aider à guérir quand elle était malade. Il est incontestable que je me souciais bien plus d'elle que de quiconque, je cherchais à la protéger de tout ce qui allait arriver, à l'armer en conséquence, à me consacrer intégralement à elle. Je ne voulais pas qu'elle endure ce que j'ai enduré, il ne fallait pas qu'elle se sente un jour

1. Aux Pays-Bas, après six ans en primaire (enseignement qui se termine par un examen appelé Cito), les élèves suivent en principe une année passerelle pour déterminer quel enseignement secondaire ils suivront par la suite, étant donné que le secondaire offre plusieurs niveaux et orientations : le vmbo (secondaire qui prépare à un métier dans le secteur économique, agricole, technique ou médical), le havo, enfin le vwo (le plus haut niveau du secondaire). (*N.d.T.*)

seule, bâillonnée, inférieure, peu sûre d'elle ou incomprise. Je serais toujours là pour elle, je serais celle dont elle aurait besoin à l'enfance et à l'adolescence : une complice, une camarade, un guide, une oreille attentive, la personne qui n'avait jamais été là pour moi quand j'en avais eu besoin. Elle ne se retrouverait jamais seule, perdue dans un jardin-labyrinthe de questionnements, à explorer tant bien que mal les façons d'appréhender émotions et désirs dont on ne peut parler avec les géniteurs. De son cœur, elle ne ferait pas des oubliettes. Je la soutiendrais inconditionnellement face à chacune de ses interrogations, à chacune de ses fragilités, à chacun des problèmes et obstacles qu'elle rencontrerait, même et y compris si elle tombait enceinte, à quatorze ans, après avoir été droguée et violée dans une venelle par un junkie ou après avoir flashé sur le blanc-bec en question – je ne sais ce qui est le pire –, je m'en foutrais, je serais là pour lui offrir la protection de mes ailes, je lui fournirais les bons outils, la guiderais et l'encouragerais lorsqu'elle ne saurait plus à quel saint se vouer, mais en aucun cas je ne la menacerais de répudiation ou d'un quelconque boycott social au prétexte qu'elle aurait « perdu la face », « bafoué l'honneur de la famille » ou « manqué de respect vis-à-vis de sa propre personne ».

Dans notre aire vaut le principe suivant : pisser contre le mur d'une église, c'est risquer gros. Mais il ne vaut pas pour moi. Avec moi, il n'y a pas de boîte noire cachant des cordes qu'il est interdit d'effleurer, de faire vibrer ; avec moi, on peut échanger au sujet de ses soucis, on n'est prisonnier ni de ses sentiments, ni d'une quelconque obligation. Si j'avais eu un grand frère ou une grande sœur semblable à moi, cela m'aurait épargné bien des angoisses, bien de la détresse et bien des déceptions, bref, bien des souffrances.

Defne n'aurait jamais besoin de cacher cigarettes et briquet sous son foulard, elle n'aurait pas à l'ôter sur le chemin du lycée pour le remettre en rentrant à la maison, elle n'aurait pas à sauter le soir du balcon (au rez-de-chaussée) pour sortir ou retrouver un mec, avant de défier et de braver une volée de coups si jamais son escapade venait à être découverte. Elle ne souffrirait pas d'un exaspérant sentiment de culpabilité après avoir embrassé son petit copain, sentiment généré par la crainte d'être réduite, y compris à ses propres yeux, au statut de descente de lit, la crainte de voir des photos divulguées qui pourraient aboutir à une tentative offensante de sextorsion. Elle ne pataugerait en aucun cas dans la même merde que moi, je ne le permettrais pas, je prendrais son destin en main. Dans la mesure du possible, bien sûr, parce que l'éjecter de ses extatiques écoles primaire et coranique où l'on combat la science, ce n'est pas dans mes cordes ; comme elle n'est pas sortie de ma chatte, je n'ai pas voix au chapitre – ainsi en décide une instance supérieure : la chatte qui expulse la môme est celle qui la chaperonne. Moi, je suis la chatte qui éjacule des « mais » et des « pourvu que ». La chatte qui, en attendant mieux, s'efforce de se contenir.

Comme le dit Nietzsche, le moyen le plus sûr de pourrir une jeune personne, c'est de l'amener à estimer bien plus ceux qui partagent les mêmes idées qu'elle que ceux qui en défendent d'autres. Les convictions ne préfèrent-elles pas se nourrir à même l'étroitesse d'esprit ? Sachant à quel blanc-étoc intellectuel je fais face, cet avertissement mine les bases de tout espoir. Malgré tout, je ferai mon possible.

J'apprendrai entre autres à ma sœur qu'il n'y a rien de courageux ni de viril à harceler autrui, à faire le gros dur, le cynique, le provocateur, autant de comportements qui vous valent le respect dans la culture hip-hop marocaine des collèges et lycées « noirs[1] ». Qui traduisent non de la bravade, mais une profonde tristesse. Je lui dirai que des opportunités se présenteront qu'il lui faudra saisir, qu'elle ne devra pas

1. Les écoles « noires » renvoient aux Pays-Bas aux établissements du primaire et du secondaire où l'on compte une majorité d'élèves d'origine non néerlandaise. (*N.d.T.*)

accepter d'être rangée dans la catégorie des défavorisés. Si elle a besoin de cours de soutien ou d'une quelconque aide, d'un espace adéquat pour étudier, je les lui procurerai. Si elle veut des livres, je lui en fournirai ; si elle n'en veut pas, je lui en donnerai malgré tout ; pas question de lui confisquer ceux qu'elle aura, à la différence de ce que Mère a fait avec moi au prétexte que poser les yeux sur un bouquin, c'est négliger la mémorisation du Coran, le seul livre qu'on ouvre à la maison. Comme dit l'autre, là où on ne plante pas de patates, aucune ne pousse. Je lui apprendrai que la Hollande, c'est un pays où toutes les voies s'ouvrent devant nous, que réussir suppose de se dépenser sans compter, qu'elle n'est pas une victime, qu'ici, au contraire de la Turquie et de beaucoup d'autres contrées, on vit dans une méritocratie. Il est vrai que, jeune adulte, elle va s'engouffrer dans la société multiforme avec un petit déficit intellectuel causé par les facteurs susmentionnés, auxquels je ne peux remédier ; cependant, il s'agira d'un déficit moins important que le mien à son âge. Moi, aucun bougre ne m'a jamais donné des cours de soutien, aucun paroissien ne m'a aidée à faire mes devoirs ; de toute façon, mes parents illettrés n'auraient pas eu de quoi les payer, et il n'y avait pas un seul adulte instruit dans mon entourage. Je n'avais pas de chambre à moi, pas même un lit, pas de bureau et pas même un coin à l'écart où potasser. À une époque donnée, j'ai commencé à fréquenter la bibliothèque afin de me procurer des lectures que Mère me confisquait de façon très régulière : selon elle, les obligations définies par l'école coranique sont prioritaires. Je n'étais presque jamais seule à la maison. N'avais ni l'occasion ni l'autorisation de regarder les chaînes néerlandaises. Jamais je n'étais exposée à un langage raffiné, à des conversations captivantes et stimulantes, lesquels m'auraient permis, par la suite, de tenir mon rang au sein d'un cénacle cultivé. Chaque jour, pour ainsi dire, Mère me donnait un euro et m'envoyait au supermarché ; à l'époque, un sachet de pain blanc en tranches coûtait cinquante centimes, de même qu'une barquette de fromage à tartiner : ces aliments constituaient mon petit déjeuner et mon déjeuner. On ne mangeait pas de noix, pas de poisson, ni tous ces fruits et légumes plus chers que les autres, les asperges et les poivrons par exemple. On n'était inscrits dans aucun club ou centre sportif, on ne sortait jamais au cinéma ou je ne sais où, on n'allait pas chez le coiffeur. Quand mon école primaire organisait un voyage scolaire, il me fallait subir une semaine durant les soupirs de mes géniteurs qui se plaignaient à haute voix du montant de la contribution parentale, me demandaient si je tenais vraiment à participer à la sortie, si j'en étais bien sûre, si ce n'était pas mieux que je me fasse porter pâle. C'est certain, j'ai accumulé un retard digne d'être mentionné, je n'ai pas bénéficié d'une éducation optimale ; le plus exaspérant, c'étaient surtout les week-ends où j'étais à la merci d'illégales dondons chargées de m'endoctriner. Cependant, j'ai rattrapé et replâtré ce que j'ai pu. Dans un pays comme la Hollande, quiconque attribue ses échecs à quelques revers mineurs, et les présente comme des injustices causées par un tiers ou par le sort, ne craint pas le ridicule. J'expliquerai aussi à ma sœur que, comme tout un chacun, elle sera à coup sûr amenée à faire l'expérience de l'exclusion. À cause de ses origines ethniques ou de sa religion. Ou à cause de son poids, de son sexe ou de son apparence, qu'est-ce que j'en sais, tout est possible, les humains, n'est-ce pas, sont cruels et insondables, j'ajouterai que cela arrive partout et à tout le monde. Que, au bout du compte, ce n'est pas si grave que ça, et que ce n'est pas demain la veille qu'elle aura envie de vivre dans une autre partie du monde (à condition de faire abstraction des aléas climatiques en Batavie).

3

Heureusement, Grand-Mère a renoncé voici peu à faire des fritures et se contente du repas que Mère lui prépare. Jusque-là, c'était moi qui avais le bonheur, après mes cours à la fac, de nettoyer les giclures de graisse sur le linoléum. Si je négligeais cette tâche, j'essuyais à chaque fois la colère chronique et les sautes d'humeur de Carabosse. Celle-ci, que je surnomme par ailleurs Sèchepaille[1], vient vérifier si je remplis correctement mon devoir d'auxiliaire de vie : à tout moment, tout doit être propre comme un sou neuf. C'est que les mères au foyer turques sont obsédées : en prévision d'une visite à l'improviste, elles astiquent le sol comme s'il s'agissait d'y servir le dîner. Avec une belle régularité, cette confondante mysophobie m'a amenée à grogner et discutailler, mais en fin de compte – comme en d'autres matières au sujet desquelles Mère et moi sommes en désaccord, pour ne pas dire plus – je me suis pliée à sa politique : une maison immaculée. Tous les jours, passer

1. Nom d'un odieux personnage (« mélange de Monsieur Homais et de Tartuffe ») du roman *Max Havelaar* de Multatuli, dans la traduction de Philippe Noble (Actes Sud, coll. « Babel », 2020). (*N.d.T.*)

l'aspirateur, dépoussiérer, ramasser les fientes d'oiseaux sur le balcon (une sacrée corvée : pour une raison inexplicable, le balcon de Grand-Mère fait office de lieu d'aisances des pigeons d'Amsterdam), ne pas laisser traîner la vaisselle sale une seule minute (et quand on fait la vaisselle, ne pas laisser l'eau couler, ça coûte trop cher, se contenter d'un amas de mousse), étendre sans perdre une seconde la lessive sur les cordes à linge du balcon et repasser et ranger les habits dès qu'ils sont secs, récurer les carreaux des sanitaires à l'eau de Javel et changer les draps tous les deux jours. Mère sort de ses gonds quand elle constate que je n'ai pas fait mon lit, que, le soir, je n'ai pas encore jeté mes chaussettes au sale, que je n'ai pas rentré le linge à la seconde où il commence à pleuvoir, pas vidé la corbeille à papier aux trois quarts pleine, que j'ai laissé traîner un cheveu sur la bonde de la douche et les rogatons du dernier repas sur la cuisinière, au lieu de tout bien ranger dans le réfrigérateur – pour chacun de ces manquements, elle me fait payer.

Lorsqu'il s'agit de propreté, tant sur le plan substantiel que sur le plan spirituel, Sèchepaille est pour ainsi dire névrosée. « Qu'est-ce qu'on va faire si quelqu'un arrive sans crier gare ? Qu'est-ce qu'ils vont penser de nous ? Tu crois que tu feras pareil dans ta maison quand tu seras mariée ? Ton mari divorcera sur-le-champ ! », elle me lance, alors que je viens de lui demander pourquoi elle est crispée et pointilleuse à ce point. Sa figure se fige en un masque grave comme si cette expression pouvait constituer un argument de poids taillé dans le roc. Mère semble vivre pour les autres, ou plutôt elle vit bel et bien pour les autres, ce que je me suis efforcée, non sans peine et sans accrocs, mais vainement, de modifier. Je ne suis pas parvenue à la guérir. Àlaremorque, tel est son deuxième prénom : à chacun de ses faits et gestes, elle se demande ce que les autres vont en penser ou, pire, vont en dire. Les autres, ce sont des gens du même acabit qu'elle, des gens qui, eux aussi, suivent des règles non écrites d'une absurdité crasse en matière de mœurs et de vertu. Qu'elle opte pour cette ligne de conduite, soit, mais de là à s'attendre à ce que je l'intériorise à mon tour alors même que je refuse d'y adhérer ! Toujours est-il qu'à ses yeux, ma volonté compte pour du beurre. Elle m'impose tout bonnement sa façon de voir.

De chaque objet, Mère connaît la place exacte : dans tel placard, sur telle étagère, dans tel tiroir, tel récipient... Il n'y a que moi qu'elle ne parvient pas à situer, elle ne sait pas quoi faire de son aînée. J'aspire à être tout sauf ce qu'elle attend de moi. Administrée, enfant de Dieu, servante, membre vertueuse et conformiste de la communauté, épouse chaste d'un conjoint vissé au Coran. Cette seule idée suffit à me donner des plaques rouges sur la nuque.

L'été dernier, je suis restée baba en entendant la réponse de Mère à la question que je lui avais posée peu avant notre départ en « vacances » (lire : torture) en Turquie. Une fois de plus en train de nettoyer frénétiquement le logement, à croire que sa vie en dépendait, elle a exigé mon aide, mais, comme j'en avais par-dessus la tête, j'ai exigé de mon côté qu'elle s'explique. Ce qu'elle a fait.

« Qu'est-ce qui va se passer si on meurt sur la route ou pendant les vacances ? Que diront les gens de moi en découvrant une maison sale ? Je ne laisserai personne dire que je suis une souillonne. »

À ce moment-là, j'ai compris qu'elle était folle. Tous nos conflits découlent de ce sujet ; ayant une peau de chamois en guise de cerveau, elle me voit comme l'empêcheuse de récurer en rond, une fille qui se prend elle-même pour la mesure de toute chose. Oui, d'accord, parfois c'est à cause d'un autre motif, le fait que je ne me conforme pas à toutes les prescriptions religieuses, mais cela aussi est lié à la peur du verdict moral que l'Autre pourrait prononcer, le membre de la communauté dont l'opinion est manifestement normative. La peur d'être stigmatisés et mis au ban de la société, cela arrive aux géniteurs qui ont une fille de ma trempe, une gamine buissonnière et non pas moutonnière. Pour Sèchepaille, il s'agit d'une angoisse existentielle que je piétine sans vergogne, chaussée de mes sabots hollandais. C'est là que son croquenot turc la blesse.

4

Je vis chez Grand-Mère en raison du manque d'espace dans le logement parental. Pour leur petite famille, mes géniteurs disposent de la même superficie que notre aïeule pour elle seule. Je ne regrette pas du tout d'avoir déménagé. Au contraire.

Pour moi, il n'y avait plus de place : une chambre à coucher est occupée par les géniteurs, l'autre par Halil et Defne. Auparavant, je partageais celle-ci avec mon frère, notre petite sœur pionçait dans la première. Comme elle est trop grande à présent pour ça, elle a pris mon lit. Du moins, c'est ainsi que mes géniteurs ont présenté les choses, sans expliquer exactement ce pour quoi elle est à présent trop grande, mais je les ai percés à jour : avec une gosse de huit ans dans la chambre, il me paraît difficile d'accomplir l'acte sexuel, qui dans leur cas, je suppose, est aussi bandant que le mot « copulation ».

Halil et Defne partagent dorénavant le lit superposé. Par conséquent, mon frère ne peut pas étudier tranquillement ni être à son aise. Defne ramène des copines à la maison, elle regarde des dessins animés sur son lit et se comporte comme toute fillette de son âge. C'est pourquoi Halil n'est presque jamais là, mais bon, s'il étouffe trop, il a toute liberté de prendre un appart, une possibilité qui ne s'offre pas à moi, aussi je n'éprouve pas vraiment de pitié à son égard. Il ne l'a pas encore fait ; il faut dire que, dans un an, comme la famille va déménager dans un appartement plus grand en raison de la démolition programmée de notre immeuble, il va avoir sa propre chambre. De surcroît, il n'envisage pas de s'endetter pour payer ses études, sa fac est proche de notre quartier. Vivre chez nos géniteurs le dispense de toute tâche ménagère ; il jouit de toute liberté de mouvement, car il possède un sgueg. Aucune femme, moi pas plus que les autres, n'est autorisée à vivre sous un autre toit que celui de ses parents avant son mariage : en enfreignant cette règle, elle échapperait à toute surveillance et serait tentée de commettre de grands péchés. Pour une raison ou pour une autre, dans le cas d'un sgueg, cette règle importe bien peu.

Quand on vit dans un espace aussi densément peuplé, on a l'impression que les murs se resserrent toujours plus sur nous ; le soir, on n'a pas envie de rentrer, j'en connais un rayon là-dessus. Mais si vous croyez que ça ne peut pas être pire, vous vous mettez le doigt dans l'œil : nos voisins marocains vivent à huit dans un logement tout aussi exigu. Dans l'une des deux chambres à coucher, ils ont deux lits superposés pour les quatre aînés ; les deux petits dorment sur le canapé métamorphosé en lit dès qu'Allah étend Sa couverture sur les cieux. Cette famille n'est en rien une exception, la plupart des différentes variétés maghrébines de notre quartier ont au moins quatre gosses et sont logées à la même enseigne que nous. Si la majorité des couples turcs n'ont que deux ou trois mômes, ça ne signifie pas qu'ils ne vivent pas à l'étroit : le mode de vie marocain ne saurait en effet servir de cadre de référence. Bien sûr, tout est relatif. Si les Nord-Africains se basent sur la table de six pour choisir la taille de leur famille et conservent malgré tout un espace vital suffisant pour survivre, cela ne signifie pas pour autant que les Turcs n'auraient pas le droit de se plaindre.

En raison de cette exiguïté, et bien que l'oisiveté soit mère de tous les vices, la plupart des gamins sont enclins à traîner dehors, au lieu de se chamailler pour s'accaparer un espace ou d'être importunés par leurs parents qui font irruption dans leur chambre sans y être invités (chez nous, on ne toque pas aux portes, on ne se préoccupe pas non plus d'une quelconque intimité) et posent sur eux le même regard que sur le mur des Lamentations avant de déverser toute leur bile gonadique, généralement des démêlés familiaux, des avis de tempête financière, des prêchi-prêcha sur le mariage ou, à défaut, des reproches sur le bordel qui règne dans la pièce.

Les géniteurs viennent vous demander de traduire le courrier, de remplir toutes sortes de formulaires, et si jamais vous n'y arrivez pas, quand bien même vous êtes encore un gosse, il se mettent en colère et vous blâment. Ils exigent que vous alliez à la mosquée le vendredi, vous demandent pourquoi vous ne priez pas, ce que vous zieutez sur votre téléphone, pourquoi vous souriez quand vous regardez votre écran, à qui vous parlez et pourquoi *ça* ressemble à une voix du sexe opposé ; le reste du temps, ils font un grand raffut en téléphonant par caméra interposée à des membres de la famille, tant ceux qui vivent en Hollande que ceux qui vivent au pays ou ailleurs, alors que vous cherchez à vous concentrer sur vos devoirs ou que vous voudriez tout simplement ne pas être exposé à ces interminables radotages. Le pire, c'est quand il y a des invités qui s'éternisent au point qu'on en vient à se demander s'ils ont l'intention de rester pioncer. Or, de telles visites sont assez fréquentes ; à tout moment de la semaine, des gens toquent à l'improviste et restent jusqu'à ce qu'un bâillement ostensible les chasse. Un hôte, c'est comme la lotte, ça ne reste frais que trois jours, mais ce proverbe hollandais échappe encore aux Turcs. Sauf à ceux qui prennent cette durée au sens littéral.

Il est compréhensible qu'on se rende régulièrement visite. Les femmes ne travaillant pas, elles s'ennuient. Elles cherchent donc à retrouver des compagnes d'infortune au paradis des oies. Cela dit, il leur arrive aussi de rappliquer avec leur marmaille, parfois même avec leur mâle. Personne ne les dissuadant d'agir ainsi, et n'ayant pas de meilleures occupations, elles cherchent par tous les moyens une façon de tuer le temps ainsi qu'une mission dans la vie, incapables qu'elles sont de se distraire sans compagnie et grandement soucieuses de garder au chaud les liens familiaux. Dans nos milieux, un manque d'envie de côtoyer des proches, le besoin de se retrouver avec soi-même et l'introversion sont perçus comme de la suffisance, comme le signe d'un tempérament froid, d'une frigidité latente. Pour nous, l'hospitalité est en fait l'essence même de l'existence. Enfin, pour eux.

En ce qui me concerne, je trouve que la solitude est un plaisir bien trop négligé et trop peu partagé. Étant donné que j'ai du mal à faire face aux détails de la vie, je fuis autant que possible à la recherche d'un espace en propre. Cela fait de moi une renégate, fréquente cible d'opprobres, à commencer par ceux de Mère. Je n'ai jamais l'impression d'être partie prenante, au mieux suis-je une spectatrice ou quelqu'un qui assume un rôle temporaire. Il me manque un gène social, je vois le monde d'une manière fondamentalement différente de celle de mes proches, je trouve les gens ennuyeux, je ne tire aucune joie ou satisfaction des babillages triviaux et interminables que mènent sans manquer de fervents membres de la famille par treize à la douzaine – quel que soit le sujet, généralement des ragots, des papotages sur le boire et le manger, sur le fait d'être « la femme de », sur des différends conjugaux qu'il convient d'aplanir (dans certains cas, le mariage n'est, après tout, rien de plus qu'un microcosme pénitentiaire au sein duquel geôlier et prisonnier intervertissent constamment leurs rôles), ou toutes sortes d'autres commérages quand il s'agit d'une réunion de femmes au foyer heureuses de vivre aux crochets et sous la houlette d'un mari, voire (quand des sguegs sont de la partie) des commentaires sur les actualités turques –, toutes et tous surtout soucieux de se vautrer dans le bien-fondé de ce qu'ils avancent sans avoir la moindre notion de quoi que ce soit. Cette indigence s'explique par un bagage intellectuel et culturel fichtrement léger, un esprit critique aussi développé que la beauté d'une méduse, une incapacité à prêter l'oreille à l'opinion d'autrui si ce n'est en ripostant, en élevant la voix ou en feignant l'indignation. Cela dit, dans nos contrées, mieux vaut se serrer les coudes, entrer dans le moule ; à défaut, on fait le jeu de l'adversaire, on est un ennemi. Sortir des sentiers battus, c'est s'aventurer en terrain glissant. Il faut se méfier par avance de quiconque s'y risque. Or, moi, j'estime au contraire que la capacité d'adaptation est une vertu dangereuse. J'ai bien mieux à faire que de perdre mon temps avec ces intellectuels-nés bornés, ou nés bornés, dont la principale caractéristique est d'être chatouilleux au possible. Ce qui ne les empêche pas d'être onctueux : chez nous, les musulmans, on est disposé à vous lécher la raie si vous dites les choses appropriées, plus encore si vous êtes un Blanc.

Dans mon entourage, l'autre étant tellement différent de moi, il m'arrive souvent de me demander si je ne suis pas pour tous une énigme insondable.

Depuis que je vis chez Grand-Mère, que j'ai une chambre à moi et une porte d'entrée pour moi seule, depuis que je n'ai plus à endurer toutes les deux minutes la présence de visiteurs, je suis déchaînée. Enfin, pas à 100 %, car, selon Mère, mon emménagement ne me dispense pas de la responsabilité de rester assise des heures durant avec les gens qui s'invitent chez mes géniteurs. Il arrive aussi à certains de frapper à ma porte, mais j'ai de la veine : Grand-Mère, tout aussi anachorète que moi, n'aime pas recevoir, elle le fait savoir de manière tapageuse, brute de décoffrage ; le rouge de la honte envahit les mâchoires de Mère, qui s'estime responsable du comportement de sa belle-doche et de son aînée. Ne sommes-nous pas tous le prolongement les uns des autres et ne formons-nous pas ensemble une entité censée observer les mêmes normes sociales ? Hors de question d'écorner un tant soit peu notre image et notre honneur ! Voilà pourquoi, dès que les intrus ont tourné le dos, Mère ne lésine pas sur les invectives dont elle nous accable ; comme piquée par une guêpe, elle n'en démord jamais dans la mesure où l'on a failli à nos obligations. Mais bon, tout compte fait, l'appart est mon petit pré carré préservé de la myopie idéologique, là où je préfère de loin avoir ma turne. Si l'on fait abstraction de l'existence de Grand-Mère, c'est la seule circonstance atténuante qui m'aide à supporter le quotidien dans l'environnement de mes géniteurs.

À l'origine, il était prévu que Halil emménage chez Grand-Mère, puisque Sèchepaille préfère superviser ma vie plutôt que celle de sa progéniture dotée d'un sgueg. Mon frère a, quoi qu'il arrive, toute liberté d'agir à sa guise et de passer ses journées dehors. De plus, en tant que majordome, Mère se proposait bien entendu de déléguer la gestion des visiteurs à la fille de la maison, sa serve. Toutefois, voici un an ou deux, j'ai réussi à convaincre mes géniteurs de garder mon frère sous leur surveillance, faute de quoi il ne récolterait plus que de mauvaises notes – argument décisif m'ayant permis d'échapper à mon éternel statut de camérière. Âgé alors de seize ans, deux de moins que moi, il voyait en effet ses résultats scolaires faire la dégringolade en raison d'une dépendance croissante à des jeux en ligne et d'un manque de discipline en classe. Je suis parvenue à inspirer de la peur à nos tuteurs en prédisant les scénarios les plus désastreux, par exemple : si les choses continuent comme ça, Halil va rétrograder de son établissement réputé à un lycée professionnel ; au lieu d'accéder à l'université, il va s'engager sur la mauvaise pente, car les filières techniques pullulent de junkies plus abrutis les uns que les autres qui tous se trimbalent un couteau à la ceinture. Il va finir éboueur ou trafiquant de drogue, car qui couche avec des chiens se lève avec des puces. On commence petit et on ne peut plus s'arrêter. Ce que j'avançais sur ces établissements professionnels n'était d'ailleurs pas forcément éloigné de la réalité.

Ma campagne de peur a atteint son but : c'est moi qui ai pris mes pénates chez Grand-Mère. Si jamais ils se ravisent, ils peuvent courir. Au cours des derniers mois, ils ont suggéré à quelques reprises que Halil se substitue à moi, mais c'est hors de question. Je veille sur mon territoire et sur le petit bout de liberté que j'ai gagné de toutes mes forces, par tous les moyens. « Personne ne va me bannir ! » je m'emporte alors, comme bien souvent dans ma communication avec mes géniteurs. Il faut dire que, dans notre culture, il convient de recourir au langage corporel, les paroles prononcées sur un ton neutre ne suffisent pas à convaincre, voilà pourquoi il me faut aboyer – en prenant un air fougueux – pour répondre à leur récurrent diktat. Grand-Mère est de mon côté, il est crucial pour elle que ce soit moi qui partage son logement ; à elle seule, ma compagnie revêt une grande importance, compte tenu du peu de joie de vivre qu'il lui reste. Elle n'a que faire de Halil, qui traîne toujours à droite ou à gauche. Sauf à la Saint-Glinglin. Ou le jour de l'Aïd el-Kébir.

Dans cette situation, les géniteurs exercent un contrôle plus limité sur mes sorties, sur mes tenues vestimentaires, sur ma physionomie – maquillée ou pas –, sur les personnes avec qui je parle au téléphone le soir. Il me faut certes reconnaître que, pour l'instant, je suis soumise à d'innombrables restrictions. Il me reste à parcourir un long chemin inexploré avant d'atteindre la liberté à laquelle j'aspire, mais, au moins, tout est désormais plus jovial que le quotidien dans leur ligne de mire, ou pour être plus précise : dans celle de ma tyrannique génitrice, cette salope toxique par tous ses pores, cette couille à ragots sans pareille. Père travaille jusqu'à une heure très tardive, pendant la journée il n'est guère sur mon dos. Je ne le connais que comme ça : depuis ma naissance, il n'a rien fait que bosser, le grand absent dans notre éducation.

Bref, rien que ce nouveau toit, c'est un notable privilège pour moi ; auparavant, j'avais plus de raisons encore de pester. À présent, je sors le plus souvent sans faire de bruit, en espérant que les géniteurs ne m'entendent pas quand je tire la porte de Grand-Mère : les deux logements se font face sur le même palier de l'immeuble. Dès qu'elle le peut, Mère court jusqu'à sa porte pour mesurer ma tenue à l'aune de la règle graduée islamique ; elle m'a dans le collimateur et inventorie tout ce qui ne va pas. Quand je rentre, je procède avec la même discrétion : monter les escaliers en amortissant le bruit de mes talons, glisser la clé dans la serrure en amortissant le bruit de mon trousseau, puis je me précipite dans ma chambre pour me défarder et ôter mes vêtements trop affriolants (du moins, aux yeux d'Allah) avant que Carabosse ou Père ne me tombent sur le râble. Eux aussi ont un double de la clé de Grand-Mère ; ils passent souvent nous faire un coucou. Cela fait des mois que ça dure ; parfois survient une arrestation en flagrant délit avec les répercussions que je vous laisse imaginer, mais ces derniers temps, cette mascarade, je m'en branle de plus en plus. Plutôt l'affrontement. Plutôt du chantage moral et la menace de me voir imposer un mari. Plutôt une gifle de la part de Sèchepaille, toujours prompte à se mettre en rogne, elle qui aime me laisser cuire dans mon jus, elle que j'aimerais déposer en hélicoptère dans le désert du Sinaï. Plutôt le dogue belliqueux qui m'insulte impétueusement, me crache dessus et me pince, me laissant des marques ovales jaune verdâtre sur la peau, lesquelles font grimacer Freek quand il me voit nue et fulminer Grand-Mère, elle qui a dégusté le fouet bien plus que moi. J'encaisse une énième fois la colère de Carabosse. Sa rage, parce que je refuse de l'écouter, de lui obéir, de me conformer. Naguère, je pleurais dans mon lit, aspirant à être réconfortée, ne mangeant rien, ne quittant pas ma chambre, histoire d'attirer un surcroît d'attention et de montrer que j'étais réellement triste, après quoi, d'ordinaire, le réconfort tant attendu ne venait pas – parce que je ne le méritais pas. Dorénavant, il en va tout autrement. Mon réconfort, ma consolation, c'est moi-même. Le scénario de ces situations est écrit noir sur blanc ; la différence, c'est que j'ai vingt ans aujourd'hui. Il faudra bien qu'un jour elle dépose les armes, non ?

En hiver, j'enfile un long manteau ; il dissimule ce que je porte. Mais, comme on est en été, j'exhibe mes accoutrements licencieux et peccamineux. Selon Mère, je suis tenue de revêtir chaque jour une robe qui tombe au moins sous les genoux, large à souhait afin qu'elle ne révèle rien de mes rondeurs. Je n'ai pas le droit de porter des manches courtes, encore moins de montrer un millimètre carré de peau, sans parler de mes jambes, alors que les filles normales, en cette saison, dénudent les leurs. J'ai le droit de porter un pantalon, mais pas de jean, et ce uniquement sous la robe sac à patates décrite ci-dessus. Voilà pourquoi j'opte pour des robes maxi, les plus distinguées dans le choix limité dont je dispose.

Il m'est interdit de laisser dépasser la moindre mèche de cheveux de mon foulard ou de fixer celui-ci par-derrière en forme de turban, car cela dévoilerait ma nuque et mon cou. Avant, quand j'avais quatorze ans, Mère estimait que les pieds nus étaient eux aussi illégaux. Elle en avait délibéré à la mosquée avec la sermonneuse locale, une oratrice habile mais pernicieuse – c'est d'elle qu'elle tire en général sa crédibilité et l'autorité qu'elle exerce sur moi, cette bonne femme est en quelque sorte la mère nourricière de la maltraitance que je subis quotidiennement, il faut dire que virus et bactérie coexistent très bien pacifiquement –, de sorte qu'elle s'était mise à me seriner à propos de mes tongs. Cependant, des voisins et des membres de la famille, que j'avais sollicités, ont pris ma défense. Ils ont estimé que Carabosse dépassait les bornes étant donné que tout le monde, de nos jours, porte des sandales. « Qu'est-ce que ça peut me faire ? Dieu ne leur inspire plus aucune crainte, ce sont les règles de la doctrine, pas les miennes ! » a-t-elle assené, irritée, à Tante, en la renvoyant à son erreur. « Elle est jeune, tu l'oppresses trop, fais attention, ça risque d'avoir l'effet contraire de celui que tu recherches », lui a rétorqué cette dernière en un avertissement prophétique. « Je ne fais que suivre les règles, a répliqué Mère, pas forcément à tort. Elle doit faire pareil, autrement elle le regrettera. Le jour du jugement, Dieu me demandera comment il se fait que je n'ai pas élevé ma fille correctement, comment j'ai pu la laisser sous mes yeux courir après le diable. Quelle sera ma réponse ? L'imam pense que nous, les parents, on est responsables des actes de notre progéniture, nous aurons à rendre des comptes. » Manifestement, notre Dieu applique une taxe successorale de 100 % sur le péché. Des droits de succession qui ne passent pas des parents aux enfants, mais l'inverse. Ce qui n'empêche pas ces derniers d'aller eux aussi en enfer ; autrement dit, tout le monde est perdant, tandis que Dieu gonfle sa trésorerie. Sauf à supposer qu'on soit tous des parangons de vertu.

D'une certaine manière, même puceaux de tout péché, les bigots n'en font jamais assez pour se persuader qu'ils vivent un état de pleine dévotion et de pureté. Il leur faut se convaincre qu'ils sont pécheurs, puisqu'ils ne sont pas à même d'éveiller ces mêmes vertus chez les autres ni de les guérir de l'influence du diable. Si le vice est condamnable, en quoi la vertu pourrait-elle être un mérite ?

Comment faire comprendre à Mère que les propos de l'imam Lebavasseur[1], homme habité d'un évident parti pris idéologique, ne font pas forcément de lui une autorité légitime ayant l'apanage de la vérité ? Comment lui expliquer la différence entre faits et jugements moraux ? Comment lui faire comprendre qu'un comportement condamnable le reste quelles que soient les justifications qu'on invoque ?

Notre Seigneur a pensé à tout pour que l'individu libre ne soit surtout pas libre, et encore moins un individu. Une fois de plus, en l'occurrence par le truchement des tongs, je me retrouvais retenue à l'éternel cordon ombilical. On peut dire tout ce que l'on veut de la doctrine, on ne peut lui reprocher un manque de réflexion systématique, car l'idéal passe toujours avant le droit individuel. Alors que, naguère, je prenais pour vérité et à cœur tout ce que proclamaient les géniteurs et les sermonneurs, j'ai relevé, à mesure que je grandissais, que cela allait de moins en moins de soi. Les adultes ne savent pas faire autrement, ils s'escriment à jouer au papa et à la maman, même alors qu'ils ont des enfants. Tout le monde fait comme il peut. Une prise de conscience par moments terrifiante. Mais, d'une certaine façon, ne plus croire en l'homme aura été pour moi une libération, certes attristante. « Allons, Fatma, arrête de radoter, ce ne sont que des pieds », l'avait raisonnée Père. Dans des moments pareils, je me demande comment les fanatiques déterminent ce qui est transgressif et ce qui ne l'est pas, et comment les raisonnements en question serpentent dans leur tête. Si on renonce aux prescriptions dans le cas de mes orteils, je me dis, pourquoi ne pas faire de même dans d'autres ? Jamais la réalité n'est disposée à se conformer à une théorie concluante. La complexité, l'impondérabilité du comportement humain sont telles que j'ai bien peur de ne jamais saisir celui-ci. Ainsi que

1. Nom du pasteur dans le roman *Max Havelaar* de Multatuli, dans la traduction de Philippe Noble (Actes Sud, coll. « Babel », 2020). (*N.d.T.*)

le prêtre Antoine Bodar le formule si bien : « Il y a la doctrine et la vie, et entre les deux il y a de la tension. » Le facteur permanent le plus important dans l'Histoire, c'est peut-être l'homme, lui et ses traits de caractère contradictoires et son comportement imprévisible.

5

En taule, les détenus ont plus d'espace vital que nous dans nos logements. Quand il y a de la visite, plus question de jouer de la flûte traversière, on se tient droit comme des *i*. Encore élève, au début de l'année scolaire, je devenais rouge comme une bouée quand le professeur principal annonçait qu'il souhaitait se rendre au domicile de chacun de nous pour faire connaissance avec les géniteurs, à croire que cela ne pouvait pas se faire au collège ou au lycée. J'ignore si tous les établissements pratiquent cette politique ; je suppose que cela tient au fait que je fréquentais une école « noire » qui accueille une plèbe exclusivement immigrée (ou biculturelle, le qualificatif convient également). Ne vous laissez pas induire en erreur par le mot « noir », il n'y a pratiquement aucun Noir dans ces classes. D'après mes observations, qui ne sont pas moins fiables que les statistiques officielles, la masse des élèves est composée d'environ 70 % de Marocains et 30 % de Turcs (ou « Néerlandais turcs », peu importe), çà et là un Surinamien, une poignée de Hollandais germaniques à moitié dilués et seulement deux Néerlandais pur jus. Les enseignants se démènent pour impliquer les tuteurs dans le processus éducatif ; ceux-ci se montrent plutôt indifférents ou ne se montrent pas du tout lors des soirées réservées aux parents, en particulier les plus âgés, une génération qui parle mal ou pas du tout néerlandais. Voilà pourquoi notre direction a décidé, à un moment qui coïncidait avec mon arrivée dans l'établissement, qu'une visite domiciliaire serait une excellente idée pour résoudre ce problème. Il va de soi, j'en suis convaincue, que les profs ne rechignent pas à fourrer le nez, à musse-pot, dans notre vie de tous les jours. Voyons voir à quoi ressemble le domicile de ces exotiques mahométans... ce qu'ils ont comme mobilier, si tout se passe autrement que chez nous, si les mères portent le hidjab à la maison, si le père flanque de temps en temps une taloche à son épouse, si le mari en possède plusieurs, s'il détient des explosifs et des ceintures de bombes pour mener le saint djihad, ce genre de trucs. En réalité, il n'y a pas grand-chose à voir, tout au plus, qui sait, un mouton mort dans la douche s'ils viennent à passer le jour de la fête du Sacrifice – c'est là le volet le plus aventureux de notre existence.

À ma grande surprise, tous les profs principaux (les miens comme ceux de Halil) ont été impressionnés par nos tapis. J'ignorais tout de la singularité des tapis faits main, cela jusqu'à ce que je voie M. Albers (et le reste des enseignants qui lui ont succédé année après année) rayonner en contemplant les nôtres. Dans ses jeunes années, Mère avait beaucoup tissé ; après son mariage, elle avait transporté tout le bazar en Hollande. « Quelles sublimes œuvres d'art ! J'ai un tapis persan à la maison, mais cette alliance de couleurs et ces motifs sont vraiment ravissants ! Et tellement uniques ! Et tellement différents de ce que je connais ! » s'était extasié M. Albers. J'ai traduit : « Il trouve tes tapis pas mal, m'man. » Après quoi Mère a fait montre d'une irrépressible fierté : « Dis-lui que j'en ai encore deux ou trois à la cave, il peut en choisir un s'il les trouve beaux à ce point ! »

Typique d'elle : elle a toujours été généreuse. Quand un quidam loue ses habits, elle se précipite derrière la machine à coudre pour lui confectionner quelque chose ; quand un autre quidam encense le plat qu'elle a cuisiné, elle lui apporte une gamelle le lendemain ; quand on fait un barbecue dans le jardin d'Oncle, elle offre une assiette de viande aux voisins hollandais (lesquels écarquillent les yeux) parce que l'odeur de grillade leur chatouille les narines et que c'est un grand péché de ne pas partager la nourriture. Bref, si quelqu'un fait l'éloge de ses tapis, elle ne peut s'empêcher d'en sacrifier un. Loin d'être avide, plutôt altruiste au contraire, elle est convaincue qu'on gagne les bonnes grâces du Seigneur quand on a la main généreuse ; elle tient ce trait de caractère de sa mère. Il arrive à Grand-Père de se morfondre en voyant sa femme, dans leur village en Turquie, prête à distribuer jusqu'au dernier leurs ustensiles de cuisine et leurs couverts. Dans ce cas particulier, on peut comprendre Madame, puisque tous deux forment le foyer le plus riche du patelin ; leurs six enfants ont émigré aux Pays-Bas, où ils sont devenus des entrepreneurs prospères (à l'exception de Mère, laquelle a une chatte). Dans sa bigoterie, Grand-Mère est heureuse de partager sa prospérité, car quand une main lave l'autre, les deux restent propres. Ils ont tout bonnement trop d'argent pour leur frugal mode de vie, ils ne savent sans doute pas quoi en faire. Cela dit, l'altruisme n'est rien d'autre, en réalité, que l'égoïsme de la collectivité. Par conséquent, ne vous méprenez pas. Toute bonté qui réclame l'admiration des tiers se désavoue elle-même.

Quoi qu'il en soit, comme je trouvais gênant de donner un putain de tapis à un prof et que, à l'âge que j'avais, je voulais juste être normale comme n'importe quelle élève, je traduisais l'offre de Mère comme suit : « Ma mère dit que le café est prêt. » Avec l'expérience acquise depuis, je les aurais donnés, ces tapis ; mais, ado, je tenais mordicus à ne pas paraître différente des autres, à ne pas passer pour une fille bizarre, quelque forme que cette bizarrerie pût revêtir, un trouble dont souffre plus d'un jeune. Je ne pouvais supporter l'idée qu'un de ces schnocks raconte à ma classe qu'il avait décroché le gros lot, un tapis de ma mère, ce qui aurait déclenché, qui sait, les ricanements de mes camarades. Je voulais être normale et, normalement, on n'offre pas un tapis à un prof principal qui se déplace chez vous pour s'entretenir avec vos géniteurs.

Que ces enseignants vinssent faire un brin de causette, ça ne me dérangeait pas du tout, à ceci près que je trouvais leur venue extrêmement gênante. Surtout quand il ou elle entrait après avoir enlevé ses chaussures sur l'amicale sommation de Mère et ouvrait grand les yeux en découvrant l'exiguïté de notre domicile. Aucun n'a manqué de le relever : « Eh bien, ce n'est pas un peu trop petit pour une famille comme la vôtre ? » Sacrément bien vu, Mme Kusters ! Sans vous, on n'en aurait jamais rien remarqué ! Aussi, je répondais de coutume : « Si, mais heureusement, c'est pour ça qu'on va bientôt déménager. » Mentir dans de telles situations, j'estime que c'est permis, Allah peut comprendre. Par chance, mes géniteurs jouaient à chaque fois le jeu. C'est-à-dire que Mère ne pigeait pas (et ne pige toujours pas) le moindre mot de hollandais et que Père gardait le silence.

Les profs appréciaient fort la table copieusement dressée par Mère et son accueil enthousiaste, autrement dit l'hospitalité pour laquelle nous, les étrangers, sommes réputés. Par moments, le faible niveau de néerlandais ne facilitait pas la communication, mais tous ensemble on finissait par s'en sortir, d'autant que je faisais office d'interprète. En primaire, ça avait été plus compliqué. Tant Halil que moi, on transpirait comme des phoques quand il nous fallait traduire sur-le-champ les propos du maître ou de la maîtresse portant sur nos bulletins de notes. On ne possédait pas bien du tout la langue turque, je ne connaissais pas d'équivalents pour des tournures telles que « apprendre à se situer dans le monde », le « savoir-être », l'« acquisition du vocabulaire »... À supposer qu'on eût été en mesure de les restituer, ça n'aurait pas fait avancer le schmilblick puisque nos géniteurs maîtrisent tout au plus le turc pour débutants. Le même problème se posait lorsqu'on devait leur déchiffrer des courriers du fisc ou de la commune. Comment aurais-je pu connaître le sens d'« abattement fiscal » ou de « seuil d'imposition » ? Tout ce que je saisissais, c'était l'abattement de Père quand il franchissait le seuil en tenant à la main une grande enveloppe bleue.

Dans sa tâche d'interprète, Halil éprouvait plus de difficultés que sa grande sœur ; quant à l'apprentissage du néerlandais, il avait des résultats moins brillants que moi. Je m'en sortais très bien grâce à une consommation de livres de loin supérieure à la sienne. En fin de primaire, j'ai obtenu haut la main d'être dirigée vers un établissement vwo ; Halil, malgré son bon score au Cito, s'est vu conseiller de suivre un enseignement professionnel. Il n'était pas doué pour s'exprimer à l'oral, en bavait littéralement pour aligner trois phrases et se montrait incapable d'en écrire sans faire de fautes de ponctuation. Pourtant, sans que personne y comprenne rien, il a réussi avec brio l'examen d'entrée en secondaire. Grâce à mon propre parcours, nos géniteurs connaissaient la musique ; ils savaient l'importance de ce résultat pour l'avenir de mon frère. Deux ans plus tôt, de la bouche d'autres parents d'élèves, ils avaient appris que j'avais obtenu un score exceptionnellement élevé dont ils pouvaient tirer une immense fierté (le meilleur résultat jamais enregistré par un élève de mon école, mais l'aspect exceptionnel de la chose tenait surtout à la médiocrité des autres).

Dans le cas de Halil, nos géniteurs s'étaient depuis longtemps résignés à ce qu'il entre dans un collège professionnel et finisse comme ouvrier du bâtiment ou quelque chose de similaire – après tout, la lecture, ce n'était pas son truc. « Tout le monde n'est pas doué pour apprendre, certains sont faits pour travailler avec leurs mains, comme mes frères. Halil, c'est pareil, c'est dans sa nature », disait Mère après chaque entretien avec le maître ou la maîtresse, ceux-ci ne manquant pas de souligner l'important retard qu'il accusait en néerlandais, retard qu'on lui conseillait de combler en lisant davantage et en regardant les chaînes bataves. Absurde, estimait Mère, il n'y avait rien à combler. Il faut accepter les choses plutôt que les forcer, chaque personne est différente des autres, à chacun ses talents. Interprète pendant ces entretiens, je ne restituais pas les paroles de Mère, je disais qu'elle allait faire tout son possible pour corriger le tir. J'espérais que le futur lui donnerait tort. Travailler avec ses mains, n'est-ce pas fait pour ceux qui sont trop paresseux pour penser ?

Quand Mère a appris que j'avais obtenu un score élevé, elle a tout d'abord commencé à se faire du souci au sujet du mauvais œil. La notion de mauvais œil trouve son origine dans les enseignements religieux ; cela signifie que si vous réussissez dans un domaine donné, il vous faut vous méfier comme de la peste des envieux et de leurs regards sinistres ; ils risquent de ruiner tous vos mérites. Cela s'applique à tout. Une femme qu'on encense pour sa beauté sans prononcer *machallah* (« Que Dieu vous protège ») a de forte chance de se flétrir. De ce fait, il n'est pas rare qu'un musulman s'emporte contre un coreligionnaire si celui-ci fait son éloge en oubliant de prononcer le mot magique ; cela pourrait vouloir dire que le second cherche en catimini à réduire à néant le salut du premier. Quand une femme qui vient d'accoucher reçoit des visiteurs et que son bébé tombe malade peu après ou longtemps après, elle accuse le mauvais œil de l'une de ces personnes. Si jamais vous perdez vos cheveux, c'est parce qu'un tiers les a regardés avec jalousie. Si vous ratez une recette, c'est parce qu'une personne de votre entourage s'est réjouie par avance de cet échec. Si votre voiture tombe en panne, c'est parce qu'elle fait envie à un tel ou à tel autre, etc. De la sorte, chacun attribue tous les revers de l'existence à une envieuse taupe de son entourage ; la seule arme dont vous disposez, c'est le Coran, sans oublier tous les efforts qu'il vous revient de faire pour que mérites et bénédictions dont vous jouissez demeurent dans la sphère privée, loin des mauvais yeux. Indispensable dans ce processus : l'omniprésent *nazar boncuğu*, un pendentif auquel est attaché un carreau bleu et rond ; un point en son milieu est censé représenter un œil. Il suffit de regarder en Turquie, on le voit partout : dans les magasins, les mairies, les hôpitaux, les boulangeries, les banques, les appartements, les voitures et les aéroports. Les Marocains, quant à eux, ont une main comme symbole. À l'école coranique, j'ai appris que ces maudites amulettes païennes sont strictement interdites : elles relèvent de l'idolâtrie, ce sont des inventions tardives, ce qui signifie qu'on n'en trouve pas trace dans la vie du Prophète (que la paix soit sur lui) ni dans les Écritures. Par conséquent, il s'agit d'une symbolique culturelle que l'on attribue à tort à la religion. Cependant, la notion même de mauvais œil, en dehors de ces amulettes, relève bien de la doctrine ; on m'a enseigné que la seule façon de s'en protéger, c'est de réciter le Coran.

Le mauvais œil est la raison pour laquelle les musulmans pieux ne publient pas de photos d'eux-mêmes, de leur progéniture ou de leur nourriture sur les médias sociaux. Lebavasseur, l'imam du quartier, a raconté que quelqu'un, juste après avoir posté son repas sur Instagram, avait succombé à une crise cardiaque aiguë : « C'est parce que des gens ont posé un regard envieux sur son plat, en omettant de louer Allah. Cela pourrait vous arriver à vous aussi ! »

Mais que se passerait-il si, en regardant la vidéo de l'un de ses sermons, je le gratifiais de mon mauvais œil en le jalousant de je ne sais quoi ? Pourrais-je, de cette façon, lui occasionner une crise cardiaque ?

6

Halil a donc passé avec brio le test d'entrée en secondaire. Au dernier moment, il s'est entraîné de façon spartiate sur l'ordinateur de la bibliothèque – nous n'en avions pas – après avoir pris tout à coup conscience que son score pourrait avoir une grande importance quant à sa future profession et au restant de ses jours. Cependant, son maître s'en tenant à l'avis qu'il avait émis au préalable, mon frère n'a pas été directement admis dans une section huppée du collège. Il a dû batailler ferme. Depuis, il décroche des 9/10 et des 10/10 à l'université de Leyde, où il entend obtenir son diplôme avec mention pour travailler comme avocat dans le quartier financier d'Amsterdam. L'autre jour, Grand-Mère lui a demandé ce qu'il voudrait faire plus tard, mais elle ne sait pas ce que c'est, un avocat, et de toutes nos explications, elle n'a pas été à même de confectionner le moindre baklava.

Quand Halil a reçu son diplôme de fin de primaire, il a fait un doigt d'honneur à M. Mischa (le maître, il n'était d'ailleurs pas présent) et a exprimé sa frustration à propos de ce « connard de raciste » qui n'avait pas reconnu ses mérites. Je n'oserais pas dire qu'il y avait en l'occurrence de la jalousie en jeu, même si Yassine, un de ses camarades de classe avec lequel il est resté lié depuis, avait reçu un avis bien plus favorable du même enseignant, cela en raison de sa facilité à s'exprimer et à participer en cours, de sa personnalité extravertie, de son riche vocabulaire et de son assertivité. Yassine n'a pas obtenu un score brillant au test, il a fini dans une filière professionnelle. En l'espèce, donc, il ne me semble pas qu'on ait eu affaire à de la « discrimination envers un immigré ou un enfant d'immigré », mais à un exemple parmi beaucoup d'autres d'un maître qui privilégie « l'extraversion sur l'introversion » en se croyant capable de « détecter l'intelligence » d'un gamin. J'imagine qu'il y a de petits Hollandais blancs dont on sous-estime de même les capacités. Il n'en demeure pas moins qu'on préfère se garder de l'homme secret et du chien muet pour mettre en avant les personnes qui parlent comme un livre.

J'étais mal à l'aise lorsque le prof principal qui nous rendait visite allait aux toilettes ; à côté de la cuvette, il y a un arrosoir pour se laver les fesses, ce qu'on doit faire avant la prière, sinon celle-ci n'est pas valide. Peut-être l'enseignant savait-il ce que le récipient faisait là, peut-être ne le remarquait-il pas, je n'en sais rien ; quoi qu'il en soit, comme ce n'était pas normal, j'éprouvais une gêne extrême. Aujourd'hui, je m'en torcherais le cul. Ne peut-on pas attendre des profs d'un établissement comme le mien une certaine culture générale quant aux us et coutumes des sous-cultures qu'ils côtoient au quotidien ? Vous savez ce qui se dit à propos de l'intégration : ça doit venir des deux côtés.

Pareillement, je trouvais déplaisant que retentisse soudain l'appel à la prière (l'*adhan*) en pleine conversation avec le professeur principal. Chez nous, il y a une horloge numérique de La Mecque qui sonne bruyamment cinq fois par jour. Ça faisait sursauter le prof, qui associait sans doute « *Allahu akbar* », les deux premiers mots de l'appel, à autre chose que la prière. Entretien terminé ou pas, Mère s'emparait tout de suite de son tapis pour s'isoler dans une autre pièce et effectuer les mouvements imposés : debout, courbée, debout, courbée, front contre le sol, assise, et on remet ça. D'ordinaire, elle ne prend pas la peine de se mettre à l'écart, du moins jamais en ma présence ; celle du prof expliquait ce comportement. Naguère, quand je regardais un dessin animé ou un autre programme, dès que Mère priait, il fallait éteindre la télé. C'était hyper chiant. Elle prie en direction de La Mecque, qui est aussi celle du poste ; le laisser allumé, c'est de l'idolâtrie selon l'imam Lebavasseur.

La télé, justement, la plupart des profs qui sont passés à la maison faisaient la même remarque à son sujet puisqu'elle diffusait en permanence des émissions dans une langue étrangère. « Ça vous arrive de regarder des chaînes hollandaises ? C'est très utile pour réduire le retard des enfants. » Père mentait, répondant par l'affirmative alors que ça ne se produisait jamais de chez jamais. Le soir, quand Halil et moi voulions regarder un programme, nos géniteurs ne lâchaient pas la télécommande et n'avaient que faire de notre requête. Il n'en allait guère autrement pour nos camarades de classe. Beaucoup de gens de notre quartier ne reçoivent même pas les chaînes néerlandaises, ils n'en voient pas l'utilité, d'autant que ça coûte de l'argent. De plus, tard le soir apparaissent à l'écran des femmes nues qui vous incitent à leur téléphoner. À un certain moment, Père a voulu annuler son abonnement, d'aucuns l'incitaient à réaliser cette petite économie, mais Halil et moi l'avons supplié de n'en rien faire : on préférait les dessins animés hollandais aux turcs, un argument qui a fini par payer. À contrecœur, il a cédé. À une époque, mon petit frère et moi avons commencé à parler de plus en plus souvent en néerlandais, ne recourant plus au turc qu'avec nos géniteurs et des membres de la famille qui ne comprenaient goutte à la langue de Multatuli. Passer de l'une à l'autre demandait bien entendu une certaine pratique, mais c'était en même temps une bénédiction : une langue de plus, c'est s'enrichir d'une culture supplémentaire et avoir la possibilité de switcher en une fraction de seconde sur une autre réalité sociale. La langue donne accès à la mentalité d'un peuple, elle en dit long sur la manière des gens de raisonner, de s'exprimer dans diverses situations, sur la façon dont humour et idées naissent. Les mots dirigent la pensée. Quiconque pense que la langue n'est qu'un moyen de transmettre des informations fait preuve d'une grande ignorance. Je me suis vite rendu compte que les langues et la traduction permettent d'explorer les limites et les recoins les plus éloignés de notre pensée. À cela s'ajoute que le langage est un moyen illusoire pour réaliser l'impossible : se comprendre les uns les autres.

Mère n'admettait pas notre procédé, Père l'encourageait. Il aspirait à participer, mais ça a tourné en eau de boudin : il n'est pas capable de faire des phrases complètes. Mère a toujours refusé de parler néerlandais, elle trouve ça difficile, fatigant et inutile, elle veut revenir en Turquie dans un avenir proche. Depuis ma naissance, j'entends cette mélancolique chronique dire qu'on finira bien un jour par « rentrer », qu'il ne faut pas qu'on prenne racine ici, mais elle n'a jamais pu préciser quand ni comment. Mentalement, elle n'a jamais quitté son pays natal, seul son corps est parti. En outre, elle estime que le néerlandais, c'est pour l'école, et le turc, pour la maison ; après tout, nous sommes turcs et ne pouvons négliger notre langue maternelle. Pourtant, elle n'a pas réussi à y mettre le holà, c'était fouetter un cheval mort. Elle a fini par jeter son foulard dans le coin du ring, comme moi je devais le jeter au sens propre, mais ne nous emballons pas.

En secondaire, j'ai commencé à regarder des programmes du service public sur mon téléphone – enfin, au bout de trois ans seulement, à partir du moment où j'en ai eu un, un iPhone. Les profs nous conseillaient de regarder des talk-shows et de lire la presse : c'est important pour étendre sa culture générale et enrichir son vocabulaire. Des journaux, je n'en avais pas, car Père trouvait que c'était gaspiller des sous – les infos ne sont-elles pas gratuites à la télé ? Grâce à une application des chaînes étatiques, j'ai pu visionner des programmes en accès libre. C'est ainsi que, pour la première fois, je suis entrée en contact avec l'univers de l'opinion publique des Pays-Bas.

7

Je suis claquée, un coup de vent et oups, je ne suis plus là. Deux fois deux heures de trajet en une seule journée – soit le temps que je perds entre Bos-en-Lommer, mon arrondissement d'Amsterdam, et Loosduinen, celui de La Haye où habite Freek –, ça me laisse fourbue. Juste au moment où je m'affale sur mon lit, Grand-Mère m'adresse la parole : « Ta mère a téléphoné, tu rentres trop tard aujourd'hui encore... À ta place, je la rappellerais. »

C'est d'un chiant, ne pas pouvoir rester le week-end chez mon amoureux, être obligée de rentrer à chaque fois car j'ai interdiction de passer la nuit ailleurs qu'ici. Lui proposer de venir dormir avec moi, ce n'est pas non plus la solution. Si jamais je me fais repérer à Amsterdam en compagnie d'un garçon qui, en plus de ne pas me ressembler, a de toute évidence des traits germaniques, la guerre sera déclarée et je risquerai l'excommunication. Voire pire : un mariage forcé ou un aller simple à destination de la Turquie. Beaucoup d'anecdotes me sont parvenues sur le sujet, il y en a même eu des exemples dans mon entourage, ce sur quoi je reviendrai. Comme je veux échapper à ça, je me contente pour le moment de fixer en douce des rendez-vous en dehors de la capitale. Je n'ai pas le choix : c'est soit ça, soit prendre la poudre d'escampette.

Quand je ne suis pas sur les bancs de la fac, je bosse au supermarché Albert Heijn ou chez Oresti, un resto « grec », propriété de Turcs, comme tous les grecs et italiens de la région. Les week-ends, je les passe chez Freek ou au boulot, ça dépend. J'entends payer mes droits d'inscription, mes livres et d'autres choses moi-même, tout en mettant de l'argent de côté pour aider mes géniteurs à déménager, ainsi qu'ils l'envisagent. Cumulant un emploi de facteur et celui d'agent de nettoyage dans les trains, Père ne gagne pas de quoi financer cela, étant entendu qu'ils veulent remplacer tout le mobilier. Ou plutôt qu'il leur faut le remplacer : ce qui n'est pas démantibulé est vermoulu. Père croit que je dispose d'un vrai pactole : depuis trois ans, à chaque fois que j'ai rendez-vous avec Freek, je bobarde que je travaille ici ou là. Il m'a fait comprendre que, le moment venu, il me faudra lui avancer une certaine somme, il ne me lâchera plus. Ma cagnotte n'existant pas, je vais être rattrapée par la réalité ; aussi, je m'efforce de rattraper le coup pour mettre tout de même un petit pécule de côté.

Mère étant femme au foyer, c'est Père qui fait bouillir la marmite. Elle n'a jamais travaillé, bien qu'il l'ait encouragée à apprendre la langue et à aspirer à un emploi. C'est inhabituel : la plupart des hommes de sa génération interdisent à leurs épouses de travailler, car elles se retrouveraient entourées d'autres mâles que leur mari, ce qui est contraire à la décence. En outre, ils sont convaincus que la place d'une femme, c'est aux fourneaux. Sur ce point, Père est moderne. À moins, ce qui est possible, qu'il ne trouve en la matière les pépètes plus importantes que les principes. Souvent, ceux-ci finissent par céder face au fric, ce dieu que beaucoup de gens vénèrent en secret, peut-être même sans se l'avouer. L'argent, la violence et les privilèges font fi du droit, de la légitimité et de l'art. Il est rare qu'on fonde nos choix sur des principes ; la plupart du temps, le pragmatisme prend le dessus, émotions et argent jouant les rôles principaux.

Malgré les encouragements de Père, Mère préfère se conformer aux rôles traditionnels ; elle estime qu'une femme doit se charger de l'éducation des enfants, de la cuisine, du ménage, faire de la pâtisserie et de la couture, faire mijoter les liens familiaux. Si les femmes se mettent à travailler, *quid* de l'équilibre au sein des familles ? Ça, elle l'a appris à la mosquée. Père a fini par baisser pavillon. À présent qu'elle n'a plus de marmots dans les pattes et que Halil et moi menons nos propres vies, elle n'a jamais eu autant de temps à elle. En langage populaire, les Turcs diraient qu'elle est comme un maraîcher qui, en attendant le client, soupèse ses couilles. Voilà pourquoi elle suit depuis un certain temps, à la mosquée du quartier, un cours proposé par la fédération Millî Görüş. Elle y apprend à lire l'arabe afin d'être versée dans toutes sortes de textes coraniques qu'elle finira par connaître sur le bout des doigts. Une occupation plus utile à son sens pour tuer le temps que prendre un travail ou acquérir des connaissances profanes. De même que ça arrange fichtrement le paresseux de se savoir inutile, de même ça arrange Carabosse que la doctrine lui interdise de travailler. Loin de moi l'idée de suggérer qu'elle est paresseuse, mais elle opte pour la solution de facilité. Ce qui est différent.

Père ayant des emplois non qualifiés et étant le seul à ramener des sous à la maison, on a toujours vécu chichement, alors que, selon toute apparence, des voisins ou des membres de la famille qui travaillent dans le meilleur des cas au noir s'en sortent tout aussi bien, voire mieux que nous, grâce aux diverses allocs. Mère a appris de la bouche de voisines que leurs enfants bénéficient d'un accès gratuit à internet, d'argent de l'administration pour acheter des vêtements et même d'un ordinateur portable aux frais de l'État. Pour leurs études, les plus grands obtiennent un prêt qu'ils n'ont pas à rembourser une fois leur diplôme en poche, cela en raison des faibles revenus du chef de famille. Sans compter les allocations logement et santé que ces gens perçoivent. Certains parents concluent un divorce blanc, histoire que l'épouse touche quelques subsides supplémentaires au titre de mère célibataire ou de je ne sais quoi d'autre. De la sorte, ils parviennent à payer les charges fixes, partent en vacances avec l'argent gagné au noir et accumulent même de quoi acquérir des biens immobiliers en Turquie. Mère rabâche que c'est pure folie de continuer à travailler comme manœuvre en Hollande, vu le peu que ça rapporte. Mais, comme l'imam local a dit que renoncer à un emploi légal quand on est en mesure de l'exercer, c'est couillonner les autorités en même temps qu'un grand péché, Père y a renoncé.

Je n'ai jamais réussi à comprendre que c'est cette femme qui m'a mise au monde. Si je ne ressemblais pas comme deux gouttes d'eau à Père, je serais convaincue au dernier point d'avoir été échangée avec un autre bébé dans la couveuse de la maternité. Une petite de parents immigrés, au minois impossible à distinguer du mien et au prénom bizarre que le personnel aurait eu du mal à mémoriser et, par une putain de coïncidence, très proche phonétiquement du mien, par exemple Bouchra (moi, au fait, c'est Büsra, enchantée), si bien qu'ils auraient interverti par mégarde nos badges. Au demeurant, je ne sais si les puéricultrices utilisent des badges, des étiquettes ou je ne sais quoi d'autre, je bavarde pour meubler ; si je me trompe, faut pas m'en tenir rigueur. Seule autre possibilité : Père m'a conçu avec une autre femme et, juste après avoir été mise au monde, on m'a refilé Sèchepaille en guise de maman, mais ça me semble un peu fort de *kahvesi*, faudrait pas grimper trop vite à l'arbre complotiste.

Au moment où piles de bouquins, notes de cours et feuilles volantes qui encombrent mon bureau s'immiscent dans mon champ de vision et que les échéances du lendemain surgissent dans mon esprit, l'idée que je n'en peux plus de ma vie m'assaille pour la énième fois. Je m'écroule sur mon lit et ferme mes quinquets. Tout à l'heure, je vais descendre trois tasses de café couleur caoutchouc fondu afin de m'acquitter de mes tâches estudiantines.

Ce matin, dans le train, je me suis retrouvée à côté de dames d'un certain âge qui s'ébaudissaient à la perspective de se rendre au musée. Réserver en ligne, condition manifestement requise, leur avait posé problème ; elles espéraient ne pas être refoulées à l'entrée. Une scène attendrissante. Pour l'occasion, elles s'étaient maquillées et avaient verni leurs ongles après être sorties de chez le coiffeur. Où elles avaient fait une couleur tout comme la grand-mère de Freek. Ces femmes débordaient de joie de vivre, c'était fascinant, je ne suis pas habituée à un tel spectacle. Dans mon entourage, on ne voit pas les personnes âgées faire ça ; elles ne savent même pas lire, alors s'intéresser à l'art, vous pensez ! Même chose de la génération suivante, celle de mes géniteurs : elle ne parle que d'Allah, de la mort et de l'au-delà, à commencer par l'enfer. L'existence ici-bas, les expos et autres manifestations artistiques, ce n'est pas trop leur truc. Non plus que les sciences profanes. Mère prie même la nuit, son *misbaḥa* aux perles de toutes les couleurs à la main. Ce chapelet dont elle use comme attribut est le même que le catholique.

Ça a souvent aiguillonné ma curiosité, ces aspects de notre tradition ou de notre doctrine déjà présents dans le christianisme. Naguère, je m'en faisais une autre idée, ça n'allait pas plus loin qu'un réveillon de Noël ou encore les récits bibliques dont on parlait en cours de religion tous les lundis matin, au collège. Et dont, au reste, on ne distillait aucun précepte embrassant tous les aspects de l'existence. Ni la détraquant. J'ai lu sur Wikipédia que, jadis, les chrétiens connaissaient eux aussi une burqa, la huque. Je peux à peine croire que des Hollandaises se sont trimbalées vêtues de la sorte, mais cela me donne espoir : manifestement, il est possible d'assister à des transformations drastiques au sein d'une société de zélotes jusqu'au-boutistes, à condition de hausser le niveau moyen d'éducation (d'autres variables, telles une réforme, la démocratisation et la sécularisation, ne seraient en rien un luxe). Le cours des choses peut changer. Mais, en la matière, ma famille a un tortillard de retard.

La semaine dernière, une fois de plus sortie du plumard de bonne heure, je me suis retrouvée dans un compartiment vide jusqu'à ce qu'un monsieur assez âgé choisisse, curieusement, de s'asseoir juste en face de moi plutôt qu'à bonne distance, sur un des autres sièges inoccupés. Dans le train valent des règles sociales non écrites : on ne s'assied pas à côté d'un tiers s'il y a de la place ailleurs, et en aucun cas tout près ni juste en face.

En articulant de façon théâtrale, il m'a demandé mon prénom, puis – l'index pointé vers sa tête, à croire qu'il s'adressait à une personne faible d'esprit – s'il arrivait qu'on fasse des commentaires désobligeants sur mon foulard. Comme j'ai répondu par l'affirmative, il m'a chaudement recommandé de ne pas en tenir compte, me confiant que sa mère et sa grand-mère en portaient un elles aussi, que c'était courant autrefois. Quelque part, son intervention que je n'avais pas sollicitée m'a touchée, mais je ne savais pas très bien quoi en faire. Avais-je l'air d'une jeune femme qui a besoin de l'aide du premier venu pour s'entendre dire qu'elle n'a pas à s'en faire, qu'elle ne mérite pas qu'on lui adresse des remarques dégradantes ? Avais-je l'air d'une réfugiée dépaysée, fraîchement débarquée d'Afghanistan ou d'ailleurs, à qui il aurait cherché à expliquer les Pays-Bas et les Néerlandais pour les nuls ? Bon dieu de merde, je suis née ici ! Qu'est-ce qu'il attendait de moi, au fond ? que je le remercie ? Il ne croyait quand même pas que j'éprouvais, ne serait-ce qu'une seconde, un sentiment d'infériorité devant un protozoaire qui n'a rien de mieux à faire dans la vie que de rabaisser le costume traditionnel d'autrui ! Je n'apprécie pas le rôle de victime dans lequel il m'enfermait. Je suis une fille bien qui se montre sous un jour meilleur encore. La vulnérabilité, c'est pas mon truc. Ce monsieur s'était trompé d'adresse.

Oui, il m'est déjà arrivé de me faire insulter. Récemment encore, sur la plage de Scheveningen. « Merde alors, on n'est pas en Arabie saoudite ici ! Enlève-moi donc ce torchon ! » a aboyé, en rage, un monsieur à moitié nu au bronzage malsain, en état d'alerte maximale. Ça lui sortait des tripes, je l'ai lu dans ses yeux bleu clair perçants, saturés d'une intense agitation. Je n'ai pas trop su quoi lui répondre. J'aurais aimé rétorquer : « Ouais, moi aussi, je voudrais bien l'enlever, j'étouffe sous cet incubateur à virus, je préférerais être en bikini et même bronzer les nibards à l'air, mais il m'est interdit de l'enlever, enflure ! » Malgré tout, j'ai gardé le silence, je ne voulais pas jeter un pavé dans la grande mare halal. Sur la plage, il arrive que des noms d'oiseaux atterrissent sur mon hidjab quand je ne suis pas accompagnée d'un mâle ; d'une manière ou d'une autre, les populations de Zandvoort, de Scheveningen et de leurs environs n'admettent pas les toilettes orientales, mais ce n'est rien comparé à ce qui me tombe sur le paletot dans le quartier de Freek : crachats, regards jetés sur ma tête depuis les balcons en même temps qu'une dose de jurons haguenois, y compris des invitations à des confrontations physiques quand je me balade avec Freek (Dieu merci, jamais quand je suis seule, sans doute les types ont-ils peur de bafouer leur honneur). En d'autres mots, j'ai déjà un peu de bouteille, le monsieur du compartiment n'avait pas besoin d'en faire tout un fromage.

Du coin de l'œil, je vois les innombrables compléments alimentaires que j'ai oublié de prendre ces derniers jours. Il y a peu, j'ai commencé à me plaindre de maux structurels. Je souffrais de fatigue chronique, de mélancolie, d'irritabilité, j'avais les mains qui tremblaient tout le temps. Il y a des moments, comme aujourd'hui, où je regarde droit devant moi et où j'éclate subitement en sanglots. Je me demande si je suis heureuse. J'en sais rien. Les jours et les semaines filent à toute vitesse alors que je cours de la fac au boulot et *vice versa*, que je cavale pour sauter dans le train qui me conduit chez Freek, lequel se plaint toujours plus, à juste titre, qu'on se voie bien trop peu. Moi, dans ces moments-là, j'ai l'impression de vivre hors du temps, de devoir cocher des cases qui correspondent à mes responsabilités. Je bosse sans motivation, vrai automate du devoir, je fends la réalité comme un timonier aveugle. Je mène une existence flétrie, dépourvue de force, de sève. Quand j'ai cherché sur Google « pourquoi suis-je tellement fatiguée ? », j'ai obtenu cette réponse : cela pourrait provenir de carences en vitamines. Et moi de me rendre à la pharmacie et d'acheter tout ce sur quoi figure : « booster vos défenses immunitaires », « comment bien gérer votre stress » ou « comment maintenir votre niveau d'énergie au travail ». Je suis toujours indolente, facilement irritable, mais il faut dire que ces pilules ne promettent aucun changement des circonstances dans lesquelles vous vivez, aucun progrès socio-économique, aucun élargissement, aucun affranchissement ni le moindre échange de famille.

Dès l'aube, je travaille au rayon boulangerie d'Albert Heijn, cela jusqu'à midi. Je me lève donc à 6 heures. Après le supermarché, je suis des cours à la fac sur l'histoire de la littérature néerlandaise. Quand je n'ai pas cours, soit deux jours par semaine en général, je bosse au restaurant – à l'insu de mes géniteurs. Ils ne me permettraient pas de servir de l'alcool, encore moins d'être serveuse. Pour une musulmane, ce n'est pas comme il faut. Une musulmane doit se montrer humble et rester en retrait, et non chercher à attirer l'attention en servant, vêtue d'une tenue moulante, des tables mixtes, voire uniquement composées de mâles. Ces clients vous dévisagent et vous déshabillent du regard, le compteur kilométrique de vos péchés monte en flèche, proportionnellement à l'effritement de l'honneur de votre famille.

En soit, ce n'est pas tout à fait faux. Pour les gens de la variété hâlée, les restaurants sont souvent l'endroit par excellence où flirter et empaumer, étant donné qu'ils ne sortent pas pour le reste et ne tindèrent pas, à la différence des *tatta's*[1]. Enfin, pour dire les choses telles qu'elles sont : les filles, elles, ne font pas ça, du moins pas ouvertement, elles n'en ont pas le droit ; les garçons, eux, s'y livrent bien sûr. S'ils veulent se faire une fille de leur ethnie, le resto est en réalité la seule option à côté des rencontres virtuelles sur Instagram. Et s'ils ont envie d'une Teutonne, il leur suffit de swiper.

La façon dont ces flirts se déroulent est plutôt amusante. En groupe, les messieurs bouffent ou sirotent une chicha tout en explorant les parages, table par table, pour voir si la viande assise là est à leur goût. Si l'offre globale se révèle décevante, ils gagnent un autre de leurs établissements préférés et procèdent de même, jusqu'à ce que ça fasse tilt. Si l'appétence est réciproque, la demoiselle ne quitte pas Monsieur des yeux et lui adresse un sourire qui en dit long – le feu vert. À la suite de quoi le gonze se doit d'avoir les couilles de décocher un clin d'œil en invitant la donzelle aux toilettes. Elle lui emboîte le pas. On le sait, quand le foin suit le cheval, c'est qu'il veut être mangé.

On échange des numéros dans l'espoir d'échanger un jour prochain des fluides corporels. Il arrive qu'un coq repère une poulette qui lui paraît appétissante, mais voilà,

1. Néerlandais blancs/autochtones.

elle ne lui retourne pas ses regards ou est trop prise par sa tablée ; s'il tient à la revoir un jour ou ne serait-ce qu'à tâter le terrain, il est acculé à recourir à d'autres outils ou idées. Pour tenter sa chance, il espère qu'à un moment donné elle va se lever pour aller aux toilettes ; si tel n'est pas le cas, en dernier recours, il lui reste Facebook, où il existe des groupes spécialement conçus pour ce cas de figure : on place anonymement un post en exposant qu'on a dîné dans tel restaurant, tel jour à telle heure, et qu'on chérit la fille aux cheveux longs et au chandail vert qui était assise à la table X. Seuls les messieurs sont autorisés à publier pareilles requêtes ; une midinette qui s'y risquerait serait considérée comme une « assoiffée », une salope, une traînée, une roulure, autant de prédicats auxquels on est aisément éligible dans ces milieux. Soit la fille déraille, soit elle « cherche désespérément un zob » : celle qui a une once d'amour-propre ne court nulle part après un garçon, moins encore dans un groupe public sur le World Wide Web. Comme la plupart des membres de ces groupes sont couleur sable, il y a de fortes chances que la jeune fille tombe sur le post la concernant ou qu'une de ses connaissances attire son attention dessus. Certains gars prennent en douce une photo de la donzelle et la publient. Ces liaisons se révèlent plutôt laborieuses, car les deux tourtereaux ont pour géniteurs des croyants ; il leur est impossible d'amener un petit ami ou une petite amie à la maison avant le mariage.

Quand il fait beau, ils vont se bécoter dans les parties des parcs que personne ne fréquente ; l'Amsterdamse Bos est assez grand pour ça, Spaarnwoude a aussi ses adeptes. Ou bien ils font *ça* dans une voiture, quand ils en ont une à leur disposition. En hiver, ils sont obligés de réserver une chambre d'hôtel. Étant donné que, chez nous, l'homme comme le jeune homme, sous peine de ne pas être digne de son sgueg, paie tout pour la femme, ce genre d'acoquinements, ça peut vite chiffrer. Ainsi, mon cousin Mustafa, chroniquement en rut, ne manque pas de se plaindre des frais de bouche et de couche qu'il se prend en pleine figure plusieurs fois par semaine. Grâce aux musulmans, les hôteliers des banlieues se frottent les mains.

La façon dont ces jeunes gens pratiquent le sexe surclasse tout dans la course à l'absurde. Le sexe vaginal est exclu, la fille veut garder sa virginité jusqu'au moment où on lui passera la bague au doigt ; ils en sont donc réduits à faire l'amour d'une autre manière. Ce qui n'est pas considéré comme du sexe, car la midinette reste vierge ; autrement dit, aucun grain de sable dans l'engrenage. Si malgré tout ça vient à déraper parce que l'adulé tendron, après une délibération précipitée et sous le coup de l'imprévoyance, relâche le frein tandis que le chasseur tire, les répercussions sont désastreuses. Remords cuisants, torturants, bourrelants. Une période de contrition, de componction et d'autoréprobation, voire d'autoflagellation. Chose inouïe, le poids d'un péché aussi colossal peut se traduire par une dépression ou des comportements déroutants. Il y a la peur : que va-t-il se passer s'il rend la chose publique ? Dans le pire des cas, il diffuse l'information dans le monde entier par le biais du Web et elle finit par parvenir aux oreilles de la famille de la meuf ; dans le meilleur des cas, il n'en fait part qu'à ses copains, lesquels vont décrocher le téléphone arabe, imités par les copains des copains – la fille n'a plus qu'à prier pour que ça se tasse.

Si la famille a vent de cette flétrissure, cela représente un tournant dans la vie de tous ; la fille ne vaut plus rien, aucun homme droit et juste ne voudra de ce monstre souillé pour épouse et pour mère de sa descendance. La réputation et le nom de la dynastie sont irrévocablement entachés. Chaque fois que le père ou le frère apparaîtront en société, on les montrera du doigt, ça baragouinera, ça ragotera, on les zieutera de haut et de travers, regardez-moi ce ballot, ce charlot, cette lavette, cette colonne vertébrale guindée incapable d'élever, de dissimuler, de protéger sa jouvencelle et de la garder du mal, ce n'est plus qu'une vile gaupe. Les commérages, ou la vengeance immorale d'une morale frustrée et impotente.

J'ai entendu de la bouche de Mère que des daronnes sont restées paralysées ou ont eu une crise cardiaque après que des photos coquines de leur fille ont été mises en ligne. Nous, musulmans, abordons tout de manière holistique : l'individu n'existe pas, chacun est un prolongement, un appendice ; par conséquent, la vie des membres de la famille de la donzelle ne sera plus jamais la même, pour ne rien dire de la vie de la donzelle elle-même.

L'intolérable angoisse qu'elle éprouve après pareille infamie résulte donc principalement de l'incertitude relative à l'évolution de la relation amoureuse, du risque que celle-ci capote et que les tourtereaux ne se marient pas ensemble. Quel homme voudrait encore d'elle dans pareil état de délabrement ? Nos mâles choisissent et apprécient leurs femmes comme leurs voitures : le kilométrage zéro au compteur, c'est bien plus convenable. L'autre jour, un cousin a éclairé un peu plus ma lanterne : « Une femme, c'est comme une bagnole, ça se parque. La différence, c'est qu'on monte la première alors qu'on monte dans la seconde. »

Si la relation n'avorte pas et débouche sur un mariage, vous n'avez plus grand-chose à craindre, si ce n'est, qui sait, qu'Allah ne vous pardonne pas votre péché ; toutefois, en la matière, il est possible de négocier et de faire de son mieux jusqu'à la tombe. C'est bien plus grave quand les chemins se séparent. On a alors d'un côté un petit gars qui se trimbale partout en portant un secret qui peut détruire à jamais votre vie et celle de vos proches s'il vient à le prêcher, ou le sourater, sur les toits – la pauvrette et sa parentèle se verront calomniées et boycottées, plus encore s'il y a des visuels qui volettent à droite et à gauche –, et de l'autre une « chatte défoncée » qu'il n'est plus possible de faire passer pour neuve en vue de la vendre ; tout au plus pourra-t-elle passer pour une bonne occasion, mais cela n'intéresse personne si ce n'est, sait-on jamais, un divorcé qui a des gosses ou qui ne peut obtenir mieux en raison de sa laideur. Mais un type pareil ne va pas intéresser les musulmanes, et encore moins leurs géniteurs dont l'opinion prévaut sur celle de leur fille.

Ne demeure qu'une issue : l'hyménoplastie. Cependant, cela ne fonctionne que si le garçon qui vous a sautée n'a pas de preuves de l'acte ou, dans le cas contraire, tant qu'il ne les rend pas publiques. Autrement dit, il faut un facteur chance. À défaut, vous serez connue comme la *kech* du quartier – la putain, quoi. Pour reconstruire votre hymen, vous avancez quelques milliers d'euros et le tour est joué : vous avez une foufoune virginale qui va pisser le sang comme un goret lors de votre nuit de noces. Car saigner, il le faut et le faudra, sinon vous inspirerez suspicion et défiance. Si, par malchance, ça ne marche pas et que l'hémorragie se fait attendre, votre mari, dans le pire des cas, vous ramènera chez vos géniteurs avec le ticket de caisse. Mais il est également possible qu'il ferme les yeux, car le montant d'un divorce et d'un nouveau mariage ne lui est pas forcément favorable. Cependant, quand règne une telle méfiance, l'union commence bien mal, dans un climat peu clément. Pour éviter ce risque, les dames doivent faire en sorte, à titre préventif, que ça marche. Il existe de nombreuses façons de procéder, il leur suffit de chercher sur Google. La méthode la plus courante consiste à mettre du faux sang dans un sachet. Je me sais redevable de bien des détails à votre égard, mais dois avouer que je n'ai pas encore eu besoin de recourir à pareil subterfuge.

Inutile d'épiloguer de toute façon puisque tout le monde le sait : chez nous, les musulmans, on observe un satané culte de la virginité. Enfin, uniquement quant aux femmes, car, sur ce terrain non plus, les deux sexes ne sont pas logés à la même enseigne. Cela conduit les hommes à penser en ces termes : « y a des femmes pour faire la noce » et « y a des femmes pour convoler en justes noces », celles qui ont

« l'étoffe d'une bobonne ». Avant de devenir des pères de famille, les bonshommes sont autorisés à picorer généralement parmi les Hollandaises libres et monoculturelles sans pour autant s'interdire de butiner des filles de leur propre espèce. Les dames en question, qu'ils « consomment avant de les jeter comme un Kleenex », selon leurs propres mots, sont à leurs yeux des roulures. Celles qui convolent en justes noces se doivent d'être intactes, des diamants bruts ; à défaut, ce sont des créatures inférieures à la cuisse légère.

Si Dieu n'a opéré aucune distinction entre les sexes lorsqu'Il a accordé ce poids considérable à l'exigence de virginité, dans la pratique, il en va tout autrement. Les foudres ne s'abattent pas sur un gars dont la famille découvre qu'il n'est plus puceau, bien au contraire, on fait comme si de rien n'était, voire on l'encourage en douce à décharger de temps à autre sa mayonnaise. « Un garçon doit acquérir de l'expérience, c'est normal, alors qu'une fille, son honneur est plus important que sa vie », m'a répondu récemment ma tante alors que je lui demandais pourquoi elle permet à Mustafa de fricoter avec des filles, mais interdit à Sema de fricoter avec des garçons. De façon générale, les tuteurs ne s'intéressent guère à ce que leur fils fabrique avec son sgueg, étant donné qu'ils n'en subissent aucun désagrément, n'ont pas à craindre en la matière l'ordalie de la communauté ni à réparer une quelconque faute. Mieux encore, plus un gars baise de belles gonzesses, plus il monte en grade dans l'Ordre de la Biroute, ordre au sein duquel les sans-biroute ne sont pas admises. Mère, elle non plus, ne s'offusque aucunement que son fils ait une petite amie, mais si jamais elle apprend de quoi il retourne à mon sujet, elle me réduira en compote, me reniera, me jettera à la rue, m'enverra en Turquie et Dieu sait quoi et où encore. Dénoncez l'hypocrisie régnante, et ces gens vous opposent une excuse morale toute prête ; ainsi, ils se déchargent de leur devoir de se conformer aux vertueuses prescriptions qu'ils sont les premiers à propager.

Tout cela fait que je me trouve sur un siège éjectable, d'autant plus que mon petit ami est un blond kâfir. Une femme ne doit-elle pas attendre, pour approcher un homme, que sa famille ait fait connaissance avec lui et approuvé tout premier contact, lequel est suivi dans la foulée par des fiançailles puis un mariage ? L'approbation des géniteurs se fonde sur leurs propres préférences. Certaines choses sont gravées dans le marbre, on ne saurait y couper : le sgueg doit être d'origine turque, il doit être musulman (sunnite) et, en outre, appartenir à la même mouvance que nous (Millî Görüş) ; il doit avoir une famille prête à le soutenir en toutes circonstances, une famille qui souscrit à son choix en matière d'épouse – dans le cas contraire, cela signifie que ses proches estiment que vous n'êtes pas comme il faut. Une personne droite et juste reconnaît la valeur de ses géniteurs et témoigne d'un respect inconditionnel à leur égard. Dans nos milieux, on regarde un tempérament rebelle (chez nous, toute critique est considérée comme de la rébellion) et non conformiste comme l'incarnation du mal. J'oubliais : le sgueg en question doit en outre avoir un emploi décent et un toit.

Pendant mon enfance, Mère me déconseillait fortement de faire du vélo : je risquais de déchirer mon hymen en pédalant trop fort ou en rebondissant sur la selle trop dure. Après maintes bisbilles avec Père, elle a fini par fermer l'œil sur la question ; il estimait qu'elle poussait le bouchon trop loin, toutes les filles ne font-elles pas du vélo ? Des voisines ont contribué à délivrer Mère de ses soucis en lui assurant que *ça* ne se déchirait pas aussi facilement qu'elle le croyait.

Quand elle a découvert que je n'étais plus pubère, elle m'a incitée à ne jamais utiliser de tampons, même si j'en avais besoin à l'école et si quelqu'un m'en proposait. Normalement, on met en garde les ados contre les drogues ; moi, on me mettait en garde contre les tampons, car ils vous prennent votre virginité. Contrairement à l'histoire de la selle, cette hypothèse a été confirmée par les femmes du quartier.

J'avais déjà treize ans quand Carabosse s'est rendu compte que j'étais réglée, ce que j'ai réussi à cacher pendant plus de vingt mois. Je savais que le révéler, c'eût été me condamner à porter un hidjab en permanence à l'extérieur de la maison et en classe, et non plus seulement à l'école coranique. Selon la doctrine, une jeune fille doit se couvrir dès lors qu'elle a ses premières règles ; c'est là le point de départ de la responsabilité en matière de péché, et à partir de là, pour elle, tout revêt la même gravité que pour n'importe quelle autre femme. On efface les années précédentes. Quant aux garçons, c'est à partir de leur première éjaculation. Mais bon, eux, on ne les force pas à porter une tenue spéciale, sans parler d'un foulard.

Moi, de foulard, je n'en voulais pas encore, c'est moche et pas du tout pratique quand il fait chaud à crever. Au collège, on allait me trouver bizarre, même si d'autres filles en portaient un. Ça ne me correspondait pas. Ça voulait dire en outre que je ne pourrais plus jamais porter de T-shirts, ce qui n'est pas drôle pendant les cours de gym. Mais surtout, la raison principale, c'est parce que c'est moche.

À la vue de ma première culotte tachée de sang, j'ai senti, dans une panique aveugle, mon cœur battre dans ma gorge. C'est que, dorénavant, mes péchés comptaient. Je n'avais plus le droit de manger et de boire pendant le ramadan, de sucer en cachette des bonbons contenant de la gélatine de porc, de nager (dans le même bassin que des sguegs). Il me fallait prier cinq fois par jour, ne plus faire copain-copine avec le moindre garçon, enfin dissimuler mes formes et mes cheveux. Ces prières, je n'en avais pas du tout envie non plus, je n'avais pas besoin de gratifications spirituelles ; dans ce rituel, je ne voyais que stérilité et perte de temps. Par conséquent, j'ai décidé de ne rien dire.

Après avoir fourré un kilo de papier toilette dans ma culotte, je me suis dandinée jusqu'à la pharmacie pour acheter des serviettes hygiéniques que j'ai cachées comme si ma vie en dépendait. Comme Mère fouille régulièrement dans mes affaires, cela s'est révélé compliqué. Un endroit où elle ne fourre jamais son nez, il n'y en a aucun dans notre appartement. Après une longue réflexion, j'ai eu tout à coup une idée : le mini-coffre-fort qu'une copine avait acheté chez Intertoys. Certes, un jouet, mais malgré tout un coffre-fort muni d'un cadenas. Truc complètement débile, tous les coffres avaient le même cadenas et la même clé ! Pour déverrouiller le mien, il suffisait donc à Carabosse ou à quiconque d'acheter le même modèle. Pareil pour les serrures des journaux intimes en vente dans ce magasin. Les idiots.

Mais bon, je ne voyais guère Mère acquérir un coffre-fort. (Soit dit en passant : quand j'ai compris que tous les journaux intimes avaient la même serrure, j'ai lu celui d'une copine, mais il ne contenait rien de spécial, tout juste un récit vindicatif et sans queue ni tête sur les querelles qui l'opposaient à ses géniteurs. Au fond, c'est un peu la même chose dans ce bouquin.) Mère m'ayant demandé pourquoi j'avais passé mes économies dans un coffre-fort, je lui ai répondu : pour y mettre des sous à l'abri. Comme si j'étais riche ! Le coffre-fort et les serviettes hygiéniques, ça m'avait coûté un bras ; j'avais payé ça avec l'argent de l'Aïd el-Fitr, seul jour de l'année où je recevais des pièces à condition d'embrasser les mains de membres de la famille. Le reste du temps, chez nous, on ne fait pas dans l'argent de poche.

Après ce gros investissement, je n'avais plus de quoi m'acheter un Chocomel au distributeur de la bibliothèque, non plus qu'un croissant à l'Albert Heijn. L'idée d'en voler au supermarché a pu me traverser l'esprit, mais j'ai à chaque fois repoussé cette marotte marocaine : il y allait de mon honneur.

À un certain moment, j'ai hésité à passer aux tampons, qui me semblaient beaucoup plus pratiques que les serviettes, mais les avertissements de Mère tintinnabulaient de plus belle dans ma tête. J'ai consulté le site de la santé publique pour savoir si un tampon peut ou non déchirer l'hymen. La réponse est non, mais l'ouverture risque de s'élargir et le contour de s'étirer. J'en ai flageolé d'horreur. Manifestement, Mère avait tout de même raison. J'en suis donc restée aux serviettes.

Un jour, cependant, j'ai été faite comme un rat, car, ainsi qu'on le dit poétiquement en turc, la bougie du menteur brûle jusqu'au lever du soleil. Sans doute Mère avait-elle déjà la puce à l'oreille : j'avais treize ans, les filles de mon âge étaient réglées. Au début, elle s'est fait du souci : je serais stérile, j'avais une maladie… Elle voulait m'emmener chez le médecin, mais je l'ai persuadée qu'il n'y avait rien d'anormal, d'autres filles du collège étaient logées à la même enseigne. Malgré tout, je savais que le jour où je serais forcée de le lui dire approchait toujours plus, vu que je ne pouvais pas attendre la fin du conflit israélo-palestinien pour arrêter de mentir. Le menteur cherche toujours à éviter de se faire prendre sur le fait, mais dès que cela devient invivable ou irréaliste, mieux vaut arrêter de donner le change. À chaque fois, pourtant, l'idée de devoir porter un hidjab me dissuadait de parler, bien que ma conscience – mon confesseur des jours ouvrables – me pesât toujours plus ; lorsque je voyais des filles voilées, je me prenais une gifle en pleine figure, ça me ramenait à mon état de pécheresse et d'hypocrite, mais je ne tardais pas à songer à toutes les musulmanes non voilées – je n'étais donc pas la seule pécheresse, je n'étais pas seule. Cependant, je n'étais pas bête au point de croire qu'il s'agissait là d'une excuse valable : « À chacun sa tombe », ainsi que je l'entendais jour après jour à la mosquée. Voilà pourquoi le malaise était permanent. Je trébuchais sur le sujet. On m'apprenait d'autre part que je brûlerais en enfer pour chaque cheveu que je ne couvrais pas devant des étrangers. Aussi, je priais chaque soir avant de m'endormir pour obtenir pardon, absolution et compréhension : je n'étais pas encore prête à porter le foulard, ce bout de tissu me faisait perdre confiance en moi et ne m'allait pas. Dieu pouvait le comprendre, non ? Ou ne s'agissait-il pas d'une excuse valable ? Je n'en savais rien, cogiter me fatiguait. Je ne voulais pas voir décliner la petite popularité dont je jouissais au bahut et redoutais que ma laideur acquise ne fasse stagner l'attention qu'on m'accordait, entre autres de la part de Harun, le plus beau garçon de la classe, qui faisait parfois un brin de causette avec moi ; je rougissais alors comme une betterave, mes organes s'emballaient, tandis que je souffrais subitement d'un défaut d'élocution.

Par-dessus le marché, il est interdit de porter des aiguilles sur la tête pendant le cours de sport. Des filles couvertes m'avaient confié que c'est extrêmement enquiquinant, qu'à chaque mouvement tout part de travers, surtout quand on a des cheveux longs et épais. Elles adoraient jouer au foot, mais, voilées, elles ne couraient jamais et ne participaient pas vraiment aux exercices. Le prof mettait ça sur le compte de la paresse ou d'un manque de motivation. Une fois que j'ai porté le foulard, je suis devenue à mon tour « paresseuse ».

Donc, par un jour estival de ma treizième année, à la suite de mon seul moment de négligence, Carabosse a remarqué une culotte tachée de sang. Elle a supposé que c'était la première fois, je ne l'ai pas détrompée.

Le lendemain, en rentrant à la maison, j'ai trouvé un hidjab rouge sur mon lit. « Il est grand temps que tu te conformes aux règles. Tes camarades en portent un depuis longtemps, depuis le primaire ou leur première année de secondaire. Ilay, qui est plus jeune que toi, en porte déjà un. Tu sais que c'est comme ça, on te l'a appris à la mosquée. Estime-toi heureuse, Allah sera très fier de toi ! Pense aux bénédictions que tu vas recevoir ! Demain, va au collège voilée, je t'ai acheté un foulard aujourd'hui dans ta couleur préférée », m'a-t-elle dit sur le ton de quelqu'un qui commande un sandwich au jambon halal, puis, sans transition, elle est repassée à ses casseroles, ne prêtant pas l'oreille à mes plaintes – c'est un changement trop radical pour moi ! – qu'elle aurait de toute façon balayées d'un « arrête tes chichis ». Faire des chichis ne vous empêche pas d'être quelqu'un de sensible, mais voilà, une plouc ne voit rien au-delà des chichis.

Après des heures passées devant le miroir, des aiguilles à la main et les yeux rivés sur des tutos YouTube qui montrent comment se coiffer de façon stylée – comme à chaque fois pour ce genre de vidéos, ça semble plus facile que ça ne l'est en réalité –, le lendemain matin, j'ai pris une profonde inspiration et je suis partie au collège. Je m'attendais à ce que tout le monde, dans le métro, me dévisage, mais personne n'a semblé impressionné.

« Quel dommage, Büsra ! Quel dommage, toi qui as de si beaux cheveux ! » se sont exclamés presque tous les profs. « Oh ! t'as changé de trombine », a fait M. Krosse. Un autre : « Sur le moment, je ne t'ai pas reconnue. » « Pourquoi ce changement subit ? » m'a demandé M. Demaret. « Comme ça, j'en avais envie », j'ai répondu. À cause de leurs regards, soit revêches, soit apitoyés, je me sentais encore plus mal fichue. J'ai masqué mon état en souriant avant de me mettre à pleurer dans les toilettes en me voyant dans la glace.

À partir du moment où Mère a fait sa grande découverte, le coffre-fort n'avait plus aucune utilité. Malgré tout, il me fallait toujours cacher mes accessoires mensuels. Si jamais le paquet violet était visible dans ma chambre, par exemple sur mon bureau alors que je venais de l'acheter, Sèchepaille s'emportait. Je n'avais donc aucune honte ! Laisser traîner des choses aussi intimes ! Si Père et Halil les voyaient ?! Elle est allée jusqu'à m'interdire de demander à Père de m'acheter des serviettes hygiéniques ou des rasoirs quand il allait faire des courses, cela eût témoigné d'une effronterie sans bornes.

Plus d'une fois dans ma vie, j'avais déjà eu l'impression que le simple fait d'être une femme est une honte, alors qu'on encourage, parallèlement, les garçons à donner libre cours à leur virilité. Petite, j'ai pu voir des membres de la famille inciter Halil, par rigolade, à montrer son robinet circoncis afin de juger s'il était assez grand pour faire de lui un vrai petit gars. S'il éprouvait au début de la gêne devant pareilles sollicitations, on assista à un revirement : il baissait son pantalon et, jubilant de fierté, exhibait sa troisième jambe, parfois même sans y avoir été invité, après quoi oncles et tantes manifestaient leur étonnement de manière théâtrale et, emportés d'admiration, lui réservaient une ovation. C'était un vrai homme, il avait des couilles d'acier et une merguez en fer, encore un peu de patience et il allait dévorer les femmes. Et moi ? je me demandais. Qu'est-ce que j'allais bien pouvoir faire plus tard ? Me contenter d'être dévorée ?

J'ai décidé de voir quelle serait leur réaction si je procédais de même. J'étais petite, je ne me souviens plus au juste de l'âge que j'avais, bien assez petite pour ne pas saisir pourquoi il m'était interdit d'exposer à mon tour mes parties nobles.

Mère s'est alors précipitée pour rabaisser ma jupe, Père m'a filé une claque ainsi qu'il a pu souvent le faire par la suite, toujours du plat de la main. Nos invités étaient effarés par mon scandaleux écart de conduite. J'avais le sentiment d'être une criminelle. De honte, Mère s'est cachée sous le lino, car on lui reprochait d'avoir failli dans l'éducation de sa fille. Cet épisode devait rester gravé dans ma mémoire comme l'un de ceux où j'ai touché le fond.

Le reste de la journée, j'avais pleuré. Ne comprenant pas en quoi j'avais péché, j'ai prié pour qu'Allah ne perde pas de vue l'équité. Carabosse imputait mon comportement à *Shin-chan*, un dessin animé dans lequel un garçon baisse à l'occasion son pantalon pour faire sa danse « fesses à l'air ». « Tout, y compris ces maudits dessins animés des incroyants, encourage la frivolité ! » À compter de ce jour-là, elle m'a interdit de regarder ce manga porté à l'écran, ça craignait. *Shin-chan* était mon dessin animé préféré. Il n'était pour rien dans ce qui s'était passé.

J'ai éprouvé une impression similaire lors de la fête de la circoncision de Halil. Ce jour-là, on lui a remis un caftan or, bleu et blanc ainsi qu'une crosse, pareille à celle de saint Nicolas. Toute la famille s'est rendue dans le studio d'un photographe où il a dû poser virilement dans son accoutrement oriental. Ces photos sont toujours accrochées dans le séjour de nos géniteurs et dans celui de nos grands-parents en Turquie, à côté de celles prises lors de la circoncision de leurs autres petits-fils.

Puis nous avons gagné en voiture une petite salle où tous ont fêté l'événement. Halil a reçu des billets et des pièces en or, tout le monde tenait à être sur la photo avec lui. Il a été invité à prendre place sur la scène où l'attendait un grand fauteuil en or orné de toutes sortes de décorations, à croire qu'il était un empereur. Chaque membre de la famille est monté le féliciter et lui assurer qu'il était désormais un vrai gars. Mère crevait de fierté, elle en pleurait. À chaque fois qu'elle ouvrait la bouche, elle appelait Halil « mon lion » ou « mon bélier ». Ce qu'elle fait d'ailleurs toujours. Moi, elle m'a toujours appelée par mon prénom. Ou simplement « ma fille ». Avec le recul, je suis contente de ne pas avoir été prise pour un lion. Les lions, ce sont des moralistes qui préfèrent tuer plutôt que de tromper leur moitié.

Il y a eu profusion de rires, de danses et de nourriture ce jour-là. En mon for intérieur, je désirais moi aussi une fête en mon honneur et de l'attention. Sans oublier des félicitations pour être devenue une vraie femme. Au besoin, pendant mes menstrues.

De même, dans les années qui ont suivi, j'ai relevé d'autres remarques dont on gratifiait Halil, d'un calibre semblable à celles qu'on lui adressait pendant son enfance. À chaque fois, y compris quand il téléphone à la famille en Turquie, il n'échappe pas à la question : Comment ça se passe avec les belles nanas ? T'en as trois ou trente ? T'arriveras à choisir, tu crois, le moment venu ?... On le conseille au sujet des attributs indispensables d'une épouse : des hanches larges pour donner naissance à des tigres en bonne santé ; de gros seins pour produire assez de lait ; de la viande sur les os pour mieux le bichonner entre les draps.

8

Mes géniteurs ont raison, une musulmane qui travaille dans un restaurant, ça n'est pas convenable. Malgré tout, je n'ai pu m'en empêcher, c'est bien payé et ça me change du supermarché où je trime depuis mes quinze ans. Après six années passées à remplir des rayonnages, à tenir la caisse et à trancher du pain, j'avais envie de sonder un autre environnement. Des eaux interdites, je l'avoue, mais sortir du droit chemin et faire la sainte le jour et la diablesse la nuit, ça ne me déroute pas. Les plus belles fleurs s'épanouissent à flanc de ravin – telle est plus ou moins ma devise dans la vie. À terme, éviter en permanence tout risque se révèle très dangereux. Ça se traduit par une existence longue et ennuyeuse à mourir.

Pendant le service, je ne porte pas de foulard ; mon employeur n'aime pas ça et moi non plus, aussi je ne chouine pas. Il va de soi que mes géniteurs ne sont pas au courant. Je dois donc prendre garde à ne pas tomber sur des connaissances. Jusqu'à présent, ça ne s'est pas produit. Au moment de postuler, je me doutais que personne de mon entourage ne viendrait manger dans cet établissement. Il est assez éloigné de notre quartier, fréquenté principalement par des touristes et assez cher, autrement dit pas vraiment attrayant pour la clientèle hâlée. Sans compter que, contrairement à tous les autres restaurants moyen-orientaux d'Amsterdam, on n'y fume pas de pipes à eau, ce qui n'attire pas les chalands en question – la chicha, c'est leur truc. Un jour sans crapoter, c'est un jour de fichu.

Mes géniteurs trouvent normal que je travaille à l'Albert Heijn – « un job de bonne femme » – tant que je ne fais pas des heures le soir et tant que je ne remplis pas les rayons d'alcool ou n'en vends pas à la caisse. Mère se fait l'écho de l'imam Lebavasseur : celui ou celle qui transporte, achète, vend ou sert de l'alcool est damné selon une tradition qui remonte au Prophète (que la paix soit sur lui), voilà pourquoi elle m'a enjoint de travailler au rayon boulangerie et pas ailleurs. Elle m'a en outre imposé de terminer mon service avant la tombée de la nuit, de sorte que je puisse rentrer seule à la maison ; aux heures tardives, elle charge Père ou Halil de venir me chercher. Tel a été du moins le cas jusqu'au mois dernier, mais, après maints accrochages, j'ai exigé que ça s'arrête : à vingt ans, je n'ai plus besoin d'escorte. Au contraire de ce qu'ils avancent pour m'embabouiner, ce n'est pas ma sécurité qui les préoccupe, ils ne me font tout simplement pas confiance. Quand Père venait me chercher, ils étaient certains que j'avais bossé et non pas traîné Dieu sait où. Depuis que j'ai obtenu non sans mal de rentrer seule, j'ai commencé à travailler au restaurant. Il me faut malgré tout être de retour pas trop tard, peu après 22 heures, car mes géniteurs savent que le supermarché ferme alors ses portes.

Carabosse a exprimé sa stupéfaction lorsque je me suis opposée à ce qu'on vienne me chercher le soir. Autrefois, il eût été impensable et ridicule qu'une fille ait un emploi ; elle se devait d'apprendre les tâches ménagères et de se préparer à la vie de femme au foyer. En outre, selon elle, les codes vestimentaires sont aujourd'hui cul par-dessus tête : on porte le hidjab en même temps qu'un jean, qu'une robe qui accentue la taille ou qu'une autre tenue moderne, voire avec des bijoux, des sandales et du maquillage, alors que jadis on ne voyait que de longs accoutrements informes. Elle est d'avis que, en peu de temps, beaucoup de choses ont changé dans la culture turque. Désemparée, elle le déplore : « On perd les liens avec notre religion et on s'occidentalise à petit feu. » Mère ressent un profond malaise : alors que notre doctrine religieuse est indubitablement supérieure et que l'Occident est de plus en plus livré à la débauche et à la déchéance, on s'empresse de marcher sur ses traces. L'intégration, que dis-je, l'assimilation, n'est que trop réussie, poussée trop loin, le conservatisme perd rapidement du terrain, les idéaux modernistes et progressistes défendus par les Occidentaux connaissent un grand essor.

Alors que j'ai l'impression qu'elle restera engoncée à jamais dans son obscurantisme et qu'elle ne fait pas un pas sans ses œillères, elle considère que nous sommes complètement à côté de la plaque, totalement fourvoyés, que nous empruntons la voie du (post)modernisme (l'assassin de la religion, de l'homme et de la société, toujours selon Carabosse) et de la décadence, cela parce que les femmes deviennent économiquement indépendantes, sortent quand bon leur semble et ne se promènent plus dans un sac à patates. Car il s'agit là des points cruciaux : si on arrache la femme à sa tâche première de ménagère pour la transformer en un homme, on verra sous peu les musulmans dévaler une pente comme une boule de neige et finir par renoncer à leurs principes. Après tout, une culture meurt lorsqu'il n'y a plus personne pour la porter, la partager, l'entretenir, voire l'imposer. Ah ! le sourd ne dit-il pas que, par le passé, les coqs chantaient alors qu'ils ne font plus que bâiller ? À son époque, les jeunes filles n'avaient guère le choix alors que la nouvelle génération a tout un éventail à sa disposition, un privilège sans précédent dont il eût fallu que je me satisfasse au lieu de me mesurer à la norme néerlandaise et de sans cesse me heurter à un mur de restrictions, contraintes toutes plus oppressantes les unes que les autres.

Les touristes, qui constituent la quasi-totalité de la clientèle du restaurant, me donnent de généreux pourboires. Mes collègues, tous des hommes à l'exception d'une dame atteinte d'obésité morbide, prétendent que c'est parce que je suis une femme (agréable à regarder), eux-mêmes recevant sensiblement moins, ce qui s'est plus d'une fois transformé en un épineux point de litige. Lequel se résume à ceci : ils se plaignent de sexisme. Habituellement, les femmes sont le groupe défavorisé, mais pas dans ce cas, apparemment.

Voilà pourquoi le patron a décidé il y a peu, après de multiples récriminations du personnel, qu'on recueillerait dorénavant tous les pourboires dans un pot avant de les répartir de façon équitable entre tous les employés à la fin du mois. L'équité, mon cul ! C'est certes plus égalitaire, mais pas plus équitable. Tout le monde sait que je suis de loin celle qui en récolte le plus ; or, dans la vie, chacun obtient ce que ses connaissances et ses compétences lui procurent. Impuissante, j'ai fini par céder à la tyrannie de l'égalité.

Ce que je trouve difficile à supporter, c'est la quantité de nourriture que nous jetons à la fin de la journée. Après une fête, des kilos de viande et de poisson atterrissent à la poubelle, une bonne partie sans même être passée sur les tables. J'ai demandé si je pouvais emporter des doggy bags, ma famille et mes voisins m'en seraient très reconnaissants. Mais c'est hors de question. Les « réfugiés », ainsi que mon patron appelle ses sujets yéménites, qui constituent une bonne part des employés, lui ont déjà posé la question des dizaines et des dizaines de fois.

La logique m'échappe, pourtant j'ai déjà eu cette discussion au supermarché. « Si je te donne le pain qu'on n'a pas vendu, tu ne viendras pas en acheter demain, et ça vaut pour tout le monde », m'avait dit Peter, le gérant.

Ça me fait mal au cœur de voir chaque jour toute cette nourriture versée au rebut. Dans mon éducation, en jeter, c'est une sorte de sacrilège. Quand Mère remarque que le lait est périmé, elle l'utilise pour faire une pâte. Quand elle voit que le pain n'est plus bon, elle le laisse durcir pour en faire de la chapelure qu'elle utilise dans ses boulettes de viande. Quand il est moisi, elle le met de côté pour le donner aux pigeons et aux canards. Ce qui n'a pas l'heur d'enchanter la commune : des agents municipaux ont collé partout des affiches qui proclament que le pain dans les rues, c'est de la pitance à rats. Mais notre arrondissement s'en tape : jeter du pain à la poubelle, ce n'est pas une option, c'est *haram*. On comprend dès lors pourquoi notre quartier regorge de rongeurs. Il arrive à Mère de s'emporter quand elle voit l'un de nous jeter du pain. L'imam Lebavasseur dit qu'Allah punit le coupable en l'affligeant de pauvreté, car celui qui n'honore pas le petit ne mérite pas le grand. Cependant, pour une raison ou une autre, Allah ne punit pas Albert Heijn.

Chers coreligionnaires, certains d'entre vous vont se mettre en colère à cause de ce qui va suivre, mais sachez que je ne fais que décrire mon quotidien et que les paradoxes qui vous offusquent résident principalement dans votre boîte crânienne. Quant à ceux d'entre vous qui se mettent à plat ventre devant le plus primitif des sentiments, l'agressivité, l'indignation, ils tiendront à se venger. Car, à l'exception du sage, personne n'est enclin à pardonner celui ou celle qui dégrise son prochain. On va bientôt me vitupérer, mais la haine et l'amour sont proches l'un de l'autre. L'un comme l'autre, on les éprouve uniquement vis-à-vis d'une personne qu'on estime ou qu'on considère comme son égal, car il s'agit à chaque fois de l'expression d'un manque de mépris ou d'indifférence. On hait ce que l'on craint, on craint ce que l'on considère comme plus fort, plus grand ou meilleur que soi. Par conséquent, si vous voulez me témoigner du mépris, haussez les épaules ; à défaut, vous allez vous trahir. Je sais que c'est difficile pour vous, mais la bonté d'une action résulte pour une part de l'effort qu'elle suppose. Et, pour vous, cela suppose un gros effort.

Quant à ceux d'entre vous qui sont pour l'essentiel d'accord avec moi, je n'ai pas, en réalité, grand-chose à vous raconter. Qui nous sommes est déterminé par les circonstances. Or, celles-ci sont loin d'être favorables. De surcroît, tous les idéaux qui découlent de la faiblesse donnent le frisson, ignorent la clémence, n'ont aucun sens du relativisme. Il est difficile de concilier action et nuance. En premier lieu il y a les circonstances, ensuite seulement on devient un héros ou un salopard. L'homme n'est-il pas comme la terre ? Il se durcit quand on le piétine. Avoir raison tout en le relativisant n'efface pas ce fait. Mieux que ça : si ça l'effaçait, je ne pourrais pas le relativiser.

Réussir à se faire des ennemis démontre un certain talent. Les moutons ne sont-ils pas les seules créatures unilatéralement aimées ? Or, le talent n'est rien d'autre que la capacité à faire une chose mieux que la plupart de ses semblables. En ce qui me concerne, c'est refuser de garder le silence. Parfois, l'originalité n'est rien de plus qu'une variation rafraîchissante sur l'étroitesse d'esprit que nous chérissons tant.

Cela étant dit, il reste possible de tout combattre, y compris les convictions les mieux fondées. Après tout, je ne m'annonce pas porteuse de contre-arguments pour, dans la foulée, me retrancher derrière une critique intolérante. La contradiction, plutôt que de la tolérer, il convient de la choyer et de la décortiquer. Sachant que chacun doit se méfier de la suffisance idéologique. La logique veut que, par définition, notre perception du degré de subjectivité dans un processus d'exploration de la vérité varie considérablement. Dans tous les cas, si vous vous adonnez à la critique, s'il vous plaît, faites-le avec charme, car, maladroitement pratiquée, elle se révèle tout aussi affligeante que l'écoute d'un bon conseil que l'on a depuis longtemps soupesé et rejeté. Et faites-le sans entêtement, donc sans vous cramponner à des questions insignifiantes. Enfin, si jamais vous ne pouvez endurer ma sincérité, il vous est loisible de la ramener à de la simple arrogance.

9

Hier, j'ai eu une curieuse conversation avec Defne. Elle est venue parader en me montrant les bonbons qu'elle a récoltés lors de l'anniversaire d'une camarade de classe. Il y en avait au moins dix. Ce qui aurait dû en principe la satisfaire, mais elle n'a pas pu s'empêcher d'exprimer sa déception en raison d'une petite mésaventure: une fois la piñata éventrée, elle avait en effet mis la main sur le quadruple de sucreries. Pour ce faire, elle avait imaginé une astucieuse stratégie: se procurer un sachet et, dès les bonbons tombés par terre, passer à l'action. Cependant, des enfants moins rapides ou distraits n'en avaient ramassé aucun. La mère de sa petite camarade s'est approchée de ma sœur et, sans y être invitée, a prélevé la plus grande part de son butin pour la distribuer aux défavorisés de façon que tous aient plus ou moins le même nombre de friandises. Ce qui a contrarié au plus haut point Defne. Les autres ne s'étaient tout bonnement pas employés à élaborer une stratégie ni préparés en vue d'une situation qu'ils savaient à l'avance devoir les exposer à une féroce concurrence. Par-dessus le marché, à quoi ça sert de se décarcasser si, pour finir, tout le monde obtient plus ou moins le même nombre de bonbons ?

« Ils faisaient pas attention, ils s'occupaient pas de ça alors que moi, j'étais en train de concocter un plan. Les autres, c'est des traînards, c'est pas ma faute s'ils se bougent pas les fesses. »

Je peux voir que Defne va devenir une capitaliste pur jus. La beauté de la chose, c'est cette franchise sur la laideur de l'homme. Mère, à laquelle elle a raconté la même histoire, a enseigné à Defne que faire l'aumône aux moins fortunés n'appauvrit pas. Et que plus on convoite le superflu, plus on vient à manquer du nécessaire. Et que les pauvres montent au ciel plus facilement que les riches. Et que le bonheur, c'est l'art de faire un bouquet avec les fleurs que l'on a à portée de la main. Et que la sobriété est l'ingrédient de base du plaisir. Et que la cupidité provient d'une source sans fond. Et que l'argent conduit surtout à la complexité, or la complexité ne peut atteindre le niveau de la simplicité. Et que l'activité est l'absence de toute satisfaction.

10

Semaine après semaine, le travail pour la fac s'est accumulé. Tant du côté de la famille que de celui des amis – à supposer qu'il m'en reste – me parviennent des récriminations quant à mes trop fréquentes absences. En plus de mes études et de mes jobs, j'entretiens une relation amoureuse qui s'accompagne de beaucoup de stress ainsi que de la peur de me faire prendre sur le fait – une simple fissure ne suffit-elle pas à faire couler un navire ? –, sans compter qu'il me faut jouer à la fille, la petite-fille, l'amie et la grande sœur idéales. À la longue, les rares liens de camaraderie que je cultive encore un tant soit peu se délitent. Maintenir toutes ces balles en l'air m'occasionne une fatigue chronique. Toutefois, la cause principale de ma morosité réside avant tout dans les turbulences que déclenchent les multiples guerres que je livre à la maison. À propos de l'heure tardive à laquelle je rentre, de mes absences alors que de la parentèle nous rend visite, de mon désir de travailler en soirée (selon mes géniteurs, le soir et la nuit sont réservés aux ivrognes et aux criminels), de mes fréquentes sorties… Principal grief de Carabosse à propos de mes vêtements : trop sexy. Certes, je les porte en cachette, mais cela ne lui échappe pas, car elle vérifie de temps en temps le contenu du panier à linge de Grand-Mère et de mon armoire. Elle exige des explications sur la présence de ce grand nombre de robes moulantes qu'elle ne me voit jamais porter et qui, néanmoins, atterrissent au sale. Et bien entendu sur mes produits cosmétiques – le sujet demeure épineux. Ou encore sur le fait que je ne réponde jamais quand elle m'appelle en vidéo pour contrôler le lieu où je me trouve, que je ne lui envoie jamais non plus ma localisation, que j'utilise des photos de ma personne comme image de profil sur WhatsApp, Instagram ou Facebook alors que, selon les prescriptions, c'est haram pour une femme d'en placer en ligne et sur les réseaux sociaux.

À cause de ce quotidien saccadé et des disputes à la maison, je suis en surchauffe, à deux doigts de craquer. Je ne sais plus où donner de la tête, ne trouve aucune écoute.

Avec les plus grandes difficultés, je me lève après être restée allongée un quart d'heure sur mon lit. Je me délivre de mon foulard. Comme toujours, j'ai loupé un nombre appréciable d'appels des géniteurs; sur ma nuque, je sens le souffle chaud de Mère. Je vois apparaître quelques whatsapps sur mon écran. Ils veulent savoir où je traîne et ce que je peux bien fabriquer dehors alors qu'il fait nuit depuis un sacré moment. En hiver, c'est pire: ils appellent dès que le soir tombe, soit vers 17 heures. Ma patience est mise à rude épreuve, je tolère de moins en moins leurs exigences. La semaine dernière, compte tenu de ma récente décision de rentrer dorénavant seule à la fin de mon service, Sèchepaille a insisté – les termes « ordonné » et « tonné » lui siéraient mieux – pour que je dise à mon employeur que je n'étais plus disponible en soirée. N'ayant pas envie d'une énième guerre des tranchées, je me suis contentée de hocher du menton, mais à présent le moment est critique puisque la pendule indique 23 h 30.

Si j'avance, comme la dernière fois que je suis rentrée tard, qu'on a eu un coup de bourre, elle ne va pas gober mon explication. Il y a trois semaines, j'étais de retour vers 23 heures après avoir été absente toute la journée. Père était allé au supermarché pour se renseigner à mon sujet. Mon job, j'avais fait exprès de le choisir dans une filiale éloignée de notre domicile, sur l'Elandsgracht, mais cela n'empêche semble-t-il pas mes géniteurs de me surveiller. Quand j'étais rentrée de La Haye, Père m'a giflée en hurlant que je n'avais aucune dignité, que je n'étais qu'une sale menteuse. J'ai eu droit aussi à l'épithète de salope à cause de mes vêtements, de mes escarpins et de mon maquillage : contrairement à d'habitude, je n'avais pas eu le temps de me changer à la hâte dans ma chambre. D'autres noms d'oiseaux peu flatteurs pour la gent féminine, auxquels Carabosse n'est pas la dernière à recourir, ont fusé à mes oreilles. Quand elle entre en colère, la haineuse maîtresse de maison excelle à vous vriller les tympans.

« Qui sait ce que t'as fricoté toute la sainte journée ! Je te crois plus quand tu dis que tu travailles ou que t'es à la fac ! D'ailleurs, qui nous dit que tu fais des études, on en sait rien en fait. C'est pas comme à l'école, là y a plus de réunions des parents, on peut plus rien vérifier. Regarde-moi ça, c'est pas des heures pour rentrer, et fagotée comme ça ! C'est pas croyable ! Honte à toi, on voit toutes tes formes ! C'est ça que t'as appris pendant toutes ces années à l'école coranique ? Tu fais exprès de pas répondre à nos messages et à nos appels, tu vas pas me faire croire que t'as pas regardé ton téléphone de toute la sainte journée ! Tu sais combien de filles, aussi têtues et désobéissantes que toi, ont été violées ? Leur vie entière est foutue, y a plus un seul homme pour vouloir les épouser. Tu veux finir comme ça à cause de ton entêtement pathétique ? »

Dans le jargon de Carabosse, « se faire violer » et « tomber dans l'erreur », cela signifie que, en tant que musulmane, vous faites une sortie de route en vous laissant séduire et en cédant à la *zina* : tout « contact » sexuel extraconjugal. Elle appelle ça « se faire violer » parce qu'elle est bougrement convaincue que toute fille juste et droite qui cède à ce genre de désirs « sales » et « illégaux » a été manipulée et embobinée par le premier fils de pute venu qui veut abuser d'elle avant de la « jeter », ce qui revient à dire qu'il ne l'épousera pas. Le plus fou, c'est qu'elle ne s'inquiète aucunement du fardeau psychologique pouvant résulter d'un réel viol ; son véritable souci, c'est la perte de virginité, la « souillure » qui ferait que mon futur prince vissé, cramponné au Coran, seul époux envisageable, ne voudrait bien entendu plus de moi. Il convient de préciser qu'une femme, dans notre culture, n'est jamais totalement innocente quand elle se fait violer ; si, la nuit venue, on se promène seule dans les rues, attifée comme une tcheubi, rétive et rebelle alors que nos parents nous ont mise mille fois en garde, c'est qu'on l'a bien cherché. On mérite le châtiment social et les reproches qui nous tombent sur le paletot. Chez nous, les musulmans, vaut en maintes affaires le credo suivant : dans tout différend, il y a deux responsables. Si vous faites, par exemple, des caricatures insultantes, vous l'avez bien cherché vous aussi. *It takes two to tango*. Oui, il s'agit bien d'une idéologie et non d'une quelconque discrimination lors de l'attribution d'une place de stage.

Père lui aussi était furieux cette fois-là. Normalement, il calme Mère et démine les disputes, mais, ayant découvert le pot aux roses – mes collègues du supermarché avaient cru bon de lui apprendre que je n'avais, en réalité, pas travaillé de la semaine –, il venait de perdre toute confiance en moi.

« À partir d'aujourd'hui, je veux voir chaque semaine ton emploi du temps à la fac et tes horaires de travail. Si tu veux rencontrer des copines, fais-le à la maison ou montre-nous sur FaceTime avec qui tu es, et pas question que tu sortes le soir ! Tu rentres avant la tombée du jour, le débat est clos. On en a ras le bol. Tu nous mens, à nous tes parents qui sommes responsables de toi et qui avons le devoir de te protéger. »

Animée de l'ardeur que suppose une noble cause, j'ai répondu, sous un flot ininterrompu de larmes, que c'était hors de question, que je préférais mourir plutôt que de renoncer à une si grande partie de ma liberté de mouvement. Que je ne supporterais pas qu'on resserre toujours plus les barrières autour de moi, juste sous mon nez. Que j'ai vingt ans, nom de Dieu, et que je décide moi-même de ce que je fais et de l'heure à laquelle je rentre ; que si j'ai menti, c'est parce qu'ils ne m'ont pas laissé le choix. Que la vérité m'a arraché ces mensonges.

Carabosse, qui se complaît dans les bienfaits de la colère, est passée à l'action. Elle a tiré sur mon foulard et m'a frappée. Defne s'est mise à hurler et à pleurer. Je me suis échappée, précipitée chez Grand-Mère, enfermée dans ma chambre. Par le passé, au cours de disputes, Carabosse essayait d'ouvrir ma porte en manipulant une cuillère à café dans la serrure.

« Bien rentrée, ma chérie ? Tu veux aller pique-niquer au Zuiderpark, demain ? Il va faire un temps magnifique », me demandait le message de Freek qui arrivait tout juste sur mon téléphone portable.

Aujourd'hui, trois semaines après, je fais face au même tintouin. Grand-Mère m'apprend qu'ils sont hors d'eux, ils m'attendent, ils viennent tout juste de lui téléphoner, je ferais mieux d'y aller. Elle leur a dit, à son habitude, de me laisser tranquille, de ne pas me rendre la vie impossible, un conseil qu'ils ont à coup sûr jeté aux orties.

J'espère que Defne dort déjà. C'est déprimant, la savoir plongée à chaque fois dans cette atmosphère irrespirable. À cause de moi. Ça vous prend aux tripes. Quand je pense à ma petite sœur, je me sens cruelle. Combien de fois ne s'est-elle pas enfermée dans sa chambre en pleurant lorsque les géniteurs et moi nous maltraitons ? Voici peu, son journal intime m'est tombé sous les yeux, j'y ai lu en criardes lettres majuscules qu'elle déteste nous voir nous disputer. Elle a fait un dessin qui nous montre tels que nous sommes en réalité : trois personnes qui s'aboient dessus, et elle, l'enfant, mains plaquées sur les oreilles.

À cause de ma vie trépidante, je ne vois plus guère ma sœur, n'ai plus de temps pour elle, alors que, il y a peu encore, j'avais l'habitude de sortir avec elle ou au moins de l'emmener à la bibliothèque, ce qui ne viendrait à l'idée de personne d'autre. L'autre jour, j'ai demandé à Mère pourquoi diable elle ne faisait pas en sorte d'aller chercher quelques livres pour Defne ; en guise de réponse, elle m'a sorti un argument digne d'une cucurbitacée, me sciant les pattes : « Un enfant, ça s'élève avant tout avec du caractère ; le savoir, il en reçoit bien assez à l'école. Toi, tu lis des livres, t'en as toujours lu et regarde-moi ce que t'es devenue : tu vis à l'écart de ta famille et de ta communauté, comme un Hollandais. »

J'espère que Halil est à la maison, peut-être prendra-t-il un peu ma défense et domptera-t-il un peu Sèchepaille comme en d'autres occasions. Lui, les géniteurs l'écoutent sans manquer, n'a-t-il pas un sgueg ? Les critiques qu'il leur adresse ne se trouvent pas dévalorisées par avance. Malheureusement, il est presque toujours dehors le soir, à traîner avec des copains ; mieux vaut que je ne caresse pas trop cet espoir. Et puis, de toute façon, il m'a déjà fait comprendre à plusieurs reprises que je ne dois pas compter sur son aide, il n'a pas l'intention d'aller à l'encontre des géniteurs. Il m'exhorte à me soumettre à leurs règles, cela m'épargnerait bien des ennuis et des peines. « Contente-toi d'un job l'après-midi, il m'a dit sur un ton laconique. Pareil si tu veux voir tes copines, fais-le dans la journée et réponds quand ils t'appellent ou envoie-leur une photo, c'est pas compliqué, pourquoi cherches-tu sans arrêt à les faire sortir de leurs gonds ? »

Halil ne sait pas que j'ai un petit copain. Il suppose que, les week-ends, je travaille au supermarché, je potasse mes cours ou je me détends avec des copines. Bien entendu, il ne peut concevoir que je sois avec un garçon ; s'il l'apprenait, il me dénoncerait à l'instant et se retournerait contre moi : il refuse que sa sœur soit une indigne *kech*. À plusieurs reprises, j'ai abordé le sujet avec lui, mais aucun argument n'a pu le faire changer d'avis.

« Toi, le soir et même la nuit, tu peux aller où tu veux, tu as le droit de partir en vacances avec tes copains sans surveillance aucune, de travailler ou de t'amuser jusqu'à minuit. Tu peux aller à la plage habillé comme tu veux. On ne t'appelle jamais pour savoir où tu traînes, tu n'as pas à te justifier par un *chat* vidéo à propos des lieux et des gens que tu fréquentes, on ne te demande pas de montrer ton emploi du temps. Personne ne t'emmerde à propos des photos que tu partages sur les réseaux sociaux. Quand tu découches, on ne te fait aucune remarque. Tu peux sortir en soirée. Et, cerise sur le gâteau, t'as une petite copine, ils sont au courant et n'ont rien contre tant que tu ne la ramènes pas à la maison en vue de l'épouser. Pourquoi ne m'accordes-tu pas les mêmes droits ?

– Je ne dis pas que je ne te les accorde pas, Büsra, tu ne me comprends pas. Tu ne vas pas réussir à changer les parents, moi non plus ! Ils sont une donnée, tout comme leurs croyances religieuses et leurs traditions culturelles. Tu peux rechigner et te débattre tant que tu veux, ça débouche uniquement sur des frictions et un climat pesant à la maison, ce dont tu souffres toi aussi. Ce serait plus sympa et plus agréable pour tous si tu acceptais les choses telles qu'elles sont, les règles et le fait que notre culture est comme ça et pas autrement. Qu'est-ce que tu veux, t'es une fille, moi je suis un garçon, j'y peux rien, désolé, hein. »

Halil estime que je suis une fauteuse de troubles, car je refuse d'hériter du silence dont témoignent les musulmanes dans la même situation. À chaque fois que j'ai espéré que mon frère me boosterait dans mon combat, il m'a profondément déçu. Préférant que j'entre dans le moule plutôt qu'être témoin de ma rébellion, il me laisse me démerder toute seule. Qui n'aime la chasse qu'en la prise, il est veneur de basse mise. Avec de tels amis, on n'a pas besoin d'ennemis. Je m'attendais à un positionnement plus éclairé de la part d'un jeune homme qui fait des études universitaires. Mais voilà, il n'est pas un cheval sur lequel je peux parier. Peut-être a-t-il raison, au fond. Peut-être ferais-je mieux de me concentrer sur ma situation. Et de suspendre mon histoire avec Freek puisque, compte tenu des conditions, ça ne peut de toute façon pas marcher. Une liaison prématurée tenant plus d'une amourette en primaire que d'autre chose ?

« Tu crois en Dieu ? j'ai demandé à Halil, il y a peu, suscitant sa surprise. Vas-y, dis-le, tout simplement.

– Ben, s'il y a quelque chose après la mort, vaut mieux croire en Dieu, non ? Et si c'est pas le cas, ça fait guère de différence. »

La réponse la plus stupide qu'il m'ait jamais été donné d'entendre. À croire que Dieu porte dans Son cœur Ses mortels sans cervelle qui, miteux parieurs, avancent ce genre de raisonnements. Mon frère est d'une bêtise atterrante. Il ne m'est d'aucune utilité.

Je décide de ne pas aller chez mes géniteurs. J'enfile mon pyjama, me couche, lumière éteinte, cœur battant. Si jamais ils déboulent chez Grand-Mère, je dormirai ou ferai semblant de dormir. Ainsi, j'aurai au moins repoussé la guerre de quelques minutes.

11

Avoir tenu trois ans avec moi, c'est un petit exploit. À mes yeux, Freek mérite une copine avec laquelle il puisse passer la nuit, sortir, partir en vacances, regarder relax la télé ou aller au cinéma le soir, une copine qui ne stresse pas dès la fin de l'après-midi parce qu'elle n'a pas, loin de là, la permission de minuit. Sortir avec moi se résume plutôt à une liaison homologuée WhatsApp. J'ai bien essayé de partir, à l'insu de ma famille, en vacances avec lui en disant que je voyagerais avec une copine, mais, bien sûr, hors de question de me rendre sans surveillance à l'étranger ni même dans un quelconque lieu en Hollande.

« Les seules fois où t'iras en vacances sans ta famille, ce sera avec ton mari. Tiens-le-toi pour dit », m'a lancé Sèchepaille. Je ne m'attendais pas à une autre réplique de sa part. En secondaire, ça avait été la même histoire, j'avais manqué les sorties scolaires, contrairement à Halil qui, grâce à son sgueg, avait échappé une fois de plus au traitement qu'on me réserve.

Aucun voyage pour moi, sauf celui à Rome, obligatoire celui-là, au cours de ma dernière année de lycée. À force de m'être fait porter pâle avant chaque sortie, la prof principale ne marchait plus. À son goût, ça faisait un peu trop de coïncidences. Quand elle m'a interrogée, je n'ai pas caché que c'était à cause des géniteurs. Elle est alors allée dire à Père que, cette fois, je partirais avec les autres, car chaque élève était tenu de passer des tests et de rendre des dissertations portant sur des sujets en rapport avec le voyage ; à défaut, je récolterais automatiquement un 1/10. Carabosse a eu besoin de deux semaines pour peser le pour et le contre, et délibérer avec l'imam Lebavasseur. À contrecœur, ils ont fini par accepter, non sans me mettre en garde (lire : me menacer) deux cents fois : interdiction de sortir le soir, de quitter ma chambre, de fermer la porte à clé, même pendant la journée, et de côtoyer les garçons. Obligation de rester dans la compagnie des enseignantes. Si jamais celles-ci buvaient de l'alcool, je devais me tenir à l'écart. Le pire, selon Carabosse, c'est de voir des adolescentes partir ainsi avec des « hommes adultes », ce que notre religion proscrit, l'imam n'avait pas manqué de le souligner : « C'est quand même fou, des filles et des garçons de cet âge qui voyagent ensemble ! Qui logent dans le même hôtel, dans des chambres attenantes ! *Astaghfirullah*[1], encore une damnée invention des mécréants ! »

Quand la nouvelle m'est parvenue, j'imagine que l'enthousiasme a déformé ma figure. La nuit qui a précédé le départ, je n'ai pas pu fermer l'œil. Il me tardait que le soleil se lève, je tirais pour ainsi dire le matin vers moi. Chaque année, mes camarades de classe croyaient que je n'avais aucune envie de les accompagner, que je ne voulais rien dépenser pour voyager et que je me payais leur tête en me faisant porter pâle. Tandis qu'ils me traitaient de « fourbe », de « tartufiarde », de « rabat-joie » ou encore de « chieuse », j'avais honte de révéler la vérité, de passer pour une fille opprimée et pathétique, victime de parents aux idées étriquées. Y a plus

1. « Qu'Allah nous pardonne. » On le dit quand on trouve une chose aberrante.

cool comme situation, non ? De surcroît, je me serais encore plus différenciée des autres filles, car, musulmanes pour la plupart, elles n'étaient pas moins autorisées, quant à elles, à voyager ou à avoir un job le soir. Quand je recourais à cet argument, les géniteurs rétorquaient : « Mais ce sont pas nos enfants, on a rien à voir avec elles ni avec leurs parents. S'ils ont coupé les ponts avec la foi pour devenir des pécheurs qui errent sans honneur, ça veut pas dire qu'on doit faire pareil. Quand quelqu'un se jette d'un pont, est-ce que tu l'imites ? »

Je ne voulais pas être la seule à avoir des géniteurs aussi idiots, je ne cherchais la compassion de personne. Je détestais ça. Déjà à l'époque. En classe, j'étais une vraie dure, j'avais de la repartie. Cette image, je tenais à la conserver. Aussi, chaque année avant un voyage, je taisais mes larmes et les vaines disputes qui m'opposaient à Père et à Sèchepaille.

Quand mes camarades se lançaient dans les préparatifs, repérant par exemple les endroits où ils allaient se rendre et inventoriant le contenu de leurs bagages, je gardais le silence. « T'emportes ton enceinte Bluetooth, Büsra ? » Question qui m'a été posée alors que le séjour à Paris s'annonçait. Répondre oui, c'eût été les tromper. « Non, elle marche plus », j'ai menti. « D'ac. À la place, tu pourras prendre des barres de céréales et des Red Bulls ? »

Le voyage à Rome a été incroyable : papotages et rigolades, voilà ce qui a prédominé, certainement le meilleur moment de ma vie. À ce jour, il s'agit de mes seules vacances (étant donné que les séjours en Turquie, dans la localité de mes géniteurs, ont plus tenu de la torture que de l'agrément, mais j'y reviendrai) et des cinq seules journées où j'ai pu jouir d'une liberté totale.

J'ai été frappée de constater que les profs ne se mêlaient de rien. Je m'attendais à ce qu'ils se montrent autoritaires, édictent des règles strictes et exercent sur nous une surveillance de tous les instants, mais les seuls moments où on les a vus, c'était pendant les repas pris en commun et pendant les visites des spots touristiques, où rien ne nous obligeait d'ailleurs à les accompagner. Ainsi, au lieu de découvrir le Colisée où l'on pouvait craindre une file d'attente interminable, on a opté pour d'autres activités comme le saut à l'élastique et un tour sur un bateau à moteur.

M. Radstake, le professeur de géographie, d'habitude élitiste et distingué, toujours sur son trente et un, une de ces personnes qu'on ne peut imaginer en train de déféquer, s'est mis à sortir des vannes du genre : « Croyez-moi, Mme van der Horst a pris son pied. » Interloqués, déconcertés, on a jeté un regard à notre prof principale. « Ohhhhh, qu'est-ce que vous dites !? » a demandé Derya. M. Radstake de répondre en montrant le soulier de Mme van der Horst : « Regardez, elle a perdu son escarpin en se prenant le pied dans la sangle de son sac à main. » « Qui l'a culbutée ? » a crié Devrim, assis quelques sièges devant nous dans l'avion.

Par ailleurs, on a commencé à tutoyer les profs, à les appeler par leur prénom, ce qui s'est révélé être une règle tacite observée pendant les voyages. M. Stokebroek est devenu Erik ; M. Radstake, Joop ; M. Prenen, le prof d'économie, Ramses, et Mme van der Horst, Marjan. Une fois rentrés en Hollande, il nous a fallu rétropédaler. À mon regret, car j'ai trouvé la dissolution de la hiérarchie plutôt agréable.

Cette année-là, les enseignants nous avaient délégué l'entière organisation du voyage à la suite de nos protestations, car ils envisageaient de demander 580 euros par lycéen. « On peut trouver bien moins cher ! » La prof principale avait fini par rendre les armes : « Écoutez, si ça ne vous convient pas, je vous charge de tout organiser, ça me fera gagner beaucoup de temps. Après tout, c'est *votre* voyage. »

Avec le recul, elle a dû s'en mordre les doigts. On a réservé l'hôtel le moins cher de la région, on estimait tout luxe (lire : propreté) superflu puisque, de toute façon, on ne pensait pas dormir du tout. Comme chacun devait payer les frais de sa poche, il est compréhensible qu'on ait évité de trop faire cracher nos camarades ou leurs vieux. En fin de compte, on a réussi à les ramener à 390 euros par personne en dénichant la meilleure offre (lire : la moins chère des offres bon marché). On a volé avec EasyJet, le premier couac n'a pas tardé : valise de Kaoutar égarée, ce qui a bien gâché son plaisir. Tous les jours, elle a appelé le service clientèle pour entendre à chaque fois la réponse automatisée selon laquelle ils ne l'avaient pas encore retrouvée, mais qu'ils faisaient tout leur possible. Comme elle n'avait plus rien à se mettre, les profs se sont cotisés – 100 euros, de quoi s'acheter des vêtements pour les cinq jours à venir, sauf que Kaoutar, qui suit la mode de près, a trouvé ce montant insuffisant. Elle fait partie de ces gens qui savent à quel moment Zara lance une nouvelle collection. Non dénuée de vanité, elle est influenceuse sur Instagram. Depuis des mois, elle attendait ce voyage pour poster les plus belles photos sur son fil d'actualité. Pour sa part, M. Stokebroek a estimé que la somme suffisait largement pour se vêtir, mais bon, il faut dire que lui fait partie des olibrius qui s'habillent au Lidl. Pas la personne la mieux placée pour évaluer les problèmes auxquels Kaoutar faisait face.

Une fois arrivés dans l'enfer sur terre, bien peu d'entre nous ont pu qualifier l'endroit d'hôtel. Ça puait, c'était crasseux, plein de choses ne marchaient pas et les insectes avaient le champ libre. Akram, notre oracle, l'avait prédit : « Qui veut parier avec moi qu'en vrai, c'est pas comme sur les photos ? » Loin d'être trompeuses, celles figurant sur le site étaient tout bonnement frauduleuses. Il s'en fallait de peu que le bâtiment tombât en ruine, il aurait tout aussi bien pu faire office de Colisée. À ceci près qu'on y était à l'étroit. Tout grinçait et craquait, on se demandait si on n'avait pas atterri par mégarde dans l'Annexe d'Anne Frank. Le papier peint remontait à l'époque de Mussolini, les téléphones étaient pareils à des boîtes à chaussures rehaussées d'un cadran qu'il fallait faire tourner pour composer un numéro.

Sans s'éterniser dans les lieux, les profs ont préféré prendre des chambres dans un autre hôtel, nous abandonnant dans notre porcherie. Celles et ceux qui voulaient les rejoindre le pouvaient, moyennant un supplément.

« Bah ! laissez-les partir, nous, on est des guerriers, on va survivre, a déclaré Youssef.

– Eh, Joop, Erik, Ramses, Marjan, je croyais qu'on était copains ! a lancé Devrim alors que les adultes s'éloignaient.

– Désolés, les jeunes, mais on y va, a répliqué Marjan en secouant la tête.

– Mais oui, c'est ça, allez-y, laissez-nous crever sur place. Barrez-vous, et surtout, ne vous retournez pas ! » a crié Mo avant d'ajouter, alors qu'ils avaient disparu : « Ces sales bâtards, y vont s'tremper l'cul dans un jacuzzi et se faire masser, pendant que nous, on est dans not' boîte à sardines. Quand je me penche pour ramasser un truc, j'ai la raie du cul qui touche le sgueg de quelqu'un.

– Vous avez remarqué ? a fait Devrim. Ramses, il a la couille gauche plus grosse que la droite !

– Cool, mec…, a fait Mo.

– Putain, vieux ! a éructé Youssef.

– *Tfouh*[1], pourquoi tu prêtes attention à des trucs comme ça ? a demandé Kaoutar.

– Dis, Devrim, si on te laissait seul avec Hasan cette nuit ? a proposé Derya.

– Écoutez, il a rétorqué, c'est pas ma faute si je l'ai relevé à plusieurs reprises, ouvrez-les yeux la prochaine fois, vous verrez qu'il a la couille gauche à fleur de froc. »

C'est ce que j'ai fait le lendemain. J'ai vu qu'il avait raison.

1. « C'est dégueu », en berbère.

La première nuit, nous les filles, on l'a passée à glander jusqu'au matin dans la piaule des garçons. Si elle avait disposé d'une boule de cristal, Carabosse aurait fait à coup sûr une hémiplégie. Il régnait dans leur carrée un plus grand bordel que dans la nôtre. De même que j'ai alors essayé de ne pas trébucher sur leur bazar, j'essaie à l'heure actuelle de ne pas trébucher sur mon parcours de jeune femme raisonnable.

On a mis de la musique, on avait des trucs italiens à grignoter, Dalal s'était procuré Bacardi, raki, Red Bull et glaçons. En matière d'alcool, j'étais encore vierge, aussi je ne pouvais deviner ce qui m'attendait. En réalité, rien de bien folichon. Ça avait un goût d'essence (ne me demandez pas comment je connais le goût de l'essence), et on a le gosier qui brûle un peu quand on boit trop vite. Une fois tout vidé, Devrim a intimé à Mohammed de transformer de l'eau en vin.

« Hé, Mo, on est curieux de savoir comment ton prophète s'est débrouillé pour faire ça ! il a crié.

– C'était Jésus, pas Mohammed, j'ai relevé.

– Vous reconnaissez quand même vous aussi Jésus comme prophète, non ?

– Comment avez-vous pu tout vider aussi vite ? Bonté divine, ça fait une sacrée quantité d'alcool.

– C'est Akram, Büsra. Une tare héréditaire, son père est un adepte de la nourriture liquide », a lancé Devrim, impitoyable.

Le père d'Akram est alcoolique. Heureusement, Akram était bourré. Les blagues vexantes ne l'atteignaient plus.

La grande majorité du groupe a fini soûle, ce qui a donné lieu aux conversations les plus impayables et les plus hilarantes, que moi et les autres musulmanes sobres avons, par charité, montées en vidéos et en *mèmes* hyper drôles, conférant à tous les protagonistes une pérenne célébrité. Grâce à ces vidéos, ils n'allaient pas sombrer dans le désespoir, puisqu'on leur offrait de partager après coup avec nous ces moments qui nous avaient procuré bien du plaisir.

Pendant le reste de l'année scolaire, elles ont tourné dans la classe, tous les profs les ont vues. On les a même fait figurer dans notre album d'adieu lors de la remise des diplômes. Uniquement bien sûr celles mettant en scène les sguegs, les meufs ayant tenu à ce que je détruise au plus tôt les preuves de leur heure d'extase, avant que des rumeurs ne se répandent, avant « qu'on ne les marque d'infamie et que leurs frères ne les tabassent ».

La nuit en question, Derya a roulé des pelles à Quincy. Ils étaient fous l'un de l'autre, tout le monde le savait, mais ils ne sortaient pas pour autant ensemble. Prudence compréhensible puisque, lors du gala de Noël (auquel, bien sûr, à la différence de Halil, je n'avais pas été autorisée à me rendre), Derya ayant dansé avec lui, les ragots s'étaient aussitôt répandus comme une traînée de poudre. « *Oh my god !* t'as vu comme elle s'est déhanchée avec le Black ? Inadmissible ! Si Hakan l'apprend, elle est morte ! »

Hakan, le frère de Derya, avait fait sa scolarité dans le même établissement que nous. Bien qu'il eût terminé ses études secondaires l'année précédente, il avait encore assez d'acolytes au bahut pour apprendre dare-dare les potins qu'on colportait sur sa frangine. Derya est turque, Quincy surinamien, un accouplement plus fatal encore que tout autre appariement multiethnique délicat : Quincy est noir, or les Turcs considèrent leur nationalité et par extension leur race comme sacrées. D'une manière ou d'une autre, les filles qui entament une histoire avec un « nègre », un *azzi* ou un *zenciler*[1] se retrouvent sans tarder étiquetées « tapineuses » ; des membres de leur famille les gratifient d'une dérouillée

1. Terme berbère et terme turc pour désigner une personne noire.

au prétexte qu'elles seraient en quête d'un gros sgueg. Je ne sais d'où vient au juste cette idée, elle implique que les gars ayant plus de mélanine que les autres ne peuvent avoir d'autre qualité que celle-là, d'autre attrait que celui-là. Il n'empêche, il s'agit d'une croyance persistante au sein de notre communauté, ce qui veut dire qu'une musulmane se complique sciemment la vie en se choisissant un petit ami black.

Finalement, une langue bien pendue de la classe a mouchardé que Quincy et Derya s'étaient embrassés à Rome, après quoi elle a pris une dérouillée de la part de son frère. Elle s'en est sortie sans fracture des membres, il s'en était tenu cette fois à une paire d'édifiantes gifles, mais les yeux au beurre noir et les os cassés suivraient bientôt si elle ne s'empressait pas de « se comporter ». À cause de l'agitation qui régnait chez elle, elle est restée une semaine sans mettre les pieds au lycée et, quand elle est réapparue, elle nous a fait comprendre qu'elle ne voulait plus en parler et ne daignait plus même regarder Quincy. Récemment, j'ai vu sur Instagram que Derya est fiancée à un garçon de sa propre ethnie. Sur la photo, ils ont l'air heureux et amoureux. Selon Facebook, Quincy a échoué dans les bras de la grande blonde Charlotte Leeflang. Eux aussi rayonnent de félicité.

La deuxième nuit, on a exploré les rues de Rome, une enceinte Bluetooth nous fournissant de la musique hip-hop à fond.

« J'ai mal aux pieds, j'veux me coucher, a gémi Quincy alors qu'à 3 h 15 du matin on n'avait toujours pas retrouvé notre hôtel.

– Zob, ici, on n'est pas dans la jungle du Suriname, on va l'trouver, espèce de pleureuse, lui a envoyé Youssef.

– Eh, feignasse, je sais que les gens de ton espèce sont réputés pour leur paresse, mais, pour une fois, fais un effort, a renchéri Devrim.

– Tu sais pour quelle autre raison les gens de son espèce sont réputés ? j'ai demandé.

– Bon sang, Büsra, je savais que t'allais dire ça, a répliqué Devrim. Sale petite chienne, t'aimerais bien, hein, encaisser un de ces sguegs noirs triomphants ! »

Tous d'éclater de rire.

« J'vous l'avais dit qu'on se perdrait si on se fiait au sens de l'orientation de Devrim, a dit Akram.

– Putain, tu remets ça, Grenouille ? »

Devrim surnomme ainsi Akram, car ce dernier est enclin, comme M. Météo, à donner sans cesse ses prévisions et à faire incessamment toutes sortes de prédictions, une véritable addiction. Il dit souvent : « Je vous parie que [indiquez les conséquences] va se produire si on [indiquez la cause] », après quoi on soupire devant sa supposée clairvoyance.

« Hé, Devrim, j'ai demandé, c'est peut-être pas la jungle du Suriname ici, et c'est pas non plus ton quartier mal famé, mais j'en ai marre moi aussi, t'es sûr qu'on marche dans la bonne direction ?

– De quoi te plains-tu, Büsra, les bas quartiers, tu connais ça comme ta culotte, hein ? »

J'ai poussé un soupir. Les autres n'avaient plus non plus l'énergie de rire.

« Hé, t'as pas un truc que j'pourrais me mettre sous la dent ? est intervenu Mo, dont le physique laisse supposer qu'il suit un régime uniquement composé de fricadelles et que son estomac est un trou noir.

– Suce ma bite, espèce de gros sac, t'as déjà mangé tout ce qu'on avait », a répliqué Devrim.

Ikram a balancé à Mo un sachet de mini-pizzas du supermarché.

« Celles-là, j'peux plus les voir, j'veux autre chose.

– Ouais, moi non plus, ces pizzas, ça me fait plus saliver du tout, j'ai soupiré.

– C'est sûr, Büsra, moi j'le connais, l'truc qui te fait saliver non-stop », m'a répondu Devrim.

Le troisième jour, on est allés à la plage, mais c'était bien plus désolant que relaxant. Alors que les garçons et les filles – sans foulard – profitaient des températures élevées pour se baigner ou prendre un bain de soleil, moi, je cherchais l'ombre avec les demoiselles voilées. On avait l'impression de se liquéfier sous la chaleur. On contemplait les filles libres en bikini se régaler dans l'eau bleu clair, leur magnifique bronzage qui faisait d'elles des déesses couleur olive, tandis qu'on sentait la sueur couler du bas de nos reins dans la raie de nos fesses, manches longues et jeans nous collant à l'épiderme. Sila, bien que ne portant pas de hidjab, glandait avec nous à l'ombre : elle a une peau sensible qui brûle au soleil. Les rayons des jours précédents l'avaient déjà marquée et sa peau la faisait souffrir. Par conséquent, si elle risquait une remarque sarcastique, il suffisait de lui filer une tape là où elle avait mal pour aviver la douleur. « Aïe ! *Red lives matter !* » hurlait notre phare.

Dans la rue, on avait acheté une espèce d'éventail à un étranger qui poussait une charrette branlante. Nous voyant crever de chaud, il s'était approché pour nous fourguer sa piètre camelote. Osant, au début, nous demander dix euros par bidule. Je n'y suis pas allée par quatre chemins : « *I'm not crazy, I won't pay that much, I give you three euros for each, which is still too much, but that's what I'm offering you.* »

Il a fait mine de refuser et de partir, mais je savais qu'il bluffait.

« Donne-lui son fric, qu'est-ce qu'on s'en branle, on crève de chaud, petite tarée ! » a fait Hasan, le seul garçon qui ne nageait pas et qui traînait toujours avec les filles.

Depuis le secondaire, il était l'amuseur du groupe. Pour les autres garçons du bahut, cela suffisait bien souvent à le cibler, il faisait office de bête noire. Ils le ridiculisaient et l'humiliaient d'autant plus facilement qu'il est efféminé. Le fait que Hasan soit gay, ce qui se voit à des kilomètres à la ronde, ça lui a beaucoup compliqué la vie au lycée. Maintes fois, je l'ai vu se faire traiter de tafiole par certains qui avaient entendu dire qu'il était un *top*, un *ibne* ou un *zemmel*[1].

Hasan, c'est un trésor, ça m'attristait de le voir malmené de la sorte. Un jour, une bande a décidé de ne plus se contenter d'injures à son égard. Alors qu'il descendait un escalier, un gars l'a poussé dans le dos et il s'est cassé la figure.

« Hé, *sken*, regardez, l'*zemmel*, haha, il a encore mal au cul après la nuit dernière.

– Beurk, y m'reste plus qu'à m'laver les mains ! »

J'ai senti monter en moi une fougueuse colère, j'avais envie de tous les envoyer valdinguer, de leur imposer une euthanasie et de les énucléer avec les dents d'un râteau ; mais, après cet élan barbare, je me suis calmée : « Allez vous faire voir, clique de connards ! » Après quoi, ils ont disparu en hurlant de rire.

Peut-être Hasan tirerait-il quelque avantage à être un homo moins voyant, un homo mâle taillé pour le rugby ; malheureusement, il est un gay sac-à-main typique, un jeune Dave turc. Avant de me lier avec lui, je ne doutais pas que l'homosexualité était une maladie ou, au mieux, un choix. Que ne rien pouvoir y changer était pure connerie. C'est ce qu'on m'avait appris à l'école coranique : on peut en guérir. Et que, si malgré tout ça se révèle impossible, il s'agit d'une épreuve, il vous reste à dissimuler et étouffer vos sentiments ; avec suffisamment de volonté et de piété, on y parvient. Aujourd'hui, je suis certaine que l'homosexualité n'est pas un choix : si tel était le cas, il n'y aurait pas de femmes hétérosexuelles.

1. « Tapette » en turc et en berbère.

Dans les pays musulmans, nombre d'homosexuels se suicident. C'est compréhensible, Dieu est impitoyable à ce sujet, tout comme la nature d'ailleurs, laquelle permet à deux désœuvrés endettés de procréer, mais pas aux gays. La nature serait-elle égale à Dieu ? La nature inspire la peur, à commencer par la nature humaine. Donc, si elle est Dieu, je dois avouer que je crains à coup sûr Dieu. Mais l'Histoire nous apprend que plus l'homme se détache de la nature, moins il a à la craindre.

Le jugement de Dieu relatif à l'homosexualité a été la première égratignure, la première cabossure plutôt, portée à mon inébranlable conviction de l'existence d'une Vérité absolue.

12

La troisième nuit du voyage, Ikram n'était plus que plaintes, selon toute vraisemblance à cause des punaises qui pullulaient dans les lits, ça la démangeait de la tête aux pieds. Apparemment, elle faisait une réaction allergique, ne pouvait pratiquement plus bouger sans avoir mal ni se passer d'une bonne dose d'onguent. Elle a aboyé : « On est tellement grippe-sous qu'on se retrouve dans un hôtel peuplé d'punaises où la chasse d'eau fonctionne pas dans la chambre des garçons, et sans clim ni eau chaude dans la chambre des nanas !

– C'est Mo qui a proposé de réserver des chambres dans ce taudis, a dit Derya d'un ton réprobateur.

– C'est lui qui porte le chapeau ! a renchéri Devrim en serrant la tête de Mo entre ses mains.

– Eh, eh, j'ai fait, Mo a peut-être exprimé sa préférence en premier, mais il ne nous a pas forcé la main.

– Oh ! toi, Büsra, petite cochonne, est intervenu Devrim, tu regrettes qu'il ait pas forcé ta main à faire ce que t'as entre les oreilles.

– N'importe quoi, vous avez tous approuvé ce choix, bande de chieurs, ne me collez pas tous les péchés d'Israël sur la couenne, s'est défendu Mo.

– J'aime pas m'répéter, mais je vous avais prévenus, a dit Akram.

– Ferme-la, Grenouille ! s'est écrié Devrim. Fais pas le beau avec tes prophéties quand, pour une fois, l'une d'elles se réalise ! En fin de compte, même une horloge arrêtée indique la bonne heure, deux fois par jour. Après coup, c'est facile de l'ouvrir, c'est comme qui dirait regarder une vache par le trou du cul.

– J'veux plus jamais vivre ça, s'est exaspéré Youssef. C'est l'enfer ici, le personnel parle pas un mot d'anglais, y t'regardent même pas quand tu leur causes, y t'aboient dessus. »

Le lendemain, il a été à son tour perturbé par des démangeaisons. Et par des hémorroïdes, mais celles-ci n'avaient rien à voir avec l'hôtel.

« *Drerries*[1], le pire, c'est encore la bouffe, s'est plaint Devrim. Le muesli pue le Whiskas et y a rien d'autre, à part des biscottes molles et du fromage insipide qui goûte les semelles.

– Qui a le goût de semelles, j'ai corrigé.

– Büsra, va te faire enculer ! »

Je suis réputée pour corriger tout le monde, une vraie enculeuse de mouches, même dans notre conversation de groupe sur WhatsApp, où les fautes d'accord, par exemple, sont légion. En général, mes camarades ignoraient mes remarques. Aujourd'hui, trois ans plus tard, c'est toujours le cas. Mais mes études de lettres néerlandaises à la fac me confèrent une plus grande autorité que celle dont je pouvais me réclamer par le passé.

Le quartier de notre « hôtel » grouillait de réfugiés et de mendiants. Nietzsche a raison quand il parle des

1. « Les gars » en berbère.

mendiants : mieux vaudrait les supprimer. Leur donner quelque chose, ça nous agace ; ne rien leur donner nous agace tout autant. Encore un peu et je me serais crue, non à Rome, mais au Maroc. Non que j'y aie jamais foutu les pieds, mais toutes les histoires que j'ai entendues me permettent de me faire une image claire de ce pays. Même en Turquie, je n'en avais jamais vu autant. L'Italie étant un pays européen, je m'attendais à y découvrir plus de prospérité.

De toute évidence, on avait réservé un hôtel situé dans un ghetto. Pas une seconde ne se passait sans que les dames fussent la cible de sifflements et d'inepties dans une langue que nous ne comprenions pas ; il ne fallait toutefois pas faire de gros efforts pour imaginer leur teneur. Les profs nous avaient mis en garde contre les pickpockets et les arnaqueurs. Malgré leur avertissement, ça n'a pas raté : une femme qui tenait un enfant en bas âge dans les bras est apparemment tombée dans les pommes, juste devant nous ; on s'est précipités en même temps que quelques passants. Un peu plus tard, ayant repris ses esprits et nous ayant remerciés tant et plus, elle s'est empressée de disparaître. Certains d'entre nous ont alors constaté qu'ils n'avaient plus d'argent ou plus de téléphone.

Le nombre de bonnes sœurs dans les rues m'a frappée. Elles allaient et venaient comme autant de femmes de ma famille. Au Vatican, certaines dames et certains messieurs de notre classe se sont fait taper sur les doigts à cause d'une tenue trop légère. Si les messieurs ne remettaient pas leurs T-shirts et si les dames ne rallongeaient pas leurs jupes, ils se verraient expulsés. On se serait cru dans un État où règne la charia.

À propos d'habits, on ne pouvait pas faire deux pas dans la rue sans que des camelots nous collent aux basques en essayant de nous refourguer des « vêtements de marque ».

Louis Vuitton, *real, wallah*[1], qu'ils disaient. À nos hidjabs, ils devinaient que nous étions un groupe de musulmanes ; ils poursuivaient leur offensive de marketing en arabe alors que les Turcs ne comprennent pas cette langue et que les Marocains ne pratiquent aucune autre langue que le néerlandais, si l'on fait abstraction de la poignée de mots grossiers qu'ils puisent dans le berbère.

« Hé, Sadaf, qu'est-ce qu'ils disent ? a demandé Devrim.

– J'suis afghan, gros benêt, chez nous on parle pas arabe.

– Ouais, j'le sais.

– Rien que du gloubi-boulga, a dit Quincy.

– Ouais, tout à fait, a renchéri Devrim. Tout ce qu'ils disent, c'est kif-kif bourricot. »

Devrim est moitié hollandais et moitié kurde, un franc et fanatique partisan de la création d'un État kurde souverain, doublé d'un sympathisant déclaré du PKK, ce qui explique pourquoi, par le passé, on avait assisté en classe à des discussions pour le moins animées entre lui et les Turcs. Ils se disputaient avec passion pour savoir si les Kurdes étaient des résistants ou des terroristes. Voilà pourquoi Sadaf l'a questionné :

« Au fait, Devrim, tu viens d'où, toi ? Et quelle langue on parle chez toi ? Ah oui, j'avais oublié, ce pays qu'on trouve nulle part sur la mappemonde.

– Ohhhhh ! la vache ! Elle fait mal, celle-là ! ont tisonné les avides de sensationnalisme.

– Un bon retour de boomerang, j'peux pas le nier, ça rend humble », a dit Devrim, beau joueur, mais comme les Turcs trouvaient la blague excessivement drôle, il a ajouté : « Ce qui n'est pas pourra arriver, vous perdez rien pour attendre, les gars.

---

1. Je le jure par Allah.

– Ce qui n'est pas pourrait ne pas arriver, a rétorqué Derya.

– Tu fais le mec qui va rejoindre dès demain l'armée du Kurdistan, j'ai lancé à Devrim. En réalité, c'est tout juste si tu te pointes pas au bahut en sabots et tulipe au fusil. T'es aussi kurde que Johan Cruijff et toutes les digues hollandaises réunies. »

Rires. Il y a en Devrim autant de fibres kurdes qu'il y a de montagnes aux Pays-Bas, tout le monde le sait, aussi son nationalisme n'est-il pas crédible. Il parle avec l'accent amstellodamois qu'il a hérité de sa mère, écoute sans relâche les André Verchuren et Yvette Horner locaux, cela même pendant notre séjour à l'hôtel. Les autres en ont eu tellement marre qu'ils ont fait en sorte qu'il ne puisse plus se connecter aux enceintes Bluetooth.

« Frangin, va te faire foutre avec ta musique batave toute la sainte journée, *wesh*[1], on te demande pas de jouer au juke-box *wela*[2] ? lui a décoché Youssef la nuit où nous étions tous dans la chambre des garçons, pas encore tout à fait les uns *dans* les autres.

– L'accordéon, on fait pas mieux, faut juste savoir sentir la musique, ça te pénètre par tous les pores, a répliqué Devrim.

– Eh ! *wollah teh*[3] ! s'est écrié Ayoub, éteins-moi cette musique ou je t'encule, *zebi*. »

Une sonnerie a soudain retenti près de ma trombine, me faisant sursauter. C'était le téléphone de la chambre d'hôtel.

« Merde, y vont encore se plaindre qu'on fait trop de boucan, a dit Aimane.

– Stresse pas, mec, détends-toi, lui a lancé Devrim en décrochant le combiné. *Yes ?* Aah, *OK*. *Yes*, on est désolés.

---

1. Préfixe berbère que je ne peux traduire.
2. Suffixe berbère que je ne peux traduire.
3. « Je jure par Allah », avec emphase.

OK. OK. Yes, on va baisser le volume. *Good night. Sexy lady* », il a ajouté avant de raccrocher.

Nouveaux rires.

« Comment sais-tu si elle est bonne ou pas ? Tu l'as pas vue, si ? a demandé Youssef.

– J'en sais rien, mais on a quand même le droit de se marrer, non ?

– Tu vas voir, elle va venir te chercher, une grosse dondon de cent vingt kilos avec des bigoudis sur la tête, a blagué Quincy.

– Ouais, c'est pour des nanas comme ça que tu craques, hein, Quincy. Tant qu'y a d'la chair à revendre. »

Rires.

« Nooon, pas autant, t'es fou, tu me prends pour le boucher halal du coin ! Moi, je suis pour la modération en tout.

– Cause toujours, Quincy, si elle s'rapplique, tu t'la feras, t'es en manque depuis un sacré bout de temps.

– Non, non, je peux gérer pas mal de choses, tu l'sais très bien, mais pas une grosse qui dévale la rue comme un tonneau quand elle se casse la figure. Ça, ça fout la trouille à ma biroute.

– Crois-moi, quand on veut, on peut la mettre dans tout ce qui passe, sauf peut-être dans un mec. Cela dit, quand on est en taule, on a pas trop le choix.

– Hé, ho ! on est là, nous aussi. Vos histoires de nouilles et de bites, je commence à en avoir jusque-là, j'ai fait en désignant les autres filles du menton.

– Eh, Büsra, ferme-la, tu vas pas faire ta sainte-nitouche. Quand t'es la seule fille dans un groupe et que tu l'ouvres, on croirait entendre un chauffeur de poids lourds. T'as deux visages, sale hypocrite, t'es une vraie scène tournante, tu mets ta bure pour chanter tel couplet, et pour le suivant tu sors un kit anal trois pièces et un godemiché », m'a envoyé Devrim.

Rires.

« Moi, je donne pas dans l'anal », j'ai dit.

Redoublement de rires.

« Donc, le reste, oui ? a voulu savoir Emre.

– Eh, keum, ça suffit, ferme-la un peu, tu vois bien que ce sont des blagues, *zebi*, l'a sermonné Mo qui prend parfois ma défense.

– Les filles devraient pas faire des blagues de ce genre, mon frère. Comporte-toi un peu normalement, Büsra », a répliqué Emre.

Un certain nombre de donzelles et quelques garçons ont acquiescé du menton.

« Au fond, t'as raison, mais tu le sais bien, Büsra est un cas à part, a relevé Akram.

– Te connaissant comme je te connais, m'a dit Devrim, je suis sûr que t'as déjà baisé, sucé et consommé tous les nègres du pays, grosse cochonne.

– Pas du tout ! C'est les blonds qui me font craquer. »

La plupart ont rigolé. Nawal, Kübra, Mahsume, Hind et Kaoutar m'ont regardée d'un air désapprobateur. À leur avis, il est inacceptable qu'une dame sorte des blagues graveleuses. Il faut dire que ce sont de très bonnes musulmanes. L'ouvrir ou louper une prière, c'est déjà trop se faire remarquer. Quant à Emre, à bien des reprises, il avait déjà fait savoir qu'il n'appréciait pas mon comportement.

« Eh, Büsra, il m'a lancé, le regard grave, tu peux pas te comporter un peu convenablement ? Même si c'est des blagues, aie un peu de dignité. Quelle fille turque parle comme toi ? Ce sont pas mes oignons, hein, je suis pas ton frère ni ton mari, mais tu t'rabaisses vraiment en agissant ainsi. »

De quel droit se permettait-il d'interférer dans ma vie alors même que je n'aurais pas toléré ça s'il avait été un membre de ma parentèle ? Entre lui et moi, la mayonnaise n'a jamais vraiment bien pris. Il est la caricature du tartuffe dénué d'humour, le type qui estime que ce genre de blagues est réservé aux hommes entre eux et qui se met tout à coup à dégoiser contre les filles des trucs vagues comme le « respect de soi », la « dignité ». Un gentil garçon, certes, je suis sûre qu'il cherche à bien faire, il est juste victime de son éducation, mais bon, ça n'excuse pas son hypocrisie et ne l'autorise pas à m'admonester. Avec les garçons turcs, il est rare que je puisse rire, encore moins nouer des rapports amicaux, pas même au travail ; ils sont pour la plupart du même calibre qu'Emre ou imaginent que vous flirtez dès que vous faites un brin de causette avec eux. D'une certaine manière, les garçons marocains sont plus sociables et plus ouverts dans les échanges quotidiens. Voici peu, j'ai entendu ma cousine soulever cette question, une véritable révolution, j'en suis restée estomaquée : dans nos contrées, il est peu fréquent de voir quelqu'un déballer le linge sale. À juste titre, elle s'est plainte : « Quand j'emmène les enfants à l'école, je peux sans problème saluer les pères des élèves néerlandais et échanger quelques mots avec eux, ce qui n'est jamais le cas avec les pères turcs, c'est bizarre, il y a une règle non écrite qui veut qu'hommes et femmes ne se parlent pas, c'est vraiment pas simple. Pourquoi nous, les musulmans, on peut pas bavarder deux minutes comme les autres ? Y vont tout de suite s'imaginer des choses. »

« Baisse la musique, mec, t'as pas entendu ce qu'a dit l'autre grosse, j'ai conseillé à Youssef.

– Qu'est-ce que tu crois, jamais de la vie ! a protesté Devrim. Même pas si elle me suce ! Y peuvent s'estimer heureux qu'on continue à payer pour un trou à rats pareil, on n'a même pas d'eau chaude dans la douche ni la clim alors qu'on crève de chaud !

– On peut même pas évacuer notre merde dans les chiottes, a fait Mo, sauf avec des bouteilles d'eau. On va bientôt devoir appeler une entreprise de vidange.

– C'est vrai, ça, on a dû prendre une douche froide ce matin, heureusement qu'on est en été, autrement on tomberait malade, a argumenté Dalal.

– Et moi, je suis toujours couverte de pustules à cause de ces punaises de lit de merde ! s'est emportée Ikram.

– Eh, lance-moi un truc ! a crié Mohammed depuis son lit superposé à Devrim, qui était tout près de la table où traînaient chips et autres munitions. J'ai rien bouffé de toute cette putain de journée.

– Ouais, mec, je sais, les pizzas sur la terrasse se sont mangées toutes seules, hein ? a relevé Kübra.

– Oh, ça, ouais, d'accord, mais c'était pas grand-chose, j'ai besoin de bien plus, tu sais bien que je suis un gros baraqué.

– Tiens, gros sac, bouffe pas tout, hein, laisses-en un peu pour moi. Quand cette ruine va s'effondrer et qu'on va se retrouver coincés sous les décombres, toi, tu pourras survivre sur tes réserves, pas nous, a dit Devrim en lui balançant sandwichs, chips et gaufres.

– T'as déjà vu Mo laisser traîner de la nourriture, toi ? Y bâfre *phel*[1] aspirateur, a relevé Hasan.

– Les gars, les gars, sans les choses tangibles, le monde serait un enfer, a répliqué Mo, la bouche pleine.

– Eh, Mo, l'a mis en garde Devrim, si tu manges tout, j'te jure que je viendrai t'enculer pendant ton sommeil. Mon sgueg colossal, tu le sentiras d'autant plus passer qu'il est encore entier. À la différence de vous, les mahométans. Moi, mes géniteurs, ils l'ont pas passé à la guillotine quand j'étais bébé.

– Mouais, a répliqué Emre, entier et surtout cradoque, avec toute la saleté qui s'accumule sous ton puant prépuce. Sans compter que nous, on peut tenir le coup plus longtemps s'il le faut, alors que toi, trois petits gémissements, et adieu popol. »

1. Comme un.

À l'entendre, il n'était plus puceau et n'en faisait pas mystère. À supposer que je tinsse un discours similaire au sien, il m'aurait traitée de roulure.

« Eh, Emre, comment ça se fait que tu saches ça alors qu'à l'instant tu n'avais que la dignité et le respect de soi à la bouche, que tu critiquais les blagues graveleuses ?

– Waouw, a rigolé Quincy. Tu croyais qu'Emre se l'astiquait uniquement pour pisser ? Il l'enfonce dans tout ce qui respire, j'pourrais en parler jusqu'à la fin des temps.

– Frère, c'est normal, on est des hommes, on est faits comme ça, on est des cochons, mais une femme n'est pas censée être comme ça, tu l'sais très bien, Büsra, autrement tu te déshonores et tu déshonores ta famille. »

Je serai ébahie le jour où je surprendrai Emre en train d'adopter une position cohérente et d'avancer des arguments de poids. Le problème des valeurs et des normes que défendent les garçons musulmans, c'est qu'il est le plus souvent impossible de les intégrer dans un ensemble rationnel de lois et de règles. Parler de normes et de valeurs sans observer un comportement en adéquation avec celles-ci revient à les miner à la base. L'aisance avec laquelle certains affichent leur hypocrite décence relève indéniablement d'une provocation crasse.

« Cette question d'hygiène sans prépuce, j'ai relancé la conversation, ça ne fait pas sens, on n'a pas besoin d'élaguer quoi que ce soit pour se récurer le zob. Quoiqu'on ne puisse nier que le nageur qui se tranche les orteils court moins de risques de choper de l'eczéma.

– Cause toujours, mais nous on peut tenir le coup beaucoup plus longtemps.

– Arrête ton char, a dit Devrim. Tu veux qu'on organise un concours ? On va aller voir les belles de nuit italiennes et on verra bien, gros vantard, lequel de nous deux tiendra le plus longtemps.

– Eh, putain, a répliqué Mo, t'écouter, ça me fait penser à ta raie poilue comme un singe. Ça me coupe l'appétit, gonze.

Avec cette image dans la tête, quelle que soit la belle de nuit, j'vais jamais pouvoir avoir la trique. »

Rires.

« C'est ça, lèche donc les poils de mon cul kurde. Un vrai mec, ça a des poils, lui a répondu Devrim.

– Merde alors, ça va aller jusqu'où ? a objecté Kaoutar.

– T'as des poils au cul ? j'ai demandé à Devrim.

– Et pas qu'un peu, tous les hommes ont du poil au cul, Büsra, fais pas l'ignorante, grosse cochonne.

– Tous les hommes ? Tu crois peut-être que tous sont des bonobos comme les hommes de ton peuple ? Y a que les Turcs qui ont du poil au cul ! s'est esclaffé Mo.

– C'est vrai, ça. Moi, j'en ai pas un seul, a assuré Youssef.

– Moi non plus, ont fait en chœur tous les garçons marocains, tandis que les Turcs gardaient un silence suspect.

– Moi, je suis un Kurde, pas un Turc ! s'est exclamé Devrim.

– Ton père vient de Turquie. T'es donc un enfoiré de Turc, que tu le veuilles ou non, tes fesses poilues le prouvent, c'est à ça qu'on vous reconnaît, c'est une marque de fabrique, a répliqué Mo.

– Cela explique peut-être pourquoi, je suis intervenue, selon les statistiques, les pédophiles hollandais ont une préférence affirmée pour les petits Marocains et non pour les gamins turcs. Apparemment, ils n'ont pas envie d'empaler des derrières velus. Voilà la réponse à la question sur laquelle je me penchais ces derniers temps.

– T'aimes bien te pencher sur certaines choses, mais aussi devant d'autres, hein, Büsra, grosse cochonne. »

Rires.

« Oui, Devrim, car je n'aime pas avancer quoi que ce soit sans fondement, j'ai répliqué à dessein.

– Ça, c'est sûr, s'est-il fait l'écho ainsi que je m'y attendais, ton fondement, t'aimes bien l'avancer. »

Il a éclaté de rire, mais personne ne comprenait vraiment pourquoi il s'entêtait à faire de telles blagues sur moi, étant donné que j'étais une fille voilée bien comme il faut et qu'on ne m'avait jamais surprise en train de jouer à la belote avec tel ou tel autre sgueg. De surcroît, je n'avais jamais fait allusion au moindre rancard ni au fait que je sortais avec un garçon. Les autres croyaient donc que Devrim alignait les blagues juste pour m'emmerder, sans se fonder sur la moindre parcelle de réalité. C'est d'ailleurs ce que je leur avais fait croire. Ils avaient gobé cela tout cru, et d'autant plus facilement que Devrim ne se soucie pas forcément des faits pour dire leurs quatre vérités aux gens. Or, en l'espèce, il ne fanfaronnait pas : quelques mois plus tôt, alors qu'il venait manifestement de rendre visite à sa sœur, il m'avait prise en flagrant délit en train d'embrasser Freek à la gare de La Haye. Il avait capturé le moment sur son téléphone portable et, peu après, alors que j'étais dans le train, j'avais reçu la photo accompagnée du message : « Bonne pioche ! », ainsi que de nombreux pouces levés en l'air. Alors que, encore sous le choc, je fixais l'écran de mon portable, il avait ajouté : « Bien joué ! »

« Je savais bien que t'étais pas aussi sainte-nitouche que t'en as l'air. Toi et tes blagues crues, y a longtemps que j'vous avais percées à jour », j'avais pu lire ensuite, phrases suivies d'une flopée d'emojis. Pour une bonne pioche, c'était une bonne pioche. Tout autre garçon de ma classe que Devrim se serait empressé de cafter, le lycée entier aurait été au courant, y compris Halil, scolarisé dans le même bahut que moi. Quel soulagement ! Devrim était sympa, ouvert d'esprit et pas malveillant. Le téléphone tremblant dans les mains, je l'avais appelé sur-le-champ, le suppliant de détruire la photo et de ne rien dire à personne. Il m'avait donné son accord. Je savais que je pouvais lui faire confiance : « Calme-toi, Büsra, reprends ton souffle, keum ! » Bien que soulagée, j'ai été stressée le reste de la journée, n'arrêtant pas de me dire : Qu'est-ce qui se serait passé si quelqu'un d'autre m'avait prise en photo ? Qu'est-ce qui se serait passé s'il avait diffusé la photo ? Il me fallait être plus encore sur mes gardes, ne pas partir du principe que j'étais en sécurité à La Haye. Depuis cet épisode, Devrim me considère comme une fille tout-terrain, une *mutçu* comme on dit dans nos contrées, une meuf qui par crainte de son entourage drague loin de ses bases, à droite, à gauche. Une image fausse que je n'ai jamais rectifiée, ce ne sont pas ses oignons après tout.

« Imagine, mec, la greluche épouse un Turc, elle se réjouit à l'avance de sa nuit de noces, mais le gars, une fois le cul sur le lit, il enlève son caleçon, et qu'est-ce qu'elle découvre tout à coup ? Une paire de fesses poilues comme un macaque. Et elle se demande : j'ai épousé une chèvre ou un Turc ? Haha ! »

Comme d'habitude, après avoir sorti une vanne, Mo était plié en quatre. Quelques autres ont ri dans leur barbe.

« *Ewa ja*[1], mais les poils du cul, ça s'enlève, alors que du caractère, soit on en a, soit on n'en a pas. Or, beaucoup de Marocains en manquent, et ça, ça les handicape toute leur vie », a sorti Emre, qui se sent toujours appelé à défendre l'honneur turc.

Un grand « Oooooooh ! » a retenti dans la chambrée.

« Nous, on a peut-être du poil au cul, mais au moins on est pas un peuple d'enculés. Vous, vous vendez votre mère contre un peu de fric qui provient de la drogue, vous chouravez tout ce qui bouge et même tout ce qui bouge pas. Donc, viens pas m'en raconter ! Pendant que les Turcs se retroussent les manches, vous, vous êtes des branleurs de première. De toute façon, comme dit l'autre, telle eau, tels poissons, et je vous laisse deviner quels poissons vivent en eaux troubles. »

1. Ouais, c'est ça, c'est ça.

Sans prévenir, Devrim venait de se ranger sous la bannière turque. On savait depuis peu que la Mocro Maffia avait placé la tête décapitée d'un certain Nabil devant un lounge d'Amsterdam, pas très loin de notre lycée, par vengeance contre le clan rival.

Un nouveau « Oooooooh ! » s'était fait entendre.

« Qu'est-ce que t'as à rire ? a demandé Mo à Quincy. Nous, on a au moins quelque chose qui ressemble à une culture, à une religion et à un folklore, alors que vous, les Blacks, vous avez même pas ça. Vous avez même pas une langue à vous. Vous avez même pas un nom de famille ! Vous êtes toujours la propriété des *tatta's*, vous portez leurs noms, vous adorez leurs dieux et vous parlez leurs langues ! A-t-on idée, quand on est black, de s'appeler Quincy Zoetemelk ! »

Un nouveau « Oooooooh ! » de retentir.

« *True* », a reconnu Quincy, avant d'ajouter au bout de trois secondes, à l'adresse de Devrim : « Mais moi, au moins, je peux indiquer le pays de mes ancêtres sur une mappemonde.

– Oooooh ! Celle-là, elle est piquée des hannetons !

– Allez tous vous faire voir, a alors entonné Devrim sur l'air d'accordéon qui sortait des enceintes.

– Putain ! y va pas nous remettre sa déprimante musique de vioque ! » a hurlé Mo.

Youssef a écrasé son oreiller sur sa tête, Aimane a balancé sa sandale Adidas vers la tête de Devrim, mais ce dernier l'a habilement évitée.

« Hé, Devrim, chante-nous un truc à tue-tête, une chanson, ne nous prive pas de ce plaisir, j'ai lancé avant de me prendre une peau de banane sur le front.

– Mets-nous de la musique normale, chien ! »

On est passé à du rap français.

« Et en plus, a repris Quincy, s'il est vrai que mes ancêtres ont été amenés ici comme esclaves, les vôtres ont choisi de quitter leur pays pour faire ici un boulot de bougnoule. Je sais pas ce qui est pire, être asservi ou se laisser asservir, sachant que vous comblez le vide entre l'esclavage légal, entre-temps aboli, et les robots appelés à vous remplacer.

– Oooooooh ! a fait tout le monde.

– Bon, là, c'est sûr, on va pas s'en relever, a estimé Youssef.

– Non, pas d'accord, l'a contredit Sadaf. Dans mon pays, la guerre a éclaté, autrement mes parents seraient jamais partis, on possédait plusieurs bijouteries en Afghanistan.

– Ouais, a répondu du tac au tac Devrim, mais c'est bien parce que les Afghans ont de la marmelade dans la noix de coco qu'ils se la fendent pour les motifs les plus arriérés, par exemple parce qu'un tel prie pas tout à fait comme son voisin ; alors, à ta place, mon chéri, j'ferais pas trop le malin.

– Toi, ferme-la tant que ta nation n'est même pas détectable géographiquement.

– Ça va, ça va, toujours la même niaiserie, vous pouvez pas trouver autre chose, bande d'enfoirés ? Vous oubliez que je suis à moitié hollandais et vous, petits avortons, vous pouvez que la boucler, car l'ouvrir, c'est vomir dans la main qui vous nourrit. Si vous étiez pas en Europe, vous seriez toujours en train de passer vingt-quatre heures sur vingt-quatre à pelleter des crottes de bique dans le bac à sable, à vous faire bourrer rectalement par l'un ou l'autre des cul-terreux édentés du coin, aux ongles des orteils tout noirs, à mettre bas lardon sur lardon et à traire des vaches dans votre bled endogame, sans aucune perspective d'avenir si ce n'est celle de tenter de survivre. Le seul temps fort de votre vie, ce serait le vêlage de votre vache, sachant que la vente du veau en fin d'année vous permettrait de récolter quelques sous, ce pour quoi vous remercieriez Allah à genoux.

– Comment ça, rectalement ? j'ai demandé.

– Parce qu'à force de chier des mioches, Büsra, t'aurais la chatte complètement défoncée, *finito*, et un gonze, ça a besoin de quelque chose de plus serré, a expliqué Devrim. Tu risques d'ailleurs d'avoir le même problème si tu continues à emmancher autant de sguegs, crois-moi.

– Aha ! » j'ai rigolé.

J'ai vu Emre porter la main à son front et secouer la tête de droite à gauche.

« Vos parents à vous, a repris Devrim, ils ont même pas un vrai acte de naissance. C'est pour ça que chaque immigré fête son anniversaire le jour de la Saint-Sylvestre : ils ont tellement peu confiance en leur capacité cérébrale pour retenir une autre date fictive qu'ils choisissent tous le jour du Nouvel An. »

Devrim avait sans conteste remporté le débat qui n'aurait pu endurer la lumière éthique du jour. Il a son franc-parler, à la limite de la grossièreté. Il dit ce qui lui passe par la tête, sans travestissements, sans massages, sans mettre ses idées en délibération, avec la plus grande étourderie ; il est le premier à débiter ses opinions sur tout, braillant toujours en classe sans jamais manquer de faire des commentaires. Autrement dit, je n'en attendais pas moins de lui. Un vulgaire coquin, ce Devrim, et pourtant, d'une certaine façon, j'apprécie son honnêteté. La langue trempée dans le fiel et l'armoise, il blackboule en moins de rien son opposant dans un débat, ne s'interrogeant jamais sur le caractère glissant du terrain sur lequel il se risque. J'étais très jalouse de son implacabilité bien huilée et de sa vélocité de mitraillette à s'exprimer. Quand on est jeune, rien n'est plus dangereux et en même temps plus précieux que l'insouciance.

Il a raison : l'anniversaire de mes géniteurs tombe le jour de la Saint-Sylvestre. Non que nous l'ayons une seule fois célébré. J'ignore, à vrai dire, l'âge qu'ils ont. De toute façon, à la maison, nous ne fêtons rien du tout : ce que l'on réussit est considéré comme une tâche qui se doit d'être accomplie, et non comme une prouesse. Quand la prof principale m'a téléphoné pour m'annoncer ma réussite à l'examen qui a mis un point final à mes études secondaires, je l'ai dit à Père, qui m'a demandé : « Qui c'est qu'a téléphoné ? » Je lui ai alors traduit la nouvelle en turc. « Aah, OK », il a fait avant de se remettre à regarder la télé. Lorsque je suis rentrée avec mon diplôme en poche, je me suis changée et je suis partie au travail. La voisine ayant demandé à Père pourquoi nous ne fêtions pas ma réussite – je le méritais vraiment –, il lui a répondu : « Bien sûr qu'ils doivent réussir, ce serait quand même un monde s'ils réussissaient pas ! Ils ont un toit au-dessus de la tête, ils ont de quoi manger, ils vivent sans avoir à se soucier de rien ; à ma différence, ils ont pas comme père un alcoolique qui les frappe, ils ont une mère prévenante, depuis leurs quatre ans ils ont été à l'école jour après jour, ça serait quand même la fin des haricots s'ils décrochaient pas un diplôme ! Qu'est-ce qu'on devrait fêter ? N'est-ce pas le moins qu'ils puissent faire ? Que peuvent-ils faire d'autre ? Traîner dans la rue ? On peut dire qu'on a réussi dans la vie quand, après avoir obtenu son diplôme, on commence à gagner de l'argent et qu'on achète une belle maison à son papa, pas avant ! »

Mes géniteurs ne se réclament guère d'une quelconque fierté, ni en ce qui les concerne, ni en ce qui concerne les autres. Le jour où la voisine a apporté un morceau de gâteau parce que sa fille venait d'avoir le permis de conduire, Père, une fois sa part avalée, ne saisissait toujours pas la raison de pareille débauche d'énergie. Il en va de même quant aux anniversaires de mariage ou de membres de la famille, au passage à la nouvelle année, aux naissances, aux fêtes prénatales, aux remises de diplômes et à toutes les autres célébrations de la bêtise. « Quand le lapin se frotte la bistouquette contre la montagne, il proclame qu'il est en train de la troncher », affirme-t-il à l'occasion, recourant à un proverbe turc qui revient à dire qu'on cherche toujours à amplifier ses propres mérites.

Quand Halil a obtenu à son tour son diplôme de fin d'études secondaires, le restaurant où il travaillait était loué.

La famille d'une lycéenne qui avait obtenu le sien, mais dans une filière professionnelle, donnait une grande fête. Halil les servait. L'une des personnes attablées, à savoir le père de la jeune fille, lui a demandé quel âge il avait et ce qu'il faisait par ailleurs dans la vie. Mon frère lui ayant répondu, l'homme, étonné, a tenu à savoir s'il avait lui aussi décroché le précieux sésame. C'était bien le cas, mais on ne célébrait pas l'événement. « C'est le monde à l'envers, hein, mon garçon, tu nous vois faire la fête parce que ma fille a enfin obtenu son diplôme au rabais, soit dit en passant avec un an de retard, alors que toi qui as décroché la timbale, tu es en train de bosser en faisant comme si de rien n'était. Quand j'étais jeune, j'étais comme toi. J'ai toujours trimé, rien ne justifiait une fête, on pouvait toujours faire mieux. Je me reconnais dans ta manière pondérée de relativiser les choses. Ça te mènera loin dans la vie, bien plus loin que si tu te faisais dorloter. Vois comme je dorlote mes gosses. Ils ont une éthique de travail pareille à celle d'un Noir. Tiens bon, mon gars ! »

« De tous les immigrés qui habitent en Hollande, lance Emre, c'est nous, les Turcs, qui avons la culture la plus raffinée.

– Ne fais pas d'une chèvre ton jardinier ! a répliqué Devrim. Vous et les Marocains, vous êtes des nègres des sables. Vous avez des cultures collectivistes arriérées, vous tirez à bout portant sur vos filles dans la rue si jamais elles ont un petit copain. Dans vos pays, les cervelles de crevettes se chamaillent encore jusqu'à la nausée sur des questions comme celle de savoir si l'on peut ou non se brosser les dents quand on jeûne pendant le ramadan, sans compter qu'elles tentent encore en vain d'instaurer la démocratie, un concept bien peu exploré chez vous. L'Europe septentrionale traumatisée vous a accueillis par cargaisons entières, vous peuples sans compétences, dans l'ivresse paternaliste de l'après-guerre, avec une suffisance germanique et antipatriotique, pour, des décennies plus tard, se demander avec quoi elle s'était colletée. Par bravade, les Européens croyaient encore que tout était "faisable" et "réalisable", peu importait le caractère secondaire d'une culture et la déchéance dans laquelle vivaient les gens ; ils ont idéalisé les choses à l'extrême, le sentiment de culpabilité ne rendant pas justice à la vérité. C'est là un résidu du christianisme : plus c'est pathétique, plus c'est sacré. Il y a trop de personnes à qui on rend service en leur donnant une raison de montrer leur compassion, les Sylvana Simons de ce pays le savent très bien. Ils ont ensuite déversé les immigrés sans avenir dans les banlieues d'intérêt vital et ont laissé le bordel proliférer, non sans que les élites vertueuses ne cessent d'insister sur le fait que tout allait bien. Les mêmes vertueux cherchent à présent à mettre sur le dos des étrangers toutes sortes de problèmes et de faux-fuyants, racisme ceci, exclusion cela, ça suffit, ils voient des trucs qui n'existent pas, ils sont plus religieux qu'ils ne le pensent en exagérant éhontément comme ils le font. Chaque pet qu'on laisse échapper dont l'odeur pourrait passer pour une critique de personnes plus pigmentées que soi se trouve mis au compte de la rancune. Peut-être que, dans certains cas, les Turcs se voient accorder le bénéfice du doute en raison d'un taux de criminalité relativement faible au sein de leur communauté et d'une honorable éthique de travail par rapport aux oblomovistes et gougnafiers qui ne connaissent rien à rien ; sans doute sont-ils taillés dans un bois culturel un peu meilleur que les autres, mais ça ne veut pas dire qu'on est tiré d'affaire, il n'est pas rare que l'état de fait dégénère au grand jour en une cinquième colonne – donc il n'y a pas là de quoi pavoiser. On dit que le cheval de Troie se trouve en Turquie, eh bien, je vous l'dis, il se trouve dorénavant au beau milieu de l'Europe et il a bien grandi puisqu'il revêt la taille d'une diaspora de plusieurs millions de personnes. Les Turcs les plus sympathiques – et en même temps ce qu'on peut trouver de mieux parmi eux –, ce sont ceux de passage, ceux qui ont un ordre du jour bien à eux, les requins, les chaleureux buveurs de raki, les gens qui croient sans avoir besoin d'un dieu et qui, pour le reste, n'affichent aucune perfidie ; cela dit, combien de Turcs connaissez-vous qui sont foncièrement loyaux envers la Hollande, qui se sentent plus concernés par les problématiques néerlandaises que par les problématiques turques ? Ils sont en minorité. Cette donnée, jumelée aux perspectives qu'elle induit, saisit maints *tatta's* patriotiques à la gorge. Il s'agit d'*agents* purement économiques qui vivent dans une réalité parallèle. Autrefois, les Turcs étaient puissants, ils se sont tenus aux portes de Vienne, mais cette splendeur remonte à une époque lointaine. Quand vous allumez la télé dans vos pays, qu'est-ce que vous voyez, qu'est-ce que vous entendez ? Des imams revêches qui tournent le cul à d'autres pâtres des âmes, l'intarissable flux des patatis et des patatas, le refus de toute critique, le refus d'extirper le peuple de sa docilité moutonnière ; pendant ce temps, ici, on envoie des fusées sur la Lune, on fabrique des voitures qui roulent sans chauffeur. L'islam est la dernière idéologie collectiviste qui rue encore à hue et à dia contre le courant de la modernité. Si vous voulez être considérés comme égaux en matière de civilisation, il conviendrait d'abord de combler cet énorme abîme. Bougez-vous ! Car là, vous êtes en train de dégringoler tout au fond, j'ai pas besoin de vous faire un dessin. Les Turcs ont un très joli dicton : "Embrasse le poignet que tu ne peux pas plier." Et c'est ainsi. Les quelques mérites dont vous pouvez vous réclamer, grâce auxquels vous êtes un peu moins éloignés de la civilisation que les pays qui vous environnent, proviennent d'Atatürk, lequel tenait ses idées de l'Occident, autrement dit une façon de se présenter à la nuit de noces en s'harnachant de la bite d'autrui, de surfer sur des vagues qu'on n'a pas déclenchées soi-même, mais bon, ça marchait, c'est ça le plus important. D'un autre côté, tout le monde ne peut pas être le pape de Rome. Si l'excellence devient la norme, admirer ne fait plus sens. Et croire que les *tatta's* connaissent succès et prospérité parce qu'ils ont pêché, par le passé, avec un hameçon en or, quelle foutaise ! C'est pas ça qui a été déterminant.

– Mais pour toi, la loyauté, c'est quoi ? a demandé Aimane. La loyauté des catholiques, elle est où ? Du côté du Vatican ou du côté de la nation ? Et celle des Juifs ? Du côté d'Israël ou du côté des Pays-Bas ? Et que dire des Bataves qui investissent et achètent des biens immobiliers en Espagne ou au Portugal, comme les Turcs en Turquie ? Pourquoi personne ne questionne jamais leur loyauté à eux ?

– La probabilité que les Turcs éprouvent un sentiment de loyauté vis-à-vis des Pays-Bas est plus petite encore que l'orifice anal d'une souris, a estimé Omar. Et ce n'est pas si surprenant que ça, car si le Siècle d'or des Néerlandais remonte à bien longtemps et si la fierté qu'ils tirent de l'Histoire est désormais bien cabossée, l'Empire ottoman, pour sa part, est bien plus récent et les Turcs continuent de cultiver le nationalisme en question. Beaucoup ont parmi les membres de leur famille des militaires qui ont joué un rôle dans une révolution, ou ont été liés aux Jeunes-Turcs. Bien entendu, le cœur de ces gens ne bat pas pour le drapeau néerlandais. D'ailleurs, on n'encourage aucunement cela en Hollande, c'est tout le contraire. Qui pourrait être fier des Pays-Bas ? Les Hollandais ne le veulent même pas eux-mêmes. Pour cette seule raison, on comprend que les Frisons ne sont pas des Néerlandais à part entière. L'Amérique fait les choses autrement.

– Il ne faut jamais mépriser les personnes qui ont moins de succès, moins de talent ou moins de réussite professionnelle que d'autres, ni un peuple entier, tout le monde a droit au respect », a déclaré Aimane.

Il appelait ainsi sur lui la compassion du mépris. Ce qui est venu de la bouche de Devrim.

« Tu sais, faut pas me comprendre de travers, je veux juste dire qu'il y a des gens qui ont besoin de plus se poivrer la raie du cul que d'autres. La pierre de la guerre est aussi celle avec laquelle on affûte la philosophie. On peut tous constater que, actuellement, la démocratie des Turcs est tout aussi embourbée que les chars des Boches dans les neiges soviétiques. C'est comme ça et pas autrement, désolé, les p'tits gars, mais un vrai camarade, ça veut le meilleur pour vous, ça passe par la formulation de la vérité, si pénible soit-elle, cela car l'apologie n'a jamais avancé quiconque en quoi que ce soit. Un jugement honnête est tout aussi impitoyable qu'indispensable, seuls les mufles disent la vérité. »

En général, quand des personnes, surtout des personnes comme Devrim, ressentent le besoin de dire qu'il ne faut pas prendre pour soi ce qu'elles s'apprêtent à dire, on sait très bien à quoi s'attendre.

« Mais tout ce que tu racontes s'applique également aux Kurdes qui te sont si chers, tu crois pas ? je lui ai demandé. Ils sont tout aussi englués dans le sable que les autres, leur civilisation est pareillement une grosse farce.

– Nous, les Marocains, on finira par y arriver un jour, *inshallah*, il suffit de chasser ce sale cochon de roi corrompu, a déclaré Kaoutar.

– Mouais, quand les poules auront des dents, a répliqué Devrim.

– Eh, j'attends que tu répondes à ma question, j'ai insisté.

– Oui, je sais, j'admets d'ailleurs que les Turcs sont beaucoup plus avancés et organisés que les Kurdes qui, malheureusement, sont illettrés et vivent encore tribalement. Je suis donc conscient qu'un État en propre qui fonctionnerait bien est pour ainsi dire illusoire à ce stade, on n'a pas fini de manger notre pain bien dur, mais bon, ça n'empêche pas de caresser de nobles idéaux. De toute façon, je ne m'en préoccupe pas tant que ça, faut pas croire, ils peuvent tous aller se faire foutre là-bas. Moi, j'habite en Hollande, non ? S'il m'arrive de m'insurger à propos du Kurdistan, c'est plus une pose qu'un désir profond relevant d'un calcul sensé. »

Voilà pour la loyauté de Devrim envers le Kurdistan.

« Une bonne généralisation de ce calibre, a repris Aimane, y a pas grand-chose qui soit aussi éclairant. Apprends donc que c'est de ce même islam que sont sorties, par le passé, de merveilleuses civilisations et des sciences florissantes alors qu'en Europe ils n'avaient pas encore inventé l'agriculture ; en Syrie, il y avait déjà des villes et des États, donc ce n'est pas la faute de l'islam. Au Moyen Âge, ce sont les musulmans qui ont abordé la philosophie grecque avec un esprit ouvert. Ce sont leurs traductions des Grecs anciens, accompagnées de riches commentaires, qui sont entrées en Europe et y ont jeté les bases des Lumières. Le fait que les musulmans se retrouvent aujourd'hui dans un isolement mental et un ressentiment émotionnel ne tient donc pas à l'islam, car l'islam est le facteur de stabilité.

– Bah, tiens donc, a fait Mo, dans ce monde, l'eau coule toujours vers la mer. Même si une nouvelle force apparaissait en Afrique du Nord ou au Moyen-Orient, combines et manigances finiraient par la soumettre, la contrecarrer ou l'abattre : en jouant des coudes, on fait en sorte que rien ne change. C'est comme ça que ça marche, ça copine sec dans le monde, les grosses huiles ne tolèrent jamais la concurrence, voilà ce que vous ne comprenez pas.

– Tatata, lui a rétorqué Devrim, cela rime comme hallebarde et miséricorde, c'est du complotisme. Une allégation aussi élastique que la vulve de Büsra. Vous êtes dans un déni plus profond que Willem Holleeder. Avancer ça, c'est mettre fin à toute discussion sur les différences de niveaux civilisationnels, exclure toute illumination.

– Tiens donc, l'a corrigé Youssef, si l'Occident est prospère, c'est parce qu'il a pillé toute l'Afrique à l'époque. Nous, on s'est pas encore remis de ce colonialisme inhumain. Voilà pourquoi tu peux pas reprocher à nos peuples de pas avoir rattrapé leur retard.

– T'es vraiment convaincu de ce que tu avances ? lui a demandé Devrim en se redressant subitement.

– Suffit de creuser les faits, a dit Emre.

– Écoutez, les p'tits gars, le pillage de l'Afrique, c'est la plus grosse foutaise qui soit. Pour commencer, le continent recèle encore des milliards et des milliards de matières premières. Le nœud du problème, c'est pas ces matières premières, le nœud du problème, c'est que les pays africains n'ont pas connu les Lumières. Cela signifie que l'argent tiré des minerais, du pétrole, etc., n'est pas absorbé de la même manière qu'ici, par un État sain qui investit pour améliorer la qualité de vie globale. Cette dynamique, on la cherche en vain en Afrique, où l'on observe une forte concentration de richesses dans des cercles très restreints – pour les distribuer, il faut une politique éclairée. L'Afrique n'est pas pauvre en ressources précieuses, elle est même sacrément riche, mais pauvre philosophiquement, ce qui se traduit par un dysfonctionnement politique. Et c'est bien l'idéologie qui a un effet corrupteur et stagnant sur la capacité de raisonnement des populations et leur volonté de transcender les problèmes idéologiques par la raison. On voit des seigneurs de la guerre et des monarchies qui prennent le contrôle sur toutes les mines et réserves de pétrole. L'exploitation impérialiste n'a pas été aussi systématique et acharnée qu'on veut bien le dire, et les quantités pompées par l'Europe étaient au bout du compte relativement faibles. Incroyable ce qu'il reste de ressources ! Quelques exemples font dire que des dommages durables ont été causés, par exemple l'abattage des forêts au Maroc par les Espagnols, jamais replantées depuis, je vous l'accorde, mais ne vous y trompez pas : l'Algérie a encore des putains de réserves de gaz et de pétrole, la Libye toujours les plus grandes réserves de pétrole, le Nigeria de même. Ce que vous avancez n'est pas fondé sur des faits, il s'agit d'une vision tronquée de l'impérialisme. On peut ramener la plupart des problèmes à la capacité d'organisation défaillante des

Africains, qui fait qu'on n'assiste à aucune amélioration de la qualité de vie. Mais personne n'a les couilles de réclamer un changement radical du système politique, des investissements dans l'éducation, non, on préfère pointer du doigt l'Europe et son passé colonial, c'est bien plus facile, alors que le premier morveux venu qui étudie un peu la question se rend vite compte que le marché mondial se comporte tout bonnement en fonction de ce qui est possible. Bien entendu, tant qu'ils en ont la possibilité, les pays cherchent à tirer profit de ce qui s'offre. S'il y a de l'acier à prélever, les Allemands ne vont pas s'en priver. Mais, en attendant, pourquoi l'Afrique n'a-t-elle toujours pas de voitures électriques ? Là-bas, y a pas assez de *nerds* instruits, les systèmes éducatifs étant déficients, les États non démocratiques... Le marché libre capitaliste donne toute liberté d'action aux personnes les plus intelligentes grâce auxquelles la création et la production de beaux produits vont de soi. Mais, en Afrique, on n'a aucun droit, on ne peut exercer aucun recours, il faut se satisfaire du peu qu'on obtient. Rien ne justifie de dire qu'Apple chaparde tout, Apple ne vole rien, mais achète tout simplement. Le monde interagit avec l'Afrique comme avec une prostituée qui ne fixe pas de tarif, elle demande à être baisée sous toutes les coutures. Au bout du compte, chaque pays se fait baiser par un autre, les autorités se doivent de protéger leurs putes et de les offrir contre un prix correct. Le monde n'est qu'une grande orgie, c'est aux citoyens eux-mêmes de porter un regard critique sur leurs bordels nationaux. La tragédie de l'humanité est celle du bébé né d'un viol. On traite de façon injuste les personnes désintéressées, quand elles ne sont pas maltraitées.

– T'as déjà entendu parler de *resource curse*, la malédiction des ressources naturelles ? lui a demandé Mo, Devrim secouant la tête de droite à gauche. Il s'agit d'une théorie en sciences politiques qui affirme qu'il existe une corrélation entre le niveau de développement et la quantité de matières premières d'une région. Or, qu'est-ce qu'on constate ? Plus un pays dispose de matières premières, moins il est développé sur le plan politico-philosophique, étatique, éducatif et dans le domaine de l'innovation. Des pays comme le Japon et Singapour, qui n'ont pas une goutte de pétrole, pas une bonbonne de gaz, pas de métaux précieux, pas de minerais, sont beaucoup plus riches que les pays qui disposent de ces différentes ressources. Cela s'explique par le fait qu'une certaine dynamique émerge dans les pays riches en matières premières : des régimes autoritaires et militaristes s'escriment à garder le contrôle sur ces ressources, ce que l'on observe par exemple en plein jour tant au Maroc qu'en Arabie saoudite ou en Algérie. Le roi du Maroc gagne de l'argent grâce au commerce des phosphates et au tourisme, l'Algérie n'est rien qu'une bande de généraux qui s'achètent des joujoux de guerre russes avec le fric que leur rapporte le pétrole, voilà tout ce qu'on peut dire sur ces pays...

– Écoute, l'a interrompu Omar, Israël maintient en vie l'Arabie saoudite, un pays où la tête de Devrim roulerait s'il se risquait à y diffuser ses idées. Quand l'Arabie saoudite a fait découper un homme en morceaux en Turquie, Netanyahu n'a pas bronché. Israël tient de même à bout de bras les dictatures égyptienne et jordanienne. C'est pourquoi votre discussion manque de profondeur, Israël soutient tous les régimes où l'on vous couperait la tête, tout simplement parce qu'il s'agit de voisins stables. En Israël, une personne musulmane ne peut épouser une personne juive ni une personne catholique, le rabbinat l'interdit, mais si jamais Erdoğan introduisait demain cette même mesure en Turquie, l'ensemble de l'opinion publique hollandaise verserait des larmes de sang. Des sociétés entières du Moyen-Orient n'ont pas le droit de vote ; on y décapite des intellectuels tandis que le président américain et le chef israélien sucent et soutiennent ces dirigeants corrompus. Faut pas qu'ils viennent nous en conter en exigeant que ces peuples se civilisent à l'instar des Blancs. Quand on pratique une politique machiavélique, faut pas jouer au moraliste philosophique. C'est soit l'un, soit l'autre. Un vrai machiavéliste n'éprouve d'ailleurs pas le besoin de faire semblant d'être honnête. Quant à l'Europe, elle est la dernière à pouvoir se plaindre ou exiger de nous qu'on contribue à régler ses problèmes : les souffrances dans le reste du monde étant bien pires, on est en droit d'ignorer les maux et abus qui règnent ici. Donc, loyauté mon cul. »

D'autres conversations philosophiques très poussées ont suivi.

« Toutes les histoires d'amour s'encroûtent, toutes, même si on tringle Doutzen Kroes, a affirmé Devrim.

– C'est vrai, même si je doute de la réalité d'une quelconque routine si on couche avec Kim K, a commenté Quincy.

– Mec, l'amour, ça a toujours une date de péremption. Le moment arrive où le Coca est éventé, le temps des clins d'œil passé. Où la cote d'alerte est atteinte. C'est fatidique. Et ça craint.

– Pourquoi vous, les hommes, vous êtes des trous du cul pareils ? a demandé Ikram.

– Mais non, tu comprends pas, c'est juste la nature. On pourrait vous dire qu'on veut rester monogames, mais on sait que c'est un mensonge. Ça vaut pour tous les hommes ! a expliqué Devrim.

– Tout le monde ne saute pas sur tout ce qui bouge comme toi, hein, a objecté Dalal.

– Crois-moi, ma poulette, vous, vous pigez rien, vous avez pas de sgueg, alors vous vous mettez dans la tête qu'y a des hommes qui veulent rester fidèles pour toujours.

– Y en a pas ? j'ai demandé.

– Si, a répondu Mo, mais ils restent fidèles parce qu'ils y sont obligés, pas parce qu'ils y tiennent vraiment, c'est ce que Devrim veut dire.

– La vérité est dure à entendre. Quand t'as fini un bouquin, t'as envie d'en lire un autre et pas de relire le même, non ?

– Bon sang, Devrim, ça c'est profond ! a dit Dalal en roulant des yeux.

– Apophtegme de notre philosophe maison », a commenté Quincy.

Sur ces entrefaites, le téléphone d'Aimane a diffusé l'appel à la prière.

« Non d'une pute borgne ! Ton piaulement de chat m'a foutu la trouille ! J'ai bien cru que les talibans nous prenaient d'assaut, s'est écrié Devrim avant d'imiter, l'air narquois, les sons de l'*adhan* d'une voix aiguë.

– Eh, mec, fais pas ça, *wollah*, on rigole pas avec ça, c'est pas drôle, lui a reproché Youssef le visage grave, mais en écrasant un sourire.

– Ouais, *wollah*, arrête ça, c'est prohibé, l'ont désapprouvé les filles pendant que Nawal, main devant la bouche, ne contenait pas son rire.

– Bon dieu de bon dieu, a fait Devrim en se rangeant à la volonté de la majorité, avec vous, c'est pire que chez les mennonites. »

Aimane a arrêté son téléphone avant d'aller prier dans le local à produits d'entretien.

« Eh bien, Devrim, a lancé Youssef, puisque tu sais de quoi il retourne, je te suggère de joindre le geste à la parole, à propos de l'impossibilité de rester monogame, autrement t'es qu'une grande gueule sans rien dans le froc. »

Devrim a d'abord sagement gardé le silence. Il y avait parmi les filles des copines de sa petite amie. Puis il a repris la parole.

« L'autre jour, j'étais au boulot quand un pâté impérial se pointe dans la boutique. Il me demande un chibre. Moi, je me dis : Je deviens fou ou quoi ? Je lui demande de répéter, et il me dit qu'il voudrait bien un putain de chibre ! »

Tout le monde de rigoler. Tout le monde de se faire tout ouïe. Devrim a un job à la caisse d'une station-service.

« Alors là, je me dis : ce mangeur de chiens veut juste se taper un p'tit jeune, ce qui est compréhensible étant donné que j'suis plutôt appétissant, mais voilà qu'il passe derrière le comptoir et ouvre la porte du meuble aux boissons fraîches. Il en sort une bouteille de Chibre bleu. J'savais même pas qu'ça existait et qu'on en vendait. J'en ai pissé dans mon froc ! »

Tout le monde plié en quatre. Comme on étouffait et qu'il n'y avait pas de clim, on se déboîtait les coudes à agiter les éventails du camelot.

Le lendemain matin était prévue une sortie à la basilique Saint-Pierre. Alors que les profs attendaient en bas, les garçons semblaient être entrés en hibernation. Pénétrant dans leur chambre, je me suis heurtée à un mur de remugle, autant d'odeurs abominables en provenance des endroits du corps où la lumière du soleil ne se risque pas.

« Debout, bande de porcs ! On va pas vous attendre éternellement ! j'ai crié, le hidjab sur mon nez dans une vaine tentative d'empêcher la puanteur de perforer mes narines plus longtemps.

– Eh, Büsra, tu portes une ceinture Hermès ? Top, dis-moi », a fait Ayoub en bâillant.

N'ayant pas de ceinture, j'en avais emprunté une à Ikram ce matin-là.

« Non, mec, moi, je fais pas dans les vêtements de marque, c'est à Ikram.

– Büsra a une ceinture Herpès », a marmonné Devrim, les yeux encore fermés et qui, malgré une gueule de bois, rendossait son costume de boute-en-train.

J'ai poussé un gros soupir. Puis entrepris de tirer sur leurs couvertures et leurs oreillers pour les forcer à se remuer le popotin.

« Euh… je… t'as qu'à dire à Erik qu'on… qu'on va pas tarder… Je vais me douch… Sous le… Eh, putain, j'trouve pas mes mots... Ça me prend plus de temps qu'à la mère de Natalee Holloway pour retrouver sa fille. »

Je n'avais aucune idée de ce à quoi Devrim faisait allusion, mais ce n'était pas rare dans notre groupe.

« Sales bâtards, je vous ai entendus hier clabauder sur nous, j'ai tout écouté, un verre plaqué contre le mur. Qu'est-ce que t'entendais au juste, Devrim, quand tu as dit : "Dans cinq ans, Büsra sera une escorte" ?

– Désolé, ma belle, mais qui écoute aux murs entend plus qu'il ne désire. On s'est amusés à prédire l'avenir technico-professionnel de chacune d'entre vous, et on t'a attribué cette profession à l'unanimité. Mais ce n'est pas du tout honteux. Moi aussi, je voudrais bien devenir escorte si j'avais une chatte. »

À ce moment-là, Aimane est entré à son tour dans la chambre. C'est seulement alors que j'ai remarqué que son lit était inoccupé et déjà fait au carré. Il tenait un tapis à la main, il avait donc prié. Il était le seul de tous les garçons à être déjà habillé, frais et dispos. Il faut dire qu'il n'avait rien bu.

« D'où tu viens ? je lui ai demandé.

– J'ai fait ma prière dans le local à produits d'entretien. »

13

Ce matin, Freek a ouvert le courrier de son père devant moi. On a pu lire que la fondation des amis du PVV le remerciait pour son don. On savait que Koos votait pour Geert Wilders, mais jusqu'à présent j'ignorais, tout comme Freek d'ailleurs, qu'il versait de l'argent à ce parti politique.

« Grand bien lui fasse ! J'en ai plus rien à foutre. J'ai renoncé à aborder le sujet avec lui. Il n'est pas plus capable que les autres protozoaires de regarder plus loin que le bout de son nez. Pour eux, un musulman, c'est tout simplement un Gargamel incarné qui, armé d'un filet à papillon, a eu l'abject culot de prendre d'assaut l'inoffensif village des Schtroumpfs ; ou bien une grosse pieuvre aux tentacules garnis de ventouses qui grouillent autour de nous. Pim Fortuyn était le seul homme politique sensé du pays, un homme avec une vision. Il disait qu'il fallait accepter, respecter et intégrer les nouveaux arrivants, les considérer comme des égaux, mais qu'il convenait pour le reste de fermer les frontières à tout nouveau contingent.

– Bah, tu sais, je dis à Freek, le PVV défend un programme qu'il ne pourra jamais réaliser dans les limites de l'État de droit démocratique, donc je ne m'en fais pas.

D'ailleurs, ils ne pourront jamais gouverner seuls. La politique néerlandaise est fondée sur la dilution idéologique des uns par les autres.

– C'est quand même important, parce que si, à chaque fois que tu sors d'ici, je t'insulte et menace de te tuer un jour alors que je n'ai pas encore d'arme sur moi, ça ne va pas te plaire. Or, c'est ce que font ces idiots, ils n'ont aucune envie de chercher des solutions constructives, ils se contentent de rester dans leur coin à ronchonner et à soupirer. "Si seulement on ne les avait pas laissés entrer", voilà leur mantra. Une prière sans fin, un train sans dernier wagon, une discorde à la façon du Sahara occidental, voilà le côté tragique de la chose. Et voilà que mon vioque participe à ça. Quel ringard, hein ? Mais bon, c'est à lui de voir, c'est son fric après tout. »

Koos est le premier sympathisant du PVV que je côtoie. Avant, je partais du principe que ce segment de la société était la lie de la nation, et qu'il était composé des pires racistes. D'irascibles ânes aigris ayant trouvé un bouc émissaire dans leur prochain à la peau hâlée en lui mettant sur le dos tous les maux du monde. Jusqu'à ce que je fasse la connaissance de Koos.

La première fois qu'il m'a vue sous son toit avec son fils, il était un rien déconcerté. J'étais dans le salon, je ne portais pas de foulard, mais il était clair que je n'avais guère d'ascendances germaniques, ce qui ne lui a d'ailleurs posé aucun problème ; tout au plus s'est-il montré intrigué. On a fait connaissance, j'ai vite relevé son fort accent haguenois ; de temps en temps, il me fallait lui demander de répéter son propos. Il m'a fait l'impression d'être un homme généralement de bonne humeur et, surtout, drôle. Il est grand et corpulent, en rien un gros sac, il porte bien son embonpoint. Ça lui donne un aspect très viril, je savais dorénavant de qui Freek tient sa belle carrure. Je me suis vite rendu compte que, à La Haye, on prononce autrement la dernière syllabe de certains mots que dans le reste du pays, il y en a même que je ne parviens pas à relier à la moindre règle phonétique, comme *ahrdag* et *buâhvrâh*. Outre ces anomalies après tout minimes, je me suis aperçue que, chez mon petit ami, ils recourent à un parler propre à leur famille. Des termes particuliers pour désigner la nourriture ou la police ; une personne « roublarde », c'est quelqu'un d'habile ; « les lèvres de la vulve d'un sandwich », c'est une tranche de rosbif ; aller picoler, c'est « faire la bascule » ; un café, c'est « une larme de chaussette ». D'autre part, ils ont des dictons bien à eux : « Qui gagne peu n'est pas malheureux », ou encore : « Au grognon, au ronchon, mes déjections. » Quand quelque chose est facile à réaliser, ils n'emploient pas l'expression « les doigts dans le nez », mais « les orteils à l'air ».

Lors de cette première rencontre, Koos m'a posé les questions que pose tout père à une nouvelle bru potentielle : depuis combien de temps nous nous connaissions ? Où et comment nous étions-nous rencontrés ? etc. Il était frappé par le fait que je vienne d'Amsterdam. Il semblait sincèrement intéressé et a dit qu'il était heureux pour nous. Jusqu'à mon départ. Entre lui et moi, les choses se sont en effet immédiatement tendues : avant de prendre congé, j'ai remis mon hidjab ; me voyant ainsi, il s'est figé sur place. Incapable de prononcer le moindre mot, le regard rivé sur Freek. Pour me tirer de cette situation épineuse, j'ai tout simplement mis les bouts. Plus tard, mon copain m'a appris que son paternel n'admettait pas, c'est un euphémisme, que je porte un foulard. Il ne voulait plus me voir chez lui. Je n'ai pas compris cette réaction : avant que je mette mon foulard, tout se passait bien, et tout à coup c'était panique à bâbord et à tribord ! À cause d'un putain de bout de tissu que j'enroule sur mes cheveux. Mais pouvais-je vraiment lui en vouloir ? D'ordinaire, on trouve le bizarre auquel les autres sont habitués plus normal que l'ordinaire qu'ils ne connaissent pas.

« Laissons-le déblatérer, on va pas se prendre la tête pour ça, d'ailleurs je le fais pas, tu viendras à la maison, qu'est-ce qu'il croit, c'est aussi la mienne, autrement il aura affaire à moi, il peut vraiment rien faire contre nous », m'a assuré Freek au téléphone, avec son accent haguenois, moins marqué certes que celui de Koos. Quant à l'aversion de ce dernier vis-à-vis du foulard, ce n'est pas un cas isolé dans leur ville. Il y a longtemps que la xénophobie fermente dans l'arrondissement de Loosduinen. Quand je marche seule dans la rue, on me considère d'un air maussade. Parfois, de l'eau provenant d'un balcon m'éclabousse, à moins qu'on ne me jette une canette de bière à la figure. Heureusement, pas une pleine et, Dieu merci, on n'a rien balancé de plus lourd dans ma direction, autrement je ne serais pas là pour en parler. Il arrive aussi qu'on marmonne à mon passage : « Racaille, beurk ». Qu'on me crie de rentrer dans mon pays de merde. Je dois admettre que le pays visé ne représente pas vraiment une destination rêvée à mes yeux, raison de plus de ne pas souhaiter y « rentrer ». À La Haye, on trouve le tribalisme pacifié dans les cercles diplomatiques, et le véritable tribalisme dans les rues.

Freek a flippé comme un malade quand je lui ai raconté ce qui m'arrive en route. Il a tenu à venir me chercher à la gare, mais, voulant lui épargner cette peine, j'ai menti en affirmant qu'en réalité ça ne se produisait plus. Quand on marche main dans la main, on s'attire encore plus de regards de travers que lorsque je suis seule. Selon toute vraisemblance, on le considère comme un traître au peuple, ou un dilueur du peuple, ou encore, qu'en sais-je, un gars qui collabore à l'islamisation. Ce n'est pas seulement le cas dans son quartier, mais partout où on va. Tout le monde nous dévisage. Tout le temps. Partout. On est un cirque ambulant, ce qui se comprend en partie, puisqu'on forme un joli couple qui détonne. Dans le centre de La Haye, où l'on observe la plus large gamme de couleurs, c'est encore pire. Les scooters, les manteaux de fourrure, les casquettes Gucci et les chaussettes blanches en claquettes me traitent de *kehba*[1] ou d'octopute. Lorsqu'on est dans le tram, des hommes et des femmes d'apparence nord-africaine posent sur moi des yeux méchants. Il arrive qu'un de ces messieurs s'approche et m'adresse la parole en berbère ou en arabe ; je le remets à sa place en lui faisant comprendre que je suis d'origine turque et que je ne bite rien à ce qu'il me dit, réplique qui ébouriffe plus d'un passager. À mon travail aussi, on me prend à l'occasion pour une Marocaine. Les arsouilles hâlés à scooter voient en moi une compatriote, ou du moins une coreligionnaire, cela ne fait aucun doute. Bizarrement, mon propre groupe ethnique ne m'a jusque-là pas encore fait chier.

Ces regards corrosifs, je les supporte ; au bout d'un moment, ils ne m'irritent plus ; en revanche, ils agacent toujours plus Freek. Ça peut le mettre hors de lui, surtout les gens qui nous fixent d'un air aigri ou provocateur. Je vomis les racistes protozoaires, me dit-il. Je lui ai expliqué qu'à leur place, en tant que citoyenne lambda, je contemplerais moi aussi un couple pareil à nous, un beau blond baraqué et tatoué avec à son bras une créature dont la tête est enveloppée dans le symbole de l'islam. Pourquoi ne pas ignorer ces gens ? Il ne partage pas mon point de vue.

La deuxième fois, chez Freek, Koos m'a revue dans le salon, sans foulard. Il est venu s'asseoir à côté de moi. « Dis voir, Büsra, pourquoi diable portes-tu ce machin ? T'es une sacrée belle jeune femme, non ? » C'est ainsi qu'a commencé notre premier véritable échange. Je lui ai assuré qu'il ne fallait pas qu'il s'en offusque : je ne m'inscris pas dans le droit-fil de l'orthodoxie, je suis un esprit libre ; si je porte le hidjab, c'est parce que cela relève d'une coutume dans ma culture, mais je l'ôte tout aussi facilement que je le mets, par

1. « Putain » en berbère.

exemple en sa présence, alors que c'est en principe interdit, je viole donc les règles. Il ne fallait pas qu'il s'en fasse, je ne pensais pas à mal. J'avais l'impression de devoir faire mes preuves, mais sans savoir comment. Comment lui expliquer, sans le dérouter, que je porte le foulard alors même que je ne le veux pas ? Que je suis musulmane alors même que je ne me reconnais pas dans la plupart des choses islamiques ? Que je déteste mes parents, mais que je ne leur ai pas tourné le dos ? Que je fais tout à leur insu alors même que je sais qu'il me faudra choisir un jour entre fuir et me conformer ? Que je suis engagée dans une guerre dont je ne cesse de repousser la fin, parce que je ne sais pas encore quel est le meilleur choix ? Qu'en soi je pourrais fuir et ainsi gagner la guerre, mais alors Grand-Mère et Defne me manqueraient puisque je ne serais plus autorisée à les voir ?

Au fil du temps, Koos a montré toujours plus de compréhension vis-à-vis de ma situation, même s'il est demeuré longtemps sceptique, et, après notre deuxième rencontre, il a gardé le silence sur ma tenue vestimentaire. On s'est entendu de mieux en mieux. Une fois, je lui ai demandé s'il haïssait les étrangers, étant donné qu'il votait PVV.

« Non, bien sûr que non, je hais pas tous les étrangers, va pas te mettre ça dans le ciboulot, le PVV préconise pas du tout ça, c'est juste l'image que diffusent les médias, ma belle ! Le PVV est un parti modéré qui veut résoudre les problèmes quand il y en a, c'est aussi simple que ça. Ici, à La Haye, on a le Schilderswijk, eh bien, dans ce quartier, la situation s'est détériorée à vue d'œil, les problèmes s'accumulent en un effet domino, on voudrait pas même y être retrouvé mort. Wilders, il est pas comme tous les autres, il détourne pas les yeux, voilà pourquoi je le soutiens. Ceux qui se comportent bien et qui s'adaptent à notre culture, en ce qui me concerne, sont plus que bienvenus. Toi aussi ! T'es une fille sacrément sympa et éveillée, donc les gens comme toi, c'est pas eux le problème, bien au contraire puisque vous apportez quelque chose ! »

Son argumentation ressemble bougrement à celle de mes géniteurs à propos de la Turquie. On voit de plus en plus de Turcs se plaindre de l'afflux de Syriens dans leurs métropoles en raison de la guerre. Ainsi, mes proches trouvent inacceptable qu'Istanbul compte plus d'Arabes que de Turcs. Mon cousin Mert, qui s'est rendu dernièrement « au pays », nous a fait part de son effarement à propos de cette invasion. Il y a des Arabes partout, il n'avait plus l'impression d'être en Turquie. Chez les Turcs, la parole xénophobe est plutôt la règle que l'exception ; le pays n'a pas l'assise économique pour nourrir des millions d'étrangers, telle est la teneur du propos. En outre, ils ont le sentiment d'être mis à mal sur le plan culturel et démographique. Les Syriens font beaucoup de gosses, parlent leur propre langue, s'emparent de quartiers entiers et les arabisent à toute vitesse à grand renfort d'enseignes de magasins. C'est pourquoi, à un moment donné, les autorités turques ont édicté des lois pour interdire l'arabe sur les vitrines et les panneaux publicitaires. Sans compter que la criminalité augmente, les délinquants se révélant être de plus en plus souvent des Arabes ; la population écume de rage nationaliste à chaque fois qu'un réfugié agresse ou viole une Turque. Turcs de gauche et de droite se rejoignent sur ce point : il faut renvoyer les Syriens qui posent des problèmes, ils sont trop nombreux et déstabilisent trop la société.

Koos a expliqué qu'il s'agit exactement là du point de vue du PVV quant aux Pays-Bas ; il s'agirait de ne plus détourner le regard devant les inconvénients et les difficultés que cause une immigration effrénée et perturbatrice de personnes peu instruites. À elle seule, la composition ethnique des prisons en dit bien assez long.

Membres du PVV et Turcs ont plus en commun qu'ils ne le croient.

Freek s'est battu trois fois en trois ans avec des inconnus ayant versé leur venin sur le couple que l'on forme. À chaque fois un Blanc, les Blancs osant étaler leur haine avec moins de retenue que les légèrement pigmentés, lesquels se contentent de cracher ou de crier depuis un scooter ou une voiture avant d'accélérer à fond. À trois reprises, des hommes qui nous ont envoyé injures et insultes à la figure. Non, à deux reprises. Le troisième, après nous avoir fixés, un sourire narquois aux lèvres, a éructé un « Hé ! », puis a craché de manière provocante par terre, rien d'autre, une raison suffisante pour que Freek réponde à sa provocation. Il y aurait eu plus d'accrochages si je ne l'avais pas, à l'occasion, attrapé par le bras et entraîné dans mon sillage. En temps normal, c'est un gars doux et gentil, mais si on lui marche sur les pieds, il se métamorphose ; moi-même, je ne le reconnais plus, la rage le rend alors aveugle. Le flegme n'est pas sa première qualité. Lors de l'une de ces bagarres, il s'est pris un sale coup en pleine poire, il a eu mal pendant des semaines et a dû prendre des médicaments pour recouvrer toute sa mobilité faciale ; côté opposé, les dégâts étaient plus importants, pour ne pas dire désastreux : deux yeux au beurre noir, peut-être même des dents et les mâchoires cassées. Lors des deux autres altercations, Freek n'a subi aucun dommage digne d'être mentionné ; il faut dire qu'il s'adonne à la boxe. Depuis ces incidents, je me montre plus frileuse, évitant de lui tenir la main, de l'étreindre ou de l'embrasser dans la rue. Je ne veux pas que ça dérape complètement, ne tiens pas à être coresponsable d'un drame. Freek ne comprend pas mon raisonnement : qu'est-ce que j'ai à voir avec tout ça ? « Eh bien, je ne veux pas avoir à me reprocher de ne pas m'être adaptée à une situation dont je pouvais prévoir l'issue. Après tout, il faut savoir changer soi-même lorsqu'on ne peut rien changer à une situation donnée. » Un argument idiot à ses yeux. Manifestement, il n'appréhende pas encore le monde dans lequel on vit.

Le dernier accrochage a eu lieu voici trois semaines, dans son quartier, alors qu'on rentrait chez lui. « Sale traître », a marmonné un type qui nous croisait, alors qu'on marchait main dans la main.

« Tiens, v'là encore un protozoaire. J'crois que j'vais bientôt pouvoir former un quatuor.

– C'est à moi que tu parles ? a demandé le type.

– Oui, à toi. J'vois personne d'autre dans la rue qui cherche à ce qu'on l'appelle protozoaire, t'es pas d'accord avec moi ? a répliqué Freek en attrapant tout à coup l'autre par le col.

– J'ai pas envie que ça finisse chez les flics, j'ai fait après être revenue de ma stupéfaction. Lâche-le, s'il te plaît, viens, on rentre ! » je l'ai supplié.

On avait abordé le sujet, j'étais parvenue à lui faire promettre qu'il se contiendrait dorénavant, entre autres pour son propre bien. Il sait que je déteste ça, qu'un tel échange de coups gâche le reste de ma semaine. Aussi a-t-il eu la sagesse de se maîtriser et de se remettre en marche pendant que le bonhomme continuait à nous crier dessus.

« Enculeur de chameaux ! »

Je me suis empressée de tirer Freek par le bras.

Quand on a mis Koos et Bianca, la mère de Freek, au courant de nos déboires, ils ont partagé notre exaspération. Koos était déçu que Freek ne l'ait pas appelé à la rescousse, il allait leur donner une leçon à ces connards. J'étais certaine que, quelques années plus tôt, il se serait rangé du côté de ces abrutis de première, mais, à force de m'avoir côtoyée, il a adopté un tout autre point de vue. Pour lui, le hidjab n'est rien d'autre qu'un bout de tissu, il a appris à regarder au-delà et à voir ma personne. Lui et moi sommes la musulmane voilée et le sympathisant haguenois du PVV ; pourtant, on partage des moments tous les deux, on est en famille, on mange et on rit ensemble depuis plusieurs années, on partage les hauts et les bas de la vie. Cependant, il ne manque pas de faire comprendre à Tessa, sa fille, qu'elle ne doit pas se mettre dans la tête de sortir un jour avec un musulman : les hommes sont différents des femmes, celles-ci sont gentilles ; il ne faut pas qu'elle se fasse d'illusions, un petit copain musulman ne franchira jamais le seuil de leur appartement.

14

À chaque fois que, devant un programme télévisé, les blagues de Koos me font rire à me faire pousser des grognements, il imite ceux-ci en les exagérant, dédoublant par là mon rire et donc mes grognements. Entre lui et moi, ce sont là les meilleurs moments. Quand on en a fini de rire, Freek me regarde, un sourire jusqu'aux oreilles, puis me fait un câlin. « Je t'aime, hein, Büsra », dit-il, rayonnant de satisfaction. Et des fois : « Y a des jours, je me demande si je te mérite. » Quand je lui demande ce qu'il veut pour son anniversaire, il répond chaque année : « Une plus grande part de ta présence. Voilà à vrai dire ce qui me ferait le plus plaisir. » Je l'étreins alors très fort et, comme à chaque fois que je lui fais un câlin ou lui donne un baiser, je sens ou vois son sexe grandir et durcir. Même quand je lui donne un premier baiser sur le pas de sa porte à mon arrivée. Sa première initiative ? Attraper mes hanches et mes fesses tout en m'embrassant à pleine bouche, ce qu'il fait mieux que personne – j'en suis certaine, même si je ne dispose d'aucun élément de comparaison. La composition chimique de mon corps subit alors une mutation. « Du calme, je suis encore essoufflée », je balbutie pour le calmer, le repoussant afin de gagner le séjour pour saluer Koos, Tessa ou Bianca, ce sur quoi il m'agrippe de plus belle, puis me tire en arrière: « Non, d'abord tu vas m'aider, t'auras tout le temps que tu veux pour causer avec eux, mais d'abord, y a urgence, tu me manques depuis trop longtemps. »

Aujourd'hui encore, tout se passe comme à chaque fois depuis trois ans: dès que la porte d'entrée s'ouvre, il me serre dans ses bras, m'entraîne dans la pièce la plus proche, sa chambre, me jette sur son lit et, d'un geste preste, tourne la clé dans la serrure. Pareil à une sorte de saint Nicolas, il me prend ensuite sur ses genoux, me demande si ma matinée et mon voyage se sont bien passés, comment je vais, quelles bêtises j'ai faites depuis ma dernière visite et s'il m'a manqué. Pendant que je lui réponds, il multiplie palpations et caresses. En général, je porte des habits fins et doux au toucher, car je sais que c'est ce qu'il préfère. Très rarement un jean. Le plus souvent une jupe moulante et des collants ainsi qu'un haut tout aussi moulant qui dévoile mon énorme poitrine sans la montrer. Il dégrafe mon soutien-gorge, prend dans les mains mes seins souples et mes mamelons durs, se met à les pinçoter, tantôt avec douceur, tantôt plus fort, ce qui m'amène à interrompre ma phrase par un « aïe ». Quand il les tortille, ça me fait mal, mais ils n'en durcissent que plus. Les mains de Freek n'oublient aucun centimètre de mon corps, ses caresses sensuelles, ses caresses viriles et ses baisers mettent en éveil l'extrémité des nerfs de mes zones érogènes. Comme souvent, il veut ensuite que je m'allonge sur ses cuisses alors qu'il est assis sur le bord du lit. Il remonte ma jupe (d'ordinaire, je porte une jupe crayon) sur mes fesses, descend mes collants pour sentir mes jambes douces épilées au laser. Écartant mon string sans le baisser, il immisce alors ses doigts dans mes parties rose foncé à présent mouillées, pour les préparer à ce qui va se produire, tout en prêtant l'oreille à mon propos et en me bombardant de questions banales.

Les baisers qu'il dépose sur ma nuque me mettent dans tous mes états, plus encore quand il se tient derrière moi et me presse contre lui, perforant mes fesses de son organe de pierre. De légers frissons et la chair de poule me parcourent la peau, surtout aux moments où il fait glisser ses ongles sur mon soutien-gorge.

Il m'est arrivé de le prier d'arrêter, histoire qu'on prenne tranquillement un bain ensemble, qu'on regarde la dernière demi-heure d'un film, qu'on achève la préparation d'un plat, que je finisse de raconter ce que j'ai à lui dire, mais il n'en est pas capable, c'est plus fort que lui. Une fois repu, il parvient enfin à se détendre, retrouve sa concentration pour la reperdre bientôt. Une faim constante qu'il s'agit d'assouvir. Ainsi, certains après-midi, on fait l'amour huit fois de suite. Quand je rentre à Amsterdam, je suis lessivée. L'un et l'autre, on est chroniquement en rut, on n'y peut rien, attirés que l'on est comme des aimants dès que l'on se voit, se touche, se hume l'un l'autre.

Parfois, il jouit trop tôt, avant moi, cet après-midi par exemple. Ça le fait chier, il a honte, alors que moi, j'en ris et savoure sa déconvenue. Il s'explique : « Je comprends pas, avec toi j'y arrive pas, je te jure, ça m'est jamais arrivé avec une autre fille, t'es… t'es trop, trop fougueuse, trop féminine, trop ronde, tes hanches me rendent fou, tes fesses me transportent, tes seins me soustraient toute faculté de réflexion. T'as la plus belle des silhouettes, t'es tellement douce et sensuelle. Trop charmante, trop attachante. Et je ne parle pas de tes voluptueux gémissements, de ta respiration, de tes regards lascifs… J'y arrive pas, c'est au-delà de mes capacités et de ma volonté.

– Je te pardonne, mon chéri, t'inquiète pas, tu te débrouilles très bien, tu sais », je lui dis en lui caressant le crâne comme celui d'un enfant qui vient d'échouer à nouer ses lacets après une énième tentative.

Quand on baise dans la position classique, il tient un peu plus longtemps. Mais si jamais je me retourne, ça fait tout à coup tilt dans la minute. Sachant cela, j'évite cette acrobatie afin d'atteindre moi aussi l'orgasme, mais lui, que je le veuille ou non, ça ne le dissuade pas de me basculer ; mes parties en feu encaissent bientôt sa semence dont une partie dégouline sur mes cuisses et l'autre, avec zèle, se niche au fond de moi où elle finit de mijoter. Énième vaine tentative de donner vie à une âme. Ce mec, ce sont de véritables cargaisons qu'il largue.

Je sais à présent que, dans le cas de bites circoncises, la production et la giclée sont beaucoup moins spectaculaires. Je sais aussi que certains hommes éjaculent à grands cris, d'autres en silence. Que certains tremblent et transpirent en jouissant et d'autres pas. Que certains sont inépuisables et à même de remettre ça tous les quarts d'heure alors que d'autres estiment que deux fois par jour, c'est déjà beaucoup leur demander. Que certains ont un micropénis qu'on ne peut ni branler ni sucer quand on le prend dans la main, car il ne dépasse pas en longueur celle de votre paume. Que certains remplissent tout au plus une cuillère à soupe avec leur sperme, d'autres un gobelet. Que certains ont de petits zizis malgré un physique imposant, et d'autres un zizi congolais malgré leur taille moyenne. Que certains, d'un claquement de doigts, sont durs comme du béton alors que d'autres, malgré une aide constante, ne dépassent pas le stade de l'œuf mollet. Heureusement, Freek est une bombe de testostérone.

Quoi qu'il en soit, je me suis vite rendu compte que mes fesses sont mes meilleures munitions. Il me suffit de me retourner à n'importe quel moment et de me frotter légèrement contre ma proie pour la piéger, en prendre totalement possession. Freek m'agrippe automatiquement pour presser plus fort ma croupe contre son entrejambe alors que je le sens grossir et durcir sur l'instant. Parfois, je m'amuse à adopter cette attitude alors qu'il est accaparé par un jeu, son téléphone, la préparation d'un plat, une activité sportive ou des révisions. Si j'agis de la sorte quand on est dehors, il devient fou. Il se met même en colère. « Fais pas ça ! S'il te plaît ! » Je m'en fiche, je jouis du moment, je lui occasionne des érections partout, il doit se les trimbaler le reste de la journée. J'adore ce jeu qui mêle romance et érotisme. Ce serait horrible de ne pas pouvoir vivre ça. J'éprouve de la compassion pour mes consœurs musulmanes. Seule l'expérience est à même de nous libérer de l'innocence.

Quand je l'excite sans qu'il ait l'occasion de décharger, il se lance dans un chantage : « Tu ne perds rien pour attendre, tu vas le sentir passer.

– J'attends. Qu'est-ce que tu veux me faire ? » je le provoque.

Une fois chez lui, il joint le geste à la parole. Il me soulève, me jette sans ménagement sur son lit pour s'emparer impitoyablement de moi et réduire à néant toute résistance au moyen de ses énormes bras aux multiples veines bleues qui se détachent sous sa peau pâle. S'il est vrai que j'ai moi aussi une peau assez blanche, elle revêt un éclat plus chaud que la sienne. Impatient, il ne me laisse pas l'occasion de me déshabiller, m'épluche d'un coup sec de mon collant et de mon string, puis remonte ma jupe sur mes reins. De l'autre main, il me retourne. Il frotte son phallus de brique sur ma féminité à présent en chaleur et gonflée. Je gémis alors que ses testicules vont et viennent sur mon clitoris à la sensibilité à vif. Je tourne ma tête vers la sienne, commence à l'embrasser tendrement, suçotant par moments sa lèvre inférieure, pose sur lui un regard qui en dit long, presque suppliant. Je le pousse sur le dos et entreprends de lui mignoter le gland de mes lèvres volumineuses. Je lèche, baisouille, suce, tète à un rythme paisible. Par moments, je lâche un doux gémissement afin qu'il perçoive les vibrations de ma voix tandis que j'emprisonne son pénis dans ma bouche. Je patiente avant de l'enfoncer au fond de ma gorge. Je procède de même avec ses couilles, les embrassant avec plein de tendresse, les tétant, repassant bientôt à son gland, faisant tourner autour ma langue humide, douce et chaude. Puis je me mets à faire monter et descendre les lèvres sur sa hampe. Lui taille à proprement parler une pipe. Quand je cherche à utiliser ma main, il la retire. Il lui arrive de m'attacher les poignets pour que je ne recoure qu'à mes lèvres et à ma langue. La fellation ne dure jamais très longtemps; dans son impatience et son ivresse, il cherche à me chevaucher pour jouir en moi. Mais je ne le laisse pas faire: je veux qu'il goûte d'abord ma sève.

Lorsque je commence à gémir, il accélère automatiquement, marque une pause, reprend au ralenti, retardant ainsi mon orgasme. Je sens son souffle chaud dans ma chatte. Il en aspire tout le suc qui coule entre mes cuisses, suce et lèche mes lèvres, les petites et les grandes, l'une après l'autre puis toutes ensemble. Certaines fois, il éclabousse ma foufoune de chantilly avant de la léchouiller goulûment. Quand il alterne suçotement de mon vagin et va-et-vient de sa langue fine et douce sur mon clito, je sens que je ne pourrai pas tenir très longtemps. C'est encore plus rapide quand il enfonce un ou deux doigts. Il est habile, les manie à bon escient au bon moment. Je jouis alors, tressaillant et geignant, tout en tenant sa tête et en la pressant contre ma vulve. Sans tarder, il me grimpe dessus et m'enveloppe de ses bras. J'aime être sous son emprise, je suis en terrain familier; son corps dominant et viril, la flamme dans ses yeux qui trahit son désir animal m'excitent. Il s'agit invariablement d'une relation chasseur-proie, je me retrouve dévorée; avant même de pouvoir me défendre, il me capture sans me laisser la moindre marge de manœuvre; ses coups de reins, le jeu de sa langue et de ses dents me procurent un nouvel orgasme. Il ne parvient pas à s'abandonner; quand il s'y essaie à ma demande, il perd vite patience et reprend le dessus, se remet à explorer mon marécage. Il fait tourner ses doigts, les fait aller et venir, puis procède de même avec sa langue. « T'es pas grande, moi je suis costaud, nous sommes en parfaite symbiose », me dit-il en m'embrassant avec tendresse. Parfois, quand on a fait l'amour à plusieurs reprises, je ne sens plus mes muscles, ils ne répondent plus, car je les bande trop, surtout quand il me pénètre par-derrière. Il me bourre toujours plus fort, j'ai l'impression de devoir braver ses pilonnements en me tendant, pour me protéger. « Je te sens jusque dans mon ventre », je confie à mon coéquipier. Je n'ai pas de matériau de comparaison, Freek est la seule personne avec qui j'aie jamais fait l'amour ; selon lui, il est plutôt bien monté, ce que mon plaisir vient confirmer. Fumer augmente le risque d'impuissance, je lis sur le paquet de Marlboro posé sur sa table de nuit, pendant qu'il me rassasie par-derrière. Ça me rappelle la notice de la pilule. Elle mentionne elle aussi que ça diminue la libido. Je me demande jusqu'où on grimperait s'il se passait de cigarettes et moi de contraceptif.

Quand je pousse des gémissements trop bruyants alors qu'on n'est pas seuls chez lui, Freek place une main sur ma bouche et poursuit sa tâche, sans désemparer, stimulant les huit mille terminaisons nerveuses de mon clitoris ainsi que celles de ma vulve. On se passe de capotes. « Il faut que tu me sentes bien, et moi que je te sente bien, il m'a dit. On doit fusionner, ne rien dénaturer. » Quelle magnifique invention que la pilule ! Je la prends en cachette et en dissimule l'emballage dans une chaussette.

Atteindre l'orgasme, c'est la plus grande jouissance que je connaisse dans l'existence. Je comprends pourquoi l'islam parle aussi souvent de sexe et de vierges au paradis. Moi aussi, je signerais des deux mains pour cela.

Quand je résiste à Freek pour tenter de gagner d'abord le séjour et saluer ses parents ou sa sœur, il me soulève à deux mains. Je suis vaincue avant même d'avoir combattu, je ne fais pas le poids. Je mesure un mètre soixante, lui un mètre quatre-vingt-dix. Cela ne signifie pas forcément que la taille détermine tout quant à nos capacités physiques. Certains jours, quand elle nous entend, Bianca crie à son fils de me laisser en un seul morceau. Dans ces moments-là, je ressens une authentique honte, mais Freek s'en fiche. Il lui arrive même de m'embrasser devant ses parents avant de leur dire qu'on se retire dans sa chambre pour jouer à la belote. J'ai alors le sentiment de me trouver dans un camp de nudistes pour libertins. Dans les premiers temps de notre relation, j'ai piqué plus d'un phare.

Après avoir baisé comme des malades, on va systématiquement prendre un bain ou une douche ensemble. À peine suis-je sous l'eau que ses bras irrésistibles me ceinturent ; avant même de m'en rendre compte, je sens son palpitant sexe d'acier contre moi, entre mes cuisses et bientôt en moi ; il faut dire que ma minette ne laisse subsister aucun doute sur mon appétence.

La première fois qu'on s'est livrés au jeu de l'amour, ça s'est déroulé différemment, ça n'avait rien de divin. On a tenté en vain, à cinq reprises étalées sur cinq jours différents, de me déflorer, mais ça ne marchait pas. Pareille à une brique, la minette ne se laissait pas pénétrer. J'ai commencé à douter de l'existence même de mon vagin. Quand Freek forçait, j'éprouvais une douleur sans précédent. On s'était presque résignés au fait que ce n'était pas possible, qu'il en avait une bien trop grosse pour moi ou que je souffrais peut-être de vaginisme, ce que suggérait Google. Je me sentais comme une merde. Et plus du tout une femme. Et si jamais je ne pouvais pas faire l'amour ne serait-ce qu'une seule fois ? Certes, tout le monde est confronté un jour à une perte, mais j'ignorais jusqu'alors qu'on peut perdre ce qu'on n'a jamais eu. J'en avais tellement envie. J'ai résolu de ne pas me résigner à ce sort. « Tu vas me pénétrer tout de suite, au besoin me perforer. Même si je dois en crever, hurler ou pleurer, tu continues, tu me violes ! » Déconcerté,

Freek m'a considérée d'un air confus. Il m'a demandé à trois reprises : « T'es sûre ?

– Oui, comme jamais, et tu ne t'arrêteras pas même si je te le demande, autrement je ne te le pardonnerai jamais. »

Se sont ensuivis une séance douloureuse, un bain de sang et deux jours à claudiquer.

« Pourquoi tu boites ? m'a demandé Père le même soir.

– Une douleur musculaire », j'ai prétexté.

L'autre jour, j'ai essayé de ne pas me donner à Freek pour voir comment il allait réagir si je le poussais à bout. D'un ton râleur, je lui ai dit que je n'avais vraiment pas envie, que j'avais mal au ventre et à la tête. Je l'ai vu clamser sous mes yeux comme un poisson sur la terre ferme ; il m'a suppliée de prendre pitié de lui.

« S'il te plaît, bébé, c'est vraiment dur pour moi, j'ai tellement envie de toi, tu m'as tellement manqué, *please*. Ton corps, ça me met dans des états, désolé, je peux pas m'en empêcher, je suis en feu, je te désire tellement », il a pleuré.

Mon chou, pareil à un esclave qui supplie son maître de lui accorder une gorgée d'eau, tout en se mettant à me tripoter, les doigts déjà glissés sous mon string. Pour ça, j'ai de la chance en amour. J'ai hérité cela de Mère.

« Non. Quand c'est non, c'est non, t'as pas entendu ? J'en ai pas envie. Contrôle-toi pour une fois, ou aide-toi toi-même, t'as une main, si je ne m'abuse ! je lui ai dit sur un ton irrité, douée pour jouer la comédie.

– Je vais quand même pas me branler alors que ma belle princesse bandante est juste à côté de moi, je déborde d'envie pour toi, je vois tes fesses, je pose les mains sur tes hanches et ça me fait tourner la tête. Tu me tortures, plus que tu peux te l'imaginer », a feulé le sexe fort.

Debout derrière moi, il a entrepris de me câliner avec insistance tout en pressant son phallus dur comme de la pierre entre mes fesses. Je me suis écartée. Il a fini par prendre un bouquin pour s'efforcer de penser à autre chose avant de comprendre que je plaisantais. La scène me procurait un plaisir sans mélange : pour la première fois de toute mon existence, je me sentais plus forte qu'un homme. Jamais encore je n'en avais asservi un à ce point. Quelle délectation que le pouvoir ! Carabosse a raison jusqu'au dernier de ses hidjabs : les hommes ont une bite à la place du cerveau, il est tellement facile de les embobeliner ! Mais alors qu'elle décrète qu'il convient en conséquence de se couvrir et de se retrancher pour se protéger d'eux, moi, je fais l'inverse, j'ai en l'occurrence déployé toute ma panoplie de séductions. J'ai noué une faveur à tout ce qui pouvait être décoré. Sans lésiner sur rien, ne m'arrêtant pas avant que Freek ait les couilles bleues, qu'il soit sur le point d'exploser. Incroyable comme ils sont en réalité faibles, ces homoncules, ces empotés de première. Si vous l'aviez vu, souffrant, suppliant, en colère, en proie à ses âpres lubricités. Une loque, une épave. Nous, les femmes, nous, créées à partir d'une de leurs côtes, sommes à même de les pousser à bout, alors que l'inverse n'est pas vrai, nous ne nous laissons jamais aveugler par les désirs en question, tout au plus nous abandonnons-nous.

Quand il a eu gravi son calvaire pendant une demi-heure, je lui ai ri au nez, lui ai dit qu'il s'agissait d'une blague, que je n'avais pas la migraine. Une blague qu'il n'a pas appréciée. « J'vais t'faire comprendre une bonne fois pour toutes qu'il faut plus jouer à ça avec moi. » Ma mise en scène m'a valu une impitoyable punition. Mamelons et gras des cuisses pinçotés jusqu'à la limite du supportable, une bonne fessée laissant une empreinte rouge. À chaque fois que j'étais sur le point de jouir, il se retirait ou interrompait le jeu. Il tenait à me torturer comme je venais de le torturer. J'ai posé sur lui un regard magnétique, lui faisant comprendre que je ne me laissais pas faire, que j'avais envie de lui, ce à quoi il a répondu en me demandant d'une petite voix autoritaire ce que je voulais au juste, de le lui expliquer à l'oreille, à défaut de quoi il arrêterait.

« S'il te plaît…

– S'il te plaît quoi ? Qu'est-ce que je dois faire ? Je pige pas. »

C'était atroce, voilà pourquoi j'ai décidé de prendre littéralement les commandes, dirigeant mes doigts au bon endroit pour me soulager. Il a rudement repoussé ma main, m'a tordu les tétins du bout des doigts, douleur mêlée d'excitation, avant de me retourner et de me fesser. « Ta volonté a force de loi », il a dit. J'ai senti son phallus envahir mes marécages et me suis retrouvée à gémir au neuvième ciel. On était deux corps, un seul être. On se moquait du confort, on désirait de la passion. S'embrasser et s'aimer comme si c'était là la seule chose qui nous maintenait en vie.

Après avoir joui, j'ai voulu remettre ça, mais le sexe faible était tout flapi. Dieu aime davantage les femmes que les hommes, ça m'a paru une évidence. En partie parce qu'on a, sous la ceinture, le double de terminaisons nerveuses qu'eux, mais aussi parce que nos orgasmes peuvent durer quinze secondes contre cinq pour le sexe privilégié.

Je me suis souvent plainte que, dans les cultures islamiques, le plus grand contrôle que l'on peut exercer sur une femme passe par celui de sa sexualité. Or, voilà que je prenais conscience que les femmes contrôlent la sexualité des hommes.

Allongé aujourd'hui à côté de moi dans son lit, alors qu'on regarde un programme satirique dominical à la télé juste après une partie de jambes en l'air endiablée, il me dévisage avec insistance. « Ne peut-on pas capturer ce moment, le copier des milliers de fois et le sortir d'une boîte à chaque minute où on en éprouve le besoin ? Tu resteras toujours avec moi ? » Victor Hugo a raison quand il écrit que le summum du bonheur, c'est la certitude d'être aimé. Ce sont de petits moments insaisissables où tout tombe à sa place, des moments de pur bonheur et de satisfaction sans le moindre brin de vent. Cela génère un bien-être dans ce qu'on est en train de faire sur le chemin de la vie. On saisit intuitivement que tout cadre, que ce qu'on ressent est vrai. Les plus belles expériences ne font pas de bruit, ce ne sont pas les plus assourdissantes. À force d'être éhontément surestimé, le mouvement est omniprésent, tandis que l'immobilité se trouve négligée à l'extrême.

Est-il possible d'enregistrer la fugacité du bonheur dans notre cœur de manière à en avoir en réserve en cas de coup dur ? Peut-on chérir les plaisirs de la vie et en faire usage comme d'une sorte de pile ou de carburant ?

À chaque fois que Freek pose cette question, l'anxiété s'empare de moi, prise au dépourvu que je suis par le fait de savoir que, quand on éprouve de la peur et qu'on veut la ralentir, elle a l'habitude d'accélérer. Le plaisir mêlé à la peur est mille fois plus oppressant que le chagrin. Une partie de moi meurt sans doute à ces moments-là ; je sais qu'il n'y aura pas de temps meilleurs pour moi, qu'ils deviendront gloire passée. Je me trouve dans la mauvaise peau ; la montagne va accoucher d'une souris. L'esprit de réflexion me fait défaut. Les bons conseils et la perspicacité me font défaut. Voilà pourquoi je suis complètement à la merci de mon intuition. Ce qui favorise l'aversion de tout risque. Il est toujours préférable de découvrir, alors qu'on prend la fuite, qu'il eût mieux valu se battre, que d'admettre pendant qu'on se bat qu'il eût mieux valu fuir.

Quand, après avoir baisé comme des fous, on a faim, Freek me prend en photo alors que j'ai la bouche pleine. Il ne rate jamais son coup. Des photos de moments où j'ai de la sauce sur les joues, un hamburger aux lèvres, où je ressemble à un épouvantail à moineaux après avoir survécu à une averse en hiver, mascara coulant sur mon visage, cheveux en désordre dépassant du foulard. Il me filme lorsque, chantant faux mais avec enthousiasme, je reprends un air. Je n'apprécie pas qu'il me capture dans ces secondes où je suis moche comme tout, mais Monsieur trouve cela plus amusant et plus « authentique ».

15

Gare centrale de La Haye, j'attends le train pour Amsterdam. Freek est malade, ses parents sont en Espagne. Il a une otite et ne peut se lever ni bouger sans avoir mal à la tête et perdre l'équilibre. Après lui avoir fait de la soupe et donné mon amour, j'ai malheureusement dû le quitter. Il est tard.

« Si seulement tu pouvais passer la nuit avec moi », m'a-t-il dit d'une voix déchirante.

Il a l'air d'un infirme. Je lui ai promis de me faire porter pâle au travail de manière à être de retour auprès de lui tôt demain matin, la seule façon de satisfaire en partie à ses attentes. Il n'empêche, ça me fait chier de ne pas être là pour lui ce soir. « Dis-leur que tu restes dormir chez une copine, chérie, s'il te plaît, ils comprendront, j'ai besoin de toi », il a essayé. Impossible : si j'y vais franco, ça va barder à la maison, ils ne vont pas arrêter de me contacter par vidéo. Et, une fois que je serai rentrée, ils ne me le pardonneront jamais. Leur scepticisme ne ferait que s'accroître. De surcroît, ils exigeraient de parler à l'amie en question pour vérifier que je suis bien chez elle et me sommeraient de leur transmettre nos échanges WhatsApp. Mère aime vivre selon cette devise :

la confiance, c'est bien, mais le contrôle, c'est mieux. Loger chez autrui, ils jugent cela inutile et plus encore dangereux : que va-t-il se passer si un frère, un père ou un autre homme entre dans l'appartement de cette copine ? Et qui est-elle au juste ? Et si jamais elle met un cachet dans ta boisson ? On ne peut se fier à personne, surtout pas aux non-musulmans et aux non-Turcs. Il leur faudrait d'abord faire sa connaissance avant que je puisse me rendre chez elle. En attendant, je n'ai pas le droit de découcher, pas même pour passer la nuit chez ma cousine. Ça pourrait mal se passer : dans chaque famille, il y a des hommes. « Les hommes ont des appétits qu'ils ne contrôlent pas toujours, dit Mère.

– Tu parles comme si les hommes étaient des bonobos déconnectés de toute forme de civilisation, de toute forme de pondération, de tout raisonnement et de tout raffinement, des bonobos qui percutent tout comme un navire sans gouvernail, incapables de réfléchir par eux-mêmes, je rétorque, irritée.

– Oui, ils sont comme ça, même si ça n'en a pas l'air, va pas te faire des idées, tous les hommes ont un organe sexuel à la place du cerveau. »

Nietzsche dit que la femme est la deuxième erreur de Dieu. Selon Mère, il s'agit plutôt du mâle. Je ne veux même pas savoir pourquoi elle se fait une telle image des hommes. C'est à cause des conférences dans la mosquée sur lesquelles repose la bénédiction de Dieu. C'est à cause de ragots que répandent des voisines et qu'elle me rapporte dans l'espoir de m'effrayer pour, ensuite, me convaincre d'adopter sa vision des choses. Elle ne manque pas de rabâcher qu'une fille qui fait du soutien scolaire a été violée chez l'un de ses élèves, qu'une autre qui donne des soins à domicile a été violée par le fils de la dame malade… Ou encore qu'une fille a fait la connaissance d'un jeune homme par le biais d'internet – le croque-mitaine qui hante toutes les histoires de Carabosse –, un type qui a drogué et violé la demoiselle en question, ou quelque chose du même tonneau. Qu'est-ce que j'en sais ?

J'ai entendu ces anecdotes tellement de fois que je souhaite tomber raide morte si elle ouvre la bouche pour en ressortir une. Ça me rend malade. Un manteau de dépression se referme sur moi. En général, avec Mère, l'invraisemblable n'a guère besoin d'être vrai pour supplanter l'évidence.

Freek a cessé de se plaindre de la situation, se résignant à agir dans les limites du possible. Il sait de quoi il retourne. Cependant, je remarque que, après ces trois années, il a de plus en plus de mal à supporter la façon dont nous vivons notre liaison ; moi, je ne peux lui dire quand cela prendra fin ni quand je le présenterai à mes géniteurs. Quel que soit le monde que je puisse me figurer, cela me paraît chimérique, ce que Freek ne peut digérer. Malgré le refus de ma famille, j'ai envisagé de prendre un studio, mais Mère m'a assuré qu'elle porterait la main sur elle si je quittais la maison et leur causais pareil déshonneur – elle est dérangée à ce point –, et que, de plus, elle préviendrait la police. Je lui ai fait comprendre que cela ne servirait à rien, puisque je suis majeure. Alors, elle appellerait tous les membres de la famille à la rescousse pour m'empêcher de partir. Si malgré tout je m'en allais, je ne les reverrais plus jamais. Plus de Grand-Mère, plus de Defne, plus de Halil, plus personne. Et elle en resterait paralysée à vie. Libre à moi de passer à l'action si je tiens à avoir tout ça sur la conscience.

Ils n'accepteront jamais Freek. Si je persévère, ils vont me rendre la vie impossible et me puniront d'une manière ou d'une autre. Leur mentir en soutenant que mon amoureux est musulman ne servirait à rien : pour eux, un converti, c'est un musulman de pacotille. « Ils risquent d'abjurer leur foi à tout moment », m'a dit un jour Mère alors que je lui demandais son avis sur les convertis. Ce qui ne se produit pas dans le cas de musulmans de naissance. Je n'ai pas exigé qu'elle me fournisse des preuves statistiques. De sa vie, elle n'a jamais croisé un converti à l'islam. Tout cela, elle le *sait* tout simplement. « Tant qu'une famille n'est pas musulmane, elle attire immanquablement ses enfants et ses petits-enfants dans l'incroyance. De plus, on ne sait jamais si une conversion est sincère ou si elle résulte de la simple nécessité de pouvoir se marier. » Je dois reconnaître que, sur ce dernier point, elle n'a pas tort. Mais bon, ça veut dire qu'on court le risque de refuser un converti sincère. Je suppose que cela n'empêche pas trop Sèchepaille de dormir, étant donné qu'à ses yeux le véritable problème réside surtout dans les origines du candidat : « Même si c'est un parfait musulman, rien ne vaut un Turc qui connaît notre langue et notre culture. »

Il en va autrement des Marocains qui, eux, attachent plus d'importance à la religion. Chez nous, la nationalité est une deuxième religion, ce que la plupart des Marocains ne comprennent pas ; ils sont loin d'être aussi patriotes que nous. L'identité marocaine repose principalement sur l'islam, alors que les Turcs, à côté de la religion, ont leur singularité non arabe ; ils se font une haute idée de leur langue et de leur culture, certains les plaçant même plus haut que la religion.

Quant à cette question de fierté, j'ignore, en ce qui me concerne, si la sanction qui menace ma liaison hors mariage se cantonnera au bannissement. Je n'ai aucune idée de ce dont ma parentèle est capable. D'après elle, les femmes sont chargées d'incarner l'honneur de ses membres dotés d'un sgueg, ce qu'elles font au moyen de leur chasteté, c'est-à-dire de leur chatte, qu'il leur faut « préserver et garder pour le propriétaire légitime », lequel est en droit de procéder au démasquage. Cela réalisé, la famille se trouve consolidée. Dans le cas contraire, tout est fichu et il convient de se venger, sans la moindre pitié, sur la femme en raison de son inexpiable péché : s'ensuit le crime d'honneur. Quand on y regarde de plus près, les textes islamiques n'offrent aucune indication concrète à propos de la façon de traiter une telle affaire ; il s'agit principalement d'une question de nature régionale et culturelle. Mieux même : les textes en question interdisent explicitement le crime d'honneur, car seul un juge de la charia peut prendre la décision de lapider ou de fouetter pareille pécheresse – à condition qu'il y ait le nombre de témoins requis du méfait –, et non des personnes à titre individuel. Mais, de cette règle, maints érudits n'ont en réalité que faire. Le crime d'honneur survient également dans des communautés non musulmanes du Moyen-Orient, celles reculées dans les sables mouvants tribaux. Quant aux musulmans, ainsi qu'on le constate bien souvent, ils ne suivent pas toujours au pied de la lettre les prescriptions religieuses.

Aux Pays-Bas, la police fait face chaque année à cinq cents crimes d'honneur, dont vingt se traduisent par un assassinat. En Turquie, deux mille cas parviennent aux oreilles de la police. Ce crime prend différentes formes : agression, enlèvement et, dans les cas extrêmes, mort. La variante la plus légère et la plus courante en Hollande, c'est l'étripage et le boycott sociaux : humilier jusqu'à la moelle la pécheresse, crier au scandale à son propos, la rabaisser, exercer une pression psychologique et éventuellement des violences (verbales). En général, la femme en question subit de la part de sa famille, de ses connaissances et de ses voisins un véritable *slut-shaming* : personne n'est plus autorisé à la côtoyer. Selon notre foi, pour une femme (et non pour un homme), la validité du mariage suppose que son père cautionne le futur partenaire. Sa mère peut donner son avis, mais ça s'arrête là. Quand l'assentiment paternel fait défaut, la dame n'est pas mariée devant Dieu, même si elle l'est selon la loi. En gros, le mariage civil compte pour du beurre puisqu'il ne revêt aucune valeur auprès du Seigneur.

Le danger que l'on court et la forme que va prendre le crime d'honneur diffèrent d'une parentèle à l'autre et dépendent du nombre de mâles tarés qu'elle compte, par exemple des oncles, des cousins et des frères, de leur volonté de vous laisser partir, de vous pardonner ou de vous punir. Si leur foi rigide fait taire leur conscience en raison d'une loyauté inconditionnelle envers leur doctrine relative à l'honneur et à la culture, et s'ils sont en paix avec l'idée d'attenter à la liberté et à l'individualité d'autrui au nom de leur communauté, ça risque fort de chauffer. Quoi qu'il en soit, je vous conseille de rester à l'écart de tout endroit où force de persuasion et envie de passer à l'action se trouvent réunies. L'ambition est la mère tant des grandes réussites que des profondes déceptions ; avant qu'on en prenne conscience, c'est tout ou rien.

Pour ma part, je suis bénie d'avoir une famille orthodoxe qui considère les punitions les plus extrêmes comme impardonnables. J'en ai eu un avant-goût à travers la personne de l'une de mes cousines qui s'est enfuie du domicile parental voici deux ans. Elle était amoureuse d'un homme – un Turc pourtant – non agréé par son père. Ce dernier ne s'entendait pas avec la belle-famille potentielle. De plus, il avait déjà un autre candidat en tête : un gars venant d'un milieu plus droit, un gars plus vissé et plus cramponné au Coran. Selon toute apparence, il était convenu en secret, des années plus tôt, de donner sa fille à cette famille-là, sans rien lui en dire, mais en tenant à ce qu'elle termine ses études avant de convoler. Non qu'il accordât une grande valeur à sa formation, mais parce qu'il s'appropriait sa bourse estudiantine pour économiser en vue d'acquérir un bien immobilier en Turquie. Oncle avait fait enregistrer sa fille à une autre adresse de façon qu'elle touche une allocation supplémentaire, cela d'autant plus qu'il est officiellement au chômage. Chez nous, promettre sa fille est tout aussi important que conclure le mariage : un vrai homme joint le geste à la parole. Se retirer d'une telle transaction équivaut à perdre entièrement la face. Oncle ne pouvait donc l'envisager.

Avec une fille qui lui désobéissait et lui présentait un autre prétendant, il était dans la panade : sa réputation morale était en jeu, et, en même temps que celle-ci, sa vie entière et son fonctionnement social. Le gars sur lequel il avait jeté son dévolu était en apparence plus orthodoxe dans sa pratique religieuse, argument crucial pour un mariage heureux, s'ajoutant à un second, plus important encore : il fait partie de la famille, vient du même village turc que « nous ». En d'autres mots, un choix sans risque et une fille « qui ne tombera pas dans des mains inconnues » (ce qui signifie : l'entourage de la demoiselle va en profiter, et non pas un parfait inconnu qui « profiterait gratos de la fille d'un autre », étant donné qu'une femme n'est rien de plus qu'une chatte dont l'homme profite). Mes géniteurs ont estimé qu'Oncle avait parfaitement raison : il est bien plus convenable de choisir comme belle-famille des membres de sa propre parentèle ou de son propre village plutôt que des inconnus dont on ignore tout. Parmi ses proches, on sait à qui se fier ; dans le cas d'étrangers, qui vous garantit que le mari ne va pas abandonner la fille à court ou moyen terme, que le bâtard en question ne va pas la tromper, qu'il ne va pas mettre en cloque une autre femme (sans compter, sait-on jamais, qu'il a peut-être déjà des mioches), qu'il ne va pas la maltraiter ou la récompenser de son ingratitude ?

Cependant, Betül, ma cousine, n'en démordait pas. Un jour, elle a fait ses valises et s'est barrée sans tambour ni trompette. Elle a emménagé chez son petit ami et, d'après ce que je sais, l'aurait même épousé dans les formes. Ce qui ne change pas grand-chose pour la famille et la communauté, pour qui cette union est nulle et non avenue puisque le couple vit en concubinage et qu'elle mène la vie d'une putain. Elle est en état de *zina* : tout « contact » sexuel extraconjugal. Mes cousins, frères de Betül, et ses cousins ont menacé son compagnon en sortant un couteau. Ils se sont arrêtés là, étant donné qu'ils ne sont pas cons au point d'aller en taule et de foutre leur vie en l'air (je suppose) pour une telle affaire, si ce n'est qu'ils lui ont tout de même cassé la gueule. Oncle a ensuite exigé de l'argent de ce gendre indésirable, une somme de 15 000 euros. Les Turcs appellent ça *başlik parasi* ou *süt parasi*, le « prix individuel » ou le « prix du lait maternel » (montant correspondant à l'allaitement), soit ce qu'un homme verse à son futur beau-père. Tout simplement au titre de paternel de la jeune mariée. Là non plus, en rien une coutume islamique selon les Écritures ; il n'empêche, cela se produit dans les régions turques conservatrices et chacun croit ici que la religion vous permet de vendre votre fille. À l'époque de son mariage, Père a payé à Grand-Père 10 000 florins pour Mère. Le montant varie d'un père à l'autre et d'une fille à l'autre. Une fille jolie et bien en chair (gros seins et hanches larges) dont beaucoup d'hommes demandent la main, et voilà que le prix augmente. Pas de seins, pas de hanches généreuses, pas de prétendants, et le prix baisse. Chacun en a pour son argent, comme dans le cas de tout produit en vente sur le marché : l'offre et la demande dictent leur loi. Aujourd'hui, cette tradition n'est plus observée que par les indéboulonnables de la vieille école, malgré les longues années depuis lesquelles ils sont installés en Hollande, Oncle par exemple. Père adhère lui aussi à cette coutume, il a déjà fait savoir qu'il demandera de l'argent à son futur gendre si un type vient demander ma main : il me tarde de vivre le jour où je serai vendue.

Pour revenir au mari de ma cousine, il a été assez sot pour remettre le montant exigé dans l'espoir qu'Oncle et le reste de la famille leur pardonneraient. Ce faisant, il espérait rabibocher son épouse avec les siens, lesquels, imaginait-il, étaient rongés par la culpabilité. Il s'est mis le doigt dans l'œil. Il est tombé dans le piège. On l'a payé d'ingratitude, on l'a traité de tous les noms, on l'a voué aux gémonies. On ne leur a jamais pardonné. Il y a six mois encore, je n'avais pas revu Betül, personne ne parlait plus d'elle. Elle a un cancer du sein, ce dont elle a fait part à sa mère. Laquelle souffre du même mal. On dirait, nom de Dieu, que le crabe s'attaque à tout le monde ces derniers temps : tante Kadriye, Jill (la cousine de quinze ans de Freek), Gülsüm (une collègue), Emine (la sœur de Nawal, copine du lycée), Yusuf (mon voisin) et à présent Betül. Dernièrement, j'ai vu plus d'hôpitaux qu'il n'est bon pour ma santé. Ma cousine a besoin de soutien, mais elle n'en reçoit pas. Tante brûle de lui rendre visite, mais Oncle lui refuse ce droit. Il ne veut plus entendre parler d'elle, elle n'est plus sa fille. Puisqu'elle s'est foutue de sa famille et a suivi sa propre voie sans écouter son père, elle n'a qu'à faire preuve à présent de la même détermination pour se débrouiller seule. Il ne voit pas dans la maladie dont elle souffre une raison d'adoucir sa position ni de lui pardonner ses péchés, bien au contraire : son cancer, c'est la punition de Dieu pour lui avoir désobéi. À ses yeux, cela vient corroborer pour de bon le fait que Dieu punit les salopes indociles, tant ici-bas que dans l'au-delà. Elle aurait dû épouser le bigot qu'il lui avait choisi au lieu du chien avec lequel elle vit à la colle, ce mec qui ne prie même pas et dont la mère ne porte pas de hidjab.

Voici peu, Mère m'a appris qu'il s'agissait d'une tumeur bénigne entre-temps retirée, ce que Betül a annoncé à ses frères en leur envoyant un whatsapp. Je suis curieuse de savoir comment Oncle va expliquer cette guérison dans son analyse des punitions qu'Allah inflige aux salopes. En réalité, j'aime autant ne rien en savoir.

Betül ne vit plus à Amsterdam. Oncle a déchiré toutes ses photos. Elle a probablement déjà des enfants et est heureuse avec son mari. Je l'espère pour elle. J'ai essayé en vain de trouver sa trace sur Facebook et Instagram.

Voici ce qui m'a vraiment mise hors de moi : deux ans après ce charivari, la même chose est arrivée à son frère, mon cousin Tayfun. Il voulait épouser une femme que ses géniteurs exècrent. « Il faudra nous passer sur le corps ! » ont-ils répété des mois durant. Son amoureuse vient d'une famille turque de gauche, des kémalistes dans l'âme. En rien des dévots, tous habillés à l'occidentale, de surcroît des parents divorcés ! La jeune femme ne porte pas le hidjab. Plus grave encore, l'été, elle se promène dans des robes au décolleté provocant et qui laissent voir ses jambes. Du jamais vu dans notre milieu. Quand les géniteurs archi-conservateurs de Tayfun reçoivent de la visite, hommes et femmes s'asseyent les uns à l'écart des autres. Ces dernières couvertes de la tête aux pieds. Leurs enfants fréquentent des internats coraniques. Ils n'ont pas la télé, cette invention du diable qui montre des femmes à moitié nues et toutes sortes de situations peccamineuses au fil des divers programmes. Comment, dès lors, tolérer pareille belle-fille, dont les proches vont jusqu'à boire du vin et du raki, et ne se soucient en rien des préceptes divins ?

Une bru aux parents divorcés, pour Oncle, ça dépasse toutes les bornes, sans parler des autres choses qui retournent son estomac islamique. « Dans une famille où on considère le divorce comme normal, une enfant apprend que c'est normal et on peut donc être sûr qu'elle fera comme ses parents », a-t-il expliqué. Cette femme ne se laissera ni enchaîner, ni asservir. Elle est trop libre d'esprit et trop indépendante. De telles femmes n'hésitent pas à divorcer. Elles n'attachent guère d'importance à l'honneur, à la communauté, à la tradition, à la honte, à la crainte de Dieu non plus qu'aux normes et aux valeurs immuables. Elles se rebellent dès qu'on leur impose une contrainte. Les femmes de ce genre trouvent normal d'avoir des amis masculins, de poster des photos d'elles-mêmes sur internet, de s'habiller « à moitié à poil », de se maquiller quotidiennement et de se parfumer quand elles sortent, de rire et de discuter de manière informelle avec des hommes à la cantine de leur lieu de travail, de s'allonger « nues » (lire : en bikini) sur la plage, de sortir le soir sans leur mari, de continuer à travailler après la naissance de leurs enfants, de larguer ceux-ci dans une garderie, et même de faire la fête dans des lieux de dépravation. Que pourrait bien faire Oncle d'une bru qui, d'ici quelques années, va peut-être échanger son mari contre un autre bonhomme, et qui ne donnera pas aux futurs petits-enfants de la famille une éducation pieuse et saine ?

Cependant, Tayfun est aussi têtu que sa sœur Betül. Malgré toutes les disputes et tous les désaccords, lui n'a pas été banni. On a fini, certes à contrecœur, par tolérer son choix : n'a-t-il pas, en tant qu'homme, le droit de se marier devant Dieu sans autorisation paternelle ? Voilà la première inégalité de traitement entre ma cousine et mon cousin, alors que tous deux se sont pourtant comportés exactement de la même façon. Comme si cela ne suffisait pas, un truc encore plus fou s'est produit deux semaines après le mariage : on a appris que Tayfun venait de divorcer ! Chose sans précédent : jamais, dans notre milieu, personne n'avait divorcé aussi vite ; quel que soit l'entourage, un mariage qui ne dure que quinze jours, ça sort de l'ordinaire, alors imaginez dans le nôtre ! L'exact pourquoi du comment m'échappe encore, mais il se résume à ceci : les deux familles ne se tolérant pas, ça a donné lieu à des rixes, Tayfun et son épouse se sont chacun rangés du côté de leurs propres parents, de sorte que les choses ont dégénéré.

Quand on m'a fait part de cette histoire, je me suis dit : toujours les mêmes conneries et les mêmes idioties de base. Dans nos milieux, il n'est pas rare que des divorces surviennent en raison de frictions insurmontables entre beaux-parents ; en fait, j'irai même jusqu'à dire qu'il s'agit là de la première cause de divorce, ce qui paraît bien moins fréquent chez les Occidentaux. Toutefois, après coup, j'ai des doutes au sujet de cette version officielle. Entre ces deux familles, dès le début, ça s'accrochait ; aussi, comment prétendre que ça avait pu soudain dégénérer ?

Les Turcs conservateurs, il faut toujours se méfier de ce qu'ils racontent. Après un tel scandale, ils se contentent d'explications relativement sommaires et superficielles, puis espèrent surtout que tout va se volatiliser. Or, afin de protéger leur réputation morale, ce qu'ils avancent peut en réalité très bien camoufler la vérité. Il faut dire que les musulmans vissés et cramponnés au Coran ne vivent que pour leur honneur ; s'ils le perdent, les voilà stigmatisés et mis au ban. Il s'agit de l'aorte de leur fonctionnement en société, de *leur raison d'être*: on doit pouvoir se réclamer d'une intégrité morale inébranlable, et si celle-ci vient à être entachée, c'est la débâcle. Il n'y a donc aucune place pour la moindre erreur, la moindre incertitude ni le moindre doute. Cela alors que les certitudes forment une solide chaîne de fer autour du cou de tout esprit rustre.

Tout tourne autour des apparences, de la façon dont on se présente. Faire bonne figure et ne pas tirer la tronche, là réside la quintessence de la vie. Tout ce qui relève du personnel, de la franchise, de l'intime et de l'humain est tabou, risque de se révéler terreau à scandale. Il y a tellement de tabous dans notre culture ! On ferait bien de l'appeler *tabouïsme* – à ne pas confondre avec le taoïsme.

Je n'ai jamais compris ça. Les gens soucieux de préserver leur honneur se compliquent inutilement la vie. Se cramponner à toute cette hypocrisie, à ces faux-semblants, à cette épate, à cette camisole de force de la vertu incarnée… n'est-ce pas, pour finir, construire une cage autour de soi ? Dans presque tous les cas, le perfectionnisme se révèle être un obstacle. Et, dans presque tous les cas, on se salit les mains en visant ce but. Comme ils sont merveilleux, les gens attachés aux turbulences !

Quoi qu'il en soit, mes cousines et moi nous sommes concertées et penchées sur la question du divorce de ce cousin pour en arriver à la conclusion suivante, unique explication envisageable : dans la communauté musulmane, divorcer dans un laps de temps aussi court après le mariage veut dire que la jeune femme n'est pas arrivée vierge à la nuit de noces. Connaissant cette fille, sa famille moderne et libre, on peut être sûr qu'elle n'a rien d'une Vierge Marie. Et, connaissant Tayfun, il a selon toute vraisemblance eu du mal à avaler ça, étant donné l'endoctrinement qu'il a subi dans ses jeunes années. Tayfun est un beau gars sympathique, mais il vient d'une famille étriquée et rétrograde au possible qui cultive des vues moyenâgeuses. Il y a de fortes chances qu'il ait intériorisé au moins une part de ces idées – par exemple, le culte de la virginité –, autant de mutilations intellectuelles.

Cela dit, ce qui m'échappe complètement dans cette histoire, c'est que, cet *erratum* colossal passé, parents et communauté ont pardonné à Tayfun. Si une femme agissait comme lui, elle signerait son arrêt de mort. Hommage, dévotion, réputation, droiture, péchés impardonnables, devoirs inflexibles, honte, commérages… soudain, tout cela n'existe plus. Tayfun a un sgueg, son échec ne signifie aucunement qu'il a perdu le moindre grade dans l'Ordre national de la Biroute. Chez nous, l'*errare sguegeum est* prévaut, non point l'*errare humanum est*.

16

Sèchepaille me téléphone, car, belote et rebelote, je rentre trop tard de chez Freek, cette fois à cause de son otite. Il est minuit passé, près d'une heure en réalité. Le train a percuté une personne, comme cela arrive souvent, ce qui a d'autant retardé mon arrivée. Je décroche pour lui dire que je suis bien à la maison, qu'elle n'a pas à se faire de mouron. Elle est chauffée à blanc. On me reproche de me contrebalancer de ce que mes géniteurs pensent, de n'en faire qu'à ma tête, de faire exprès, pour les rendre fous, de ne pas répondre quand mon portable sonne, d'en tirer une jouissance intérieure.

S'il est vrai que je fais exprès de ne pas répondre à leurs appels, je refuse de rendre des comptes plus longtemps. Je n'agis pas de la sorte pour les « rendre fous », au contraire de ce qu'elle formule. Je crois plutôt qu'elle se rend folle toute seule en se disant qu'elle n'exerce plus de contrôle sur moi, n'a plus de visibilité sur mes faits et gestes, en constatant que je deviens de plus en plus récalcitrante, souveraine sur mon quotidien, que je me laisse de moins en moins faire, que la lutte pour mon autonomie se déroule sous ses yeux, et qu'elle n'a pas la moindre idée des lieux où je traîne ni de ce que j'y fabrique. En se mordant toujours plus les lèvres à mesure qu'elle prend conscience que je ne suis pas et ne serai jamais un prolongement d'elle, que j'emprunte mon propre chemin tandis qu'elle reste sur place la queue entre les jambes et les mains agrippées à son hidjab, qu'elle ne sait plus quoi inventer pour me menacer étant donné que je suis une anguille qui ne cesse de lui échapper, qu'elle en est réduite à me croire sur parole quand je lui dis que j'arrive du supermarché. Elle en perd la boule. La suspicion et le désespoir poussent certaines personnes au paroxysme du ridicule, aux actions les plus insensées. Peut-être ferais-je bien de rester sur mes gardes.

Je lui dis que je suis fatiguée et que je vais raccrocher. Elle disjoncte, hurle comme une sotte qu'elle ne tolère plus mon comportement, qu'elle m'attend sur-le-champ pour régler cette question une bonne fois pour toutes. Mieux vaut que j'y aille avant qu'elle ne déboule dans ma chambre comme une furie. Je me démaquille et me change en un clin d'œil. Un peignoir passé sur un pyjama. En fait, je préférerais à chaque fois m'en contreficher, me présenter telle quelle, ne pas avoir peur ni filer doux sous la menace de leurs jugements, de leur ton agressif et de leur chantage moral. Mais je préfère m'épargner un mal de tête et il me reste à taper un rapport pour le cours de demain. Je prends mes clés, sors sur le palier et, deux pas plus loin, franchis leur porte.

Defne dort déjà ; elle doit se lever tôt pour aller à l'école. Mes géniteurs ne semblent pas en tenir compte : dès que j'apparais, ils élèvent tous deux la voix. Comme d'habitude, Carabosse prend les devants. Au sein des familles réactionnaires, c'est d'ordinaire le père qui incarne l'autorité, mais, chez nous, Mère porte la culotte. C'est une Staline islamique, un Khomeiny doté d'une chatte, une impitoyable despote islamo-fasciste, dure comme un clou de cercueil, une femme qui ne cède pas d'un pouce quant à ses convictions. La hardiesse morale n'est-elle pas le trait fondamental de tous les chefs, du plus petit au plus grand, du meilleur au plus mauvais ?

Quant à la tolérance, ce n'est pas sa première qualité ; le mot ne fait pas partie de son vocabulaire, puisqu'il signifie ajouter un peu d'eau de l'ignorance au vin de la sagesse. L'ambition, c'est de l'intolérance. La mansuétude suppose une force musculaire du cerveau qui lui fait défaut.

Père sait qu'il a plutôt intérêt à soutenir le régime qu'elle incarne ; à défaut, il va devoir souffrir jour et nuit ses jérémiades. Il est rare qu'il s'oppose à ses diktats, il préfère se contenter de marmonner de temps à autre qu'elle ne devrait pas exagérer, que je devrais écouter Mère, laquelle est censée posséder plus de sagesse que moi, que je devrais la respecter et lui obéir inconditionnellement. Autant d'assertions turques caractéristiques, tout aussi immotivées qu'arbitraires. Comment ça, elle possède plus de sagesse que moi ? À cause de son âge ? De sa qualité de mère ? Cela lui conférerait donc un « vécu » méritant un respect sans réserve ? Quelle expérience a-t-elle de la vie ? Jusqu'à ses vingt-cinq ans, elle a travaillé dans les champs de l'Anatolie où l'odeur de la bouse de vache fraîche est la seule culture qu'il lui a été donné de respirer, puis elle a été mariée (lire : vendue) à Père, car il est celui qui a offert le plus pour elle et qui avait les moyens de l'emmener aux Pays-Bas afin qu'elle s'émancipe de son trou du cul terreux.

Une fois ici, elle m'a eue. En même temps que ma Joyeuse Entrée dans la vie, un tout nouveau monde s'est ouvert à elle ; il lui a alors fallu mettre un peu le nez dehors et découvrir la société occidentale, un monde dont elle picore les meilleurs rogatons, mais aussi celui auquel elle s'oppose idéologiquement.

C'est ce qu'elle apprend à la mosquée : ne pas trop s'adapter à cette société de décadents et de dépravés. Oui, ce n'est là qu'apparence trompeuse, on dirait que le Créateur est de leur côté à eux lorsqu'on contemple leur prospérité, une prospérité qu'ils ont volée et acquise en opprimant et en exploitant les autres. Il ne faut pas se laisser séduire par leurs idées creuses, ce ne sont que susurrements du *sheitan*. Certes, on a le droit de s'adapter un peu : apprendre la langue, se comporter correctement envers ses semblables, fournir une contribution à la société en travaillant et en payant des impôts (cela étant réservé aux hommes), mais rien de plus, la loyauté doit aller et rester au monde islamique. Il convient de s'accrocher d'une main inflexible au « câble d'Allah » : sa religion, sa communauté, sa langue, ses normes et ses valeurs propres, lesquelles sont toutes plus honorables et plus méritantes que celles des mécréants.

Les vendredis, l'imam Lebavasseur a l'habitude de prêcher en ces termes : « Les Pays-Bas sont impies, ils ont mis leur Dieu à la porte et veulent qu'on fasse à présent la même chose avec le nôtre afin qu'on périclite culturellement à notre tour. Les Pays-Bas, c'est un paradis pour les homosexuels ; ils se ridiculisent en vendant des prostituées derrière des vitrines, dont ils font une attraction touristique ; ici, on légalise et ont fait siennes des substances toxiques et maudites comme l'alcool et les stupéfiants. Les hommes sont incapables de brider leurs femmes et leurs filles qui, comme des vaches échappées du pré, couchent avec tout le monde, à croire que la couche n'est pas une chose insigne et sacrée, à croire que les rapports sexuels consistent à consommer n'importe quel inconnu en lui donnant accès à vos parties les plus intimes. En outre, les Pays-Bas sont le bichon d'Israël et des États-Unis, leur politique étrangère est marquée par de nombreux choix innommables et impardonnables. Les injustices que ces gens ont fait subir et font encore subir à nos frères et à nos sœurs, nous ne les oublions pas ! En vérité, Dieu voit tout ! Tout cela va diamétralement à l'encontre du message, des barrières morales de Dieu et de son Prophète, que la paix soit sur lui ! »

Une énième fois, Carabosse se lance dans son monologue, met en route son trente-trois tours tout gris. Des noms d'oiseaux mordants et dégradants tombent à plusieurs reprises.

Comme il se doit, elle se demande à haute voix ce qu'elle a fait de travers dans son rôle de mère et pourquoi, moi, je m'escrime à faire ma tête de mule. Ma tête malade ! Sinon, comment diable pourrais-je avoir l'idée de rentrer aussi tard ! Elle me dit de faire gaffe. Que ça lui échappe de bout en bout, du tout au tout, une jeune femme qui passe autant d'heures dehors au lieu de s'adonner à des choses convenables à la maison (par exemple, faire de petits gâteaux, s'asseoir avec sa maman sur le canapé pour regarder des gens se crêper la tignasse dans des émissions turques traitant des problèmes conjugaux, ou bien pour écouter les conférences d'un imam qui répond aux questions du public, par exemple : avec quelle fréquence réciter un chapitre du Coran devant une bouteille d'eau ou un paquet de biscuits afin de sacraliser l'objet et lui conférer un effet curatif pour une personne malade – en cette matière aussi : si ça marche, c'est grâce à Dieu ; si ça échoue, ce n'est pas à cause de Lui –, boire du thé avec des proches ou des voisines qui vous rendent visite).

Je comprends sa méfiance. Bien entendu, je recours sans manquer à mon travail au supermarché comme alibi, même quand je viens de passer une journée entière à la plage avec Freek. À un moment donné, ça va se remarquer. Sèchepaille a trouvé une solution. Si je brûle de travailler le soir, d'accord, mais à condition que Père, comme par le passé, vienne me chercher. Car c'est quand même bizarre de ne pas rentrer avant une heure du matin. Ça, ils ne l'avalent pas.

À ce stade, je n'arrive plus à me contrôler, j'en ai ras le bol de me retrouver agenouillée devant l'éternel tribunal de la pénitence où l'on déverse sur moi des flots de reproches humiliants et outrageants. Renoncer aux brèves parenthèses délassantes que m'apporte ma liaison cachée, impensable ! Je refuse de revenir à l'époque où il me fallait quitter Freek dans l'après-midi pour être au supermarché en fin de journée où Père, sans se douter de rien, venait me chercher une fois la nuit tombée. Je commence à la traiter de malade, de psychopathe, de maniaque qui cherche à tout contrôler, d'âne stupide, arriéré, ignoble, étroit et simple d'esprit, sorti du trou du cul de la Turquie, qui n'a aucune notion des droits et des libertés qu'on observe ici, pas plus que de la façon dont on y vit au quotidien. Je la traite d'être inférieur, ce que je vais regretter. En fait, il vaut mieux que je me maîtrise, car, en m'exprimant ainsi, je donne une fois de plus à mon adversaire l'occasion de jouer le rôle de martyre. Elle va se plaindre à mon sujet auprès des proches et des voisins, en ne soulignant bien sûr que mon insubordination, faisant parade dans mon dos de tout ce qui l'accable – ô la brave ! Il faut dire que le ton supplante souvent le message, incite l'autre à refuser de l'entendre ou de le prendre au sérieux, surtout dans notre culture où le ton fait la musique. Bien sûr, Mère va exagérer et sortir de leur contexte les péchés que j'ai commis, les réfutations que j'oppose à ses admonitions et autres indignations, elle va taire son propre comportement transgressif et rapporter mes paroles – histoire de mieux accréditer son récit – comme étant les pires insultes qui puissent déshonorer sa personne. Mais en exagérant ou en ressentant fortement le besoin de se contenter de souligner mes propos les plus durs, formulés au paroxysme de l'émotion, tout en dissimulant le reste, elle reconnaît, elle montre qu'elle n'est pas convaincue par l'histoire qu'elle invente. Mère, il faut le dire, il n'y en a pas beaucoup comme elle. Même des dévots de notre entourage – membres de la famille, voisins, connaissances – estiment qu'elle dépasse les bornes en exigeant que Père ou Halil viennent m'attendre au travail. Problème : elle se soucie bien peu de leur avis. On ne peut en réalité lui adresser compliment plus flatteur que de lui reprocher d'être apparemment l'une des dernières personnes à prendre au sérieux les prescriptions de l'imam, autrement dit celles de Dieu. Ne pas varier d'un iota alors que la masse autour d'elle ne cesse de perdre des plumes, ça lui donne des bons points supplémentaires auprès du Seigneur.

Mais bon, ce faux pas de ma part n'est-il pas éclipsé par les taches qui souillent le blason de mon ennemi ? D'une voix chevrotante, les mains tremblantes, je lui assure que si elle me déshonore ne serait-ce qu'une fois de plus en me traitant de salope, elle ne me reverra plus jamais. Et que si elle se met encore une fois dans la caboche de proposer des mesures draconiennes pour restreindre toujours plus ma liberté, je ne ferai pas long feu dans cette famille. Et je ne rigole pas. Je ne la lâche pas des yeux pour qu'elle comprenne que je ne plaisante pas du tout. Les Turcs bigots ne sont pas réceptifs aux simples mots, si sensés soient-ils. Il est nécessaire qu'elle m'entende penser ce que je dis.

Tout à coup, elle se tait, le visage entier empreint de gravité. Elle écarquille les yeux, redresse le nez, plus par désapprobation que par nécessité – son geste quand elle sent une odeur nauséabonde –, puis marmonne : « Je te le dis, Ismail, cette fille est perdue. Elle a élevé la malveillance et la provocation au rang d'art. »

D'une voix froide, les yeux mi-clos laissant passer un regard critique et défiant, elle me demande pourquoi je réagis avec une telle violence. Aurais-je quelque chose à cacher ? En quoi cela peut-il bien poser problème, un père ou un frère qui vient me chercher au travail, est-ce que ça justifie une telle menace : quitter la maison ? Il n'y a quand même pas de quoi en faire tout un plat ? C'est agréable, non, de ne pas avoir à rentrer seule, par ses propres moyens ? Manifestement, je ne vais pas du tout au travail, c'est évident, sinon j'accepterais qu'on vienne me chercher. Je me paie leur tête, je les mène en bateau, mais elle est trop intelligente pour tomber dans le panneau. D'ailleurs, à partir de maintenant, elle va passer à chaque fois au supermarché pour vérifier si j'y travaille ou pas. Elle ne gobe plus rien. Se méfier et exercer un contrôle sur tout, ce sont là les outils les plus fiables pour quiconque cherche à maintenir l'équilibre des forces en présence.

Je me tire en claquant la porte derrière moi. Je ressens une drôle de décharge d'adrénaline, dans la zone autour de mon cœur. Ça m'est déjà arrivé alors que j'étais en colère. Il me faut parfois un petit moment pour réguler le phénomène. Je compte jusqu'à vingt, d'une certaine manière, ça aide. Je retourne dans ma chambre chez Grand-Mère. L'odeur, la revoilà. Sur mon bureau m'attendent les lingettes et les cotons sales que j'ai utilisés pour me démaquiller. Je les jette juste à côté, dans ma petite poubelle. J'enfonce mes écouteurs dans les oreilles et monte le son au maximum. La première chanson de ma playlist, ma préférée : « Ik leef mijn eigen leven[1] ».

Mes bijoux sont accrochés au-dessus de mes parfums. Des boucles d'oreilles en or et en argent et une multitude de bagues et de colliers. Malheureusement, sous mon foulard, on ne voit pour ainsi dire rien. Colliers et boucles d'oreilles disparaissent dessous, si bien que je ne les porte que lorsque je vais voir Freek ou travailler au restaurant. Carabosse ne peut s'empêcher de faire une remarque quand elle me surprend à tripoter ma camelote ou à me maquiller pour être impeccable, ainsi qu'il se doit. Tout du moins, telle est ma vision des choses. J'estime qu'il faut rehausser d'une faveur tout ce que l'on peut enjoliver dans l'existence, y compris ma propre personne.

« T'es vraiment sotte de dépenser tout ce fric pour ça, comporte-toi un peu normalement, crains Dieu ! » Ou bien : « Idiote, on a pas le droit de prier en étant parfumée, y a de l'alcool là-dedans. » (Elle croit que je fais encore mes prières.) Ou bien : « Un de ces quatre, j'vais balancer tout ton maquillage par le balcon, c'est haram, honte à toi, t'es une musulmane ! » Ou bien : « On peut pas prier en étant maquillée ou avec les ongles vernis ; les ablutions avec du

1. « Je vis ma vie à moi », chanson d'André Hazes, paroles de Norus Padidar et Emile Hartkamp. (*N.d.T.*)

maquillage, c'est pas valable ! » Ou bien : « T'as pas entendu ce qu'a dit l'imam ? Si tu passes à côté d'un homme alors que t'es parfumée, les anges consignent que t'as commis un énorme péché ! »

Mes produits cosmétiques, elle les a déjà jetés à quelques reprises, espérant que j'arrêterais d'en acheter, parce que Dieu a interdit les falbalas, du moins en public, mais j'ai persévéré ; pas question d'y renoncer. Entre-temps, elle s'est résignée au fait que j'en possède. Quand elle me voit sortir maquillée ou si je la croise dans la rue, elle ne peut se retenir de secouer la tête et de m'adresser une remarque des plus blessantes, histoire de me faire comprendre que, de sa position, elle trouve ce spectacle repoussant. Père pose d'ailleurs lui aussi le même interdit, mais, heureusement, il est toujours au travail. Si malgré tout il me voit – en général, il l'apprend par les bramements de son épouse –, il enrage. Il estime que seules les péripatéticiennes se fardent, établit un lien automatique entre maquillage et pornographie. Il ne comprend pas pourquoi j'éprouve le besoin de me barioler de la sorte pour aller en cours ou au boulot. Quand ils me prennent sur le fait, je balaie leur réprobation d'un sourire, mais eux, ça ne les incite aucunement à rire. Père a bien essayé de me convaincre de mes torts en me caressant dans le sens du poil, c'est-à-dire sans ramener Dieu sur le tapis : « Vois-tu, le maquillage, ce sont les femmes de mauvaise vie qui en portent, et ce n'est pas ça qui les rend plus belles. Toi, tu crois ça, parce que la société, la télévision et les publicités t'ont mis ça dans le crâne. Le naturel, rien n'est plus beau. » Arrive alors au grand galop le point sur le *i* : « Naturelle, c'est comme ça que Dieu t'a créée ! Vouloir changer ça de façon délibérée, c'est un gros péché, ça ne sied pas à une femme humble. »

Un énième raisonnement branlant : si le maquillage enlaidit, il a toutes les raisons de se réjouir, puisque l'islam proscrit toute tentative de séduction d'un homme par une femme.

N'est-ce pas pour cela que je porte un hidjab et une tenue qui cache tout ? C'est quoi, au juste, le problème ? Mais quand je lève le lièvre, leur fureur redouble et ils me traitent de salope et de m'as-tu-vu qui reste sourde à leurs conseils. Un aveu de faiblesse, ils ne savent pas quoi m'objecter. Si ce n'est que je fais ma maligne, que je les fais tourner en bourrique. Ce qui est d'ailleurs réciproque.

Certes, si Père n'est pas aussi tatillon que Sèchepaille en matière de religion, il l'est d'autant plus quant à la moralité et à la décence. Une jeune femme se doit de rester vierge et effacée de manière à épouser un bon parti ; dans le cas contraire, elle demeure vieille fille et couvre de honte sa famille.

Exiger des femmes qu'elles soient humbles, ça me fait chier à un point ! L'humilité ne nous apporte rien de bon, elle ne mérite notre admiration que lorsqu'elle est feinte. Pareillement, je trouve absurde qu'un homme veuille couvrir sa belle de la tête aux pieds. Il est vrai que les musulmanes pieuses qui choisissent de s'emmailloter et de se contenter d'un partenaire dont la première qualité est de craindre Dieu, et non pas tant la beauté, la gentillesse, la drôlerie ou la réussite sociale, font un beau cadeau aux autres femmes. De cette façon, celles-ci, qui se livrent corps et âme à la parade nuptiale, rencontrent moins de concurrence pour faire un choix parmi les meilleurs prétendants. Pour ma part, en vue de harponner le bon, je préfère me jeter dans la bataille en déployant tous mes charmes. N'est-ce pas pure aberration de tout envelopper dans du textile en attendant de tomber sur un bigot ? Je ne vois aucune sagesse là-dedans. Rien que de l'idiotie. Or je ne suis pas idiote.

En fait, je déteste mes géniteurs. Ils ne font que mettre des bâtons dans les roues de tout ce à quoi j'aspire et de tout ce que je défends dans la vie, mais l'idée de quitter pour de bon Grand-Mère et Defne me pèse. Il ne me reste, à moi l'apprentie cynique, que l'indifférence, idéal pourtant inaccessible. Je ne me fais plus aucune illusion, ils ne m'accepteront jamais telle que je suis ; en somme, sans le moindre semblant de diplôme, déracinés, ils sont en permanence exposés à l'interprétation la plus rigoriste de la doctrine par des organisations au sein desquelles la première tête à claques venue répercute son intolérance, cela en bénéficiant de subventions. Mes géniteurs prennent cela pour argent comptant, dépourvus qu'ils sont de toute faculté critique. D'une manière ou d'une autre, ils sont très réceptifs à l'endoctrinement des ploucs qui propagent là leur *doxa*. Je n'en veux pas beaucoup à ces organisations. Être dans l'erreur par intérêt personnel, c'est une chose ; être dans l'erreur par stupidité, c'est bien pire. Ce qui me fâche surtout, ce sont leurs nombreux adeptes. Ainsi que les instances qui subventionnent ces structures, entre autres le gouvernement néerlandais. Toute seule, je ne suis pas en mesure de m'y opposer ni d'amener ces suiveurs à changer d'avis. Moi, je ne touche aucune aide et je n'ai personne à mes côtés qui a voix au chapitre. Je n'ai que Grand-Mère, mais elle, elle n'a pas plus que moi son mot à dire.

Si mes géniteurs sont ce qu'ils sont, il m'est possible, en prenant en compte toutes les variables, de les comprendre un tant soit peu, et je mets l'accent sur *un tant soit peu*, bien que, pour l'instant, je ne les absolve pas d'opprimer, de reclure et de faire chanter leur fille adulte. En revanche, qu'il y ait des gens de mon âge, nés et ayant grandi ici, qui pensent comme eux, cela dépasse mon entendement ! J'espérais que, face à l'échec des générations précédentes à réaliser leurs idées éclairées, les jeunes seraient convaincus de faire mieux et différemment.

On dirait que personne ne se trouve confronté aux mêmes problèmes que moi ; les autres se rangent aux règles qu'on leur impose. Personne pour batailler avec le foulard. Personne pour avoir en cachette un petit ami blanc. Personne pour préférer le bikini aux couches de textile sur la plage en été. Personne pour se disputer avec ses géniteurs. Personne pour se poser un aussi grand nombre de questions sur les préceptes religieux. Je suis un *Einzelgänger*, une louve solitaire, mais comment, pourquoi ? Où sont mes compagnes et compagnons d'infortune ? Pourquoi tous ceux de ma génération sont-ils complètement interchangeables ? Pourquoi je ne rencontre nulle part des âmes sœurs ? Ne vous méprenez pas : je ne me considère pas comme un être d'exception, je sais que toute exception n'est que relative. Et pourtant, par moments, l'impression d'être embarquée seule sur une barque ne manque pas de s'insinuer en moi. Pour vraiment être à même de juger de l'originalité d'une chose, d'une personne, il faut avoir évalué tout ce qui a pu la précéder de similaire. Ce que j'ai fait. Je vois trop peu d'alliés.

Écouter, jouer de la musique : interdit. Fixer un rendez-vous : pas le droit. Le romantisme qui découle des relations adultérines, les tensions et le chambard qui s'ensuivent : pas admis. Partir en vacances sans être chaperonnée par un homme de la famille : pure folie. Fréquenter des personnes du sexe opposé : illégal. S'habiller avec élégance et se maquiller : inapproprié. Rester dehors le soir : pas autorisé. Placer des photos de sa personne sur les réseaux sociaux : pas question. Regarder des films « immoraux », des séries « infectes » : inacceptable (je ne parle pas de porno, juste de films où l'on échange un baiser). Se prélasser sur la plage ou nager dans la mer en présence d'hommes : pas permis. Représenter des êtres vivants : frappé d'anathème. Célébrer un anniversaire ou d'autres fêtes d'infidèles : frappé d'anathème. Travailler avec des hommes : proscrit (non selon l'école coranique à vrai dire, mais d'après la plupart des géniteurs musulmans). Sortir danser ou assister à un festival : prohibé.

Que reste-t-il de divertissant dans l'existence ? Prendre un peu de bon temps ne relèverait donc pas de la vie d'ici-bas ? Suis-je condamnée à croupir comme une grasse plante d'intérieur ? Suis-je censée me rendre en cours et à mon boulot en faisant semblant de ne rien ressentir, de ne rien désirer, alors que je vois autour de moi des gars libres d'agir à leur guise ? Suis-je censée entrer ensuite dans un mariage d'où toute sexualité aura été dégagée avant même le premier baiser, tout ça parce que mes géniteurs m'auront choisi une exsangue bite coranique totalement dénuée d'humour, tirant la tronche à chacune de mes marques de désobéissance ? Puis me transformer en poule pondeuse comme toutes les femmes de mon entourage ? Et ronger ainsi mon frein le reste de mes jours ? Est-ce là ma raison de vivre ? Dieu, ma petite famille, la patrie ? Ma tragédie réjouirait-elle Dieu ? Pourquoi invente-t-Il des lois qui nous incitent sans cesse à les transgresser ? De manière générale, l'objectif des lois et des règles est de désigner à l'avance, en cas de conflit d'intérêts, lequel de ceux-ci va l'emporter. Mais quel est l'intérêt de l'autre dans le cas où j'observe ces lois ? L'idée selon laquelle l'individu est subordonné au groupe est professée par ceux qui sacrifient tout intérêt du groupe à leurs propres ambitions. Mais quelles sont les ambitions de Dieu ? L'angoisse, tel est le moteur des ambitions. Quelles sont les angoisses de Dieu ?

J'avais sept ans lorsque j'ai appris que les chanteuses, les danseuses et les actrices exercent une profession maudite et qu'elles vont en enfer. Chanter et danser, cela excite les hommes ; il convient de ne pas stimuler ces activités ni de s'y adonner, si ce n'est en présence de son époux et de personne d'autre. Les sportives professionnelles portent des tenues moulantes devant le monde entier. La maîtresse de l'école coranique proclamait que le Prophète, que la paix soit sur lui, nous a transmis la sagesse selon laquelle la femme doit se couvrir de telle manière que les hommes ne puissent deviner si elle est jeune ou vieille, et que, sur terre, l'épreuve la plus pénible pour les hommes, ce sont les femmes. Et qu'il convient d'éviter tout contact avec le sexe opposé, ou de le limiter au strict minimum dans le cas où un échange se révèle nécessaire.

Une fois la leçon à la mosquée terminée, on était autorisées à rentrer, mais il nous fallait rester les yeux rivés sur le sol dans les couloirs, en récupérant nos chaussures sur les étagères, puis devant le bâtiment à chaque fois qu'on croisait un garçon. Or, la leçon des garçons se terminait à la même heure que la nôtre.

Alors que j'avais une quinzaine d'années, on m'a donné des cours sur le mariage. On m'a dit qu'une épouse doit obéir à son mari, car l'homme occupe auprès de Dieu un grade plus élevé que la femme, celle-ci étant née de l'une des côtes de l'homme. À supposer que vous ne donniez pas satisfaction à votre époux, vous n'irez pas au paradis, sa satisfaction étant votre ticket d'entrée (sachant que la satisfaction, en particulier au sein du mariage, doit rester une denrée très rare). Le Prophète, que la paix soit sur lui, a dit que s'il devait désigner une deuxième entité en dehors de Dieu devant laquelle s'agenouiller, il s'agissait du respect que la femme doit à son mari. Le mari a été préposé par Dieu pour assumer l'autorité sur la femme et gagner de l'argent ; quant à la femme, il lui revient de s'occuper de la progéniture et de soutenir son mari. L'amour vient après le mariage, ou ne vient pas, on ne peut le savoir à l'avance ; la garantie du bonheur, c'est un conjoint pieux.

Quand j'ai demandé à la maîtresse comment il est possible de choisir un conjoint sans avoir au préalable fixé des rendez-vous ou avoir eu une liaison avec lui, elle a répondu que cela n'aide en rien. En effet, il est impossible de connaître l'autre par avance : lors d'un rendez-vous, rien ne nous assure que l'autre va se montrer sous son vrai jour ; autrement dit, on prend toujours un risque, il convient de faire confiance à Dieu. De toute façon, les rendez-vous en tête-à-tête sont tout bonnement interdits. La femme a tout au plus la possibilité d'apprendre à un peu mieux connaître son futur époux en le voyant, pour parler du mariage, accompagnée d'un homme de sa famille.

Je me suis abstenue de lui demander comment on peut savoir à l'avance si le gars en question va enchanter sa femme au lit. Cela n'a pas d'importance non plus, aurait-elle assuré. Chez nous, on se marie quand on parvient à se comprendre et à s'associer ; on ne se fonde ni sur l'amour ni sur l'attirance réciproque, ce ne sont pas des bases solides puisque l'un et l'autre sont par nature éphémères. Ce sont au mieux des à-côtés casuels, rien d'autre que des concepts occidentaux que l'on chérit à tort. Il s'agit de savoir si l'on peut mettre sa confiance dans un tiers, s'il restera auprès de sa future même en cas de mauvaise fortune, par exemple une maladie ou une déconfiture. En conséquence, nombre d'unions entre musulmans résultent d'un mariage arrangé. Tout au plus les futurs époux se rencontrent-ils deux ou trois fois, en présence de leurs parents, avant de convoler ; une fois qu'on a vérifié que le jeune homme et la jeune femme sont à même de respirer, de faire un brin de causette ensemble, et qu'ils se plaisent un tantinet physiquement (en d'autres termes, que l'un des deux n'est pas difforme), on s'empresse de célébrer l'hyménée. Tous les mariages dans ma famille résultent de ce procédé.

De nos jours, la jeune génération se met en quête de sa moitié. Certes, les femmes ont toujours besoin de la bénédiction paternelle, mais la plupart ont au moins la possibilité (dans le cadre inflexible consacré) de trouver elles-mêmes un homme.

17

Je viens d'assister à deux cours ; tout à l'heure, je dois aller bosser. Comme il me reste un peu de temps, je traîne à la fac avec des camarades.

Tout en regardant des photos sur son téléphone, Angélique dit que l'Australie lui manque. Elle y a passé une année avant de commencer ses études. Je lui demande comment elle a financé son séjour ; elle m'explique que ses parents ont économisé de l'argent qu'ils lui ont versé le jour de ses dix-huit ans. Elle a consacré cette somme aux voyages et à l'achat de meubles.

Elle n'est pas la première que j'entends raconter une telle histoire. Freek a lui aussi reçu un beau montant à l'occasion de sa majorité, sans compter que ses parents lui ont alors payé ses leçons de conduite. Une tradition hollandaise, apparemment. Moi, à dix-huit ans, j'étais heureuse de voir enfin mon salaire horaire au supermarché augmenter. 6,74 euros brut.

Pendant le cours de littérature, on a parlé de *Candide ou l'Optimisme*. Cela m'amène à réfléchir à ma situation. Il y a longtemps que certains aspects de la doctrine me posent problème, ainsi des règles que m'imposent mes géniteurs.

À cela s'ajoute la frustration qui résulte de l'abominable école coranique où j'ai gaspillé bien trop de mon temps. En outre, l'amour de ma vie n'est pas un coreligionnaire ; nul doute que cela est inacceptable pour une musulmane, alors même qu'un musulman peut envisager pour sa part d'épouser une femme d'une autre religion. Mais, au-delà de ces questions, j'ai dorénavant des doutes sur le fond : Dieu, qui a créé un monde où tant de gens vont dans l'enfer éternel. Éternel. Je n'arrive pas même à saisir ce que ça veut dire : éternel. Ne s'agit-il pas de l'un de ces mots cocasses qu'on utilise toujours au sens figuré ? Ce que j'entends par là, c'est que quand on dit à la personne qu'on aime qu'on l'aimera éternellement, c'est bien gentil, mais pure foutaise bien entendu. Tout passe. Comment peut-on attendre de moi, étudiante de vingt ans en possession d'une matière grise saine, que je croie que tous les non-musulmans vont en enfer ? Les musulmans et les autres croyants croient-ils vraiment cela ? Comment le peuvent-ils sans devenir fous ? Pourquoi d'ailleurs vouloir envoyer des gens en enfer ? De surcroît, nom d'un chien, les personnes qui suscitent le plus d'intérêt ! Tant qu'on y est, faisons en sorte que le sel de la vie consiste à vouloir pour l'autre ce qu'on ne veut pas pour soi ! Quant aux principes moraux, ne sont-ils pas que des tentatives dissimulées de limiter notre potentiel, nos possibilités ?

Pourquoi Dieu aurait-il créé l'homme pour qu'il Lui voue un culte alors qu'Il est Tout-Puissant ? Alors qu'Il n'a pas besoin de notre adoration, il nous faudrait vivre pour L'adorer ? Pourquoi, au surplus, se maintenir en vie, s'efforcer de gagner de l'argent ou de rester en bonne santé alors que les pauvres, les malades et les enfants vont, sans doute aucun, au paradis lorsqu'ils meurent ? Si la souffrance est aussi utile et sensée qu'on nous l'assure, pourquoi donc se donner la peine de l'éviter ?

Selon la maîtresse de l'école coranique, nous avons été créés pour adorer Allah, même s'Il n'en a aucunement besoin ; Il l'a décrété, et Lui désobéir, c'est aller en enfer pour l'éternité, là où l'on boit sa propre pisse et où l'on ne cesse de muer de telle façon qu'on dispose d'une nouvelle peau pour brûler coup sur coup. J'estime que le système pénal constitue un critère capital quand il s'agit d'évaluer le niveau d'avancement d'une société, d'une civilisation. Dieu révèle donc assez bien Sa vraie nature.

Quiconque naît non musulman a la responsabilité de trouver la véritable doctrine et de se convertir en recherchant la vérité. On ne peut prétexter sa naissance pour y échapper, encore moins à notre époque où la connaissance est à la disposition de tout un chacun.

Pour ma part, je pense que la vérité correspond à une connaissance irréfutable, les leurres et les illusions n'étant que suppositions douteuses. Il ne peut s'agir d'un savoir. Leurres et illusions sont ignorance. Toute personne qui se leurre dans son leurre, qui s'illusionne dans ses illusions, n'est pas en mesure de *savoir*. Mais tous ces gens sont à même de procéder à un tel raisonnement, n'est-ce pas ? Pas besoin d'avoir inventé le fil à couper le beurre pour cela. Le trait le plus caractéristique de la vérité n'est-il pas que notre connaissance à son sujet demeure plutôt approximative ?

Il se pourrait que le monde aspire tout simplement à être trompé. Il se pourrait que le discernement soit synonyme pour nous de désastre. Il se pourrait que la bêtise et elle seule rende la vie vivable, étant donné que la vérité ne se conforme pas à nos intérêts. Les fous et les idiots sont probablement plus heureux que les sages. La plupart des grands penseurs souffrent de troubles psychiques ou mentaux. Le simple d'esprit n'a-t-il pas le destin le plus enviable ? Faut-il chercher là la raison pour laquelle les gens se complaisent à se laisser guider par de faux prophètes ? Serions-nous irrémédiablement perdus si nous ne disposions pas de notre capacité sophistiquée à nous illusionner ? Serait-ce pour cela que l'homme faux se permet, avec un culot monstre, de contester ouvertement la sincérité ?

Peut-être faut-il y voir la raison pour laquelle on s'est fixé comme objectif, en tant qu'humanité, d'oublier sans discontinuer que la vie est dépourvue de sens. Peut-être les cultures et les religions sont-elles le produit de notre désir d'oublier notre condition de mortels. Par conséquent, à supposer qu'on soit immortels, on serait sans culture. On peut donc imaginer que les dieux immortels sont sans culture.

Plus notre angoisse est grande face à l'énigme de la mort, plus on ressent le besoin d'oublier ou de nier notre condition de mortels, plus la culture et la religion se renforcent. Or, ce sont précisément les croyants qui ne peuvent accepter le miracle et qui aspirent à une explication. Ce sont tout bonnement des lâches. Des gens qui aiment la vie au point qu'ils ne peuvent avaler le fait qu'elle a une fin, des gens qui, par peur, cachent la vérité dès qu'ils la découvrent. Des gens qui tentent à grande échelle de mettre en péril la seule certitude qui existe. Cela alors que le bonheur passe par l'acceptation véritable de notre condition de mortels. Ainsi que celle du caractère arbitraire de la vie. Nier les caprices du destin, c'est s'interdire d'apprendre à les anticiper et de trouver du réconfort dans l'acceptation de l'inévitable.

Celui qui recherche une vérité tire bien plus d'enseignements que celui qui détient la vérité. Certes, il est agréable de savoir à peu près tout ce que l'on désire savoir ; si tel n'est pas le cas, on risque d'être en proie à la fébrilité et au désarroi, mais ce qui est encore mieux, c'est de dépasser cette angoisse et voir qu'il reste mille choses de valeur à découvrir. Façonner des expériences, voilà l'art de vivre. La soif d'une vérité nuit à la connaissance de la réalité. Envisagez au moins une fois de nouveaux horizons au-delà des limites de vos connaissances. Au contraire de la théologie, une bonne philosophie réduit l'espoir et la peur. Et c'est là une libération.

Si les croyants de mon entourage mentent – y compris à eux-mêmes – par peur de la vérité, moi, j'avais peur du silence qui entoure cette façon de faire. Après tout, les certitudes forment le peloton d'exécution de la religion. L'angoisse en question m'a conduite à lever certains voiles.

Les récits que transmettent les religions donnent un sens aux choses. Cela explique pourquoi ils sont insensés. Jadis, les gens se sont laissé tromper contre toute évidence par des mises en garde. De qui ont-ils été les victimes ? Pourquoi se sont-ils laissé aussi facilement manipuler par la morale ? La morale a du bon, à condition de nous apprendre à faire face à la réalité au lieu de nous dicter ce que celle-ci doit être.

L'autre possibilité, c'est d'admettre qu'il existe une bêtise incommensurable dans la tête d'un nombre inimaginable d'individus. Je ne sais ce qui est pire. Je ne comprends pas non plus ce que Dieu a de tellement miséricordieux, ce que je n'osais pas formuler auparavant. Un jour, j'ai eu le courage de m'opposer à la maîtresse alors qu'elle nous inculquait les horreurs de l'enfer.

« Si c'est comme ça, c'est terrible, non ? » lui ai-je demandé avec circonspection. Elle m'a répondu qu'il ne faut pas voir les choses sous cet angle, que notre cerveau de rien du tout n'a pas la capacité de saisir la sagesse qui se cache derrière la loi de Dieu, qu'on ne fait que suivre nos désirs et nos émotions, lesquels se trouvent d'autant plus souillés qu'on vit dans un pays d'athées. On ne doit pas suivre notre propre logique, mais se soumettre complètement ; on est des sujets. Les idées qui laissent entendre que cela n'est pas juste ne sont rien que des chuchotements du diable. On y échappe en priant plusieurs fois par jour et en remplissant nos cœurs de la crainte qu'inspire Dieu.

Pour ça, les religions conçoivent des systèmes bien huilés ; elles vont jusqu'à censurer nos pensées, si bien qu'on doit payer un droit d'octroi sur elles. À côté d'elles, la police de la pensée de George Orwell n'est rien.

Hormis cela, il y a toutes ces règles qui me donnent du fil à retordre. Par exemple, je ne comprends pas la nécessité du foulard et d'une tenue longue et ample, ni l'interdiction d'avoir un petit ami avant le mariage – ce d'autant moins que mon mariage à moi n'est pas pour demain. Sans compter que le sgueg en question ne saurait être un non-musulman, ce qui exclut pas mal de mecs sympas et attirants.

Au fil des années, j'ai donc commencé à m'affirmer comme une musulmane progressiste et libre-penseuse, pas nécessairement d'accord avec toutes ces règles et prêchant qu'il convient de replacer les choses dans l'esprit du temps et dans leur contexte. Une sorte d'orientaliste, en quelque sorte. Réflexions que je tenais de Turcs de gauche s'exprimant sur YouTube à propos de leur façon de voir notre doctrine. Ça me soulageait : enfin un groupe de personnes auquel je pouvais me rattacher, auquel je pouvais m'identifier. À l'école coranique, je m'étais jusqu'alors sentie comme une bête curieuse.

Une fois, à la mosquée, j'ai avoué qu'au fond je n'étais pas d'accord avec l'obligation concernant le hidjab, que je préférais ne pas le porter, que je trouvais son port superflu à notre époque et de surcroît injuste, car les garçons s'habillent pour leur part comme ils l'entendent, même à la belle saison. La semonce de l'autre enflure n'a pas tardé. Si je ne ravalais pas sur-le-champ mes allégations, j'allais perdre automatiquement la foi. Comment osais-je sortir de mon gosier pareilles monstruosités ? Il est interdit de dire qu'on n'est pas d'accord avec quoi que ce soit ; pour qui je me prenais ? Pour le colégislateur à côté de Dieu ?

« Nous, les musulmans, on croit à tous les textes et à tous les préceptes qu'Allah et son Prophète, que la paix soit sur lui, ont apportés à l'ensemble de l'humanité. On ne participe pas au prêchi-prêcha moderne auquel se livrent certains malades qui ne sont musulmans que de nom et qui prétendent que le hidjab n'est plus nécessaire ou qu'il faudrait considérer les homosexuels comme des gens normaux. Nous, on prend nos distances par rapport à ça. Ne t'expose pas aux bêtises de ces espèces d'ordures qui traversent une crise d'identité et qui ont honte de leur religion. Ces racailles cherchent à imiter l'Occident et à lui plaire ; sans vergogne, ils continuent à se dire musulmans tout en jetant à peu près tout de l'islam par-dessus bord et en acceptant tout ce qui est occidental. Or, le Prophète, que la paix soit sur lui, nous a mis en garde contre eux, contre les hypocrites. Ils sont bien pires que les mécréants, des livres entiers traitent d'eux, car si le mécréant laisse voir son jeu, eux sont des traîtres de l'intérieur qui portent le même uniforme que nous. Notre Prophète, que la paix soit sur lui, ne s'est-il pas exprimé clairement sur les homosexuels ? Sur le fait, pour la femme, de couvrir sa beauté ? Sur le rôle de l'homme et sur celui de son épouse, sur les droits et les devoirs de chacun ? Qu'est-ce qu'on a à voir, nous, avec les féministes et les invertis ? »

Elle s'était sorti les tripes, ma réfutation lui pesait manifestement sur l'estomac.

Les musulmans de gauche qui soutiennent que la doctrine peut très bien s'accommoder des acquis féministes, de la liberté, de l'égalité et d'autres principes modernes sont farouchement opposés à des gens comme cette enseignante. Ils affirment que tous les préceptes sont des enfants de leur temps et que chaque individu peut modeler et façonner la religion à sa manière, faire ses courses, pour ainsi dire, dans les rayons des règles et des prescriptions, malgré le fait que les Écritures opèrent une distinction entre musulman et non-musulman, entre homme et femme, entre esclave et maître. Et bien que ces choses soient fixées dans les textes. S'il en allait autrement, les Ottomans n'auraient pas eu de harems ni de prises de guerre servant d'esclaves sexuelles. S'il en allait autrement, ils n'auraient pas eu de mal à abolir l'esclavage.

Les musulmans progressistes marchent ainsi sur les traces des chrétiens culturels, qui, au cours des derniers siècles, sont passés par un *car wash* civilisationnel. Certaines questions délicates, ils les écartent (« ça ne relève pas de la doctrine »), à moins d'avancer qu'il ne s'agit pas, en l'espèce, de leur islam, que cet islam-là, c'est celui des extrémistes. On pourrait leur opposer que, si la religion de la paix est née à La Mecque, comment diable se fait-il qu'elle se soit retrouvée dans des régions non arabes comme l'Espagne, le Pakistan, la Somalie, la Turquie, l'Iran, Aceh et tant d'autres contrées ?

De leur côté, les musulmans chevronnés soutiennent que l'on ne peut rejeter ces points de discussion hors de la doctrine ; par suite, ils condamnent ceux qui le font. À mon avis, ce débat, ce sont les conservateurs qui vont le gagner tant qu'on n'aura pas assisté à une Réforme dans l'islam. Notre religion nous est en effet arrivée « parfaite », non liée au temps ni au lieu, voilà ce qu'on m'a appris quand j'étais enfant et ce que prêchent encore aujourd'hui les imams. Dans les écoles juridiques reconnues par tous les sunnites, cela est toujours à l'ordre du jour, noir sur blanc. Les lieux qui abritent les textes en question n'ont toujours pas été dénoncés ni réformés par les théologiens ; tout au plus voit-on des musulmans qui, à titre individuel, s'en distancient ou se taisent à leur sujet, voire renoncent à suivre ces règles strictes, à l'image de la grande majorité des musulmans d'Europe et des pays sécularisés. On assiste donc bien, dans la pratique, à une Réforme silencieuse ; mais, à y regarder de plus près, celle-ci n'est toujours pas encadrée théologiquement ni reconnue par les clercs, en conséquence de quoi radicalisation et fondamentalisme perdurent chez les personnes réceptives aux discours rigoristes. Les musulmans qui ne se reconnaissent pas dans les principes de base de l'islam, tragiques et dépassés selon eux, laissent à l'individu le soin de relativiser, de faire le tri, de tout contextualiser en renonçant à une interprétation littérale des textes. Mais il ne s'agit en rien d'une approche réfléchie ou durable. Reste à espérer que tout le monde va opérer de la sorte. Cependant, les personnes peu intelligentes ou tout simplement fanatiques ne manquent pas ; pour elles, évoluer ne va pas de soi, d'autant qu'elles voient dans toute tendance à la réforme un encouragement à persister dans leur voie. On en reste donc au stade du *smoking gun*, de la preuve irréfutable.

Si une mosquée se risque à emprunter un cours différent ; si, par exemple, elle accepte que femmes et hommes prient ensemble ou qu'une femme imam prêche, comme cela arrive en Allemagne, ou dise que les gays sont les bienvenus, comme cela arrive en France, l'imam et le conseil d'administration reçoivent dans leur boîte aux lettres balles et courriers piégés. Il s'agit là tout simplement du *modus operandi* caractéristique des rigoristes. Ceux-ci profèrent des menaces dès lors qu'ils considèrent que certaines pratiques affaiblissent la doctrine ; ils tiennent les partisans de celles-ci pour des hypocrites et des hérétiques. La doctrine ne connaît en effet aucun défaut ; en relever et en mettre en avant veut dire qu'on n'a pas la foi. Cela se passe au cœur de l'Europe et atteint son acmé dans les pays du Moyen-Orient. La Turquie non plus ne manque pas de pages noires : en 1993, un hôtel de Sivas (région d'origine de mes géniteurs) a été incendié parce que des intellectuels alévis s'y étaient réunis pour discuter du roman *Les Versets sataniques* ; le 4 septembre 1990, l'écrivain Turan Dursun a été assassiné en plein jour par des islamistes en raison de sa critique de l'islam. Si les fondamentalistes d'une religion constituent un problème, peut-être pourrait-on poser qu'il y a quelque chose qui cloche dans les fondements en question. Le truc pue et branle de tous les côtés. En réalité, il ne s'agit pas tant de savoir s'il est possible en théorie de réformer le schmilblick – ces possibilités se présentent et, après tout, on peut faire plus ou moins ce que l'on veut d'un texte ; si tel n'était pas le cas, il n'y aurait pas une aussi grande variété de musulmans sur terre – que de constater que, pour l'instant, chaque convulsion subversive est éradiquée par la violence. Or, pour ce faire, il suffit de quelques imbéciles transcendantaux incapables de se rassasier de ce que le monde matériel a à leur offrir. Par conséquent, en pratique, la Réforme se révèle utopique.

L'irremplaçable valeur de la bêtise réside dans sa capacité à réunir des groupes considérables de gens.

Atatürk a été le premier à s'essayer à réformer tout le bazar, non sans quelques succès d'ailleurs, mais il n'était pas théologien et ça n'a pas dépassé le contexte turc. En outre, il s'est agi d'une sécularisation imposée, bon gré mal gré, d'en haut, et non d'une évolution ayant traversé la population entière ; la promesse intellectuelle des Lumières n'était pas nichée dans le cœur des petites gens. Une sécularisation ne réussit que si confluent la volonté étatique et une mentalité donnée.

Les textes les plus controversés transmis par le Prophète (que la paix soit sur lui) traitent de la foi en tant que facteur politico-social ; de l'accomplissement du djihad pour réaliser et étendre la charia dans un État où règne la loi de Dieu et non celles des hommes. Soit dit en passant, c'est là l'unique échec de l'Arabie saoudite : l'expansion du djihad. En cela, ces monarques se distinguent de l'IS, des Talibans ou encore d'Al-Qaïda.

Dans les pays à majorité musulmane, les théologiens se chamaillent encore sur des questions telles que : islamisme politique/démocratie. Toutefois, en Hollande, ces querelles échappent au Mohammed moyen qui suit de préférence un islam *feelgood* et se conforme, sans généralement s'en rendre compte, à la norme incarnée depuis un siècle par le SGP, parti protestant orthodoxe[1]. Nos Mohammed moyens savent qu'ils doivent garder leurs femmes soumises et foulardées, garder leurs filles et leurs sœurs au second plan et vierges, consommer de la viande halal, exclure les homos, jeûner pendant le ramadan et s'abstenir de boire de l'alcool ; ils ne se préoccupent toutefois pas des questions politiques, car leur islam relativement doux baigne dans le liquide amniotique de la démocratie, quand bien même le sultan Erdoğan, que tous les imams turcs vénèrent inconditionnellement, commence à devenir un cas limite à force de mettre en danger la laïcité en Turquie. Il est connu pour encenser le passé ottoman, pour propager sans retenue l'identité musulmane et pour investir des sommes considérables dans l'éducation religieuse. Cela fait écumer les Turcs de gauche : pour les acquis atatürkiens, qu'ils doivent d'ailleurs aux Lumières, il y a en effet péril en la demeure.

Atatürk a introduit la laïcité sans préliminaires, au suppositoire à vrai dire. Ceux qui ne se tenaient pas à carreau – ainsi de quelques imams qui refusaient de se montrer indulgents, s'entêtaient à prôner le fondamentalisme et préféraient le califat – furent mis hors jeu. La politique de ce chef d'État visait à instaurer une république moderne, à abolir le califat et à miner les dogmes religieux qui prospéraient au sein de la population, afin que science et progrès économique s'épanouissent et que les femmes s'émancipent. Cela supposait de fonder un organisme pour trancher chaque question religieuse. De fixer la teneur de tous les discours prononcés dans les mosquées et de tous les manuels traitant de la doctrine par le biais d'une seule et même instance

1. D'ancrage calviniste, le Staatkundig Gereformeerde Partij, fondé en 1922, est le plus ancien parti des Pays-Bas. Depuis 1925, il est représenté au Parlement. La localité de Staphorst, dont il est question plus loin, incarne les valeurs ultra-conservatrices défendues par ce parti. (*N.d.T.*)

appelée Diyanet. Une manière d'éviter les verbiages et autres dissonances susceptibles d'infuser l'islam radical au sein du peuple, et de faire que chefs laïques et chefs religieux soient deux têtes sous un même bonnet. En général, la Diyanet n'abordait que des aspects spirituels ne prêtant pas à controverse : aider les pauvres, jeûner pendant le ramadan, prier autant que possible, se brosser les dents, faire l'inventaire des bénédictions dont on bénéficie, arroser les plantes, jeter ses déchets dans la poubelle, mettre ses chaussettes au linge sale, ne pas tuer les insectes... Bref, en guise de mantra : prie comme tout le monde sans provoquer de remous. Un islam passe-partout. Atatürk s'efforçait de donner ainsi à l'État-nation naissant un visage religio-culturel plus oriental qu'islamique. Aujourd'hui, les croyants orthodoxes traitent avec dédain ceux qui suivent cette ligne de « musulmans culturels ». Ces convaincus oublient que concevoir de l'admiration pour une chose – dans leur cas, la doctrine – suppose un jugement avisé. Estimant inconvenant d'admirer quoi que ce soit, ils préfèrent adorer aveuglément.

De nombreux Turcs affirment que c'est grâce à Atatürk si la Turquie contemporaine est de loin le pays le plus moderne, le plus civilisé et le plus libéral de tous ceux qui ont une population à majorité musulmane ; cependant, le discours actuel ne manque pas de les inquiéter, politique et religion s'entremêlant toujours plus. La politique porte sur la question du bien ; or, la société bonne, la société juste traite pour l'essentiel de questions morales. Si les normes et les valeurs de la plupart des Turcs ont été façonnées par la religion, il en résulte que la politique ne peut que se trouver intrinsèquement enchevêtrée avec elle, laquelle, par définition, est liée à une éthique claire du bien et du mal. Dès lors, où fixer la frontière ? Un parti politique peut-il se laisser « inspirer » par des valeurs religieuses ? La religion en politique est un mal indubitable quand elle se traduit par un programme théocratique, mais en va-t-il de même quant aux débats relatifs à des questions fondamentalement morales ? Par exemple, un parti chrétien peut-il ne pas s'opposer à l'avortement pour des raisons religieuses ? Peut-on être en faveur de la polygamie ? Peut-on consacrer une partie de l'argent des contribuables à payer les imams et la construction de nouveaux internats coraniques ?

En ce qui me concerne, j'ai développé vis-à-vis de la religion une méfiance intrinsèque que je ne saurais abandonner. La religion renferme une formidable puissance; beaucoup de Néerlandais ont perdu de vue la commisération qu'elle offre. L'idée qu'un problème particulier relève du passé peut se révéler elle-même du jour au lendemain dépassée.

La religion esthétise la vie, ourle l'horizon de l'existence d'une mythologie, imprègne de sens et de spiritualité les actes les plus banals de l'existence – pour nombre d'humains, une faim qu'il leur faut assouvir. Cela fait d'elle une forme d'intoxication, comparable à une addiction à une drogue. Faisant appel au besoin primaire des gens de ne faire qu'un avec l'être, elle a le pouvoir de les rendre heureux. L'homme renonce à son individualité en participant à quelque chose qui le dépasse. Là réside le danger : il renonce à son autonomie, il éteint sa faculté réflexive, il se soumet inconditionnellement à la transcendance. Une griserie : là où le solitaire ne jure que par l'alcool, les masses ont leurs prières, leurs versets et leurs slogans. De la sorte, la religion conduit au fanatisme, à l'abnégation et à la moutonnerie. Être religieux, c'est n'être personne; c'est essayer délibérément de devenir une sorte de caricature.

J'ai un respect naturel pour le formidable pouvoir de la religion tout en éprouvant une aversion et une méfiance profondes à son égard, car il s'agit en l'occurrence d'une force irrationnelle qui peut aisément conduire à la destruction. Qu'un tel soit croyant et en tire une satisfaction personnelle, j'en fais peu de cas… tant que cela se passe dans un cadre laïque : la religion relève de l'individu, il convient de la cantonner à la sphère privée. Les gens ont le droit d'être homophobes, les gens ont le droit de défendre un système patriarcal – ne s'agit-il pas de normes défendues par le parti orthodoxe protestant représenté au Parlement néerlandais ainsi qu'au Parlement européen ? –, à la condition que ces convictions ne se traduisent pas par des harangues totalitaires et ne s'accompagnent pas d'une volonté de les imposer à tous en organisant la vie publique sur des bases religieuses. Dans ce dernier cas de figure, une menace existentielle vient à peser sur la société libre et ouverte. Un knout pour l'esprit et un danger pour la liberté d'autrui. Mais bon, on est là dans le domaine de l'abstraction ; la pratique se révèle plus complexe puisque la religion se fond avec l'identité ethnique et/ou culturelle. Elle appartient à la tradition de laquelle on relève. Elle a façonné et marqué l'horizon, les normes, les valeurs et la vision du monde de la culture dont on est issu. Elle est cette part imbriquée à notre être quand bien même on n'est pas une grenouille de bénitier.

Toujours dans la pratique, opérer une distinction entre privé et public se révèle délicat ; il s'agit d'une exigence et d'aménagements apportés par le sécularisme, non immanents à la religion elle-même. Maintenir une forme de foi ayant un ancrage culturel, cela passe par l'idée d'une communauté dévote dans laquelle s'exerce un contrôle social de chacun par tous. Mais cette vision des choses ne correspond pas à la notion laïque selon laquelle tout doit rester dans la sphère privée.

Ainsi s'explique l'indignation de nombreux musulmans lorsqu'on critique leurs opinions politiques. D'une manière ou d'une autre, politique et religion sont imbriquées, ainsi que religion et culture, religion et identité, voire religion et race, religion et origine. Une attaque contre Erdoğan ou une caricature qui dévalorise une figure sacrée de l'islam, c'est une attaque contre les musulmans, contre leur foi et contre toute personne née musulmane et vivant dans une communauté de culture islamique. On assiste alors à une réaction en chaîne dissociant bien peu les différentes composantes de l'islam, cela alors qu'on peut très bien aimer le Moyen-Orient, ses habitants et ses cultures, sans pour autant s'enticher des opinions religieuses qu'on y préconise, ni de leurs dirigeants politiques.

Ce point de vue ne me paraît guère abscons. Pourtant, lorsque je l'expose, ce sont des regards sans expression, vitreux, qui me répondent.

18

Par un chaud dimanche de ma douzième année – la sixième de mes leçons à l'école coranique –, alors que, telles des momies, nous disparaissions, à l'exception de nos mains et de notre bobine, sous le textile, quelqu'un a toqué à la porte de la classe. Une blonde maigrichonne, la cinquantaine, cheveux coupés ras, est entrée, portant une tenue rouge dont un chemisier sur lequel saillait une rose. Se conformant aux règles de la Maison de Dieu, elle a retiré ses chaussures. Elle tenait à la main des prospectus ; d'autres débordaient de sa grosse sacoche. L'institutrice n'a pas levé les yeux, elle s'attendait à cette visite. Elle nous a dit que la dame venait distribuer des dépliants qu'il nous faudrait remettre à nos proches. On devait leur dire de voter pour le parti en question lors des prochaines élections. Au milieu de toutes les têtes voilées, la femme au crâne rasé riait, un rire un rien coincé certes ; elle ne pigeait goutte à ce qui se disait. Pour le même prix, à supposer que l'instit la traite de pimbêche impie, elle serait passée pour une empotée. Moi, je ne prendrais pas le risque de rire ni même de sourire au sein d'un groupe où l'on me présente dans une langue que je ne comprends pas. Mais bon, c'étaient ses oignons à elle.

J'ai posé les yeux sur le dépliant qu'elle m'a fourré dans les mains, en réalité les dépliants, car il y en avait quatre. Quatre fois le même. « Distribuez-les à tous vos proches. » Ça n'a pas loupé, elle imaginait que j'avais six frères et cinq sœurs en âge de voter. Hé, ho ! on n'est pas des Marocains ! PvdA, j'ai lu sur le prospectus. La photo choisie par le Parti travailliste montrait pas mal de femmes voilées. Dessous, en lettres majuscules, on pouvait lire : VOTEZ SOCIAL !

Si le parti travailliste était aussi social qu'il le proclamait, il m'aurait aidée à échapper à ces odieuses leçons ou se serait du moins engagé à ne plus les subventionner, et s'emploierait avant tout à les contrecarrer au lieu de les encourager, au lieu d'héberger dans ses rangs des immigrés réacs qui, dans la rue, assurent à mes géniteurs qu'ils mettent un point d'honneur à ce qu'on construise encore plus de mosquées. Il m'aurait soutenue dans ma liberté de prendre, si tel était mon souhait, la doctrine un peu moins au sérieux.

La critique de la religion devrait être un cheval de bataille de la gauche. Or, on est en présence de socialistes et de sociaux-démocrates de salon.

La bonne femme une fois partie, la leçon a repris : « L'homme a reçu de Dieu le droit de donner à son épouse une petite tape pour la corriger. Bien entendu, il faut respecter nombre de conditions, par exemple commencer par la réprimander verbalement, ensuite faire chambre à part. Un droit auquel on ne recourt qu'en cas de force majeure, s'il n'y a vraiment pas d'autre solution. Les hommes qui détiennent le savoir sont d'avis que la femme doit s'en tirer sans fractures des membres ; il s'agit surtout de lui faire entrer quelque chose dans le crâne et de clarifier la question de la hiérarchie au sein du foyer, le mari étant responsable de sa conjointe et de ses enfants, tel un berger de son troupeau. Si les érudits divergent sur la question de savoir jusqu'où les coups peuvent aller, ils soutiennent, unanimes, qu'il ne faut pas recourir à ce droit à tort et à travers. Ce serait un grand péché, car le meilleur époux, c'est celui qui traite le mieux ses femmes. Cela dit, il n'est pas rare que celles-ci soient un rien hystériques et déraisonnables, les punitions corporelles restant alors pour lui le seul recours. »

On venait de me donner un cours intitulé : « Comment rendre romantiques les violences domestiques. »

Le mariage entre la gauche batave et la rigoriste Hollande hâlée surabonde en inepties au point qu'on ne saurait l'appréhender. Une communauté qui se compose pour l'essentiel d'un grand Staphorst importé, une sorte de SGP oriental : femmes voilées, femmes qui prient derrière les hommes dans la mosquée, croyants qui sont contre l'avortement, contre les gays et les transgenres, contre la neutralité du genre, contre la liberté d'expression sous la forme de satires, contre le blasphème, en faveur de la circoncision, en faveur de l'excision, en faveur du nationalisme et d'une mentalité « mon peuple et ma religion d'abord » ; qui attribuent des rôles bien distincts à chaque sexe, les femmes épluchant les patates et les hommes ramenant la galette à la maison ; qui demeurent sceptiques à l'égard de la modernité ; qui sont antiféministes. Pourquoi diable cette communauté fricote-t-elle avec la gauche inclusive qui agite des drapeaux arc-en-ciel ? Qui donc peut voter pour Erdoğan dans un pays et pour les socialistes dans l'autre ?

Je suis en colère
Mais cherche la sérénité
Détournant le regard
Histoire de penser à autre chose

Je veux me battre
Contre l'instit' de la mosquée
Où elle enseigne toujours
En toute amitié
Je veux me battre

Contre Mère
Ne plus me laisser
Asservir plus longtemps

Je veux de l'amour
Je veux de la haine
Je veux tout
Je ne veux rien
Je veux que Mère retienne la leçon
Je veux qu'elle renonce à ses règles

Je suis heureuse
Je suis fâchée
Nonchalante
Et me sens concernée

Je prends la mouche
Je cherche le juste milieu
Jusqu'à me résigner
Et tout ravaler de plus belle

Je cherche et cherche
Pour moi et mes semblables
Encore en train de céder
Je maudis et cherche
Pour les enfants
Leur avenir et ce qui sera
Bientôt leur dû

Et je pense et cherche
Je cherche comme une folle
J'en transpire
Et ça me bouffe

Je réfléchis et cherche
Pèse le pour et le contre
Jauge et mesure sans fin
Je cherche Allah
Et ma conscience

À un moment donné, au cours de mes jeunes années, je me suis aperçue qu'on avait des amis et des voisins qui n'allaient pas à l'école coranique. Y compris des musulmans qui, il est vrai, ne croyaient qu'avec modération. Mères ne portant pas le hidjab, sorties à la plage en été, aucune connaissance de l'arabe littéraire… Une part importante de la sagesse consiste à reconnaître les domaines dans lesquels la modération est de mise.

Chaque lundi, en classe, mes camarades racontaient ce qu'ils avaient fait le week-end, des choses chouettes. J'étais jalouse. Pour moi, il faut dire, chaque jour libre se résumait à l'école coranique; je ne vivais aucune aventure dont j'aurais pu parler. Quand mon tour de prendre la parole arrivait, comme je sortais toujours le même refrain, mes joues s'empourpraient; je ressentais une pression, le besoin de leur servir une histoire qui susciterait bien des commentaires. Les autres avaient joué au foot, fait un barbecue ou un tour à vélo avant de manger des frites ou des glaces, s'étaient baignés, étaient allés au zoo, dans un parc d'attractions, au cinéma, ou avaient regardé un film, tranquillement installés sur le canapé.

Une fois, j'ai décidé d'inventer un truc de toutes pièces. J'ai dit que j'étais allée au cinéma; s'il arrivait à d'autres d'évoquer l'écran noir, moi, je n'avais jamais vu une salle de projection de l'intérieur. On ne sortait jamais – car, selon les tuteurs, ça coûtait la peau des fesses –, sauf en de rares occasions, quand était tombé dans notre boîte aux lettres un laissez-passer de la ville, lequel nous permettait d'accéder à certains lieux gratuitement ou en bénéficiant d'une belle réduction. Ainsi, après les avoir beaucoup suppliés, on était allés, mon frère et moi, au Musée scientifique avec Père ; de son côté, Mère nous avait emmenés une fois à la piscine. C'était ahurissant. Tellement enthousiastes, Halil et moi n'avions pu fermer l'œil la nuit précédente, babillant dans notre lit superposé, lui en bas, moi en haut.

Quand l'instit m'a demandé de commenter en quelques mots le film que je prétendais avoir vu, je suis passée par toutes les couleurs. Après une suite de balbutiements, de bredouillements, de soupirs et de halètements, je m'en suis sortie en disant que j'avais tout oublié. Sans doute m'a-t-il prise pour une petite attardée.

À l'école coranique, j'ai surtout appris les règles domestiques de la foi et les aléas de la vie du Prophète, que la paix soit sur lui. J'étais frappée de constater que son existence consistait surtout en des batailles. Il était toujours question de guerres, de conflits, de désagréments. Tous les enseignants, de fanatiques partisans d'Erdoğan, étaient habités par la politique turque ; en outre, ils parlaient souvent géopolitique dans la mesure où elle avait un rapport avec les musulmans, par exemple l'éternel conflit israélo-palestinien et la guerre en Irak. Selon eux, le monde est divisé en deux camps : l'*oumma* et le reste. Ce qui ne manque pas d'être curieux puisque ça revient à envisager les musulmans comme un seul bloc, alors que la succession de Mahomet a généré une infinité de schismes et de chapelles qui n'hésitent pas à se faire face, voire à s'étriper. Le royaume islamique est un véritable archipel. Mettez un Turc pieux et un Palestinien dans la même pièce en leur demandant de converser sur les fondements de la doctrine, vous serez témoin d'un désaccord complet ; même chose, d'ailleurs, si vous réunissez deux Turcs. Nous sommes des schismatiques-nés.

Bien souvent, l'institutrice nous faisait visionner des images abominables de musulmans souffrant à Gaza, en Irak, en Chine ou en Birmanie. Elles se logeaient dans ma tête, j'en éprouvais une douleur physique. Dans la foulée, la bonne femme – soit dit en passant, elle ne parlait pas un mot de néerlandais, vivait illégalement dans le pays (comme d'autres employés de la mosquée, à vrai dire) et était logée dans la mosquée même – nous soutenait qu'il s'agissait de la preuve que les non-musulmans nous resteraient hostiles jusqu'à ce qu'on apostasie. Ces images écœurantes me choquaient ; j'ai passé des nuits sans pouvoir fermer l'œil. J'entrevoyais des adultes et des enfants se faisant matraquer sans scrupules en Irak. Un bébé dans une flaque d'eau se prenant des électrochocs pour la simple raison qu'il s'agissait d'un petit Rohingya, autrement dit un membre de la minorité musulmane du Myanmar. Il hurlait à pleins poumons à chaque décharge électrique que lui administraient des bouddhistes extrémistes. Je n'ai jamais pu gommer ces impressions de mes rétines. Une femme criait et bramait que des soldats américains avaient flagellé son mari dans la prison d'Abu Ghraib, qu'elle-même avait été violée, déshonorée à de multiples reprises. Mon cœur se remplissait de ressentiment envers nos ennemis et les gouvernements qui ne s'opposent pas à ces abominations, entre autres les Pays-Bas. Des abominations que les « chrétiens » applaudissaient, selon l'institutrice. Je gobais tout cela.

Heureusement, en semaine, je fréquentais une école primaire publique où l'on nous proposait d'autres angles de vue. Je m'étais attachée aux maîtres et maîtresses qui, pour leur part, n'étaient pas musulmans ; je les considérais comme des sortes de tuteurs, sachant qu'ils ne cautionneraient jamais les atrocités dont étaient victimes mes coreligionnaires. Ce qu'ils déclaraient quand je leur posais sans équivoque des questions sur le sujet. Je n'étais pas la seule à les interroger sur leur intégrité. Ils se sont vite rendu compte que certains sujets préoccupaient leurs élèves. « Vous êtes chrétien, maître Erik ? » « Pourquoi n'êtes-vous pas musulman ? » « Est-ce que vous aimez les musulmans ? » « Mais Israël est mauvais, non ? »

« Vous respectez les musulmans ? » « Vous votez pour ce type qui déteste les musulmans et honnit le hidjab ? » « Vous aimeriez que tous les musulmans quittent la Hollande ? » « Que pensez-vous des États-Unis ? »

Outre la rancœur et l'impuissance que m'inspiraient les images de torture qu'on nous montrait à l'école coranique, je ressentais surtout de l'angoisse. Après tout, mes proches et moi étions musulmans. Devait-on s'attendre à être à notre tour, tôt ou tard, stigmatisés et torturés ? Pourquoi Dieu ne s'y opposait-Il pas ? Manifestement, on ne pouvait pas compter sur Lui, puisqu'Il ne protégeait pas bien Ses ouailles dans certains pays lointains. Ce n'est pas parce qu'on croit en Dieu que Lui croit en nous.

L'enseignante déployait d'autres arguments pour instiller la peur. Ainsi, un jour, elle nous a montré la photo d'une fille gravement handicapée et difforme en disant que cette enfant avait jeté le Coran par terre et déclaré qu'elle était apostate. Moins d'une heure plus tard, elle avait été frappée de paralysie. Les médecins ne pouvaient ni expliquer le phénomène, ni guérir la fille. Morale de l'histoire : il convient de toujours tenir le Coran au-dessus de la ceinture, il ne faut jamais le poser au sol ni sur ses genoux, redoutable péché, bévue typique de ces ballots de chrétiens qui glissent leur Bible sous leur cul pendant l'office.

Une fois, j'ai fait tomber le Coran juste devant cette femme, j'en ai presque suffoqué, mais elle m'a dit que je serais pardonnée si j'embrassais le livre trois fois et le pressait contre mon front. Par précaution, j'ai répété l'opération à cinq reprises.

La liberté de parole, la pondération et le sens du relativisme des enseignants athées et sympathiques de l'école publique ont peu à peu rongé la méfiance que j'éprouvais à l'égard des non-musulmans, soit des « chrétiens », puisque c'est ainsi que je les considérais tous. Ils ne s'enflammaient pas, se montraient rarement catégoriques dans leurs réponses, au contraire de ceux de l'école coranique. Il arrivait à ces derniers de verser des larmes, ce qui me mettait mal à l'aise et me donnait la chair de poule. Quant à leurs confrères impies, ils manifestaient pour la plupart de la désinvolture et de la drôlerie; ce qui semblait les préoccuper, c'était de nous voir nous poser toutes sortes de questions.

« Dieu n'existe pas du tout, vous savez, ce sont des histoires inventées par les gens, vraiment, vous prenez pas la tête à cause de ça. » En mon for intérieur, ça me plaisait d'entendre de telles paroles, bien plus que les fougueux discours à la mosquée, plus aussi que les émotions dotées d'un mégaphone. J'avais l'impression que ça m'émancipait du sentiment d'avoir à être, bon gré mal gré, une composante d'un énorme groupe mondial qui subit toutes sortes d'entraves et beaucoup de souffrances. À l'école coranique, Hatice, la maîtresse, nous disait de prier jour et nuit pour nos « frères et sœurs » qui souffraient, mais moi, je n'avais pas du tout envie de penser chaque jour à la guerre et aux bébés qu'on massacre parce qu'ils sont musulmans. Ça me rendait mélancolique et m'irritait plus encore; je ne savais que faire de cette ire refoulée. Cet intense et pesant sentiment d'injustice et de persécution, sauf à l'égard de Dieu, avant de s'endormir, était-ce bien suffisant ? Quand je ruminais, tergiversais puis priais, j'avais ensuite du mal à fermer les yeux à cause de la détresse et du malheur que je sentais comme un nuage au-dessus de mon âme et de mon cœur.

Voilà pourquoi je regrette vivement que Defne, même en semaine, fréquente une école étiquetée religieuse; on lui retire de la sorte la possibilité d'exercer son esprit critique et de prendre connaissance d'autres points de vue que ceux vulgarisés par la doctrine. Car tel est le seul enseignement qu'elle reçoit sept jours sur sept. Dans mes jeunes années, comme il n'y avait pas d'école primaire islamique dans le quartier, j'ai pu découvrir d'autres perspectives et célébrer en classe les fêtes néerlandaises. « Mais les écoles islamiques ont d'excellents résultats ! » tel est l'argument qu'avancent bien des musulmans dans les médias. Oui, et alors ? Pour l'instant, ça ne donne que des élèves incapables de penser par eux-mêmes. Un avis favorable des instituteurs ne signifie pas grand-chose, ça souligne tout au plus qu'on a des capacités pour étudier. Mais qui est-on en tant qu'individu ? Quelles valeurs défend-on ? L'intelligence n'est en rien un concept unidimensionnel. Obtenir d'excellentes notes sans être à même d'apprécier la liberté d'autrui, ça ne vaut rien.

Pour ma part, enfant, je me suis retrouvée dans des classes protéiformes, qui comptaient des élèves représentant, par leurs familles, les deux hémisphères et les conceptions métaphysiques les plus diverses. Par exemple, je savais qu'Anjali ne mangeait pas de bœuf le soir de Noël parce qu'elle est hindoue. Je savais que Harmanjot n'avait pas le droit de se couper les cheveux parce qu'elle est sikhe. Son père et son frère ont eux aussi des cheveux longs, qu'ils tressent le plus souvent avant de les envelopper dans un turban blanc. Et je savais que les Sikhs portent le nom de famille Singh. Tous. Et qu'on rencontre le suffixe *kaur* dans le patronyme de toutes les femmes. Ce qui, soit dit en passant, ne me paraît pas la façon la plus simple de les distinguer les unes des autres. Je savais que Himano est moitié hollandaise, moitié surinamienne, qu'elle croit au dieu chrétien, tout comme Jeremy, Latoya et Junior, tous trois noirs, et tous trois, drôle de hasard, sans père. Quant à Nick, un alévi, il est moitié turc, moitié néerlandais. Lui n'a plus de mère, en ce sens qu'elle est héroïnomane et vit dans une autre ville, sans entretenir le moindre contact avec son fils. « C'est ce qui se passe quand on se marie avec une Hollandaise. Ces femmes, elles sont complètement imprévisibles », a commenté Sèchepaille à propos du mariage du père de Nick. En primaire, Nick était mon meilleur camarade. À chaque fois qu'il était question des mamans à l'école, par exemple à l'occasion de la fête des Mères, mais aussi quand un élève prononçait le mot en lisant un passage à haute voix, il ne pouvait retenir des larmes intarissables de ses yeux d'un bleu-vert-or sans pareil, qui rappellent les nuances du combattant siamois de notre aquarium ; il sortait alors dans le couloir ou se rendait aux toilettes pour tempérer ses émotions et lécher ses plaies. Avec l'accord de l'institutrice, je lui emboîtais le pas pour le consoler d'une caresse dans le dos. Je me souviens que ça se produisait fréquemment, mais pas au point de m'exaspérer ; tous, nous compatissions à chaque fois. Il pleurait toujours en silence ; quand la maîtresse essayait de lui parler, il paraissait avoir avalé sa langue. Il voulait juste pleurer et rester dans le couloir. Pas parler. Aujourd'hui, Nick est lui-même toxicomane.

À la pause déjeuner, les non-musulmans mangeaient du jambon et piochaient dans les sachets de Hamka's quand quelqu'un en proposait. Des coreligionnaires m'avaient dit que ces chips contenaient du porc ; en recevoir, c'était indéniablement faire du troc avec les païens.

Si Himano, si Jeremy renonçaient eux aussi aux Hamka's, on serrait les rangs pour faire pression sur eux et les persuader, les forcer à ne pas choisir d'autres chips. « Nous, notre religion nous interdit d'en manger. C'est pas juste si vous, vous vous empiffrez et pas nous ! » Ils ne pouvaient faire autrement que céder, on représentait la majorité. Même chose à propos des bonbons défendus. Au début, ça se limitait aux guimauves, puis les différents Haribo sont passés à leur tour sur la liste haram, la mère de l'un de nos camarades ayant affirmé qu'ils contenaient du cochon. Pendant nos années de primaire, notre groupe de musulmans a découvert que presque toutes les friandises en recèlent et qu'on devait se rabattre sur les sucettes, le chocolat et de rares variétés de chips. Plus tard, les magasins de la marque Katja ont commencé à vendre des bonbons aux fruits végétariens ; on s'est rués dessus. Auparavant, on servait les païens de la classe sur un plateau, les approvisionnant en bonbons interdits en échange de chips autorisées ; mais, avec l'arrivée de Katja, ils n'ont plus hérité de rien.

Un jour qu'on m'avait offert des Hamka's, j'ai choisi de ne pas les manger ni de les échanger, afin de ne pas forcer quiconque à les troquer contre autre chose : les non-musulmans nous avaient fait savoir qu'ils n'appréciaient plus ce *deal*, non plus que les Hamka's. Aliza, une institutrice frisonne robuste et solide, la Gestapo de l'école en raison de son inflexibilité, m'a demandé pourquoi je ne les mangeais pas. Même quand elle posait une question banale, elle avait l'air combatif, son corps corpulent et son attitude inspiraient l'autorité ; aussi se montrait-on dociles, attitude que j'ai même relevée chez Père lorsqu'ils avaient un jour fait le bilan de mes notes. En rentrant à la maison, il n'avait pu s'empêcher d'exprimer sa surprise devant la taille de l'enseignante.

« Hum… Y a du porc dedans, Allah ne le permet pas, j'ai répondu.

– Qu'est-ce que tu racontes, c'est juste le goût du jambon reproduit par des épices et des aromatisants, mais, bien évidemment, ce n'est pas du vrai jambon, c'est impossible ! »

Son assertion semblait plausible. Je m'étais déjà dit que de la viande dans des chips, c'était quand même bizarre. J'ai ouvert le sachet avec précaution et goûté la première.

« C'est bon, non ? Mange, rien ne te l'interdit, tu peux en être sûre. »

J'en ai fourré d'autres dans ma bouche. C'est alors que Hajar s'est planté à côté de moi.

« Beurk ! Bon dieu d'bon dieu !

– Pouah !

– T'es pas musulmane, toi ?

– Tu vas aller en enfer !

– Nooon ! »

La pomme chips est restée collée au fond de ma gorge.

« Madame Aliza dit qu'y a pas de cochon dedans, je me suis défendue, visiblement peu convaincue.

– Ouais, c'est parce qu'elle est pas musulmane qu'elle dit ça, couillonne, a rétorqué Amin.

– Si tu crois ça, haha, c'est que t'es bête comme tes babouches ! m'a lancé Hajar.

– Ma mère sait ça bien mieux que l'instit ! Elle donne des cours dans une auto-école et gagne dix fois plus qu'elle, a fait Hamza.

– T'es vraiment une andouille, a dit Harun.

– Les garçons ! a crié Aliza, qui avait capté des bribes de notre discussion. Ici, tout le monde peut manger ce qu'il veut, je ne veux plus entendre des trucs pareils ! Vous la bouclez ! Büsra, ne te gêne pas à cause d'eux. »

Bon, Aliza ne prenait pas de grands risques, ce n'était pas elle qui allait se faire traiter de porc, de truie ou de cochonne pendant des mois si je mangeais une chips de plus. J'ai jeté le sachet. De la déception s'est affichée sur la figure de la massive Frisonne.

Les non-musulmans avaient l'habitude d'ajouter du jambon sur leur tartine ou dans leur sandwich, mais, comme on les traitait de porcs, ils y avaient renoncé. De même, à l'occasion du repas de Noël, on les excluait. S'ils apportaient un plat contenant de la viande, on refusait d'en manger au prétexte que c'était de la nourriture impure. Lorsqu'ils nous en proposaient une portion, on les regardait comme s'ils nous invitaient à consommer des excréments.

Autre traitement réservé aux incirconcis : sous la douche, après le sport, mes coreligionnaires dotés d'un sgueg les traitaient de tocards et de mauviettes.

19

J'avais quatorze ans quand j'ai lu le roman autobiographique d'une Néerlandaise originaire de Somalie ayant été excisée. Son livre m'a émue. J'ai demandé à la dame de la mosquée pourquoi on faisait ça et s'il était vrai que la doctrine le prescrivait. Elle a répondu qu'il en était bien ainsi, mais que, de nos jours, on appliquait mal la règle. À l'origine, il s'agissait de réduire le prépuce du clitoris et non de trancher celui-ci. Selon une certaine tradition, ce simple décalottage était censé procurer un surcroît de plaisir à la femme.

Je me suis contentée de hocher la tête. En fait, j'étais carrément choquée. Je me suis surprise à penser que je m'attendais à ce qu'elle dise que l'excision restait un phénomène essentiellement africain, à l'instar de musulmans de gauche sur YouTube.

Vers l'âge de dix-sept ans, j'ai décidé d'envoyer des courriels à plusieurs imams pour leur poser des questions sur des sujets tels que les exigences exprimées par mes parents, sur la tradition qui veut qu'on sacrifie deux moutons lors de la naissance d'un garçon et un seul lors de la naissance d'une fille, sur le fait que le témoignage d'une femme a deux fois moins de valeur que celui d'un homme, sur la raison de la quasi-absence de femmes parmi les chefs et les représentants religieux, sur la légitimation de la polygamie uniquement pour les hommes, sur le texte qui dit qu'un martyr se voit offrir soixante-douze vierges au paradis, sur la raison pour laquelle on autorise les mariages entre cousins germains et pour laquelle on dit que le temps viendra où les arbres trahiront le juif qui se cache derrière eux. Pourquoi le Prophète (q.l.p.s.s.l.) a-t-il en son temps rasé les temples et les statues édifiés par les autres religions ? Qu'en est-il de la tolérance du pluralisme au sein des sociétés islamiques et du statut de citoyen de seconde zone pour les croyants des autres religions ? Et *quid* du texte qui postule qu'un musulman auteur d'un homicide sur un coreligionnaire doit payer une compensation financière expiatoire, le « prix du sang », mais pas s'il tue un non-musulman ? Est-il vrai que les hommes peuvent avoir au paradis des relations sexuelles avec de nombreuses femmes, y compris avec leurs épouses terrestres, sans que cela se traduise par de la jalousie ni de l'envie ? Et que, ne connaissant jamais la fatigue, ils baisent à tire-larigot ? Pourquoi n'existe-t-il aucun texte sur le nombre de puceaux dont héritent les femmes au paradis ni sur le fait qu'elles sont increvables dans le pieu céleste ? Ne nous assure-t-on pas, pourtant, qu'il ne sera plus question de jalousie là-haut ? Tout cela ne vaudrait-il pas pour les femmes ? Et qu'en est-il au juste de ce texte dans lequel le Prophète (que la paix soit sur lui) fait exécuter quelqu'un pour blasphème alors que, par définition, chaque religion commet des blasphèmes contre toutes les autres ? Pourquoi le Prophète (que la paix soit sur lui) était-il marié à une enfant de six ans et, plus important encore, pourquoi cela ne révolte-t-il pas le Mohammed moyen ou pourquoi avance-t-il des explications absurdes, par exemple que, à l'époque en question, la nubilité survenait bien plus tôt ? Pourquoi excise-t-on des filles dans certains pays en tenant les Écritures saintes à la main ? Pourquoi la doctrine approuve-t-elle l'esclavage et les guerres d'expansion ? Pourquoi un homme est-il en droit de filer une taloche à sa femme ? Pourquoi, selon le droit marital islamique, la femme n'est-elle pas autorisée à divorcer ? Pourquoi la jeune fille a-t-elle besoin du consentement de son père pour se marier, et non pas le jeune homme ? Pourquoi faut-il tuer les apostats convaincus ? Pourquoi les imams d'Arabie saoudite soutiennent-ils que les femmes ont interdiction de conduire une voiture ? Pourquoi, au lieu d'aborder ces différents points, se satisfait-on de proclamer que le Prophète (q.l.p.s.s.l.) était vif d'esprit, débordant d'amour de la vérité et de l'équité, chevaleresque, courageux, consciencieux, ordonné, patient, honnête, magnanime, doué d'humour, amusant, chaleureux, fidèle à la parole donnée, humble et bienveillant, sincère, aimable, intelligent, bien habillé, attentionné, gentil, empathique, autonome, cultivé, tolérant, ambitieux, discipliné, pouvait se prévaloir de bonnes manières, d'un comportement irréprochable, d'une inclination pour l'amour et l'affectuosité ? Pourquoi rien qu'un panégyrique sans fin ?

La grande majorité des réponses que j'ai reçues étaient évasives et consistaient à tourner autour du pot. Ces érudits me conseillaient de lire des volumes entiers. J'estimais avoir droit à une vraie réponse au lieu de ces multiples renvois à des livres qui font mon poids, vingt-quatre tomes écrits en arabe. Leur ayant fait comprendre que je n'allais pas me taper ces pavés et que j'attendais une véritable réponse, à la rigueur une simple confirmation ou dénégation de l'authenticité des textes, chacun d'eux m'a confirmé que, selon la tradition, il n'est en effet nulle part question du fait que les femmes se verraient offrir plusieurs hommes au paradis. On ne peut rien y changer. Cela tient à ce que la nature des femmes est différente de celle des hommes. Ce qui reste vrai, y compris au paradis. Ah ! Ah ! De même, pour l'essentiel des autres points, force leur a été d'admettre qu'il s'agissait bien de ce qui figure dans les textes dont ils m'ont assuré l'authenticité.

La seule défense qu'ils m'ont opposée résidait dans les conditions jugées nécessaires pour se conformer à la doctrine : par exemple, dans un État ayant instauré la charia, on ne saurait lapider une personne adultère si on dénombre moins de quatre personnes pouvant témoigner de ce scandale, moins de trois lorsqu'il s'agit de témoigner de l'homosexualité d'un homme, ou encore que le mari ne saurait battre sa femme qu'en tout dernier recours.

Croyaient-ils jeter ainsi une nouvelle lumière sur le problème ?

20

Aujourd'hui, comme chaque été, on part en Turquie. Contrairement à toutes les autres familles, on voyage en avion car, à l'exception de Mère, la voiture donne un sacré mal de cœur à tout le monde. Sivas, notre destination, est le germe de mes géniteurs.

S'ils vivent dans des cages à poules dans leur pays d'adoption, les Euro-Turcs ont de belles demeures en Turquie. Sur ce point, on ne déroge pas à la règle. On dispose d'une terrasse spacieuse où glander le plus clair de la journée. Un gros inconvénient pour moi, toutefois : elle n'est pas à l'abri des regards des voisins ; impossible donc de prendre un bain de soleil, d'ôter mon hidjab et une ou deux couches de textile, de montrer un bout de peau, et donc de profiter de ses rayons, l'unique attrait de ces vacances sur les terres de mes géniteurs. Le soir, toujours sur la terrasse, on écoute de la musique, le narguilé passe d'un fumeur à l'autre, ce dont profitent volontiers de jeunes hommes de la proche famille avec laquelle on se réunit quotidiennement. À l'âge qu'il a à présent, Halil ne peut plus se passer de ces pipes, ni ici, ni en Hollande. Ça entame ses économies, s'est-il plaint voici peu. Ça le fait chier, c'est devenu une addiction. Aux

Pays-Bas, une chicha coûte 20 euros dans un salon turc et 10 (parfois moins) dans un salon marocain, les Marocains étant en mesure, m'a-t-on dit, de maintenir le prix assez bas grâce à des sources alternatives de revenus. Si on en fume chaque jour, ce que font la plupart, ça chiffre vite. L'habitude est une étrangère qui supplante en nous la raison ; c'est une ancienne ménagère qui s'installe dans la maison. En Turquie, cigarettes et chichas sont bien moins chères ; 1,50 euro pour un paquet des premières, 1 euro pour chacune des secondes. Est-ce là la raison pour laquelle tout le monde fume ici ? Du moins, c'est l'impression que me donne ce que je vois autour de moi dans les rues. Dernièrement, j'ai compris que les tarifs vont peu à peu augmenter parce que l'État entend prélever plus de taxes. De surcroît, toutes les drogues vont être interdites. Une bonne chose, à mon avis. Parfois, Erdoğan et moi sommes sur la même ligne comme deux junkies sur une ligne de coke. Il arrive qu'on édicte un interdit en ayant les meilleures intentions du monde.

Je ne suis jamais allée en vacances dans une autre ville turque ni dans un autre pays, à l'exception de Rome à l'occasion du voyage scolaire. Lorsque des touristes qui dînent au restaurant où je travaille me parlent d'Istanbul, de Bodrum ou de Marmaris, je leur réponds que je ne connais ces localités qu'à travers les photos disponibles en ligne. Si je leur avoue que je passe chaque été six semaines en Turquie, ils n'y comprennent plus rien. J'ai bien essayé de convaincre mes géniteurs d'aller au moins une fois à Istanbul, mais ils n'en éprouvent pas le besoin et n'en voient pas l'intérêt. Sans compter que ce n'est pas donné, un tel voyage, un tel séjour. À Sivas, on a une maison qui ne coûte plus rien, et plus important encore : c'est dans ce coin que vit notre parentèle. Là réside leur principale raison de passer des « vacances » en Turquie : non pas s'amuser, mais rendre visite à des proches ou les recevoir. Or, il y en a une tapée. J'ai bien essayé aussi de les convaincre de me laisser aller dans d'autres villes avec une copine, mais peine perdue. Deux filles voyageant sans chaperon mâle, impensable. J'ai proposé que Halil nous accompagne. Pas plus envisageable. Quelle idée ! Mon petit frère passant plusieurs jours avec une de mes copines ! Ce n'est pas convenable, deux jeunes adultes du sexe opposé ! Pas plus envisageable que de me laisser partir en voyage en compagnie de ma copine et du frère de cette dernière. « Faudrait veiller à pas en rajouter avec vos effronteries ! » a martelé Sèchepaille.

Une fois à l'aéroport de Schiphol, on enregistre nos bagages. Comme toujours, on en a trop. L'horripilante appréhension qui me prend avant de monter dans un avion me submerge. J'ai beau savoir que c'est, selon les statistiques, le moyen le plus sûr de voyager, voler me terrifie. Nos émotions ne fonctionnent pas sur la base de données chiffrées. Ainsi qu'a pu le dire un tristement célèbre dictateur soviétique : un mort, c'est une tragédie ; un million de morts, c'est une statistique. Les êtres humains sont parfois irrationnels. Moi comme les autres. Je ne suis pas la meilleure lorsqu'il s'agit de déléguer le contrôle sur mon existence alors que je pendouille à douze kilomètres au-dessus de la mer. En voiture, on a la terre ferme sous les pieds, on situe l'itinéraire et on voit la route s'étirer jusqu'à l'horizon, cela fait une grande différence quand on cherche à appréhender ce que l'on est en train de vivre. Non que je redoute la mort. N'est-elle pas une composante inéluctable et à part entière de la vie ? Peut-être en est-ce la seule véritable composante, notre capacité à faire abstraction, avec une grande régularité, de cette certitude rendant le quotidien supportable. Il n'empêche, ça ne me paraît en rien agréable d'avoir à me rendre compte durant quelques minutes que je vais m'écraser ou me noyer en compagnie de trois cents inconnus, cela dans un moment de panique et de détresse sans pareilles. Qui est le pilote ? Ce type – ou cette nana –, je ne le connais ni d'Ève ni d'Adam. S'il est depuis peu alcoolique, s'il a un mauvais jour, ou s'il vient tout juste de décrocher son brevet et nous considère comme des cobayes, *quid* ? Si des oiseaux s'engouffrent dans les moteurs, si l'avion est tout neuf et présente un vice de construction dû à l'inattention d'un employé sous-payé, *quid* ? Si ce dernier, ayant fait sienne l'idéologie des terroristes, profite du vol pour saisir sa chance, *quid* ?

Père, qui perçoit mon angoisse, pose une main sur mon épaule et tente de me réconforter en recourant, sans réfléchir, à un proverbe qui lui traverse l'esprit, proverbe digne d'être accroché dans le vestibule de toutes les maisons : « Si ton heure arrive, avise-toi de mourir.

– Oui, mais si c'est l'heure du pilote qui arrive, on y passe tous », je lui objecte.

Ce à quoi il ne sait que répondre. Ah ! Ah ! Là s'arrête la force de persuasion du credo islamique totalement arbitraire qu'il perroquette.

À Sivas, on trouve toutes sortes de chaînes de magasins connues, des restaurants, des cinémas, des parcs d'attractions et des piscines. Il y fait bon, rien à redire. L'ennui, c'est qu'au bout de quelques jours on a fait le tour de tout, alors que le séjour va s'éterniser encore près de six semaines. Été après été. Point de plages dans la région, donc pas de baignades dans la mer ni de bronzettes sur le sable. Ce qui, certes, ne change pas grand-chose pour moi, puisque je ne pourrais tout au plus faire trempette que fagotée dans ce qu'ils appellent un burkini, ce maillot une pièce qui couvre tout, y compris les cheveux, mais que je refuserais d'enfiler. On ressemble vraiment à rien dans une telle défroque. Voilà pourquoi, jour après jour, Halil, Defne et moi, on retombe dans la même routine : une sortie dans le centre-ville, un truc sur le pouce pour trois fois rien, un verre en terrasse, parfois sous les accords de musiciens, puis on se traîne jusqu'à la maison, le soleil brûlant sur leurs cheveux et sur mon foulard. Ce qui frappe au premier coup d'œil dans cette localité, c'est le grand nombre de gamins qui vendent à la sauvette ou qui font la manche. Beaucoup se trimbalent un plateau sur la tête qu'ils tiennent en équilibre sans s'aider des mains, plateau chargé de petits pains ronds au sésame appelés *simits*. Dès qu'on pose les fesses sur un banc, des gosses se précipitent pour nous vendre qui un sachet de graines de tournesol, qui des chewing-gums, qui des mouchoirs en papier. On voit aussi trop d'enfants maigres s'approcher des passants, une balance à la main, en se proposant de les peser en échange d'une lire. Garçons et jeunes gars poussent des charrettes bringuebalantes qui débordent de vêtements soi-disant de grandes marques ou d'autres brimborions, parcourent les rues en s'époumonant dans l'espoir d'attirer le client, surtout quand ils repèrent des Européens.

Je déteste ces vacances en Turquie. Je m'y ennuie à mourir, tout m'agace. Chaque jour, des hordes de gens passent chez nous, me saluant et m'embrassant avec enthousiasme, alors que je les connais à peine. Je sais qu'ils ont tous un lien de parenté avec Père ou Mère, raison suffisante pour leur réserver un accueil chaleureux, pour que je fasse semblant de passer un excellent moment avec eux et de m'extasier de leur présence. Cependant, ma physionomie et mon attitude me trahissent. Je déteste ça. Je déteste jouer à la fille idéale chargée de leur préparer toutes sortes de biscuits, de gâteaux et du thé dans la cuisine avant d'endurer des heures durant leurs bavardages sans fin, qui me laissent de marbre. De toute façon, ils ne parlent que de gens dont j'ignore tout, racontent des histoires qui n'éveillent en rien ma curiosité, n'ajoutent rien à ma qualité de vie ni à mes connaissances, bien au contraire. Leur logorrhée porte sur les fils et les filles d'autres personnes, de jeunes célibataires en quête d'un conjoint parce qu'ils viennent d'entrer dans la vingtaine, et c'est certain, à cet âge-là, il faut se mettre sérieusement à chercher ; sur les enfants qui ont pondu un couple ; sur les frustrations conjugales de tiers ou des belles-familles qui ne peuvent se blairer à cause de vétilles et de peccadilles... Il leur arrive de parler politique, ce qui est encore plus atroce que les autres sujets. La passion qu'ils y mettent, les cris et injures à gorge déployée qui fusent lorsqu'il est question d'opposants à Erdoğan – ceux qu'ils appellent les traîtres, les dysentériques, les lèche-cul de l'Occident – m'irritent au plus haut point.

Souvent, il me faut réapprovisionner trois fois en baklavas et en loukoums ceux qui nous rendent visite. Et jusqu'à vingt fois en thé. Quand le verre de l'un ou l'autre est presque vide, je dois le remplir à temps, avant d'être sollicitée. Ne pas y veiller, voir l'un des convives tendre la main vers la théière ou, pire, l'entendre réclamer – ce qui arrive –, c'est échouer dans mon rôle de servante et ça me vaut un regard courroucé de Carabosse.

Je fuis l'assemblée en prétextant d'être occupée à la cuisine ou en jouant avec Defne, ça fait office de dérivatif. Autre désagrément : j'étouffe sous mon hidjab et ma robe à manches longues, en pleine canicule, dans le séjour où le thé brûlant coule à flots. Et c'est ainsi durant toutes les vacances. Chaque jour, des visages différents. Un énième gars affublé d'une moustache, une énième nana affublée d'un foulard. Ils me demandent comment je vais, si je suis toujours à la fac, et pour combien de temps encore. Ne vous y trompez pas, ces questions relèvent non d'une authentique curiosité, mais d'un plan. Ils voient que je suis une femme adulte, mûre à point pour épouser une de leurs bombes de testostérone célibataires qui aimerait me féconder dans un avenir proche. Un intérêt commercial qui réjouit Mère : sa fille fait frémir les biffetons. Plus ça titille l'hameçon, plus elle en tire de l'honneur. Cela prouve que mes géniteurs sont parvenus à fabriquer une femme belle, séduisante, servile, mature et en bonne santé.

Mère a hâte que je me marie, elle aura alors réussi dans la vie. Elle aura alors livré un produit fini qui profitera à son entourage et perpétuera certains liens familiaux en donnant naissance à une nouvelle génération. Parfois, elle s'approche de moi en débordant d'enthousiasme pour me faire part que, ce jour-là, un nombre *x* de femmes lui ont demandé si elles pouvaient venir demander ma main et me fiancer au plus vite à leur fils, le fait que j'étudie ne pouvant constituer un obstacle. S'ils parviennent à me fiancer (lire : m'enchaîner), ils auront la garantie que je ne leur échapperai pas. Ils m'auront dans leurs filets, je serai le transat sur lequel ils poseront leur serviette. Ils sont disposés à attendre, mais dès que j'obtiendrai mon diplôme, le mariage s'ensuivra sans délai.

Sèchepaille ne peut avaler le fait que je refuse systématiquement tous les candidats. Elle vient argumenter que c'est une nouvelle occasion manquée, parce que le fils d'un tel ou de tel autre a une bonne situation, ce qui revient à dire qu'il a un emploi, un toit au-dessus de sa tête, et qu'il est un musulman dévoué. Certains choix des géniteurs me laissent sans voix. Je fais des études universitaires et ils me demandent si je veux épouser un peintre (je ne parle pas d'un type du calibre de Rembrandt, et encore moins de sa corporation), un ouvrier du bâtiment, un tresseur de rotin, un plombier ou un chauffeur de taxi. Indignée, il m'arrive de me disputer avec eux et de leur demander comment ils peuvent se mettre dans la tête de m'apparier à un mec qui n'a aucune instruction. En guise de réponse, une suite d'invectives : pour qui je me prends ! comment j'ose regarder de haut les gens peu instruits ! qu'importent les diplômes dans la mesure où il s'agit d'un homme juste, droit, honorable et pieux ! Je me trompe dans mes priorités. On me réduit de nouveau à l'état de poupée de son : « Beaucoup de gens peu instruits ont bien plus de qualités humaines que les diplômés » ; « Tout est question de caractère » ; « Tu adoptes une attitude hautaine tout à fait idiote ». Rétorquer ne sert à rien : on ne me prête pas l'oreille. De toute façon, je ne comprends rien à rien. Ma simple revendication au sujet du niveau d'éducation – anodine et tout à fait compréhensible, à mon avis essentielle avant de s'embarquer pour nombre d'années dans un putain de mariage –, c'est un pont trop loin. Je ne sais pas du tout de quoi je parle, je ferais mieux de la fermer plutôt que de sortir des avis infatués qui ne font pas sens. Comme bien souvent, à cause d'eux, j'ai l'impression d'être une handicapée mentale, une marionnette incapable d'agir. Ils attendent de moi que je me prostitue au patriarcat et que je renonce à chercher mon propre bonheur.

En de pareils jours, Mère me demande pour la quatre millième fois si je suis vraiment sûre de ne pas vouloir faire la connaissance de l'homme dont les géniteurs ont montré un certain intérêt pour ma personne, m'assure que ce ne sont que des prémices qui n'engagent à rien. « Il fait partie de notre cercle familial, il prie cinq fois par jour, il a un travail et une maison à lui. Que veux-tu de plus ? Tu ne peux pas continuer à les refuser tous les uns après les autres, bientôt tu ne trouveras plus d'aussi bons candidats, eux auront choisi une autre femme. » Quand je rejette avec véhémence, parfois furibonde, ses propositions, elle finit par se taire. Pour remettre ça le lendemain. Elle sait, bon sang de bon sang, que je ne veux pas encore me marier, je lui en ai fait part sans ambiguïté. Ce qu'elle ignore, c'est que j'ai déjà quelqu'un dans ma vie, Freek, auquel je suis très attachée. « Après tes études, madame, il faudra bien que tu te maries, autrement tu seras périmée », ne manque-t-elle pas de me rappeler. Dans nos contrées, une femme est « périmée » dès lors qu'elle n'a pas encore convolé à l'âge de vingt-cinq ans, après quoi la beauté ne résiste guère aux affres du temps. De surcroît, si on attend trop, les gens pensent que quelque chose cloche. Par tous les moyens, Mère veut prévenir ces spéculations. Sous peu, les tiers penseront que je suis stérile, que j'ai une maladie, que je ne suis plus vierge ou que je suis une femme trop difficile et trop arrogante pour obéir à ses parents et pour prendre soin d'un mari. Il est vrai que les personnes en question ne peuvent imaginer quelle autre raison une jeune femme de plus de vingt ans pourrait inventer pour ne pas épouser un homme honnête qui a tout pour lui et qui demande sa main. Par exemple, préférer une liaison au mariage, faire carrière, caresser un désir d'indépendance, s'accomplir par soi-même, croire en un amour romantique qui se présentera un beau jour sans prévenir plutôt qu'en un amour arrangé… autant de choses qu'ils ne comprennent pas. Ils ne croient pas en l'amour.

« L'amour vient après le mariage », rabâche Carabosse. « L'amour, ce n'est pas ça qui remplit l'estomac », ajoute-t-elle parfois. Quand je me lance dans un plaidoyer pour défendre la beauté de l'amour par opposition à une union décidée par les géniteurs, elle balaie mes arguments en les qualifiant de naïves absurdités. En soutenant que je suis jeune, que je ne connais pas la vraie vie et que j'ai regardé trop de séries et de films. En reprochant aux Hollandais de nous endoctriner à l'école avec ces idées folles. Elle prêche que l'on risque de tomber amoureux des gens les plus abominables, les exemples ne manquent pas ; qu'une jeune femme n'est pas à même de discerner chez un homme ce que ses géniteurs voient distinctement : elle est tout aussi inapte à se choisir un partenaire qu'un enfant à décider ce qui est bon pour son alimentation. L'écouter, ça donnerait un grand n'importe quoi. « Les jeunes femmes, ce sont des gosses, elles sont naïves et peu sûres d'elles. C'est pour ton bien et ton bonheur que je fais ça, pas pour moi. » Elle jure par Allah que les filles qui choisissent elles-mêmes leur mari sont les plus malheureuses de toutes, celles qui divorcent au bout de quelques années ; que l'Occident nous endoctrine toutes et tous avec ses idées pernicieuses qui affaiblissent et détruisent totalement une société, celle-ci devient un ramassis d'individualistes qui ne pensent qu'à eux-mêmes et à leur propre bonheur, ce qui se traduit par une inflation de divorces. Aspirer au bonheur est, selon Mère, une notion philistine : « La vie familiale est complètement détruite, la liberté et l'individualisme ne rendent pas les gens heureux, ce ne sont pas les pôles autour desquels tourne la vie. Il suffit de regarder les Hollandais âgés qui pourrissent dans leur solitude, les femmes dépressives qui ont un chat ou un chien au lieu d'un gosse, ou les trentenaires frustrées et leur instinct de nidification. Chez les Blancs domine une culture anti-enfants, ils considèrent les gosses comme des éléments qui absorbent trop de temps, contrarient leur épanouissement et leur bonheur ; ils considèrent de la même façon les vieux, alors que dans notre culture on s'occupe d'eux en leur accordant la plus grande attention. L'individualisme met en péril la survie d'une nation et de l'espèce humaine, il marginalise la notion d'homme en tant que citoyen, en tant qu'enfant de Dieu et en tant qu'être social. »

S'ensuit une série d'histoires, qu'elle avance en guise d'arguments, sur des parents, des connaissances, des voisins et des inconnus qu'elle a vus à la télé turque.

« En tant que jeune femme, tu n'envisages rien d'autre que quelques mots doux et mielleux de la part du premier ballot qui va t'aborder. Ce n'est pas comme ça qu'il faut considérer les choses. De belles paroles, un physique attirant ou de beaux yeux, tout ça, c'est éphémère ; ce qui compte, c'est la loyauté du jeune homme, c'est de savoir s'il craint Dieu et comment il va gagner sa vie pour entretenir sa famille en tout temps. »

Je reste silencieuse et acquiesce. En mon for intérieur, je pousse un profond soupir.

21

Sur la terrasse, Halil *chat* par vidéo avec sa meuf qui se trouve dans une autre ville de Turquie avec sa famille. Il lui parle sans fard, en présence des géniteurs. Il s'en moque pas mal puisque, de toute façon, ils acceptent sa liaison.

Quand je leur ai demandé pourquoi Halil a le droit d'avoir une petite amie, étant donné qu'il n'est pas marié avec elle, Mère m'a répondu qu'elle n'est pas responsable du fait que la fille d'autres parents écarte les cuisses. « Si elle n'épouse pas Halil, et que ses parents ou ses frères se présentent à notre porte en fulminant pour lui demander des comptes, je leur dirai tout simplement que leur fille n'a qu'à garder les genoux serrés, les garçons sont comme ils sont, on ne peut pas les brider, ils mangent là où il y a à manger, la responsabilité incombe à la femme, elle doit faire preuve d'estime pour elle-même et être capable de dire non. Si tel n'est pas le cas et qu'elle est mise au rancart, faut pas qu'elle vienne pleurnicher. Ses parents doivent veiller à sa conduite et l'éduquer correctement pour qu'elle ne commette pas de faux pas. »

Ils se disent qu'ils se manquent l'un à l'autre, Halil lui demande à quoi elle a consacré sa journée. « Pas de bikini sur la plage, mais un maillot de bain avec un joli truc par-dessus.

Oui, c'est ça, un kimono, ou quelque chose du même genre. » Sa copine ne porte pas de foulard, néanmoins il lui parle de la façon dont il veut qu'elle s'habille. En son absence, un bikini, c'est pousser le bouchon un peu loin, il ne tient pas à ce que Pierre, Paul ou Jacques fantasment sur elle. Mustafa, un cousin, est là lui aussi. Il balaie l'écran de son téléphone, crie par moments des choses comme : « Ouh là là ! ce que t'es craquante. Je passe te chercher dès que je suis de retour au pays, ma belle Sophie. » Mustafa est chroniquement en rut, il attire toutes les femmes ; il est inscrit sur toutes les applications de rencontre qui existent et celles qui sont encore en développement. Il en a énuméré la liste ; Badoo, Tinder et Happn sont celles que j'ai retenues. Ce qui est tragique dans l'histoire, c'est qu'il a une petite amie depuis des années, que je connais. Elle ignore qu'il pollinise tout ce qui bouge à Amsterdam et dans les environs. Je me surprends à faire preuve d'une certaine compréhension à son égard : après tout, il ne peut pas coucher avec sa *wifey-to-be*, une musulmane prude qui veut attendre le mariage. Ça va prendre encore un certain temps. Ce qui est hypocrite dans l'histoire, cette fois encore, c'est qu'il ne lui pardonnerait jamais si de son côté elle fricotait avec des garçons.

Il y a aussi Abdul, un autre cousin. Lui vit en Turquie. Ça lui tape sur les nerfs quand on parle néerlandais en sa présence. On fait attention, mais c'est plus fort que nous. Quand il est là, je suis mal à l'aise. Amoureux, il ne détache pas les yeux de moi. Ma grand-mère locale m'a demandé à plusieurs reprises si je n'envisageais pas de l'épouser alors même que je ne cesse de lui dire que cette affection n'est pas réciproque. Depuis mon enfance, elle me dit que je devrais me marier avec lui, que nous formerions un beau couple. À cette idée, j'imagine qu'Abdul a à chaque fois un début de trique. Moi, des taches rouges sur la nuque et l'envie de cracher.

Quant à Mustafa et à sa petite amie, ils ne peuvent pas encore se marier ; pour être accepté par les géniteurs de celle-ci, il lui faudra en effet remplir bien des conditions. Entre autres choses, avoir un appartement et une voiture. Et de quoi payer plus de la moitié du mariage.

Dans un premier temps, ils vont devoir se fiancer. Ensuite, il y aura une fête du henné, qui est en principe la même chose qu'un mariage, à ceci près qu'elle est réservée aux femmes. À cette occasion, on joue de la musique mélancolique puisque la future mariée s'apprête à quitter pour de bon le foyer parental. Les Turcs sont un peuple passionné, il suffit de regarder un *soap opera* pour s'en convaincre. Imaginant ce que ça donnerait si on traduisait ces séries en néerlandais, j'en ai pissé dans mon burkini : la nature batave pondérée ne peut supporter pareils tragique, dramatique et passion. À un moment donné, pendant la soirée du henné, qui consiste en un adieu, la future et sa mère s'étreignent à croire qu'il n'y aura plus aucun lendemain, elles chialent et pleurent ensemble au centre du cercle composé de leurs proches du même sexe. Puis on distribue les sachets de henné décorés à toutes les invitées. La tradition veut qu'elles s'en enduisent les mains, mais de nos jours il ne s'agit plus que d'une simple formalité et on s'en débarrasse une fois chez soi. Avant et après les pleurs qui ne s'éternisent guère, on danse et on mange sans retenue. Le mariage, qui a lieu en général le lendemain de cette fête, est bien entendu la célébration qui compte. En Hollande, on loue les plus belles salles d'Amsterdam et de Zaandam, de préférence un an à l'avance, car ça convole à tour de bras. Des lieux de la capitale comme De Koning et Rhone Party Centrum affichent invariablement complet tout au long de l'année. Les frais, service traiteur compris, s'élèvent à environ 20 000 euros. À cela s'ajoutent le coût de la location d'une limousine ou d'une jeep pour aller chercher la mariée au domicile de ses parents, la dépense que suppose la présence d'un orchestre traditionnel turc pour accueillir la jeune femme devant sa porte et l'accompagner à la salle, puis, à la fin de la journée, à son nouveau domicile. Les musiciens produisent des airs de danse dans la rue d'une manière plutôt, eh bien, ostensible et peu discrète. Les proches du couple dansent et klaxonnent ; chez les Marocains, ça crie de surcroît. Les habitants du quartier observent la scène, captivés, en particulier les Blancs et les Noirs, cloués sur leurs balcons. Parfois, d'autres sont fascinés ou grognent, grommellent, grondent. Il n'est pas rare qu'on pavoise le balcon de la mariée de drapeaux turcs. De nos jours, certains y ajoutent un drapeau néerlandais. Les membres de la famille en accrochent de plus petits aux rétroviseurs extérieurs de leurs voitures ; ils flottent bientôt de chaque côté alors que le convoi s'ébranle derrière l'automobile des futurs époux. Ça klaxonne sur tout l'itinéraire.

Mais avant cela, avant que la mariée ne sorte de la maison parentale, l'un de ses frères, oncles ou cousins l'empêche de passer. Dans tous les cas, un homme de sa famille. Lequel annonce au fiancé et à ses proches, lesquels patientent dehors, que la demoiselle est disposée à sortir, mais que « la porte ne s'ouvre pas ». Cela fait partie du cérémoniel. Cet homme qui prend la parole « ne laisse pas partir comme ça » la jeune femme en raison de la valeur qu'elle revêt aux yeux de sa parentèle ; en d'autres mots, il attend de l'argent du futur époux avant qu'elle ne franchisse le seuil. Le généreux fiancé, bien entendu prêt à tout donner pour sa promise, met la main à la poche pour se séparer de l'argent qu'il a préparé. Pas une somme trop dérisoire, sinon il va se faire traiter d'avare. En principe, il convient de mener au préalable une petite enquête pour évaluer le montant approprié. Dans bien des cas, ce montant s'élève à 500 euros, mais, l'estimation variant d'une famille à l'autre et en fonction de l'aisance du galant, il arrive qu'il représente le double de cette somme. Si l'homme qui la reçoit considère qu'elle est insuffisante, il a la possibilité d'exprimer son sentiment en disant à plusieurs reprises : « La porte ne s'ouvre toujours pas. » Comme il est fort probable que, de toute manière, ce dernier réclame plus, le futur époux a intérêt à commencer assez bas. Ce rituel se produit également lors des fiançailles : celui qui est chargé de couper le ruban rouge qui tient ensemble les deux bagues, en général le père ou le frère de la promise, fait savoir que « les ciseaux ne coupent pas ».

Finalement, la jeune femme sort et on gagne la salle, déjà bondée à ce moment-là. Ce ne sont pas uniquement des proches qui s'y sont rassemblés. À ceux-ci s'ajoutent en effet des gens qui, par l'intermédiaire d'un tiers, connaissent les géniteurs. Lors de nos fêtes prévaut la règle suivante : plus on est de fous, plus on rigole. Ainsi, toute personne ayant salué un jour ou l'autre l'un des parents ou des grands-parents des jeunes mariés est la bienvenue. De même tous ceux qui ont, de près ou de loin, leurs racines dans le village d'origine des géniteurs. En moyenne, on dénombre ainsi plus de huit cents invités. Trois cents de plus pour le dernier mariage auquel j'ai assisté. Les Marocains se contentent de beaucoup moins, de cent cinquante à deux cent cinquante convives, cela pour éviter une note trop corsée : ils ne connaissent pas la coutume turque qui consiste à demander de l'argent à tous les invités. Cette collecte permet de couvrir une grande partie des frais, voire la totalité, mais je vais y revenir.

À un moment donné de la fête, les deux tourtereaux coupent le gâteau et chacun en glisse un morceau dans la bouche de l'autre. Les flashes crépitent alors. Ce qui est remarquable, c'est qu'on a placé pour cette photo, parce que « ça fait chic », parce que « c'est élégant », des bouteilles de Moët sur la table, alors que les coupes de champagne ne contiennent rien d'autre que du jus de pomme. Un peu bizarre, au demeurant, ce désir d'être immortalisé en levant un verre d'alcool alors qu'on abomine cela. Ça m'échappe à vrai dire, tout comme bien d'autres décalages et contradictions.

Alors que la fête tire à sa fin, un cercle de proches se forme. La mariée porte un ruban rouge autour de la taille ; il symbolise la virginité qu'elle a vaillamment préservée pour son époux. Son père ou son frère le dénoue alors et la serre dans ses bras. Il lui témoigne sa gratitude pour avoir sauvegardé l'honneur de la famille et accepte qu'elle renonce enfin, au cours de la nuit à venir, à sa pureté en faveur de son mari légitime.

Après le banquet, chaque convive remet de l'argent ou de l'or au couple. Cela se fait d'une manière plutôt ridicule, ça va vous surprendre, pourtant je ne fais que rapporter la vérité. On loue les services d'une personne qui, depuis la scène, s'adresse à tout le monde. Le bonhomme – il s'agit généralement d'un sgueg – annonce que le moment des cadeaux est venu et invite les gens à s'avancer groupe par groupe, en commençant par les tables de devant. Les jeunes mariés se tiennent côte à côte, prêts à recevoir ces présents. Ils portent tous deux un ruban rouge en satin. On fait la queue pour les féliciter. On échange une accolade et quatre bises, la mariée avec les femmes, le marié avec les hommes – dans le cas d'un mariage où les sexes ne se mélangent pas, cette scène se déroule dans deux salles séparées. Cela fait, on fixe le billet ou la pièce d'or au ruban. Dans certains cas, un seul ne suffit d'ailleurs pas. Quand tout le monde est passé, la jeune mariée ressemble au mannequin d'une bijouterie. Ou à l'épouse d'un cheikh. C'est au noyau dur de la famille qu'il revient de donner le plus. Ce qu'ils offrent ne doit pas faire pâle figure par rapport à de lourds bracelets en or, à un écrasant collier ou à un billet de 1 000 euros. Chaque cadeau est annoncé au micro ainsi que le nom et le prénom de la personne qui le remet. On entend donc, par exemple : « Deux bracelets en or de l'oncle de la mariée, Ahmet Kaya » ; « 1 000 euros de la part du meilleur ami du marié, Ali Aydin » ; « 500 euros de la grand-mère de la mariée, Ayse Kaya ». Quand ça traîne un peu, ces paroles emplissent la salle pendant une heure, voire plus longtemps encore. Ceux qui ne sont pas à proprement parler des membres de l'une ou de l'autre des deux familles ou qui tirent le diable par la queue donnent des sommes qui ne sont pas dignes d'être énoncées. En aucune façon. Comme leur sacrifice n'est guère reluisant ni glorieux, ils préfèrent remettre une enveloppe de la main à la main ; le micro annonce qu'une enveloppe vient d'être remise et épelle le nom de son expéditeur. Tout comme le mariage, l'entier défilé est d'ailleurs filmé, un cameraman étant affecté à cette tâche. Les zooms vont permettre au couple et aux géniteurs de passer en revue, à tête reposée, qui a donné quoi. Et de commenter si tel montant est acceptable ou pas. En outre, ils sauront ce qu'il leur reviendra de donner à telle personne lorsque celle-ci les invitera au mariage de l'un de ses enfants.

Si les frais du mariage sont en partie remboursés par ce que le couple amasse ainsi à la fin de la soirée, les célébrations au sein de familles dévotes et rigoristes coûtent plus cher, car elles supposent la location d'une salle pour chaque sexe. Avant l'âge de la puberté, les garçons suivent leur mère dans celle réservée aux femmes. Il arrive qu'on se casse la tête pour savoir si on va laisser entrer tel ou tel gamin : n'a-t-il pas des traits trop virils ? À onze ans, certains ont déjà un duvet naissant alors que d'autres n'ont encore rien à seize. Dans la plupart des cas, on tranche en fonction de la pilosité du visage.

De nos jours, on assiste de plus en plus à des mariages où les deux sexes sont réunis, chose encore impensable et insensée à l'époque de mon enfance. L'autre jour, Père a dit qu'il appréciait bien plus ces mariages « mixtes », car on peut en profiter en famille. Estimant qu'il s'agit du summum de l'inconvenance, Mère a crié au scandale à propos de cet avis. Croit-il normal que des femmes dansent sans retenue avec des hommes ? Dans l'évolution en question, elle voit indécence et immoralité, un phénomène d'autant plus préoccupant qu'il paraît justement entrer dans les mœurs. Rien n'est plus sain que de cultiver une « jalousie protectrice » à l'égard des femmes de sa propre famille. Voilà pourquoi elle m'autorise uniquement à danser lors des mariages où hommes et femmes sont séparés. À l'instar des orthodoxes qui ont suivi des cours à la mosquée, dans le cas d'un mariage « mixte », elle n'ôte pas une seconde son long manteau noir.

22

Sur le trottoir devant notre maison, on attend le taxi qui doit nous conduire à Kümbet, le village natal des géniteurs. Au loin, la chaleur étire bâtiments, montagnes et dalles des trottoirs.

Halil a une tenue cool : un débardeur à motifs de palmiers et un short bleu clair. Moi, j'ai fait de mon mieux pour m'habiller de façon estivale, ce qui n'est pas simple quand on ne peut pas dévoiler le moindre bout de peau, sauf à porter – à condition que ce soit votre style – une longue robe du désert.

J'ai de plus en plus de mal à comprendre l'utilité de ce foulard que j'enroule autour de ma tête chaque matin. Il est censé recouvrir ma beauté, ce qui, bien sûr, est ridicule. Est-il censé me protéger des bombes de testostérone auxquelles je pourrais être exposée quand je sors ? En revêtant une burka ou un vêtement qui dissimule tout le corps, je veux bien admettre qu'on couvre ses charmes, mais un simple foulard, j'en doute fort.

À force de répétition et d'habitude, on arrive à rendre ce qu'il y a de plus merveilleux ou de plus absurde comme allant tout à fait de soi. Tout le monde – y compris Carabosse – sait très bien qu'un hidjab ne cache pas les attraits d'une femme.

Il s'agit tout simplement d'un symbole culturel déguisé ; on le porte parce que nos mère, tantes, grand-mères et cousines l'ont porté et le portent. On le porte comme le label de la croyance dans le vrai Dieu.

On le porte pour se distinguer un tant soit peu, tacitement, des incroyantes que l'on pourrait comparer à des fruits pelés ou à des sucettes sans leur papier d'emballage, ainsi que l'affirment les imams du Net. Le premier moucheron venu peut s'en régaler et le fruit va pourrir en un rien de temps, dénué qu'il est de couche protectrice, alors que la voilée, grâce à sa pelure, préserve longtemps sa fraîcheur. Une fois mûre, la voici pelée par son propriétaire légitime qui jouit pleinement de ses sucs. Naguère, je désirais être un fruit intact dans sa peau. Plus maintenant. Il faut dire que j'ai été pelée voici un petit bout de temps.

La seule chose que j'ai achetée pendant nos sorties au centre-ville, c'est un collier au pendentif portant la signature d'Atatürk. On la trouve sur toutes sortes d'objets : bijoux, étuis de téléphone, T-shirts, casquettes, carnets… Ses idées sont bien vivantes parmi la jeunesse de gauche, beaucoup arborent un tatouage représentant son visage ou son nom. Quand Père a vu mon collier, il m'a demandé, indigné, pourquoi je me trimbalais avec ça.

« Tout simplement parce que je me reconnais dans ce qu'il a réalisé.

– Ah oui, faire pendre des imams, par exemple ? Imiter l'Occident, interdire le foulard et d'autres tenues religieuses ? Rebaptiser l'Ayasophia "musée" ? À quoi tu penses ? Tu soutiens tout cela aussi ? Honte à toi ! Tu portes le symbole d'un salopard de première, alcoolique par-dessus le marché, qui ne possédait pas une once de foi et qui a cherché à arracher la dévotion du cœur des gens ! Enlève-moi ça ! Je veux plus voir ce colifichet chez moi, renseigne-toi d'abord avant de faire l'écervelée en t'accoutrant de toutes sortes de symboles auxquels tu piges que dalle ! Arrête de raisonner à court terme ! Je te ferai remarquer que tu portes un foulard, alors qu'il détestait ça, et en même temps sa signature : t'es ridicule, une vraie contradiction ambulante, espèce d'idiote ! »

À l'entendre, on pourrait croire que porter le hidjab relève de mon propre choix. Comme je n'ai plus envie de débattre avec mes géniteurs et leur cuirasse identitaire – ça me donnerait une fois de plus l'impression de crier, la tête dans les abîmes de la mer –, j'ai jeté le collier. Vous ne perdez rien pour attendre, j'ai songé : si je parviens un jour à me libérer de votre joug, je me ferai graver cette signature sur l'avant-bras. Oui, moi. Ou, mieux encore, sur le front.

Ces vacances, j'en ai ma claque, j'ai le mal du pays, la Hollande me manque terriblement, ne serait-ce que pour retrouver le sommeil.

À Sivas, la première prière a lieu dès 4 heures du matin. Ça me réveille en sursaut. À Amsterdam, l'horloge numérique de Sèchepaille fait l'appel, mais ici les minarets se chargent de cette tâche de manière assourdissante. L'imam du quartier a une voix de corneille. Il se trouve que mes géniteurs ont eu l'excellente idée d'acheter une maison juste à côté de la mosquée : la voix trépidante pénètre dans nos cornées et dans chaque fibre, cellule et atome de nos corps. Parfois, le muezzin s'égosille au point que j'ai l'impression que les vitres tremblent. Ce sont des moments où je me rends compte combien la vie est agréable aux Pays-Bas, sans être importuné par la religion d'État qui vous confronte à sa domination cinq fois par jour. Ça dure dix minutes, vers 4 heures du matin, 13 heures, 18 heures, 22 heures et enfin à minuit. Cinq fois par jour, en Turquie, l'*adhan* bafoue l'incrédulité des Turcs qui ne croient pas. Quand quelqu'un vient à mourir, peu importe qui tant qu'il s'agit d'un habitant de la ville, un appel spécial retentit, plus long et plus intense que l'habituel. *Memento mori*, n'est-ce pas... De même que l'hypocondrie est le désir dévorant de tomber malade et de déchoir, de même la religion est-elle celui de mourir.

Quand l'*adhan* s'élève, si on est en position allongée, le respect exige qu'on se mette debout. Étalée sur le canapé en train de lire, je subis les insultes de Mère – je suis une chienne irrévérencieuse – qui m'oblige à me redresser.

Comme chaque année, à un moment ou à un autre de notre séjour qui dure de six à sept semaines, on se rend dans le village natal des géniteurs. L'heure a sonné, ce qui est loin de me réjouir. Là-bas, c'est l'enfer sur terre, pire encore qu'à Sivas. À chaque fois que j'y passe quelques jours me revient la déplorabilité des lieux. Tout y est plutôt primitif, on a l'impression de voyager dans le temps et de se retrouver en pleine misère moyenâgeuse. Un endroit qui, disons, ne répond pas entièrement aux désirs et envies de la personne moderne. Il se satisfait d'une économie de l'assez plutôt que de celle du progrès : point de routes goudronnées, maisons miteuses et décrépites, habitants dans un état pire encore que celles-ci. Sous ces cieux, seuls les animaux connaissent le bonheur. Il faut dire qu'ils échappent aux mauvais traitements sans scrupules, motivés par le gain qu'encouragent les bio-industries. La population se composant de paysans, chaque habitation a son étable. Devant les fermes picorent des hordes de poules. Le bétail paît en plein air, y compris dans les montagnes, jusqu'au coucher du soleil. Certes, je n'ignore pas que certains de mes camarades de fac caquettent à l'occasion au sujet des bienfaits d'une détox numérique, mais moi, ce n'est pas du tout mon truc. Chaque passage à Kümbet m'en fournit la preuve, puisque les portes fermées sur le Web m'amènent à tutoyer la folie. Dans ce patelin, il ne faut pas songer à prendre une douche inopinée : il convient premièrement de faire chauffer de l'eau sur une sorte de poêle. Si jamais elle est trop chaude, reste à attendre qu'elle refroidisse avant de se laver en l'écopant avec une barquette plastique. Les toilettes turques étant à l'extérieur des masures, on en est réduit à sortir la nuit pour faire ses besoins, accompagné par les bruissements des grillons et de la vermine environnante. Les chiottes pullulent d'ailleurs d'escargots et de bestioles ; il arrive qu'on trouve une souris morte devant le trou, qu'on tombe nez à nez avec les petits yeux noirs d'un rat. Je me souviens de la fois où, à treize ans, un renard n'a cessé de m'observer. J'avais dès lors renoncé à me rendre aux toilettes la nuit. Tout plutôt que ça, y compris une infection urinaire.

On a pris place dans le taxi depuis moins d'une demi-heure quand je commence à avoir mal au cœur. Je demande à Allah à quoi bon ce supplice. À la différence de mon humeur, mon visage est coloré. De mon sac banane, j'extrais la boîte « Primatour » et prends un cachet. Avant de m'asseoir dans le van, j'en ai déjà avalé un, de même que Père, Halil et Defne. Les dysharmonies de la santé des géniteurs se prolongent chez l'enfant et circonscrivent son chemin de croix. Hormis la cinétose, j'ai hérité de Père, mais aussi de Grand-Mère, une démangeaison permanente des oreilles. La consultation de quelques médecins n'a apporté aucun remède. Il s'agit d'une affection étrange que les hommes de l'art ne sont pas en mesure d'expliquer. Ils supposent que c'est une sorte d'allergie.

Je sens le dîner de la veille se soulever dans mon estomac. M'efforçant de penser à autre chose, je regarde par la vitre. Je vois défiler des montagnes colossales, à couper le souffle, qui rétrécissent et se fondent à perte de vue dans l'horizon tandis que d'autres se profilent dans mon champ de vision, grandissant toujours plus avant de rétrécir à leur tour, à l'image des précédentes. Cela dure une éternité. Un ciel bleu clair, pas un soupçon de nuage.

Trois heures plus tard, nous arrivons dans l'antédiluvien village. Je sens que mes facultés intellectuelles se confondent à présent avec un bourbier. J'ai la nausée. Dès qu'on descend du taxi, Père se précipite quelques mètres plus loin pour vomir. Toutes les demi-heures, l'un de nous a vomi. Que va bien pouvoir penser le chauffeur ? Mère se plaint d'avoir dû passer tout le trajet dans les relents aigres de nos dégueulis et devant nos tronches où le verdâtre le disputait au violacé. Bonté divine, j'ai pas demandé à venir ici, va donc pester auprès du Bon Dieu, j'ai envie de lui dire.

Un chaton se précipite dans mes pieds, il a un regard des plus attendrissants. Kümbet et la Turquie en général sont envahis par les chats errants ; dans les villes aussi, on ne saurait les dénombrer. Il en va de même pour les chiens, en réalité pour un seul type de chien : le kangal, aussi appelé berger d'Anatolie. Ils m'inspirent une peur bleue. Montagneux, le paysage de Sivas leur est hospitalier. De tout temps, on a utilisé cette race pour protéger les troupeaux de moutons contre les ours et les loups. Une certaine division du travail s'établit entre eux, nous ont raconté les géniteurs ; pendant que certains veillent le cheptel, d'autres poursuivent le loup sur de longues distances. Aux Pays-Bas, on en trouve qui font office de chiens de garde.

Defne prend le chaton dans ses bras et le caresse. « Maman, regarde comme il est mignon ! Je peux le prendre pour le ramener chez nous ?

– Non, les animaux n'ont rien à faire dans un appartement ; leur place, c'est dans la nature », répond-elle d'une voix ferme.

Mère s'oppose par principe au fait d'avoir des animaux de compagnie ; c'est un péché car, à ses yeux, ils traduisent notre égoïsme. De plus, ils sont impurs ; dans un logement, on prie et on prépare les repas, ce qui ne peut s'envisager dans un lieu où une bête se trimbale et pisse, fait caca et perd ses poils partout. En outre, les ablutions comptent pour du beurre dès lors qu'un animal vient vous renifler ou vous lécher.

Par le passé, Mère m'a appris à ne pas tuer les insectes et à ne pas cueillir de fleurs – il faut les laisser vivre. Si je ne la connaissais pas mieux, j'en viendrais à penser qu'elle est une fanatique hippie végétalienne. « Dans le Coran, c'est écrit qu'on n'a même pas le droit de tuer une fourmi », disait-elle. Ouais, c'est vrai, mais le Coran ne s'arrête pas là. En principe, l'islam est amour du prochain, certes non sans un minuscule bémol. De surcroît, on en oublierait presque que, la veille de la fête du Sacrifice, elle passe sa journée à dépecer un mouton ou un taureau sur la table de la cuisine. Or, ces bêtes n'ont-elles pas un degré de conscience supérieur à celui des insectes ou des fleurs ? Mère est un fût de contradictions, à l'image de sa doctrine en premier lieu réputée pour ne rien laisser dans le flou.

De façon générale, je dirais que la contradiction est la marque de fabrique de tout être humain qui vit pleinement, sachant qu'il s'agit d'un autre type de contradiction que celui évoqué ci-dessus. Un de ceux qui trouvent leur origine dans le doute, les regrets et la réévaluation des choses, germes de la sagesse, et non dans l'inflexibilité. Mère, elle, ne doute jamais. Or, l'absence de doute est absence de tout développement intellectuel et spirituel. C'est pourquoi il s'agit de la forme la plus arriérée de la contradiction. Les croyants rigides montrent beaucoup de résolution dans ce qu'ils font, à l'instar des psychopathes d'ailleurs, car ils ne sont aucunement entravés par le besoin de tenir compte des intérêts des autres ni par le moindre doute. Mère est un point d'exclamation, Père en certaines occasions un point d'interrogation. Un point d'interrogation, c'est un point d'exclamation qui, privé de certitudes, regarde vers le bas pour voir s'il se trouve à sa place. S'il ne se risque pas sur un terrain glissant. Une fois libéré de cette incertitude, il devient à son tour un point d'exclamation.

Un fort beuglement retentit. Il annonce le coucher du soleil, le bétail rentre à l'étable. Au loin, je vois un vacher qui tente de garder ses bêtes groupées en les tapant quand elles s'écartent du droit chemin. Sans gêne, l'une d'elles vient déposer une énorme bouse juste devant moi ; s'en élève une odeur écœurante. Partout ici, on voit étrons et excréments ; comme on attend que ça sèche pour les ôter, ça empeste la merde. Ensuite, on les conserve à la cave, pour l'hiver j'imagine.

Les vaches connaissent le chemin. Si elles ont récemment changé de propriétaire, elles s'obstinent à entrer dans leur ancienne étable et ruent quand on essaie de les en déloger. Un spectacle tragique auquel il m'a été donné d'assister à quelques reprises. Le plus souvent, on va chercher le nouveau propriétaire, mais la bête, meuglant tout son soûl, une sorte de hurlement auquel se mêlent des larmes, refuse obstinément de le suivre quand bien même on la frappe, la tire, la pousse. Ce n'est pas non plus de bon cœur que l'ancien propriétaire doit à chaque fois renvoyer le bovidé à coups de bâton, la seule façon de lui apprendre à changer ses habitudes. Après quelques-uns de ces traitements de faveur, la vache ne regagne plus ses anciens pénates : elle comprend qu'elle n'est plus la bienvenue, qu'elle est bannie à jamais, et accepte son sort de paria. Il se pourrait bien que je puisse tirer quelque enseignement de ces ruminants.

J'approche de la maison où nous allons séjourner. Elle attire le regard : plus luxueuse, plus grande, plus propre, en meilleur état et surtout plus robuste que les autres. Dominant tout le reste, elle forme un bâtiment pontifical à peine moins tapageur que la nouvelle mosquée. À l'inverse des autres personnes âgées qui demeurent encore au village, mes grands-géniteurs ont gagné la fève de la galette. Ils ont envoyé leur progéniture en Hollande. Entre-temps, leurs cinq garçons leur ont fait construire cette maison. Les autres parents ayant des enfants immigrés ne vivent plus ici, ils les ont rejoints, qui en France, qui en Allemagne, qui en Belgique, qui en Italie ou aux Pays-Bas. Si tel n'est pas le cas, ils habitent dorénavant en ville. Mes grands-géniteurs sont les seuls à avoir fait le choix de rester malgré la multiplication de leur fortune ; à leurs yeux, l'aisance ne justifie pas un déménagement. Selon leur propre formule, il est inutile de chercher midi à quatorze heures ; à Kümbet, grâce aux euros qu'ils reçoivent, ils vivent en toute insouciance et dans le plus grand bien-être matériel. En fait, je me demande ce qu'ils fabriquent toute la sainte journée ; ça doit être particulièrement perturbant de se retrouver une bourse pleine d'or dans les mains quand on a passé toute sa vie à travailler dur pour survivre. Une sorte de jackpot, mais que diable faire de ces biffetons quand on est de vieux musulmans cramponnés au Coran dans un putain de trou pareil ? Je comprends à présent pourquoi Carabosse passe ses jours à les appeler en vidéo.

Grand-Mère et Grand-Père ne sont jamais venus en Hollande, c'est haram. L'imam du village a proclamé qu'un vrai croyant ne peut émigrer d'un pays musulman à un pays non musulman ; cela aurait un effet négatif sur sa dévotion en raison des dépravations qu'il viendrait à croiser, car celles-ci, qu'il le veuille ou non, finiraient par l'incorporer, gâteraient son âme, bousilleraient la boussole de ses valeurs, lui embrouilleraient le cœur. Assurément, je dois reconnaître qu'Amsterdam est la Mecque de tout ce que Dieu a mis à l'index ; cela dit, dans la capitale batave, il y a aussi des porteuses de burka et des mosquées qui lancent de bruyants appels à la prière. Tout dépend en réalité de l'endroit où l'on se trouve, si l'on se rapproche ou s'éloigne par exemple du quartier des musées. Tandis que des villageois, ignorant les conseils du prédicateur – lesquels ne leur convenaient pas ; après tout, ce ne sont pas les sermons qui remplissent l'estomac –, se sont exilés en Europe dès que l'occasion s'est présentée, mes grands-géniteurs sont restés inébranlables, affichant une tenace loyauté envers Allah et le Lebavasseur local. Ils n'ont pas même voulu venir en vacances sur les terres diaboliques des païens. Ça ne s'arrête pas là : chaque été, ils essaient en vain de convaincre leurs enfants de revenir pour de bon au pays. N'ont-ils pas gagné assez d'argent ? Que pourraient-ils bien avoir à chercher d'autre là-bas ? Ils ont de quoi se vêtir et se nourrir jusqu'à la tombe, que pourraient-ils souhaiter de plus ? Il faut savoir se contenter de ce qu'on a. À Sivas, leurs fils possèdent chacun une vaste demeure tout équipée ; de surcroît, les biens qu'ils louent leur procurent des rentrées d'argent. Mes oncles du côté maternel ont en effet bien géré leurs affaires, ils sont tous « arrivés », entrepreneurs prospères malgré un manque de diplômes et une connaissance plutôt rudimentaire du néerlandais.

Mère a grandi avec ses cinq frères qui, à sa différence, ont fréquenté l'école primaire. Envoyer une petite en classe, on estimait cela peccamineux, elle risquait de détourner l'attention des garçons. D'ailleurs, les filles ne sont pas sur terre pour ça : suivre des études leur fait perdre de vue leur vocation, sans compter qu'il ne peut être question qu'elles deviennent l'égal des hommes. Par conséquent, Mère a eu pour tâche de préparer la boîte à tartines de ses frères, de laver leurs habits, de tenir une lampe à côté d'eux quand il leur fallait lire ou écrire le soir, ou encore de masser leurs pieds qui couvraient des kilomètres pour aller à l'école et en revenir.

Bien que Grand-Mère, plus encore que son mari, mette chaque été sur le tapis le sujet de la remigration, suppliant toujours plus sa progéniture à mesure que solitude et vieillesse gagnent du terrain – un problème de riches –, ses enfants ont vendu leur âme au veau d'or et apprécient de vivre en Hollande. Sauf Carabosse. Qui entonne un refrain similaire en essayant de convaincre Père. Elle est d'avis que tout Turc doit demeurer dans sa patrie, là où il peut être vraiment lui-même, où il reste au contact de sa langue maternelle, de ses coutumes, de sa civilisation, de sa religion, de ses mœurs et des gens qui lui ressemblent. Elle se lamente de voir les choses se dégrader toujours plus : aux Pays-Bas, les enfants de migrants parlent néerlandais et de plus en plus mal le turc, surtout les plus jeunes générations ; musulmans non pratiquants, on leur inculque à l'école les idées occidentales pernicieuses, on leur apprend que la liberté et l'individualisme sont les plus grands biens de l'existence et que chacun se doit de déterminer ce qui est le mieux pour lui, de tout critiquer sans respecter une quelconque autorité ni les règles de la communauté, sans se conformer à celle-ci. Tout le contraire : on leur apprend à sans cesse scier les bases de toute autorité, à douter constamment de tout, à ne prendre aucun savoir pour argent comptant. Or, le bonheur réside dans la sécurité du cocon qu'offre le cercle des proches, chose qu'on ne connaît pas en Hollande. Ce à quoi aspire tout organisme, un sentiment incomparable que seule peut procurer l'appartenance à une communauté substantielle, celle-ci existant depuis toujours par la grâce d'une solidarité qui suppose le partage de choses générant un lien émotionnel : même ethnie, même langue, même religion, mêmes mœurs et coutumes. En découlent des élans de solidarité, de loyauté, l'adhésion à un même destin et l'obligation de s'apporter aide et assistance. Quiconque croit pouvoir s'en passer tombe dans une existence sans chaleur reposant uniquement sur les transactions économiques. « Une nation n'est rien d'autre qu'une grande famille. Nous, on n'appartiendra jamais au peuple néerlandais, nos enfants et petits-enfants non plus ; on ne satisfait pas aux règles de leur communauté, on ne leur ressemble pas physiquement, on n'épouse pas les mêmes idées. Chercher à lui appartenir, c'est renoncer à ce qu'on est, abandonner notre identité et notre communauté. »

Père ne voit-il donc pas que leurs propres enfants, eux aussi, deviennent de moins en moins indulgents et malléables, qu'ils s'éloignent de plus en plus de ce qu'ils sont par essence ? Aux Pays-Bas, ils grandissent en caressant l'idée qu'ils ne doivent tenir compte que du grand Je, que rien n'est plus précieux que l'individualité. « Avec ça, pas de cocon, pas de communauté, pas d'affection ni de confiance mutuelles, mais l'amertume qu'éprouve le malheureux, la solitude spirituelle, le doute intérieur, l'impuissance et la fragilité face à l'adversité, un manque total de motivation et d'enthousiasme intrinsèques. Plutôt que de leur apprendre à accepter une autorité donnée, on les incite à se frayer leur propre chemin en faisant le plus d'expériences possible. À cause de ça, ils font des tas d'erreurs inutiles et deviennent égoïstes. S'adapter au groupe, se sacrifier de temps en temps pour autrui ou pour une cause plus grande que soi, tenir compte de son prochain, ce serait pire que tout. Il s'agit de rester fidèle à soi-même et à personne d'autre. Combien de Néerlandais seraient prêts à mourir pour leur patrie, pour leur foi ? Très, très peu. C'est une différence fondamentale avec notre mentalité ! »

Mère ne tient en aucun cas à perdre un troisième enfant dans cette culture décadente : Defne est encore petite, huit ans seulement ; avec elle, elle entend s'y prendre tout autrement, car trop, c'est trop ! Si la famille remigrait, elle irait à l'école en Turquie et se fondrait le plus naturellement du monde dans l'éducation et la culture locales. « L'arbre vert se laisse aisément fléchir. » De surcroît, voici peu, elle a appris qu'il existe ici des internats coraniques réservés aux enfants, établissements où on leur enseigne à longueur de journée toutes les facettes de l'islam et où on les prépare en quelques années à enseigner à leur tour la doctrine aux bambins. Ce serait fantastique, n'est-ce pas ? Père est-il à même de se figurer combien ce choix plairait à Dieu, consacrer la personne de son enfant à L'adorer, loin de tout ce qui relève du monde ? Loin de la Hollande, où c'est l'enseignement du diable que l'on transmet ? Avec l'aide de Dieu, Père trouverait un emploi ici ; il suffit pour cela d'être animé du pur désir de faire un pas vers le bien : Allah n'est-Il pas Tout-Puissant et notre plus grand Secours ?

« Pas question, je n'irai nulle part et Defne non plus, même si tu cherches à nous traîner par terre », je lui ai dit la dernière fois qu'elle a abordé ce sujet. « Toi, personne ne t'a sonnée ! » elle m'a rétorqué. À chaque fois qu'il en est question, j'ai une légère crise de panique, non parce que je m'inquiète de mon propre sort – jamais je ne les suivrai en Turquie –, mais bien de celui de Defne, elle, encore mineure et non issue de moi, malheureusement.

Si on doit en arriver là, j'ai conçu un plan pour kidnapper ma sœur. Je pourrais, pourquoi pas, mentir aux services de la protection de l'enfance en affirmant que les géniteurs la maltraitent et ainsi obtenir qu'elle soit placée dans une famille d'accueil ou ailleurs. Ce ne serait pas même mentir, car s'ils ne s'en prennent pas à elle physiquement, ce que Carabosse lui réserve me semble bien pire. Mais que se passerait-il si Defne venait à nier ce que j'avance ? Après tout, elle est capable de s'exprimer en son propre nom. D'autre part, la protection de l'enfance, c'est l'horreur, Freek m'a raconté des histoires édifiantes à ce propos, lui qui ne vient pas d'une famille aussi *aseptisée* que la mienne. Merde ! Quelle autre solution ? Mieux vaudrait faire appel à des gens à même de dissuader Mère de s'accrocher à cette idée.

Mais, avant que je n'aie été poussée dans mes retranchements, Père a soulevé, Dieu merci, le risque financier que représente un retour au pays. Il n'entend pas s'aventurer sur ce terrain glissant. En Hollande, il perçoit un bon salaire, ce qui ne serait aucunement le cas en Turquie, où d'ailleurs chômage et inflation atteignent des records. Pour franchir un tel pas, il lui faudrait d'abord faire des économies. En entendant ses arguments, j'ai eu envie de remercier, à genoux, le Dieu de la distribution inégale des revenus.

C'était sans compter avec Sèchepaille, qui n'a pas tardé à apprendre que ces internats coraniques ont des cordons ombilicaux aux Pays-Bas. De quoi me glacer d'effroi. Bien entendu, ça m'avait échappé, ce long bras de la Turquie. Plus précisément, cette prothèse bénévole. Dans la foulée, Mère a échafaudé un nouveau plan : à supposer que Defne soit interne, ce serait bénéfique pour eux, ils disposeraient d'un peu plus d'espace à la maison et Halil aurait sa propre chambre. J'ai fait tout ce qui était en mon pouvoir pour convaincre mon frère de contrecarrer ce projet. Indifférent au début, il a pris peu à peu la mesure des conséquences que cela pourrait avoir sur l'avenir de notre petite sœur : un tel établissement n'est en rien comparable à l'école coranique du week-end que l'on a connue, lui et moi ; l'enseignement qu'on y dispense aurait une portée irrévocable sur elle et pourrait sceller le cours de sa vie pour toujours. On s'est alliés pour détourner nos géniteurs de cette idée. C'est surtout Halil qui est parvenu à les convaincre ; moi, de toute façon, ils ne m'écoutent pas. Il faut dire que j'ai une fente et des nichons.

23

Père remercie le chauffeur de taxi et le paie. Defne repose le chaton sur le sol. « J'espère qu'on va se revoir, minou. J'ai pas le droit de t'emmener à la maison, alors prends bien soin de toi ! » Reste à espérer que ce petit félin kümbetain comprend le néerlandais. Halil gagne la maison de Grand-Mère et Grand-Père en premier. Il s'engage dans l'escalier. Mère le rappelle à l'ordre :

« Hé, ho ! Tu vas où ? C'est qui qui porte les valises, le mulet peut-être ? »

Halil retourne sur ses pas, ouvre le van et charge une lourde valise sur son dos.

« Ouf ! T'as planqué un cadavre là-dedans ou quoi ?

– Arrête de râler, t'es quand même pas une gonzesse, c'est pas pour rien que je t'ai nourri au sein pendant toutes ces années. »

Mère défend la théorie selon laquelle la bouillie artificielle, contrairement à l'allaitement maternel, risque de donner des hommes ramollos ou « efféminés ». Des tares qui pourraient d'autre part s'expliquer par le fait que bien des femmes deviennent mères beaucoup trop tard ; par conséquent, elles mettent au monde, non des tigres, mais des demi-portions qui n'ont pas assez de muscles pour enfoncer un doigt dans un pain de beurre. « Une bonne huile d'olive, ça ne se fait pas en pressant de vieilles olives », *dixit* la philosophe maison qui, à défaut de diplômes, détient la sagesse universelle.

Soufflant, ahanant, Halil porte l'énorme bagage en haut des marches, cela au péril de sa vie car, au village, on se passe de rampe et de muret : il s'agit d'un escalier qui s'élève tout seul sur plusieurs mètres de haut, huit à vrai dire. Un seul faux mouvement et on tombe dans le vide. Au niveau du rez-de-chaussée, il y a une étable qui n'abrite plus de bétail. Voilà plusieurs années, Grand-Père s'en est débarrassé puisque lui et sa femme reçoivent bien assez d'argent de leurs enfants.

Petite, je suis tombée à plusieurs reprises en bas de cet escalier. Il y a là un bassin carré rempli d'eau, d'environ trois mètres de profondeur. Naguère, les vaches venaient s'y abreuver. Je ne m'en souviens pas moi-même, c'est Mère qui m'a dit que j'ai glissé un jour sur les marches, atterri dans l'eau en me cognant la tête. Résultat : des saignements et une grande frayeur. Bien sûr, je ne savais pas nager. Je me serais noyée si elle n'était arrivée juste à temps pour me repêcher.

Il ne s'agit d'ailleurs pas de l'unique fois où j'ai connu une expérience de mort imminente à Kümbet. Bébé, j'ai été précipitée un jour du balcon. Une petite-nièce de Mère, handicapée mentale, me tenait dans ses bras ; d'une façon ou d'une autre, cette nigaude m'a lâchée dans le vide. Apparemment, je suis née sous une bonne étoile, car sous le balcon s'élevait un gros tas de foin qui a amorti ma chute. Selon Sèchepaille, c'est Allah qui m'a protégée. Heureusement, comme je suis très ouverte d'esprit, je n'exclus rien, pas même l'existence d'une protection spéciale de Celui-ci, bien que je me demande pourquoi certaines personnes n'en bénéficient pas, par exemple une jeune innocente somalienne qu'on s'apprête à exciser avec une lame de rasoir émoussée, mutilation qui lui fera ressentir, pour le restant de ses jours, des douleurs à chaque pénétration. Le soleil et la lune sont de simples spectateurs, de même que le Père, loué soit le Seigneur. Ce sont là des questions auxquelles Mère, je suppose, ne saurait apporter la moindre réponse. Elle qui d'habitude sait tout ou presque. Peut-être est-il plus difficile de fermer les yeux sur ce dont on est convaincu que sur la réalité. Là se révèle le conservateur arrivé qui a renoncé à construire des barrages contre la montée des eaux, persuadé qu'il est d'être bien au sec. Malgré cela se manifeste en lui le besoin de veiller à ce que les autres se comportent comme lui.

Tout comme la foi des croyants rigides reste inébranlable malgré tous les revers de la vie – enfants qui meurent du cancer, injustices et malheurs qu'on ne saurait attribuer à Dieu –, mon incrédulité demeure inébranlable malgré toutes les bénédictions.

Père prend lui aussi une valise et monte à son tour les escaliers. Mère et moi ne sommes pas tenues de porter quoi que ce soit – nous sommes des femmes. Un sac léger à la main, on gravit les marches et on frappe à la porte. Grand-Mère ouvre, elle rayonne d'enthousiasme, même ses pupilles sourient. De son foulard, elle essuie des larmes de joie. Elle me serre si fort dans ses bras que j'en étouffe presque, elle a beaucoup de force. « Vous m'avez tellement manqué, mes enfants », dit sa voix âgée. Elle me donne quatre bises trempées de chaque côté de la figure, puis entreprend d'étreindre Defne. « Aïe, Grand-Mère, pas si fort ! » Defne oublie régulièrement qu'il lui faut parler turc. Mère dit qu'elle ne veut plus entendre un mot de néerlandais tant qu'on ne sera pas rentrés à Amsterdam. Defne répète sa phrase en turc.

« Pardon, ma petite, prunelle de mes yeux, tu m'as tellement manqué que je me laisse aller, désolée si je t'ai fait mal », s'excuse Grand-Mère en en rajoutant.

Defne se pince le nez. Je lui fais signe de ne pas faire ce geste, mais, en mon for intérieur, je ne peux réprimer un sourire. Je pose un regard sur elle, faux-semblant de colère, et mes yeux lui disent que ce n'est pas poli. Elle laisse retomber sa main, mais ne tarde pas à se repincer le nez. Grand-Mère pue, l'odeur de fumier qu'on respire systématiquement dans les parages des paysans. Bien qu'elle n'ait plus de vaches, elle aide les voisines à s'occuper des leurs, ainsi elle ne reste pas toute la journée à ne rien faire.

Carabosse rabat la main de Defne qui fait office de pince à linge, et nous ordonne d'entrer. Elle presse sa mère contre elle, verse une larme. « Comme ils ont grandi, *machallah* ! s'écrie Grand-Mère. Venez, venez, entrez, toi aussi, bienvenue, mon gendre, sois le bienvenu ! » Elle s'écarte. D'un pas las, je gagne le salon. En guise de canapés, il y a des poufs oblongs aux couleurs variées. Sol et murs sont recouverts de tapis tissés de même à la main, tous différents les uns des autres. Poufs et tapis présentent les mêmes motifs, toutes sortes de figures quelconques dans des couleurs vives aux bords effilochés.

La première chose que je remarque dans la pièce : le nombre effroyable de moustiques. Ah ! c'est vrai, j'avais oublié combien ces satanées bestioles sont horribles ! Je ne sais pourquoi ni comment ça se fait, mais à Sivas ils ne me dérangent jamais et, en Hollande, tout au plus un ou deux se manifestent parfois la nuit, alors qu'ici, à Kümbet, ils sont putain de partout. Un bourdonnement incessant : le jour, la nuit, dedans, dehors, ça rend fou. Quand on a une assiette devant soi, au moins vingt moustiques viennent s'agglutiner sur la nourriture. Au plafond pendent des bandes anti-moustiques, noircies sur toute leur longueur par les cadavres de ces diablotins. Tellement répugnantes qu'elles me donnent envie de vomir. J'en dénombre sept, elles n'ont manifestement pas été changées depuis longtemps. Les insectes ne semblant importuner ni Grand-Père ni Grand-Mère, qui sait si ce ne sont pas les mêmes bandes que celles que nous avons accrochées l'été dernier. L'idée de passer la nuit ici ne me réjouit pas du tout. Voilà pourquoi je hais Kümbet.

On bavarde avec Grand-Mère du déroulement du voyage. Elle demande pourquoi, à la différence des autres années, Grand-Mère de Hollande n'est pas venue. « Elle dit qu'elle préfère la Hollande », explique Mère. C'est vrai, elle hait Kümbet tout autant que moi, si ce n'est plus, alors qu'elle est née et a grandi ici. À mon avis, le village lui rappelle trop de souvenirs pénibles. D'autre part, elle tient à son luxe, elle n'éprouve aucunement le besoin de s'accroupir sur des toilettes turques, préfère s'asseoir sur son canapé plutôt que sur un pouf, se passe très bien des fréquentes coupures d'électricité, des myriades de moustiques et du robinet sans eau chaude.

Cette nouvelle déçoit Grand-Mère, elle aurait aimé passer du temps avec sa copine. Grand-Père rentre à l'instant de la mosquée où il est allé prier. Mère m'adresse un signe de remontrance : à cause des nausées, je suis avachie de tout mon long. En présence d'un homme, qu'il s'agisse de votre grand-père ou de tout autre membre de la famille, il ne peut être question d'adopter une posture aussi inconvenante. Chez les Turcs, cette règle vaut aussi en principe en présence du paternel, mais, heureusement, Père n'est pas strict à ce sujet et me laisse en général m'allonger sur le canapé et même poser les pieds sur la table. Cela occasionne bien des disputes entre les géniteurs ; Carabosse reproche à son mari d'être trop coulant, de ne pas s'investir dans la transmission des règles de comportement traditionnelles qui exigent qu'une fille se tienne et se retienne en présence d'hommes, du maître de maison, et plus tard devant son mari. Agacée, elle lui tient souvent rigueur de me laisser beaucoup trop de liberté, y compris celle de croiser les jambes, un scandale sans précédent ! Les femmes sont censées garder les genoux serrés, sans se pencher beaucoup en arrière sur le canapé, sans étirer les membres, et sûrement pas en prenant toute la place, genoux écartés, ce qu'on appelle aujourd'hui le *manspreading*. Seuls les hommes sont autorisés à s'asseoir comme ça. Ils peuvent d'ailleurs s'asseoir comme bon leur semble sans être tenus d'adopter une position particulière en présence d'une femme.

Ayant tout juste croisé le regard vrillant de Mère, je me lève pour saluer Grand-Père. À présent, elle attire mon attention sur sa main, ce qui signifie que je dois l'embrasser. Je déteste ça, embrasser les mains, y compris lors de la fête du Sucre. Halil me précède. Puis je salue Grand-Père, lui dis que je suis heureuse de le revoir, prends sa main et penche la tête pour l'effleurer des lèvres. Dans ce geste, je vois moins une marque de respect qu'une expression de soumission et de servilité. Or, je ne souscris en rien à pareils liens familiaux hiérarchiques.

Après que géniteurs et grands-géniteurs ont caqueté d'un peu tout, commence la terrible épreuve : survivre une semaine dans le village. Une semaine de nuits blanches : l'appel à la prière retentit la nuit ; de surcroît, les nuits sont ici beaucoup trop silencieuses et bien trop sombres, alors qu'à Amsterdam je m'endors au bruit des trains, des voitures et des métros qui passent, de la télé, de Netflix, d'un podcast ; grâce à l'éclairage public, il ne fait jamais nuit noire.

24

Les jours semblent refuser de s'écouler. Je ne suis pas autorisée à sortir seule ne serait-ce que pour une promenade, alors même que la nature est ce qu'il y a de plus impressionnant ici, pour ne pas dire l'unique chose qui en impose. Les femmes n'ont rien à foutre dehors, elles se feraient importuner par les petits crétins locaux, eux qui n'ont jamais vu une nana de leur vie, encore moins une pépée bien sapée. Dans ces bleds, on garde les femmes enfermées, elles ne sortent qu'en cas de réelle nécessité, à condition d'être voilées de la tête aux orteils ; en d'autres mots, les beautés n'apparaissant qu'à la télévision, toutes plus inaccessibles les unes que les autres, et les hommes évacuent leurs frustrations sexuelles en regardant du porno. Je n'en ai pris aucun sur le fait, n'en ai épié aucun en train de se livrer à l'onanisme devant une œuvre audiovisuelle ; c'est Halil qui m'a rapporté que des gars du coin lui avaient confié se masturber toute la sainte journée. Compréhensible : à Kümbet, il n'y a rien du tout, on s'y ennuie à mourir. Il ne se passe rien, de quoi donc pourrait-on se réjouir à l'avance ? En l'absence d'activités et d'installations sportives ou culturelles, chaque jour est une copie exacte du précédent. Et du suivant. Pas de magasins, de cafés, de centres communautaires, de cinémas ou de piscines. Rien que des fermes, des vaches et des bouses. Voilà pourquoi le rêve ultime des mecs, c'est de s'acheter une bagnole dès que possible, afin de se rendre de temps à autre en ville, ou mieux encore : de déménager, ce qui ne va pas de soi, les sous ne courant pas les chemins vicinaux. Le bâtiment le plus contemporain est une mosquée flambant neuf qui domine toutes les autres constructions ; elle saute aux yeux dès qu'on arrive ou qu'on sort dans ce village. Elle n'était pas là la dernière fois. Grand-Mère a raconté que sultan Erdoğan, ainsi qu'on appelle le Président ici, leur en a fait cadeau. L'édifice se distingue par son impressionnant volume et ses couleurs vives. Son ultra-modernité jure parmi toutes les masures. Les imposants minarets ne cherchent pas à se cacher. Aujourd'hui, je décide de m'y rendre avec Halil. Sa présence dissuade les hommes de m'importuner sur le trajet, mais pas de m'observer sous toutes les coutures. J'ignore ces regards brûlants qui se posent sur mon anatomie. Je relève qu'un type laid d'une trentaine d'années me décoche un clin d'œil comme un crétin qui aurait du sambal dans les yeux.

Ce n'est pas encore l'heure de la prière. À part nous, il n'y a personne à la mosquée. Ça m'arrange, ça va me permettre de découvrir l'espace réservé aux hommes, et à Halil, s'il le souhaite, celui réservé aux femmes. À couper le souffle ! En particulier l'énorme lustre sur lequel le regard se fixe en premier lieu. Les tapis sont soyeux, colorés, de qualité et magnifiquement décorés. Les fenêtres sont ornées de représentations de tulipes rouges ; des motifs ottomans se détachent sur le plafond. Aux murs, les couleurs des sublimes décorations nous submergent. En raison de l'immensité des lieux, l'écho répercute nos voix. On peut dire tout ce qu'on veut au sujet des mosquées, on ne peut nier qu'elles titillent le corps et l'esprit. Defne, qui nous accompagne, perçoit elle aussi la qualité de l'écho : comme tout enfant peut avoir envie de le faire, elle se met à crier les premiers mots qui lui viennent et quelques slogans banals comme celui qui met en valeur notre quartier : *Amsterdam-West is the best*. Puis elle chante *Tête, épaules, genoux et pieds*. Après quoi elle court partout et invente un jeu qui consiste à éviter de marcher sur certains motifs des tapis.

Dans le jardin intérieur, où les femmes n'ont accès qu'en l'absence de tout homme, on trouve une fontaine, des bancs confortables, des feuilles de vigne sur les grilles et les murs, des fleurs, des citronniers et des pruniers où sont perchés çà et là des oiseaux aux jolis coloris. Un somptueux cadre pittoresque, une atmosphère bien différente de la Hollande, grand calme, aucun empressement, une impression de contentement et d'insouciance, loin de toute ponctualité possible et imaginable. Mais en rien ma tasse de thé. Donnez-moi plutôt Amsterdam et sa cohue ! Ici le silence me rend folle, y compris la nuit.

L'herbe des pelouses invite à s'asseoir dessus cul nu, ce à quoi le climat ne s'oppose en aucune façon. Je pourrais le faire, mais si jamais quelqu'un me surprenait dans cette pose, demain les journaux turcs titreraient : « Une débauchée dans le jardin d'une mosquée. »

Après avoir tout regardé en détail, je me propose de visiter l'espace réservé aux femmes. Il me faut de toute façon quitter celui des hommes avant l'heure de la prière et qu'on ne me reproche de l'avoir souillé. Cela même si personne ne peut remarquer, à moins d'avoir des yeux à rayons X, ma chatte en état d'impureté. Pendant leurs règles, les musulmanes ne sont en effet pas autorisées à entrer dans une mosquée. Halil refuse de me suivre ; à tout moment, une femme pourrait apparaître et il se sentirait alors ridicule. Même si je trouve qu'il charrie, il n'en démord pas ; seule Defne m'emboîte le pas.

Je pousse la porte et me fige pour ainsi dire sur place, perplexe. Non à cause de la majesté du lieu, mais bien plutôt de l'absence totale de celle-ci. L'espace se révèle beaucoup plus petit que celui des hommes et il est dénué de toute décoration. Ce n'est rien de plus qu'une morne cage à lapins. Sans microphone, sans minbar. Bien entendu, les femmes n'ont pas à prendre la parole, elles n'ont pas un imam en propre ; tout ce qu'elles peuvent faire, c'est consommer les paroles de celui qui s'exprime dans la salle attenante. Je ne vois nulle part non plus le moindre volume coloré. Que vais-je imaginer, des congénères en train de feuilleter des livres ! Elles n'y comprendraient goutte, c'est bien trop compliqué pour elles, elles et leurs ragnagnas, elles et leurs occupations et préoccupations quotidiennes, par exemple prendre soin de la marmaille et faire du pain. Un dicton turc nous apprend que « les femmes ont les cheveux longs, le raisonnement court ». Voilà pourquoi elles n'ont aucune raison, les doigts encore poisseux de pâte à pain, de s'exprimer sur des matières qui ne les concernent pas.

On sort. Halil est en train de parler avec un homme d'environ quarante-cinq ans. À l'instar de tout passant, celui-ci lui a sans doute demandé qui il est et d'où il vient. La population locale nous interroge à tout bout de champ sur l'identité de nos géniteurs – des prénoms qui ne disent rien à la plupart – et de nos grands-géniteurs. S'ensuit une joviale invitation à venir prendre le thé, que je refuse désormais systématiquement, car l'unique fois où j'ai accepté, le couple chez qui je me suis rendue, sans Halil, m'a proposé d'épouser leur fils et a insisté méchamment malgré mon refus. Ces gens étant prêts à tout pour que leurs enfants s'établissent en Hollande et échappent ainsi à leur sort, si la rencontre ne se passe pas comme ils l'espèrent, ça risque fort de dégénérer, vous pouvez vous retrouver piégée et, dans le pire des cas, violée ou enlevée. Si cela m'arrive, on s'empressera de dire que j'étais tout à fait consentante et qu'il revient en conséquence à ma famille d'assumer ses responsabilités, en d'autres mots d'effacer mon péché en me mariant au chic type en question, ce qui lui permettrait de s'installer aux Pays-Bas. Mère n'a pas manqué de me mettre en garde, car cette déconvenue est arrivée à une fille vivant en France. Pour ma part, je m'en suis bien tirée, j'ai échappé au viol. Peut-être parce que le fils n'était pas là à l'heure du thé.

Le plus souvent, la question qu'on nous pose ensuite, c'est : « Tu préfères être où, en *Hollanda* ou en *Türkiye* ? » Après tout, ils sont curieux de savoir à quoi ça ressemble, cette Europe séduisante, cette contrée qu'ils n'ont jamais pu contempler ni jauger de leurs propres yeux, mais dont maintes histoires leur parviennent depuis leurs plus jeunes années. Ce sont les gens qui, à l'époque, n'ont pas pu ou pas voulu émigrer. À l'instar de Grand-Père et Grand-Mère, certains, malgré leur dénuement, ont refusé le statut de travailleur immigré parce que les pays d'accueil ne sont pas musulmans. D'autres ont vu leur requête rester lettre morte en raison de la présence d'une main-d'œuvre suffisante là où ils envisageaient de s'installer. De toute façon, la route est barrée, hermétiquement fermée.

Selon toute apparence, le bonhomme vient de poser la question consacrée, puisque j'entends Halil lui répondre : « Les deux ont leurs avantages.

– M'en conte pas, tu préfères manifestement être là-bas, ici y a rien, rien que des bouses de vache, fait l'homme en riant, dévoilant des dents décolorées et tordues. N'oublie pas ça, jeune homme, ta patrie, c'est pas là où t'es né ni où tes parents sont nés, ta patrie, c'est le pays où tu te remplis l'estomac. La Hollande remplit excellemment ton estomac, j'entends beaucoup d'histoires là-dessus. Vous touchez des allocations quand vous ne pouvez pas travailler, un coup de pouce financier quand vous avez un faible revenu. Le gouvernement paie votre loyer, vous donne la priorité pour obtenir un beau logement et vous accorde des allocations familiales. Les enfants bénéficient d'un enseignement gratuit jusqu'à ce qu'ils trouvent un emploi, les soins de santé et les médicaments sont abordables, les produits d'épicerie bon marché, l'inflation faible. Sois reconnaissant à Allah de vivre là-bas et pas ici. Nous, on arrive à peine à joindre les deux bouts. Pour ne pas avoir faim, on s'abstient de faire caca. »

La façon dont nos réponses sont accueillies varie selon chaque personne. Si on avance que la Hollande, c'est mieux, d'aucuns répliquent qu'on renie notre identité, ce qui n'est pas bon, qu'on devrait avant tout aimer notre pays d'origine, malgré les inconvénients qu'il présente et le peu de facilités qu'il offre ; mais si on dit que la Turquie, c'est mieux, d'autres vous contredisent en vous faisant remarquer qu'il n'y a pas chez eux de possibilités de s'épanouir ni d'obtenir d'aides sociales.

L'homme poursuit : « Aucun doute, la Hollande, c'est mieux qu'ici, mais ça veut pas dire pour autant qu'il faut négliger sa langue et sa foi. Vous devez savoir d'où vous venez, quelles sont vos origines… Il faut savoir trouver le juste équilibre. »

Ah, tiens, ça m'aurait étonnée…

« *Inch Allah*, vous et vos enfants pourrez aussi venir en Europe un jour, fait Halil.

– Y faut jamais dire amen à la fin d'une prière irréalisable », répond l'autre en regardant le sol.

Alors qu'on s'éloigne de la mosquée, Defne se plaint des petits cailloux dans ses sandales. Ici, il n'existe aucune route digne de ce nom : vaches, véhicules et habitants empruntent les mêmes chemins, des sentiers de sable et de caillasse pour ainsi dire. Chaque fois qu'une voiture ou un tracteur passe, un gros nuage de poussière s'élève et cochonne votre costume traditionnel. Et des grains de sable s'immiscent dans votre bouche. Pour rouler plus vite, les voitures en fin de vie sont équipées de pots d'échappement prohibés : on respire à pleins poumons la fumée qui s'en dégage. Elle est noire, elle empeste.

On fait un bref arrêt pour permettre à Defne de dénouer ses sandales et de se débarrasser des gravillons en même temps que de son endolorissement. En partant, j'ai oublié de lui proposer des sneakers. Passe une nuée de gosses de tous âges, de tailles différentes mais tous de même largeur. Ils ont l'air pleins d'enthousiasme, portent des habits sales, de vieilles guenilles en réalité, et, pour beaucoup, des chaussures trouées d'où dépasse un orteil. Certains ont un T-shirt trop petit, d'autres une chemise bien trop large. Un des gamins se trimbale des tongs deux fois trop grandes aux pieds. Un sentiment de malaise m'envahit devant cette scène pitoyable. Alors que ces mômes crèvent de misère, voyez notre petite sœur, du même âge que la plupart d'entre eux, vêtue, à mon initiative, de H&M dernier cri. Même si Mère a cousu des manches à son T-shirt pour qu'elle s'habitue à ne plus avoir les bras nus…

Le contraste flagrant avec les autres est des plus désagréables.

Les petites parlent avec animation de sa tenue chic. Et de ses épingles à cheveux : elles n'en ont jamais eu de pareilles. « On dirait une fille de la télé », commente l'une d'elles qui porte une chemise trouée couverte de taches. J'ai une boule dans la gorge. L'idée que Halil, Defne et moi-même aurions chacun pu être l'un de ces enfants me serre le ventre. Un concours de circonstances et un gros coup de bol nous ont fait naître à Amsterdam-West et non à Kümbet. Si le père de Père n'avait pas été sélectionné parmi les jeunes hommes en bonne santé pour être embauché aux Pays-Bas, on aurait eu la même apparence que ces gosses. Ils méritent d'avoir ce que nous avons, je me reconnais en eux. Ils nous ressemblent.

L'une des gamines ne cesse de fixer les sandales de Defne. « Elles sont vraiment belles », parvient-elle enfin à dire à notre petite sœur en désignant ses pieds. J'ai de plus en plus de mal à supporter ce que j'ai sous les yeux. Le Petit Prince a raison : dans quel genre de monde vit-on ? Partout où l'on va, on découvre des angles durs, des arêtes vives, de la rugosité et de la sécheresse. Mais de combien de personnes peut-on être le bienfaiteur, le *Gutmensch* ? À supposer que j'emmène tout le village en Hollande, à quoi ça avancerait ? *Quid* de tous les autres patelins ? Et de tous ces autres pays où les gens vivent une situation pire encore ? Les Pays-Bas ne peuvent pas tout absorber, l'Europe non plus.

D'ailleurs, je ne suis pas certaine que ce serait une bonne chose si tout le monde venait à accéder à notre mode de vie. Notre planète ne le supporterait pas : un frigo et une voiture pour chaque être humain, et elle s'arrêterait de tourner, non ? On est trop nombreux sur Terre, les migrants économiques n'ont pas de chance, ils ne peuvent invoquer une guerre pour obtenir l'asile, l'absence de toute perspective dans un trou de culs-terreux ne peut constituer un motif valable. Nous, les Euro-Turcs, nous sommes les produits d'un accord commercial.

Ces questions fatiguent mon cerveau et ma conscience. Non pas la mort, mais le fait de devoir tuer pour survivre et évoluer, telle est la plus cruelle plaisanterie de Dieu à notre égard. Soit on devient chasseur, soit on reste proie, sachant que la plupart des humains n'ont pas même ce choix, leur destin étant écrit à l'avance. Le même soleil brille partout, mais certainement pas avec la même intensité. S'il est vrai, comme on dit, que chacun reçoit son dû, comment se fait-il que les bons et les innocents périssent ?

Les vêtements de Defne, je les ai achetés à Amsterdam avec Mère, peu avant notre départ. Ce jour-là, la place du Dam était noire d'activistes masqués et équipés d'ordinateurs portables sur lesquels ils diffusaient des vidéos, des images exposant sans concession la dimension impitoyable de l'industrie de la viande. Ces militants prônent le véganisme car, selon eux, il n'est pas éthique, pour se nourrir, de tyranniser un être vivant doté d'une conscience, de sentiments et de la capacité de souffrir. Quand une jeune femme s'est précipitée vers nous pour nous tenir un discours prenant et bien huilé sur leurs points de vue, Mère n'a rien compris à ce qui se passait. On s'est retrouvées avec un prospectus dans les mains, lequel montrait des photos de cochons gonflés, de poulets de chair entassés les uns sur les autres, de vaches violées à maintes reprises, selon la demoiselle, afin qu'elles continuent à produire du lait. On les sépare de leur veau dès qu'elles mettent bas, si bien que tant la mère que le petit se retrouvent frustrés. On traite les animaux comme des objets et cela doit cesser. Dès aujourd'hui ! Elle nous a demandé ce qu'on en pensait, si on envisageait de passer à la consommation de substituts de viande. Et si on était d'accord pour ne plus acheter dorénavant de produits laitiers.

J'ai traduit ce qu'elle avançait. Mère a répondu qu'il s'agissait là d'une très noble cause, défendre les droits des animaux, qu'elle aussi trouvait horrible de voir la façon dont on traite ces derniers, ce que Dieu interdit d'ailleurs strictement. Ayant transposé ses mots en néerlandais, j'ai ajouté que leur action m'inspirait à moi aussi beaucoup de respect. Elle nous a remerciées, nous a redemandé si on envisageait de devenir végétaliennes, un choix présentant bien des côtés positifs : sauver des vies animales, œuvrer pour l'environnement et notre santé, étant donné que la viande recèlerait plein d'antibiotiques et d'hormones.

Mère a estimé qu'il s'agissait là de conneries. « Dis à cette demoiselle de ne pas s'inquiéter, Dieu a créé les animaux pour nous servir, elle peut apprécier un bon morceau de viande sans se sentir coupable. Quand on achète de la viande halal bio, on s'épargne tous ces additifs et on sait que les bêtes ont été bien traitées. » J'ai hésité à traduire cela fidèlement avant de tout de même m'y résoudre. La jeune femme n'a pas trouvé les mots pour dire combien elle jugeait cette idée abjecte ; cependant, l'expression de son visage la trahissait. Quelle que soit la langue que l'on parle, le regard de l'autre se laisse lire et saisir. Répondre que Mère se trompait, c'était soutenir que la vision de la vie qu'elle défendait ne valait rien. « Non, madame, les animaux ne sont pas au service de l'homme. Tout comme nous, ils ont leur propre vie, leurs propres plaisirs. Votre manière de penser est tout à fait erronée, je suis vraiment désolée d'apprendre que vous en êtes convaincue et pas disposée à vous ouvrir à autre chose. Faire souffrir un autre être vivant, le tuer pour en profiter, alors qu'il existe de nombreuses autres solutions pour se nourrir, tout aussi bonnes et substantielles, ce n'est en aucun cas éthique. D'ailleurs, les végétaliens musulmans, ça existe ! »

J'ai restitué ses propos en turc. Mère a dit : « Allez, Büsra, on y va, les courses nous attendent. Ça, ce sont des radotages sans fin. »

Nous, donc, d'y aller. Le H&M proposait un grand choix de vêtements légers d'été aux jolies couleurs. J'ai choisi quelques petites choses pour Defne, shorts et tops sans manches. Mère m'a dit de les remettre à leur place, que c'était hors de question. À huit ans, il était temps que Defne s'habitue à des habits plus discrets, elle n'était plus en maternelle. « Pas besoin d'accumuler des tenues d'été, elles ne serviront à rien ; après les vacances, elle va devoir porter un foulard et une robe longue à l'école. Les motifs représentant des animaux ou d'autres créatures sont interdits, ça entrave la prière. »

Putain ! J'en avais presque oublié que, dans un établissement islamique, une gamine n'a pas le droit de montrer un bout de peau. Pas même en été ni pendant les cours de gym, même si ceux-ci se déroulent à l'écart des garçons, comme la natation. Après le sport, elles ne prennent pas de douche ; il n'est pas convenable que des camarades de classe voient vos parties génitales, même si elles sont du même sexe. En effet, la doctrine édicte qu'il faut couvrir l'*awra*[1] : ces parties

1. Pour les hommes : la zone allant du nombril au genou. Pour les femmes : la zone allant du cou au genou (il peut y avoir des divergences d'opinion à ce sujet, mais c'est là ce qu'on m'a appris).

du corps qu'il convient de tenir cachées à tout moment, sauf devant son conjoint, y compris donc devant les autres femmes. Ainsi, il est interdit, de quelque façon que ce soit, de se faire épiler la fente par une femme. Dans une situation où vous êtes en danger de mort, m'a-t-on appris, vous pouvez dévoiler une partie de votre corps à un homme, mais uniquement si vous avez fait votre possible pour trouver auparavant une femme médecin.

Je me demande comment, selon cet édit, une femme peut se faire poser un stérilet. À mon sens, imams et érudits devraient se pencher sur cette question. Il en résulterait de nouvelles scissions. Plus il y a de scissions, plus on rigole.

Ce qui me frappe chez les habitants de Kümbet, c'est le nombre de femmes enceintes et de personnes présentant un handicap physique. Sans compter celles qui souffrent d'une maladie mentale : on se croirait dans un hôpital psychiatrique à ciel ouvert, dans un drain de plancher génétique. L'autre jour, par exemple, une jeune femme de mon âge est venue frapper à la porte. J'ai ouvert, l'ai saluée, lui ai demandé qui elle était. Elle m'a fixée pendant cinq minutes, bavant, avant de soudain proclamer de façon dionysiaque que j'étais sa sœur prodigue et de me serrer fort dans ses bras en maculant de salive mon chemisier. Je n'ai pas compris ce qui m'arrivait.

« T'es ma sœur ! Je t'aime ! Toi m'as manqué ! Toi dans mon rêve ! » Grand-Mère est arrivée à toutes jambes, lui a donné quelques biscuits et lui a dit de retourner chez elle : elle ne pouvait pas la laisser entrer, car il y avait beaucoup d'hommes présents dans la maison. À Kümbet, femmes et hommes ne se mélangent pas ; donc, quand une femme s'annonce, on la refoule si jamais des représentants de l'autre sexe sont déjà là. Les biscuits au creux de la main, la fille rayonnait en descendant une à une les marches, ne cessant de répéter que j'étais sa sœur, et de se retourner, la gaieté s'étant substituée à la gravité dans son regard. Elle portait des habits sales et déchirés ; ses chaussons, en tout aussi mauvais état, laissaient apparaître des pieds aux ongles non soignés.

« Qu'est-ce que c'est que ça ? j'ai demandé à Grand-Mère, choquée.

– C'est Nuray. Une fille malade, elle passe toujours me voir parce que je suis la seule à lui accorder un peu d'attention. La pauvre, qu'Allah la guérisse !

– Qu'est-ce qu'elle a, au juste ?

– On ne sait pas, une maladie de l'esprit, mais aller chez le médecin, ça coûte cher et ses parents n'ont même pas de quoi se nourrir. Parfois, elle devient incontrôlable. Quand elle voit un concombre, elle se met à trembler et à courir dans tous les sens comme une poule sans tête, à crier et à trembloter, il lui arrive même de s'évanouir, voilà pourquoi je fais attention à ne pas avoir de concombres à la maison, autrement on ne peut plus la tenir.

– Des concombres ? »

Je me demande si ce n'est pas une blague et si je n'ai pas atterri en pleine tragi-comédie. Nuray n'est toutefois pas la seule dans ce cas. Bien d'autres présentent des affections bizarres, que ce soient des handicaps physiques ou mentaux. Alors que, plus jeune, je ne savais pas expliquer cela, Halil avait éclairé ma lanterne : c'est à cause des mariages consanguins. Les mariages entre cousins et cousines sont bien plus la règle que l'exception. Ce que j'ignorais, en partie à cause de la doctrine et des imams qui approuvent de telles unions.

Une copine du secondaire me revient tout à coup en mémoire. Esra, une fille brillante, qui a trois sœurs lourdement handicapées. Sans aide, elles ne peuvent rien faire : ni aller aux toilettes, ni manger, ni marcher. Le jour où je lui ai rendu visite, je suis restée déconcertée. Il s'agissait d'un immense appartement aux couloirs larges et longs et aux vastes pièces, qui n'était pas sans rappeler un hôpital. La municipalité l'avait accordé à la famille en raison des trois infirmes. Partout, on pouvait voir des accessoires et toutes sortes d'appareils. Je ne me suis pas sentie très bien en découvrant ses sœurs difformes qui ne détachaient de moi leurs yeux méchants que pour pousser sans prévenir un cri de douleur.

Les fois suivantes où Esra m'a invitée chez elle, j'ai prétexté un rendez-vous. Si elle était bien entendu habituée à la présence de ses sœurs, moi, je ne pouvais m'empêcher d'éprouver un malaise à l'idée de les revoir, ce qui d'ailleurs me donnait mauvaise conscience.

Un jour, on parlait avec quelques camarades des patronymes de nos géniteurs, une des nombreuses fadaises dont on remplissait les intercours. Certains trouvaient chiant de porter celui de leur père, estimant celui de leur mère beaucoup plus beau. Esra a expliqué que, dans son cas, cela n'avait aucune importance puisque ses parents avaient le même. Ils étaient cousins germains. J'ai alors saisi l'origine des tares de ses sœurs. Quelque temps plus tard, j'ai osé aborder la question avec elle.

« Dis-moi, Esra, sincèrement, tu ne penses pas que si tes sœurs sont handicapées, c'est parce que tes parents sont de la même famille ?

– Non, ça va pas ! qu'elle a répondu. Moi, je suis normale, non ? En plus, le Prophète, que la paix soit sur lui, a dit qu'un cousin pouvait épouser sa cousine. Si c'était vraiment mauvais, le Prophète, que la paix soit sur lui, n'aurait jamais dit ça. Il y a tellement de gens qui se marient avec des parents proches et qui ont des enfants en bonne santé. »

Je n'ai pas répliqué, j'ai hoché la tête de bas en haut, guère convaincue.

Quelques kilomètres plus loin, on décide de faire une petite pause. On n'a pas encore atteint la plaine verte, entre les montagnes, où on a envie d'aller s'allonger. Buvant avec grand-soif de l'eau devenue tiède et passant la bouteille à

Halil, je vois que Defne plante à coups répétés son bâton dans le sol. C'est une solide branche qu'elle a emportée pour la promenade, à l'exemple des bergers qui se servent de la leur pour regrouper les moutons. Dans la région, comme ceux-ci portent des cloches, on entend arriver de loin les troupeaux.

« Qu'est-ce que c'est, Defne ? »

Devant ses sandales, il y a quelque chose de blanc de la taille d'un petit ballon de foot. Je m'avance pour regarder ça de plus près. Ça ressemble à une sorte de poterie. Je touche l'objet, le retourne, et me retrouve nez à nez avec un crâne. Un crâne humain. Il y a longtemps que je n'ai pas été choquée à ce point. Pris de panique, Halil se précipite vers nous.

« Ça peut pas être vrai ? »

25

On est rentrés en Hollande, la nouvelle année universitaire a déjà commencé. Mon ordinateur portable est en panne, la batterie ne se recharge plus. Pour préparer les cours de demain, j'en suis réduite à travailler sur un des PC de la fac. Alors que je m'apprête pour partir, Defne vient me trouver et me dit qu'elle s'« ennuie à mourir ». En raison du manque criant d'enseignants, les siens sont pris aujourd'hui par des réunions.

« Je peux venir avec toi ? elle me demande.

– Non, tu vas t'ennuyer là-bas. Je vais rester des heures devant l'écran. Qu'est-ce que tu ferais pendant ce temps ?

– La même chose que toi, non ? T'as pas un ordinateur pour moi là-bas ?

– Si, mais je veux pas t'entendre te plaindre si jamais tu t'ennuies, sinon je me mettrai en colère.

– D'accord !

– T'as une chouette robe. Tu l'as dénichée où ? je lui demande en faisant semblant de ne pas connaître la réponse.

– C'est maman qui l'a faite, dit-elle fièrement. Regarde, elle vole quand je tourne sur moi ! »

Mère est en effet douée pour faire de beaux vêtements. Avant, elle en cousait aussi pour moi, ça faisait de grosses économies. Peu à peu, des femmes du quartier ont pris l'habitude de venir lui demander une faveur : raccourcir une robe, en ajuster une autre, rapiécer tel ou tel vêtement… Elle ne disait jamais non, même quand elle n'en avait pas envie. De plus en plus l'ont sollicitée, y compris, à l'improviste, des connaissances et des parents de voisines. Le bouche à oreille fonctionnait : il se disait que, dans le quartier Kolenkit, il y avait une très bonne couturière. Elle n'a pas tardé à être débordée et s'est plainte auprès de Père : ces femmes vous prennent le bras entier quand vous leur tendez le petit doigt.

« Raccourcir ou rapiécer une robe, je veux bien, mais maintenant elles apportent du tissu et me demandent sans sourciller de leur en faire plusieurs. Elles n'éprouvent aucune honte ! Moi, j'ai une vie, ça me prend des heures de faire ça, elles paieraient des centaines d'euros dans un magasin, surtout pour des robes qu'elles portent pour des fêtes. »

Père l'a plus d'une fois incitée à ouvrir un atelier pour en tirer des revenus.

« Je vais quand même pas demander de l'argent aux voisines, aux amies ou à ma famille, Ismail ? lui rétorque-t-elle alors, agacée.

– Si, tu pourrais très bien le faire, y a rien de mal à ça quand même ? »

Père a toujours été plus entreprenant et plus pragmatique qu'elle. Elle a toujours refusé de s'écarter de ce qu'elle considère comme des normes sociales inébranlables.

« Non, c'est pas normal, ce sont pas des choses qu'on fait. Tout ne tourne pas autour de l'argent. »

Si tu en es convaincue, je me dis alors, arrête donc de te plaindre.

« D'accord, mais ne viens pas larmoyer à chaque fois dans mes oreilles », lui objecte Père, qui pense donc la même chose que moi.

Carabosse n'est pas novice pour ce qui est de geindre à longueur de journée à cause de ceci ou de cela, et quand on lui propose une issue, elle la refuse mordicus, mais ne continue pas moins de pleurnicher. Elle compte sur notre écoute, attend qu'on avance d'un coup de baguette magique des solutions dans lesquelles elle pourrait se retrouver, mais celles-ci n'existent pas. Il s'agit là d'une caractéristique de Mère Contraire qui me pousse à bout. Moi et pas seulement moi.

Alors que, devant le miroir de la salle de bains, je suis en train de fixer mon foulard avec quelques aiguilles, Defne apparaît, des lunettes de soleil sur le nez et une glace à la main.

« Il fait vraiment chaud, hein, pourquoi tu portes pas de manches courtes comme moi ?

– Eh, qu'est-ce que tu crois, tu sais que Mère ne le permet pas.

– Oui, mais tu n'as qu'à emporter d'autres habits dans ton sac pour te changer dans les toilettes. Et tu remets ta tenue longue avant de rentrer, idiote. »

Insouciante, elle continue de lécher sa glace et s'éloigne en sautillant. J'en reste ébahie devant le miroir. Ai-je bien entendu ? Je ne peux m'empêcher de rire comme un paysan qui vient de trouver par terre un fer à cheval. Elle promet, la gamine ; elle se prépare déjà à sa double vie à venir. D'un côté, je suis contente qu'elle soit une camarade rebelle ; de l'autre, j'ai déjà de la peine pour elle. Prépare-toi à tout, petite sœur, tu vas connaître des périodes où tu auras l'impression d'être schizo.

26

Je suis dans la cuisine en train de préparer une soupe aux lentilles. Dans le salon, Mère regarde une émission où des célibataires parlent de ce qu'ils recherchent chez un conjoint; ils aspirent à rencontrer une personne afin de pouvoir enfin se marier. Ils dévoilent ce qu'ils ont eux-mêmes à offrir, puis les téléspectateurs intéressés peuvent réagir en téléphonant à la production. Par la suite, un candidat potentiel est invité sur le plateau, séparé de l'autre par une cloison. Les deux personnes se parlent sans se voir. Le public, le pays tout entier et la diaspora en Europe les regardent.

Une conversation de cinq à dix minutes s'engage, elle porte généralement sur les buts que chacun se fixe dans la vie et sur ce qu'ils attendent du mariage. Dans un tel programme, curieusement, tous les postulants expriment les mêmes choses et paraissent sympathiques, on en arrive à se demander pourquoi ils sont encore célibataires ou comment ils ont pu connaître plusieurs échecs conjugaux. Si ces précédentes unions ont fait long feu, c'est toujours la faute de l'autre.

Vient le moment où l'on retire la séparation, et la personne apparue en premier dans l'émission choisit si elle souhaite ou non dîner avec la seconde. Les candidats se succèdent ainsi pendant des heures. Jour après jour. Toutes les femmes au foyer regardent ça. Ce qui m'a toujours surprise dans les programmes turcs, c'est leur caractère occidental. On ne voit presque jamais de hidjabs. Pas un seul dans les séries et les films. Dans les séries, les femmes portent des tenues sexy et ont des relations sexuelles avant le mariage. Actrices et acteurs boivent de l'alcool, sortent et fêtent même Noël. Alors que, quand je suis en Turquie ou quand je regarde autour de moi, je vois souvent une réalité bien différente.

Quant aux shows des humoristes, ils sont très différents de ceux diffusés sur les chaînes hollandaises ; ils ne traitent jamais de politique ni de religion et ne proposent que rarement une critique sociale. Il s'agit plutôt de blagues mettant en scène quelques personnages. Des types bêtes comme leurs pieds qui accumulent les conneries et d'autres types qui les raillent. Du genre Bob l'éponge et M. Krabs. Manifestement, un humour plus avancé, ils ne connaissent pas encore.

Le programme terminé, Mère passe des heures sur FaceTime avec des membres de la famille qui vivent en Turquie. Lesquels demandent de mes nouvelles et à me parler ; je prétexte des devoirs pour me réfugier dans ma chambre, chez Grand-Mère. Je déteste ces séances de parlote. Je ne ressens pas le moindre lien avec ces proches uniquement soucieux des convenances et de m'incriminer. La dernière fois que j'ai fait un appel vidéo avec Grand-Mère de Kümbet, elle m'a demandé si j'osais me montrer dehors dans le haut que je portais. Elle le trouvait trop moulant, « il ne cache rien du tout ». Elle m'a en outre interrogée sur mon mascara. La vie est éphémère, je suis une grande pécheresse, c'est Carabosse qui le lui a dit, elle en éprouve une grande peine. Ah ! ah ! bien sûr, sans doute ont-elles clabaudé des heures durant sur moi avec des sguegs et d'autres foufounes qui, grâce à mes péchés, se seront fait mousser. De même que le silence ne prend tout son sens que s'il est précédé et suivi par du bruit, de même le respect des convenances ne revêt toute sa signification que s'il existe des dévoyées de mon espèce qu'il est possible de vilipender.

J'ai horreur qu'on me renvoie à mes péchés, je déteste devoir vivre constamment avec la perspective du feu éternel. Dorénavant, je fuis, je n'ai pas besoin d'entendre ces commérages, je refuse de les entendre. Et je suis curieuse de savoir ce qu'ils vont se dire quand je jetterai mon hidjab aux orties.

Parions qu'ils fumeront une énième pipe d'un tabac fort dont la fumée empestera tout ce qui peut rimer avec le malheur.

Aujourd'hui, c'est Achoura. Comme chaque année, le dixième jour de muharram, le premier mois de l'année du calendrier musulman. Dans l'islam sunnite, on commémore alors le moment où Moïse a conduit son peuple de l'Égypte au pays de Canaan, le libérant de l'oppression du Pharaon. Dans l'islam chiite, c'est un jour de deuil, on se flagelle dans les temples, mais je n'en sais guère plus, je suis sunnite. Sèchepaille jeûne en raison de la sainteté de cette journée; de la sorte, elle espère gagner les bonnes grâces de Dieu. Par ailleurs, elle va confectionner un dessert qu'on appelle achoura. Les Marocains et les autres musulmans non turcs ne connaissent pas cette coutume. Après avoir effectué des recherches approfondies, j'ai appris qu'elle n'est mentionnée dans aucune source, pas plus que la célébration de l'anniversaire du Prophète (que la paix soit sur lui), que celle de son ascension ou que d'autres fêtes turco-islamiques typiques, à la différence des célèbres fêtes du Sucre et du Sacrifice. Mais bon, vous ne m'entendrez pas rechigner, ce dessert, c'est une tuerie. Mère m'a raconté, quand j'étais petite, que le Prophète, que la paix soit sur lui, en avait improvisé la recette alors que régnait une pénurie de nourriture à la suite d'une guerre. Il a ordonné à ses disciples de lui apporter tous les aliments dont ils disposaient encore, puis, mélangeant tous les ingrédients en question, il a préparé ce régal qui se compose d'amandes, de noisettes, de pêches séchées, de graines de grenade, de raisins secs, de haricots blancs, de lait, de riz, de pois chiches, de noix de coco râpée, d'eau et de sucre. Ça ressemble à une soupe, certains mangent d'ailleurs ce plat chaud, mais c'est sucré. Chaque année, je me réjouis à l'idée d'en manger. Il s'agit d'en préparer une grande quantité, généralement quatre grosses casseroles, afin d'en distribuer aux voisins, lesquels procèdent de même. Ainsi, à la fin de la journée, chacun a reçu une assiette d'achoura de chaque voisine, une sorte de troc, mais à vrai dire un échange du même produit auquel seules quelques petites touches personnelles apportent un peu d'originalité.

À l'origine, on distribuait le dessert en priorité aux pauvres ; mais, comme toutes les familles de notre rue sont aussi riches (ou aussi pauvres) les unes que les autres, on le partage entre voisins. Il faut dire qu'on ne connaît pas de personnes plus pauvres que nous. Il en va de même lors de la fête du Sacrifice : on distribue la viande entre voisins, car, en Hollande, personne n'est pauvre comme Job.

Je regarde l'écran de mon téléphone. Il indique 16 h 30. Je me maquille, passe mon polo Heineken et mon jean, puis je pars. La rue est assiégée par des hommes en chasubles orange, équipés de souffleurs de feuilles. À l'évidence, l'appareil le plus inutile de toute l'histoire de l'humanité. Les feuilles tombent en automne, quel est le problème ? Vouloir s'en débarrasser, n'est-ce pas une forme d'autisme ? Y a-t-il un seul quidam de notre quartier que ces feuilles mortes traînant sur les trottoirs empêchent de dormir sur ses deux oreilles ? Si la commune a de l'argent à revendre, qu'elle en fasse cadeau à certains de ses administrés.

Alors que je dépasse à vélo l'un de ces hommes, il oriente délibérément son appareil dans ma direction, projetant feuilles et sable sur moi. Je crispe les paupières, des grains de sable entrent dans ma bouche et dans mes narines. Je crache. Ne voyant plus rien, je freine, puis jette au type un regard d'incompréhension qui réclame une explication. « Oh ! désolé ! J'ai pas fait exprès ! Heureusement que vous portez votre truc, autrement vous en auriez plein les cheveux : il sert au moins à quelque chose ! » Je m'abstiens de lui répondre et renfourche mon vélo.

À l'heure du déjeuner, je me retrouve bientôt mêlée à un échange de propos houleux au travail. Un groupe d'Israéliens me demande si notre viande est kasher.

« *Yes* », je réponds, songeant que halal, ce doit être kasher, puisque kasher, c'est halal, selon ce qu'on m'a appris à l'école coranique. Je m'imagine à tort que la tolérance est mutuelle. Alors qu'ils mangent, ils posent à tout hasard la même question à un collègue, qui leur dit que tout est halal et pas kasher.

Les clients sont chauffés à blanc. À cause de moi. Tous portent ces sortes de calottes à la manière des musulmans pieux, certes un format plus petit couvrant non tout le crâne, mais uniquement son sommet. Ils m'accusent de leur avoir menti, exigent de voir le patron sur-le-champ et refusent de payer.

« Les bêtes ont été abattues au nom d'Allah, *the One and Only God*, je leur réplique en anglais. Vous l'appelez Yahweh, nous on l'appelle Allah, mais c'est la même entité, vous voyez ? Il y a juste le nom qui diffère. » Mon argumentation se retourne contre moi, décuple leur rage. Le patron intervient alors. Après vingt minutes de charivari, ils casquent malgré tout, sous peine d'avoir à s'expliquer avec la police. Moi, je dois leur présenter des excuses. S'excuser ne signifie pas forcément donner raison à l'autre. Ça signifie faire primer la relation à l'autre sur l'ego.

Tous laissent peu après une critique incendiaire sur le Net. Je m'attendais à ce que le patron me passe un savon. J'avais le nez, le front et les aisselles qui luisaient comme une mine d'or, mais, à ma grande surprise, il m'a complimentée.

« Bien joué, avec les Juifs, on a le droit de leur jouer des tours de leur cru, c'est leur idiome à eux. »

Après cet incident, je prends ma pause. Commande un plat auprès du cuisinier, optant cette fois pour le saumon. Puis je croise Karima aux toilettes. Elle ne travaille ici que depuis trois semaines, mais j'ai l'impression de la connaître depuis bien plus longtemps. Le courant est tout de suite passé entre nous. Elle est toujours gaie, agrémente de blagues nos longues journées de travail.

« Hé, comment tu vas, tigresse ? » Elle ne me répond pas, les yeux rivés sur son téléphone. Quand elle lève la tête, je vois que, au-dessus de deux poches marquées, ils sont tout rouges. Elle a l'air fatiguée et déstabilisée, et, chose totalement inhabituelle, elle n'est pas maquillée. Sans que je m'y attende, elle se réfugie dans mes bras et se met à pleurer ; tandis qu'elle tressaille, je respire les effluves capiteux du parfum qu'elle porte. Si elle n'était pas dans cet état, je lui en demanderais le nom.

« J'ai vraiment un gros problème, Büsra, elle sanglote.

– Eh là, doucement ! Raconte ! je lui dis en me détachant d'elle et en passant ma main droite dans son dos comme le font les institutrices avec leurs élèves quand ils pleurent.

– C'est fini avec Nick.

– Oh… C'est ça ? Comment ça se fait ?

– Mes parents ne l'acceptent pas, m'explique Karima alors que ses larmes redoublent. Ils veulent que j'épouse Hamza parce que Nick n'est pas musulman.

– C'est pas nouveau, si ? je m'entends dire.

– Non, je savais qu'ils ne l'accepteraient pas, mais, mais… j'avais toujours un petit espoir quelque part, mais là, ils m'ont traitée de tous les noms, jamais je n'aurais pu penser qu'ils pourraient m'en vouloir autant. S'ils apprennent ce que j'ai fait, je suis morte. »

Je sens le coup venir.

« Je ne suis plus vierge, ils vont me massacrer dès qu'ils le sauront. Je pensais pouvoir me faire réparer l'hymen, mais apparemment, ce bordel, c'est interdit depuis peu en Hollande ! Putain de merde ! Alors que j'en ai justement besoin ! elle ajoute en frappant le lavabo.

– L'autre solution, c'est de te foutre de ce que pensent tes parents, je m'empresse de dire sans réfléchir au fait que je me trouve dans la même barque qu'elle.

– Non, parce que ça voudrait dire que je n'aurais plus de famille pour le reste de ma vie. Je ne peux pas faire ça, ça irait trop loin. Je préfère encore épouser Hamza. Le seul problème, c'est qu'ils vont découvrir que je ne suis plus vierge.

– Ça va s'arranger, ma grande, on va trouver une solution ensemble, allez, arrête de pleurer, t'es pas la seule dans ton cas. Au besoin, tu pourras dire que tu t'es déflorée avec un tampon ou un truc comme ça.

– Tu crois qu'il va gober ça ? »

Je constate que le conseil que je lui donne me contrarie. Tant que les femmes continueront d'agir ainsi, rien ne changera, on n'en finira pas avec cette connerie. J'en arrive à en vouloir à Karima. De ne pas se battre pour son propre bonheur. Mais je prends conscience que je n'agis pas autrement qu'elle. Pourquoi est-ce si facile de prodiguer un tel conseil à autrui ? Pourquoi, plutôt que de m'en prendre à moi-même, suis-je si prompte à lui en vouloir de ne pas se battre ? Pourquoi ne suis-je pas à même d'excuser sa faiblesse alors que je ne cesse de le faire à mon propre égard ?

Il est toujours plus facile de prodiguer des conseils à autrui que de se persuader soi-même de leur valeur.

Après ma longue journée de travail, je rentre à pied. Pour la cinquième fois de l'année, on m'a volé mon vélo. Comme je me sens un peu moins en sécurité, je garde mon trousseau de clés à la main et un minidéo dans la poche de ma veste, lequel peut faire office de petite bombe au gaz poivre. Dans ces rues, on peut à tout moment être abordée par de jeunes Marocains qui, infatués, s'expriment sur un ton désagréable et intimidant. Certains vous suivent jusqu'à votre porte, mais, quand on porte un hidjab, ils n'insistent en général guère, car ils ne vous considèrent pas comme une fille facile. Dans ma phase post-foulard, j'aurai à endurer leurs harcèlements.

J'aimerais pouvoir marcher dans les rues la nuit en toute tranquillité, faire des promenades nocturnes, mais les femmes n'ont pas ce privilège. Si seulement Freek était avec moi.

27

Je vais au bowling avec Mustafa, Halil et Defne. Cela fait un moment que ma petite sœur en exprime le souhait. Aujourd'hui, on est tous libres. De plus, c'est son anniversaire. Mère ne manque pas de souligner : « C'est pas parce que c'est son anniversaire que vous y allez, hein ? Rassurez-moi, vous auriez pu tout aussi bien y aller un autre jour ?

– Ouaaaiiis », soupire Halil.

À aucun prix, Sèchepaille n'accepte qu'on adopte les coutumes des infidèles. En d'autres mots, interdiction de célébrer les anniversaires de même que toutes les autres fêtes païennes telles que : la fête des Mères, le Nouvel An, la Saint-Valentin, Noël et Pâques. À l'école coranique, on m'a appris que le Prophète (que la paix soit sur lui) a dit que quiconque imite les mœurs d'un peuple devient l'un de ses membres ; célébrer leurs fêtes, c'est donc risquer de devenir un incroyant. L'an dernier, lorsque Halil a apporté un gâteau le jour de son anniversaire, Mère n'a pas voulu en manger avant le lendemain : Dieu aurait pu croire qu'on fêtait quelque chose ! Elle se comporte de la même façon le 31 décembre quand des voisins ou des membres de la famille nous invitent à réveillonner.

« On vient juste passer un bon moment comme on le ferait n'importe quel autre jour de l'année, pas pour célébrer quoi que ce soit », se justifie-t-elle à chaque fois. Si jamais l'hôte met les petits plats dans les grands et décore son intérieur, elle se sent coupable. Elle ne peut se faire à l'idée qu'il s'agit d'une soirée spéciale.

Après le bowling, on va manger dans un truc huppé, c'est Mustafa qui régale. Il a d'ailleurs acheté un cadeau pour Defne. Un jeu de Monopoly. Alors qu'on est à table, j'ai l'idée de prendre une photo. « Allez, on regarde l'objectif ! »

Halil n'attend pas la photo, il a envie de déféquer.

« Alors, rien que nous trois », je dis dans ma crédulité.

Plus tard, dans la journée, je la mets comme photo de profil sur WhatsApp. Elle nous montre, Mustafa et moi, souriant côte à côte, lui un bras sur mon épaule et Defne assise sur nos genoux.

Quelques instants plus tard, une tante m'adresse un message.

« C'est ton cousin sur la photo ? »

« Oui », je tape.

Elle : « Je dois dire que vous allez bien tous les deux ensemble, tu sais. Vous devriez peut-être vous marier. Il te plaît ? »

Désorientée, je fixe l'écran de mon téléphone. J'hallucine ou quoi ?

Je tape : « Euh… Tante, t'as perdu la tête ou quoi ? C'est mon cousin germain. »

Pas de meilleure façon de répondre à une question impertinente que d'en poser une du tac au tac.

Elle : « Oui, et alors ? C'est normal d'épouser son cousin, c'était juste un compliment, tu sais. T'es une jolie fille, lui est charmant, vous êtes tous les deux en âge de vous marier. Et vous vous entendez tellement bien ! Je vois pas le problème, ça se produit souvent dans notre entourage, non ? »

Je la bloque dans mes contacts. Ça ne va pas lui plaire, mais je m'en fiche.

Une demi-heure plus tard, alors que je passe en revue mes notes de cours, je reçois un appel de Mère.

« Pourquoi t'as une photo de toi avec Mustafa ? T'as un pète au casque !? C'est pas ton mari ni ton fiancé, hein ? Alors, qu'est-ce que vous faites sur cette photo en train de rire, l'un contre l'autre, pour ne pas dire sur les genoux l'un de l'autre ? Et pourquoi Halil n'est pas sur la photo ? Vous êtes sortis sans lui ? T'avais un rendez-vous en cachette avec Mustafa ? Honte à toi ! Qu'est-ce que vont dire les gens en voyant cette photo !? Plus personne va demander ta main, tout le monde va croire que t'as déjà un homme ! Supprime-moi cette photo et ramène tes fesses à la maison, tout de suite ! »

Avant même que j'ouvre la bouche, elle raccroche. Je prends un chewing-gum et me mets à mastiquer frénétiquement, mais je me mords la langue. Merde, quelle débile je suis de lui avoir appris à utiliser WhatsApp ! L'an passé, elle se trimbalait encore avec un vieux Nokia et paniquait dès qu'elle recevait un texto. Je me suis tiré une balle dans le pied, c'est le cas de le dire. Je supprime la photo et rentre chez mes géniteurs. Au fond de moi, j'aimerais m'en contrefficher, je n'ai rien fait de mal et je n'ai plus envie de faire la moindre concession. Pourtant, voilà que je me retrouve pour la énième fois dans leur étau. Me laisse intimider par leurs menaces.

Je me mets en condition pour le plaidoyer à venir.

En entrant dans le salon, je prends un objet dur dans la tronche. « Aïe ! » La sandale de Carabosse. Pas une pantoufle, mais une de ces sandales turques au talon compensé. Je porte la main à mon œil gauche qui pleure et lui demande si elle a perdu la boule – une question rhétorique.

« Moi, folle ? C'est toi qui es détraquée ! Tu connais plus tes limites, hein ! Je commence à en avoir par-dessus la tête de ton comportement ! Pourquoi toi, une célibataire en âge de se marier, tu postes une photo avec un homme qui n'est ni ton fiancé, ni ton mari ? Tu veux qu'on jase sur ton compte, c'est ça ? Tu veux qu'on aille imaginer des tas de choses sur ta vie privée ? Ou tu aimes Mustafa en cachette et tu veux l'épouser ? Si c'est le cas, avoue-le, on réglera ça, mais arrête de flirter avec lui en coulisse ! »

Je la considère, effarée. Mère ne cesse de se surpasser.

« T'es de plus en plus givrée, tu pètes complètement les plombs ! Qu'est-ce qu'il y a de mal, une photo avec mon cousin ? Tu devrais aller te faire traiter ! Pourquoi t'as besoin de toujours tout grossir et tout ramener au cul ? Qu'est-ce que j'ai fait pour mériter ça ? C'est moi qui en ai marre de toi ! J'ai vingt ans, putain, et je me prends une sandale dans l'œil ! Je te souhaite de crever la gueule ouverte ! »

Crâne, Mère se lève : « Ta gueule, toi, tu sais en face de qui tu l'ouvres ? Tu crois que, parce que t'as vingt ans, tu peux nous manquer d'égards ? Où sont passées tes manières ? Où est le respect que tu dois à celle qui t'a mise au monde, nourrie et élevée ? Quand on s'apprête à abattre un arbre à la hache, l'arbre nous dit que le manche est fait de sa propre substance. C'est moi qui t'ai mise au monde, pas le contraire, veille à rester à ta place ! »

Oui, bien sûr, c'est elle tout craché, elle remet ça. Jamais elle n'aborde le débat de fond, jamais elle ne parvient à parer correctement la critique. Chez elle, la repartie vaut remontrance et autojustification, alors que la mienne n'est qu'insolence et effronterie. J'ai des géniteurs équipés d'un système automatique de trois cents restrictions stupides et non déclarées qu'il m'a fallu avaler une à une au fil des ans. Quand on leur pose une question, ils ont la faculté de débiter de longues phrases qui n'ont aucun rapport avec le schmilblick. Le mot « fière », Mère semble l'avoir inventé. Voilà pourquoi je renonce à chercher à imposer mon point de vue. Je suis lasse. Au cours des dernières années, j'ai gaspillé bien trop d'énergie dans de telles altercations. Je préfère rester de bonne humeur, ou du moins conserver un certain équilibre psychique, plutôt que d'obtenir qu'on me donne raison. Ce qui de toute façon relève du chimérique. Une obsession chez autrui, impossible d'en venir à bout puisque, à notre différence, la personne en question y est attachée. D'une manière générale, les gens ambitieux sont plus dangereux et plus vulnérables que les gens ordinaires. Impossible, au moyen de la raison, d'arracher à son obsession la personne qui s'y raccroche *a priori* de façon irrationnelle ; c'est d'ailleurs perdre son temps que d'attirer l'attention d'une personne irrationnelle sur les absurdités qu'elle commet. Réfuter une absurdité se révèle bien moins efficace que la laisser de côté. Et c'est bien entendu chercher les emmerdes que de forcer les gens, qui n'en ont pas les capacités, à entrer dans le corset du raisonnement pur et cartésien. Mieux vaut que raison et bon sens se tiennent sur la réserve en présence de la déraison et de la bêtise.

Cause de problèmes, la stupidité pourrait-elle être en outre une excuse ?

Pour quelqu'un qui n'a pas d'ouïe, le son n'existe pas. Sans que cela change quoi que ce soit à l'existence du son. Pour le daltonien, les couleurs n'existent pas, mais il sait, grâce aux autres, que quelque chose existe qu'il ne connaît pas. Le fait qu'il y ait des milliards de croyants ne change rien à l'absence d'un dieu dans nos vies. Et il n'en va pas autrement quant aux gens décédés et aux demeurés : leur état ne les importune en rien, c'est surtout leur environnement qui en souffre.

Habituellement, on avance comme preuve de l'existence de Dieu l'argument du nombre. À mon avis, c'est en réalité le contraire qui est vrai. Peu à peu, j'ai fait mien un mode de vie qui ne tient pas compte, en quelque domaine que ce soit, des goûts de la collectivité. Une boussole le plus souvent infaillible, car tout ce qui se vend comme des petits pains est de médiocre qualité. Ne vous reposez jamais sur la décision de la majorité.

Les géniteurs ont tous les droits : jurer, pincer, frapper, jeter des objets, dénigrer, dégrader, mener une guerre psychologique, se montrer agressifs et crier n'importe quoi. Balancer des propos abjects, dégradants, blessants et ignobles, mais fichtre ! malheur à moi si je leur renvoie cela à la façon d'un miroir : indignés, ils adoptent le rôle de victimes. Ils sont passés maîtres dans l'art d'allumer des mèches dans des barils de poudre avant de s'en laver les mains quand tout pète et prend feu. Ils agissent alors comme si c'était moi qui disjonctais et manquais de respect. Le monde à l'envers. Ça a toujours été comme ça. Ils exigent que je dise oui et amen à tout, surtout en raison de mon sexe, et que j'aboule l'oreille basse. En fait, uniquement en raison de mon sexe ; devant une paire de couilles, ils ne se comportent pas ainsi et n'en font pas tout un plat. On ne m'autorise pas à répliquer, je dois me montrer servile et non pas critique, je ne devrais pas même leur répondre du tout, mais être asservie. M'agenouiller devant Son Altesse Arrogance. Laquelle est d'une obscène roguerie. Mais voilà, moi, goujate à l'infâme culot, j'ai la repartie facile, je brise les codes, surtout celui de mon sexe, je suis une anguille insaisissable. Mère veut faire de moi une personne qui baisse la tête par honte et par souci de faire preuve d'une bonne volonté sans limite, qui ravale sa langue de même que ses émotions et ses frustrations. Une personne chargée principalement de retirer la soupape de la cocotte-minute et de s'effacer de peur que ça ne lui explose à la figure, et dont on attend qu'elle reconnaisse : « Oui, maman, je suis désolée, vous avez raison, j'espère que vous pourrez me pardonner un jour. »

Mais ça n'arrivera jamais. En même temps, une sensation m'envahit : Carabosse a en réalité triomphé haut la main depuis longtemps. Je viens de retirer ma photo de profil, j'entretiens une liaison en cachette, je porte les vêtements qu'elle approuve en sa présence, je travaille en cachette dans un restaurant, je ne sors pas le soir, je rentre en général tôt à la maison, je ne pars pas en vacances avec des copines, ne découche jamais, je vais en cachette à la plage, réfléchis de plus en plus à me lier à un garçon qui serait au goût des géniteurs. Je ne vis donc pas la vie que je voudrais. Je me rebelle de temps à autre, mais dans l'ensemble, la gagnante, c'est Mère. Suis-je vraiment une rebelle ? Ou juste une fille qui croit se rebeller, mais qui reste en permanence dans le cadre qu'elle a circonscrit ? Ne suis-je pas l'incarnation même du défaitisme, étant donné que c'est elle qui définit encore et toujours mon terrain de jeu ?

Tenant bon et insistant sur le fait qu'il n'y a rien de mal à choisir la photo en question, et qu'elle n'est qu'une demeurée doublée d'une tarée qui m'impose des règles moyenâgeuses, je touche un nerf à vif. En soi, ce n'est guère difficile puisqu'elle en a plusieurs très sensibles, c'est un vrai clitoris ambulant. Elle se jette sur moi comme un projectile non guidé et me pince l'avant-bras. Je la repousse, elle tombe presque à la renverse. Dans son regard vindicatif, je crois lire son envie de me faire frire dans ma propre graisse. Des perles de sueur se forment sur son front, la veine bleue sur le côté gauche de sa tête palpite comme à chaque fois qu'elle s'apprête à boire mon sang, répandant autour d'elle d'authentiques perlettes verbales tandis que son rythme cardiaque s'emballe.

Père intervient. Par pur calcul, et non sous le coup d'un soudain accès d'humanité.

« Fais pas ça, Fatma, c'est pas nécessaire, tu peux te contenter de mots, non ? » Il a senti que les choses risquent fort de s'envenimer, pour une énième fois ces derniers temps, et que je ne gobe plus les griefs de sa matrone. Un des à-côtés du passage des années, c'est que l'on est de moins en moins disposé à faire les choses que l'on trouve désagréables. Les attaques physiques à l'emporte-pièce de Carabosse témoignent de sa position de faiblesse, prouvent qu'elle ne sait plus à quel saint se vouer, qu'elle n'est plus à même d'argumenter. Le désarroi et le décousu de son comportement nous permettent de deviner son jeu. Peut-être n'est-elle pas une gagnante, après tout ?

« Qui n'obéit pas au gouvernail devra obéir aux écueils ! elle proclame. T'as du bol d'avoir un père qui fait profil bas, un autre t'aurait déjà cassé les dents, ce que tu mérites d'ailleurs, c'est pour ça que je regrette qu'Oncle ne soit pas ton père. »

Me tournant vers Père, je lui demande : « Pourquoi tu dis rien ? Regarde un peu de quoi elle m'accuse ! Et tout ça pour une photo avec Mustafa ! Tu continues à trouver ça normal ? Pourquoi tu prends jamais ma défense ? Ça te convient de compter pour du beurre ? Tu sais, bon dieu de bon dieu, qu'elle déraille ! Bien des thérapeutes pourraient consacrer leur thèse à sa psyché ! »

Je le vois hésiter, ça me fait du bien. De toute façon, Père a toujours plus tergiversé que Mère, elle qui est plus papiste que le pape quand il s'agit de respecter l'autorité ; or, celui qui hésite possède une conscience éthique, un assortiment en propre de normes et de valeurs grâce auquel il justifie ou désapprouve tel acte ou telle idée. Ne convient-il pas d'accorder à ses certitudes un droit à l'erreur ? Mère fait partie de ces gens qui considèrent le doute comme l'ennemi ultime ; il ne faut pas lui céder un millimètre quand il cherche à profiter de l'un de vos moments de faiblesse pour s'insinuer en vous. Elle estime qu'il provient d'un manque de connaissances, alors même qu'il a plutôt tendance à augmenter au fur et à mesure que l'on en acquiert. Tout est enveloppé de brume, sauf l'endroit où elle se tient.

L'hésitation de Père ne dure pas longtemps : « Büsra, arrête ! Tout de suite ! Respecte ta mère, quoi qu'elle fasse, quoi qu'elle dise. C'est elle qui t'a élevée ! Apprends un peu les bonnes manières ! Ta mère a raison, même s'il lui arrive d'exagérer. Te casser les dents, c'est pas une solution, mais elle n'a pas vraiment tort, tu connais nos gens, ils s'empressent de jaser et d'imaginer des tas de choses. Rien ne t'empêche de prendre une photo avec Mustafa, mais t'es pas obligée de la diffuser comme ça. Pourquoi ce besoin de la partager ? La dernière fois, t'as mis une photo de ta bobine sur WhatsApp et Facebook, ça se fait pas ! T'as qu'à choisir un joli texte ou un truc comme ça, ou une jolie fleur. Tu cherches juste à te faire valoir en t'affichant ainsi comme une salope. En quoi c'est si difficile que ça ? Pourquoi est-ce trop te demander ? Ça te rend malheureuse de ne pas poster une photo de toi ? »

Je n'en veux même plus à Père. J'ai eu le temps d'apprendre à ne plus être déçue par les autres.

Carabosse remet ça alors qu'elle tournait entre-temps comme un ours en cage.

« T'es une dépravée ! Sourire comme ça sur une photo à côté d'un jeune homme, comment oses-tu ? Apprends donc à craindre Dieu ! Tu joues avec le feu ! Les hommes de cet âge sont des réservoirs d'hormones. Peut-être que toi, tu n'as pas de mauvaises intentions, mais eux, si ! Accorder de cette façon un peu d'attention à un garçon, c'est l'encourager à développer des sentiments à ton égard, parce que t'es une femme et lui un homme, point final ! Qu'il soit de notre famille ou pas, ça tient à la nature de la bestiole : laisser une femme et un homme seuls, et le diable s'invite illico, comme l'a dit le Prophète, que la paix soit sur lui. Ai-je encore besoin de te le dire ? Pourquoi t'avoir envoyée pendant des années à l'école coranique si tu ne retiens rien !? Leçon numéro un : une femme et un homme, c'est mettre du bois et du feu l'un à côté de l'autre, ça ne peut que dégénérer !

– Fatma, l'exagération, c'est un métier à part entière. Toi, tu pousses le bouchon un peu trop loin. On connaît Mustafa, tu te fais de la bile pour rien. Si elle enlève la photo, il n'y aura plus de problème.

– Qu'est-ce que tu dis ? Mustafa, il a une petite amie ! Et c'est mon cousin ! À la fac et au boulot, il y a aussi des hommes autour de moi, ce n'est pas pour autant que je ressens quelque chose pour eux. À quoi ça rime, tout ce bla-bla ? je tente une fois de plus.

– Je sais pas ce que tu fabriques avec tes camarades à l'université et tes collègues du supermarché, malheureusement j'ai aucun contrôle là-dessus, mais j'espère pour toi que tu te conduis pas comme sur cette photo ! C'est vrai, tu peux te comporter normalement avec les hommes à condition de les garder à distance et de t'en tenir au strict nécessaire. Pas besoin de rigoler, de hurler de rire ni de brailler avec eux, pas besoin de les toucher, de te coller à eux comme du sparadrap, d'être décontractée ou souriante sur des photos. Connais tes limites ! Il y a une raison à la différence entre les sexes, c'est pas pour rien qu'Allah dit qu'une femme doit couvrir ses charmes, et c'est pas pour rien non plus que le Prophète, que la paix soit sur lui, a dit qu'on doit baisser la voix quand on parle à un homme ; tout cela, c'est pour ne pas éveiller sa lubricité. Quand vas-tu comprendre ça et le mettre en pratique ? À ton âge, la plupart des filles en Turquie ont déjà deux enfants. Tandis que toi, tu te comportes toujours de manière aussi frivole qu'une gamine naïve, tu papillonnes comme si t'étais pas au courant de tout ça. Ou plutôt tu fais semblant, j'en suis sûre. À cause de toi, les ragots vont nuire à ton honneur et au nôtre ! Pour une femme, l'honneur est plus important que sa vie, tu piges ça ? Mets-toi bien ça dans le crâne au lieu de toujours faire ta tête de mule ! D'ailleurs, je suis pas du tout favorable à ce mélange entre hommes et femmes, mais bon, c'est comme ça, on peut pas y échapper. La femme que tu es doit protéger ses frontières, la balle est dans ton camp ! »

Pour la énième fois, je laisse ces bennes de boue se déverser sur moi. Je regarde Mère dans les yeux. La hideur a un visage. Récalcitrante, je mets les écouteurs que je tenais à la main alors qu'elle est loin d'en avoir fini. Une musique forte me protège de ses sempiternels rabâchages. Je vois Sèchepaille parler comme une mitraillette, on dirait le bourdonnement d'une mouche emmerdante lors d'une nuit d'été étouffante. Je ferme les yeux jusqu'au moment où une gifle sans pitié s'abat sur ma joue droite. J'en ai l'oreille qui vrombit. Comme il n'est pas dans mon intention de me prendre pour Jésus, je regagne ma chambre. Sur ma langue, le goût salé familier. Je lève les yeux au ciel et m'adresse à Allah : « Pourquoi n'as-Tu pas donné à celle que je méprise de tout mon cœur une fille qui lui ressemble ? Jour après jour, elle me punit pour le simple fait que je suis moi-même ! Pourquoi ? »

Allah a avalé sa langue.

28

À sept ans, il m'arrivait de rendre visite à Eva. Elle habitait alors encore notre rue, avant que ses parents ne déménagent à Purmerend. Sa mère, qui avait l'habitude d'acheter des livres, lui faisait la lecture tous les soirs. Scène à laquelle il m'est arrivé d'assister. Cela éveillait ma jalousie. Alors que cette femme aidait sa fille à faire ses devoirs et lui faisait quotidiennement la lecture, moi, j'apprenais à Mère l'alphabet et à compter les sous pour payer. Autrement dit, chez nous, les rôles étaient inversés. Eva avait des magazines de mots mystères et de rébus que j'aurais aimé décrypter, mais elle tenait à s'en charger elle-même. Mère ne voulait pas m'en acheter, c'était trop cher. J'en voyais au supermarché quand on faisait la queue pour passer à la caisse. La plupart de ces magazines coûtaient entre 4 et 5 euros. « Avec cet argent, on peut acheter huit paquets de pain », se justifiait-elle.

Un jour, je lui ai fait cette remarque : « C'est bien, les enfants qui ont une maman qui leur fait la lecture, hein ? Dommage que tu ne saches pas lire, mais c'est pas grave, tu sais. » Le lendemain, elle a sorti un livre de je ne sais où et m'a demandé si je voulais qu'elle m'en lise un passage. Elle en avait demandé un à mon institutrice. Sans attendre, je me suis assise à côté d'elle et j'ai tendu l'oreille. En se fondant sur les illustrations, elle a inventé une histoire. C'est ainsi qu'a commencé le fiasco. Par moments, elle devait réfléchir pour trouver une manière de relier une illustration à la précédente, mais cela n'avait pas d'importance, je voyais et appréciais son effort. Je l'ai récompensée d'un bisou sur la joue et d'une caresse sur le foulard.

La haine la plus profondément ancrée, c'était autrefois de l'amour. La haine la plus profondément ancrée, c'est de l'amour déçu.

Je passe à vélo devant le supermarché. Des souvenirs défilent devant mes yeux comme un panorama. Par le passé, Mère était incapable de lire les prix ; quand elle faisait les courses, je l'accompagnais pour l'aider à payer. Lisais le ticket de caisse à deux reprises pour vérifier le total, et alors même qu'elle ne faisait pas confiance à mes compétences en arithmétique. À chaque fois, même quand le total était correct, elle estimait que c'était trop cher pour le peu de chose qu'on venait d'acheter.

Je passe à vélo devant la bibliothèque de Bos-en-Lommer. Incroyable ce que j'ai aimé ce lieu dans mon enfance ! Mon deuxième port d'attache ! À un moment donné, j'en avais exploré tous les rayonnages. Je l'avais découverte à l'occasion d'une sortie scolaire. Avant, je ne savais pas où elle se trouvait, ni même qu'elle existait. Un vrai coup de foudre. Un monde s'est ouvert à moi, un trésor d'histoires passionnantes, les *Donald Duck*, des ordinateurs reliés à internet, des DVD, une machine à Chocomel, tout cela gratuit. Sauf le Chocomel, qui coûtait 50 centimes. Après cette visite guidée, on ne pouvait plus m'en déloger. Mais, n'ayant pas le droit d'y aller seule, j'étais dépendante de la bonne volonté de Mère ; il me fallait la supplier à chaque fois, Père étant de son côté toujours au travail. Certains jours, elle disait oui, même quand elle n'en avait aucune envie. J'empruntais alors le maximum autorisé, soit huit livres, ce qui ne m'empêchait pas de les terminer tous avant qu'elle ne fût disposée à y retourner. Toutes les cinq ou six semaines, cela lui paraissait largement suffisant. Sur place, je lisais des magazines, et ramenais à la maison des livres épais, histoire d'avoir de quoi me mettre sous la dent. Bientôt, j'ai pu choisir des films. Un voisin venait de nous faire cadeau de son vieil ordinateur équipé d'un lecteur DVD. Pour emprunter huit livres de plus, j'ai fait faire une carte de bibliothèque au nom de mon frère qui, de toute façon, n'en voulait pas pour lui. Mais, comme Mère refusait de transporter un tel poids, la carte de Halil m'a servi à opérer un choix parmi les films et les magazines.

Quand j'ai eu onze ans, on m'a enfin autorisée à me rendre seule à la bibliothèque. J'allais m'y détendre pendant des heures. Je m'achetais du lait chocolaté quand Père me donnait une pièce pour me remercier de l'avoir aidé à distribuer le courrier et les prospectus publicitaires. Ces coups de main me stressaient : si jamais des employés de la Poste me prenaient sur le fait, Père aurait perdu son emploi. Il m'arrivait de me charger de toute sa tournée de façon qu'il puisse se reposer un après-midi entier. Il me glissait alors 5 euros dans la main, parfois 10. Rétrospectivement, je peux juger que ce n'était pas grand-chose comparé au travail que j'abattais pour lui. Mais bon, à l'époque, ces quelques billets me ravissaient.

De temps en temps, j'empruntais aussi des livres pour Halil. Préférant jouer au foot plutôt que fréquenter la bibliothèque, il n'appréciait pas moins que je pense à lui. Il les lisait à condition que je me charge de les lui apporter et de les ramener. Ce sont les romans de Carry Slee qui ont surtout captivé la fille que j'étais. Ils m'ont permis de plonger dans des mondes que je ne connaissais pas, de découvrir des histoires dans lesquelles il était question de baisers, de petits amis, de beuveries, de sorties, de cigarettes et de drogue. Quand ça parlait de baisers ou de sexe, je ressentais des frissons, j'avais comme des papillons dans le ventre, une sorte de picotement qui se propageait jusqu'à mon vagin, sans que je comprenne pourquoi mon corps réagissait aussi bizarrement. Totalement absorbée par ces histoires, je ne quittais plus ma chambre le week-end dès mon retour de l'école coranique ou pendant les vacances de Noël. Un très bon livre pouvait me procurer du plaisir une semaine encore après que je l'avais refermé, ou me bouleverser, me mettre en colère, m'attrister, occuper mes pensées au point de m'amener à me demander ce que j'avais réellement lu. Les mots que je ne connaissais pas, je les consignais dans un calepin, puis en notais le sens que me fournissait l'un ou l'autre de mes enseignants.

Comme on n'avait pas de WiFi, la lecture était la seule activité distrayante, d'autant plus que l'unique alternative était l'apprentissage de textes du Coran. Froissée, Mère entrait régulièrement en trombe dans ma chambre en me reprochant de négliger les devoirs qu'on me donnait à la mosquée. Quand donc allais-je connaître par cœur la prochaine sourate ? L'institutrice commençait à perdre patience, cela faisait déjà deux semaines qu'elle m'avait demandé de l'apprendre. Quand je restais sourde à ses reproches et continuais à lire comme si de rien n'était, elle confisquait mes bouquins et les mettait sous clé dans un tiroir. Celui dans lequel elle gardait les pièces d'or qu'on lui avait offertes lors de son mariage. Elle les a toujours, d'ailleurs. Les femmes turques les conservent jusqu'à leur mort – une sorte de pension alimentaire au cas où leur mari les quitterait, où une guerre éclaterait, où il nous faudrait fuir sous la menace d'un génocide. Voilà ce qu'elle m'a dit le jour où je l'ai questionnée sur son trésor.

Je détestais qu'elle prenne mes livres. Je n'avais aucune envie d'apprendre les versets du Coran, c'était chiant, monotone, compliqué, j'y pigeais que dalle. Pourquoi m'enfoncer dans la tête des textes écrits dans une langue que je ne comprenais même pas ? Ça me paraissait plutôt inutile, mais

Sèchepaille me convainquait jusqu'aux tripes que Dieu ne m'en aimerait que davantage et me favoriserait dans la vie. Dès lors, j'étais prête à souffrir. Je prenais mon petit Coran rose et me mettais au travail. Pour mémoriser, j'avais une astuce : en lisant sur un certain rythme, on retient plus facilement, à la manière des paroles d'une chanson écrites dans une langue étrangère.

L'enseignante m'interrogeait chaque dimanche ; je ne voulais pas vivre une deuxième fois la honte de rester court. Elle plaçait de grandes attentes en moi, m'assurant que j'apprenais plus et plus vite que les autres. De là sa déception redoublée le dimanche où je n'avais rien appris. Elle était piquée au vif.

« Il est important pour toi de trimer pour apprendre ce qui plaît à Dieu, Büsra, ou préfères-tu Le décevoir ? J'imagine que tu ne veux pas appeler sur toi des choses désagréables, par exemple que tes parents tombent malades, que tu sois malheureuse, que tu ne réussisses pas ta vie ou que tu ailles en enfer ? Tu veux gagner le fascinant et magnifique paradis ? Tu veux demeurer à l'abri de tout mal et de toute mauvaise fortune ? Dans ce cas, il te faut montrer que tu es prête à tout donner pour Dieu, y compris ton temps libre, surtout ton temps libre, et à faire de ton mieux pour connaître Son Livre. C'est ce que Dieu attend de toi. Tu es intelligente, une qualité dont Il t'a fait don dans un but précis : l'utiliser pour L'adorer. »

En règle générale, celui qui ment connaît la vérité. Je doute que ce soit le cas des bigots.

Je n'avais pas eu besoin de cette femme pour me rendre compte que j'apprenais plus et mieux que les autres. Au bout d'un semestre à l'école coranique, j'avais mémorisé sensiblement plus de versets que les autres gamines. Je me suis demandé comme cela se faisait. En primaire, j'étais la première à finir les exercices de calcul, de grammaire et d'orthographe, alors que mes camarades traînassaient, soit par distraction, soit par manque d'aptitude. Comme ils ne voulaient pas redoubler, ils me demandaient les réponses. En échange, certains m'offraient des bonbons, voire 50 centimes ou un euro. À un moment donné, j'ai annoncé que je ne voulais plus partager mon cahier ; ils ont alors menacé de m'exclure des jeux à la récré et pendant les cours de sport. Je supposais que la paresse expliquait leurs moins bons résultats, mais j'ai compris par la suite qu'ils éprouvaient de réelles difficultés, surtout en néerlandais, une matière que tous vitupéraient, alors que moi, elle ne me posait aucun problème. Sans doute parce que je couvrais plus de kilomètres de lecture qu'eux ; à la maison, je ne parlais pour ainsi dire pas le néerlandais et ne regardais que rarement les chaînes diffusées dans cette langue.

En début de primaire, Eline, l'institutrice, avait suggéré de m'envoyer dans une classe spéciale, car je ne connaissais pas le moindre mot de néerlandais. Mais Père avait refusé. Au cours des années suivantes, j'ai rattrapé assez vite mon retard grâce à la lecture.

La bibliothèque me rappelle également toutes les heures que j'ai passées avec Mère pour la préparer à ses examens. Je l'entraînais pour le cours d'intégration. Ce qu'on ne pouvait faire à la maison en l'absence d'internet. Cependant, chaque personne n'était autorisée à utiliser un PC qu'une demi-heure par jour. D'abord celle à laquelle j'avais droit, puis celle de Halil. Mère n'avait pas de carte, l'inscription étant payante pour les adultes. Son examen d'intégration, elle l'a réussi du premier coup, ce qui ne fut pas le cas de la plupart des autres candidats. Cela alors qu'il lui avait d'abord fallu apprendre un tant soit peu à lire, tandis que les autres avaient au moins fréquenté l'école primaire dans leur pays d'origine. Elle en tirait une fierté sans frein, et à juste titre. Le soir ayant suivi les résultats, on a exceptionnellement partagé un gâteau qu'elle avait elle-même confectionné, car tous ceux du supermarché contiennent de la gélatine de porc.

Son prof avait eu l'occasion de lui faire des éloges. Il lui avait conseillé de surtout persévérer ; elle en avait les capacités. Puis, après six mois de cours, elle a passé le niveau 1. Le type lui avait déjà proposé des places où elle pourrait passer à l'étape suivante.

« Je peux vous trouver un petit emploi dans une pharmacie ou une crèche. Ou vous pourriez également travailler à la cantine d'un établissement pour personnes âgées. Ça vous plairait ? » Après avoir accepté, Mère avait fait marche arrière. Elle venait de découvrir qu'elle était enceinte de Defne, cela alors qu'elle prenait la pilule ; je l'ai entendue dire à Tante au téléphone qu'elle ne l'avait pourtant pas oubliée un seul jour. Ça l'emmerdait, elle n'avait pas envie d'avoir un troisième gosse ; en plus, notre logement était trop petit. Mais la foi condamne l'avortement (en revanche, le courant auquel elle appartient autorise la pilule).

J'étais alors en fin de primaire. Je n'ai pas compris de quelle pilule elle parlait. Plus tard, une petite recherche sur Google m'a permis de comprendre de quoi il retournait. À cette grossesse s'ajoutait le fait que l'imam Lebavasseur lui avait dit qu'il n'est pas décent pour une femme de travailler quand son mari gagne de quoi vivre. Mieux vaut qu'elle se concentre sur l'éducation de ses enfants, sur son foyer et sur l'adoration de Dieu. Et voilà.

Toujours en pédalant, je vois que le panneau d'affichage de l'arrêt de bus est tagué de quelques mots. La photo, une publicité pour un shampoing Andrélon, montre une jolie femme portant un hidjab. Un coup de marqueur noir relie ses sourcils l'un à l'autre. Quelques-unes de ses dents sont coloriées en noir. À côté de sa tête, un organe génital masculin a été dessiné. Pour le reste, on peut lire : ENCULEUR DE CHAMEAUX. Et : MOINS, MOINS, MOINS !

29

Alors que la radio est allumée pendant que je me maquille devant le miroir, j'entends la porte d'entrée s'ouvrir. Merde, un de mes géniteurs. Eux aussi ont la clé. Je cache mes produits de beauté et retire mon rouge à lèvres rouge. Père entre dans ma chambre et jette une enveloppe sur mon bureau.

« Aujourd'hui, il y a des élections, voici les bulletins de vote, tu iras tout à l'heure au bureau et tu cocheras le nom T. Kuzu.

– J'ai pas le temps d'aller voter. Et pourquoi je devrais voter pour Kuzu ? Tu décides de ça aussi pour moi ?

– Comment ça, pas le temps ? Ça prend cinq minutes, il suffit d'apporter une pièce d'identité, de cocher la case. Ensuite, tu pourras aller à ton travail ou à la fac[1]. C'est quand même pas trop te demander, si ? Voter, c'est important, ça détermine qui a voix au chapitre au Parlement. Ça te

1. Aux Pays-Bas, les élections ont lieu en semaine. Le bulletin de chaque parti se compose d'une liste des candidats dont le votant coche le nom de celui qui a ses faveurs. (*N.d.T.*)

préoccupe pas, le sort de notre communauté qui est attaquée de toutes parts ?

– Comment ça ? je lui demande.

– Kuzu est le seul à la Chambre basse qui pense à nos intérêts. Petit à petit, les autres partis essaient de nous pourrir la vie pour qu'on déguerpisse. Il nous faut toujours être plus sur la réserve, on n'a plus le droit de transmettre notre foi ni de revendiquer notre identité ; si on s'appelle Ali ou Mohammed, on n'est embauché nulle part, on ne décroche pas de stage. Mais on n'accepte plus que Wilders et ses semblables tempêtent et tonnent comme ça contre nous, les musulmans, avec des propos faits pour nous dénigrer. On a un honneur et une dignité à défendre, on n'est pas des animaux ni des parasites. Personne, sauf le parti DENK, ne le contredit avec la fermeté nécessaire. Regarde ce qui s'est passé en Nouvelle-Zélande, un attentat dans une mosquée ! Ici aussi, les islamophobes et les néo-nazis vont faire couler le sang, c'est juste une question de temps. T'as oublié qu'une école islamique a été taguée près d'ici, y a pas longtemps, des textes provocateurs ou qui ne prêtaient guère à l'équivoque, que des extrémistes encagoulés ont occupé une autre école d'Amsterdam en déployant des banderoles, qu'une poupée à la tête explosée a été envoyée par courrier à une mosquée de La Haye, et aussi un camion jouet avec une lettre de menaces ? T'as oublié les cocktails Molotov lancés sur la mosquée d'Enschede ? Et la tête de porc jetée dans une autre ? Ta sœur fréquente une école qui pourrait elle aussi être prise pour cible ! Y a pas longtemps, un attentat contre une mosquée a été déjoué ! C'est ce qu'on obtient quand les politiciens laissent les racistes et les semeurs de haine agir à leur guise et favoriser un climat malsain autour d'un groupe donné. Bientôt, la violence contre les musulmans va déferler ici aussi, la haine gonfle de façon exponentielle, c'est clair comme de l'eau de roche. Peut-être qu'on n'en remarque encore pas grand-chose, l'économie ne se porte pas trop mal, mais tu vas voir, à la prochaine crise, on sera les boucs émissaires. Surtout que la tension entre les communautés est à couper au couteau avec tous ces nouveaux demandeurs d'asile qui sont prioritaires pour obtenir un logement à Amsterdam. Nous, les Turcs, on leur a rien fait aux Hollandais, au contraire, on souffre nous aussi du fait que les Africains et les Syriens travaillent pour un salaire inférieur au nôtre et qu'ils se voient attribuer des appartements, nos gosses ne peuvent plus se loger, la Hollande est surpeuplée ! Les Hollandais qui se plaignent des musulmans doivent comprendre que le responsable de l'afflux de toujours plus d'immigrés, c'est leur gouvernement. Nous, on n'a rien à voir avec ça, nous les Turcs, on se comporte de manière exemplaire ici, on se tue au travail, on pense juste à notre argent, malgré tout ils nous considèrent comme un fardeau en raison de notre loyauté inébranlable envers notre patrie et nos origines religieuses, alors que c'est tout à fait humain, c'est dans la nature de la bête, on ne peut pas extirper ça. C'est leur gouvernement à eux qui les amène à ventiler de l'anus à propos du problème de la racaille, et qui leur dit : ils vous baisent ! Pas nous. Nous, on les baise pas, ce sont les Arabes. Rutte dit que les Turcs qui se comportent mal doivent dégager, t'imagines, et c'est ça qui nous dirige ! Tout le monde devient de plus en plus raciste ; ce qu'ils considéraient comme extrémiste, c'est maintenant l'état normal des choses. Ça réclame une forte voix d'opposition. À l'heure actuelle, Kuzu est le seul qui ose nous offrir cela !

– Je ne fais pas très grand cas de Kuzu, donc je ne voterai pas pour lui juste pour te faire plaisir, désolée. Je suis capable de me faire ma propre opinion politique », je lui dis d'une voix grincheuse.

On me dicte tout, nom de Dieu, y compris le parti pour lequel je devrais voter.

« Ah, toi, tu peux pas t'empêcher d'en faire qu'à ta putain de tête, tu crois toujours tout mieux savoir que tout le monde, mais tu sais rien du tout. Y a donc pas une fois où tu pourrais être d'accord avec nous ? Y a pas une fois où tu vas écouter les adultes qui sont plus sages que toi ? Pourquoi t'es comme ça ? Tu crois vraiment tout mieux savoir que les autres, hein ? Tu serais pas influencée par les mauvaises personnes, peut-être ? Pourquoi tu veux pas voter pour Kuzu, pour l'amour du ciel, explique-moi ça, c'est un bon gars qui défend nos intérêts, tu crois pas ?

– Il défend quelques intérêts identitaires très cloisonnés. Comme je pense qu'il y a d'autres questions plus importantes dans l'administration d'un pays, j'entends opérer un choix éclairé qui dépasse ces simples considérations. D'autre part, je ne crois pas qu'il va résoudre la polarisation en exacerbant les problèmes comme il le fait. Il crie que la question, c'est l'acceptation et non pas l'intégration, alors qu'il y a partout des couacs. Il reporte systématiquement la faute sur les autres, leur fait la leçon, détourne le regard dès qu'une question le dérange, sort les pires conneries, veut nous faire croire que tous les Hollandais sont d'indécrottables racistes et tient un discours victimaire afin d'en tirer un profit politique. Sous chaque pavé, il trouve de l'injustice, de l'intolérance, de l'oppression, de l'exclusion sociale, de la pauvreté… De tout ça, lui et ses camarades ont fait leur propre paranoïa et leur théorie du complot, ils ont créé dans leur subconscient une force motrice appelée apartheid. Ils ont gonflé le machin qui a commencé à mener une vie autonome. Et ont fini par croire qu'ils vivent dans un pays où règnent l'apartheid et l'injustice. C'est malsain, tu ne trouves pas ? Les gens vraiment défavorisés s'emparent de ces arguments pour expliquer tous leurs échecs, lesquels leur collent de toute façon aux fesses à cause d'un manque de bol qui s'explique par la faible quantité de cellules cérébrales fabriquées lorsque spermatozoïde et ovule ont fusionné dans la maman, soit dit en passant. Si Kuzu avait vu la poutre dans son œil, le PVV n'existerait pas et ses gains électoraux se traduiraient en dehors de son groupe ethnique. DENK est le bas-ventre de l'immigration dont le suc gastrique détruit tout. Kuzu est lâche : au lieu de se brûler aux questions délicates, il joue avec habileté sur le manque de capacité de réflexion de son électorat, suscite l'irritation de ceux qui voient et vivent ces problèmes. Quand on refuse obstinément de voir que le verre est à moitié vide, on n'est pas disposé à le remplir. On ne peut pas taxer tout le monde de xénophobie et d'islamophobie, les gens ont le droit d'émettre des critiques légitimes. À bien des égards, notre communauté n'est pas la plus commode qui soit. Si on regarde les chiffres bruts et les quartiers où on habite, on voit en réalité une mare maternelle où barbote un considérable cochon rose pâle tout fumant. Le mantra antiraciste de Kuzu est un puits sans fond. Il est permis de soulever la question de la droitisation de la société, mais je ne voterai jamais pour quelqu'un qui manque autant de sens critique, qui se tient toujours sur la défensive et qui, face à la contradiction, réplique en avançant plus d'itinéraires détournés que ne peut en embrasser Google Maps. C'est un politicien qui, sans relâche, sert à ses électeurs, en guise d'unique programme, l'opiniâtre vulnérabilité d'une résilience sans précédent. Moi, je suis favorable à ce dont j'attends un avantage et pas un préjudice ; je n'ai pas besoin d'être victimisée. »

Les yeux écarquillés, Père secoue fougueusement la tête de gauche à droite. Comme s'il se disait : sur quel point ai-je échoué ? Qu'est-ce que j'ai fait de travers dans l'éducation de ma fille pour avoir créé une pédante de cette espèce ?

« Je me suis toujours demandé comment ces miteux renégats qui font office de mascottes pour la Hollande raciste, en avançant exactement les mêmes opinions que toi, peuvent être issus de notre communauté. Et voilà que j'en ai une sous mon toit ! T'as pas honte de blâmer ton peuple, ta culture, tes propres parents, l'arbre qui t'a nourri ? » il me demande.

Bien peu de gens sont aussi généreux que moi en matière d'ingratitude.

« Me réduire à une mascotte, c'est du racisme. À partir du moment où je défends d'autres opinions que les tiennes, qui es-tu pour me réduire, sur la base de mes origines, à un nom condescendant du spectre politique "raciste" ?

– Tu pars vraiment en vrille, t'es un cas désespéré », il finit par dire, m'envoyant à la figure les bulletins de vote.

Cinq minutes plus tard, il réapparaît. Dans la cuisine, il a vu les courses que j'ai faites. Cinq morceaux de saumon pour la famille, dont j'ai oublié d'ôter le prix sur l'emballage. Il entre dans un accès de fureur. Comment peut-on dépenser autant d'argent pour si peu de nourriture ? J'ai perdu la tête ou quoi ? Ne m'ont-ils pas appris à ne pas jeter l'argent par les fenêtres ?

« Mais c'est mon argent à moi, je réplique.

– Ton argent ? Tu fais maintenant la distinction entre ton argent et mon argent ? Je croyais que tu habitais chez moi ? On appartient à la même famille, on doit se serrer les coudes, non ? Comment ça, ton argent ? Gaspiller tes sous, ça t'indiffère maintenant ? Tu sais combien de nourriture normale tu aurais pu acheter avec cette somme ? Si t'as des sous au point de plus savoir qu'en faire, donne-m'en ; moi, j'arrive à peine à garder la tête hors de l'eau. »

Mouais, mais qu'est-ce que tu dirais de botter un peu le cul de ta femme ?

30

C'est samedi après-midi. Aujourd'hui, j'assure un service complet au restaurant. À 15 heures, je prends ma première pause. J'ai demandé à l'avance un plat au cuisinier, c'est prêt. Mon assiette dans les mains, je regarde où je peux m'asseoir. Mohammed, le plongeur, est en train de manger. J'hésite : le rejoindre ou m'asseoir à une autre table. On ne sait jamais avec les hommes au teint légèrement hâlé et à la barbe non taillée. S'il s'agissait d'un Blanc et non pas d'un Arabe, je n'aurais pas même à me poser la question. Entre collègues, prendre place à l'écart et ne pas échanger un mot serait plutôt considéré comme asocial, mais cela, les musulmans bigots ne peuvent l'apprécier. Il m'est arrivé de le voir prier dans le local des produits d'entretien, il laisse pousser sa barbe, ne touche pas à l'alcool, et je l'ai entendu demander au patron si la viande est halal. Et l'autorisation d'aller à la mosquée le vendredi. C'est donc un musulman pratiquant, il remplit toutes les cases. Il est probable qu'il ne vous serre pas la main. Il s'exprime en anglais dans le cadre du travail, mais, à part ça, je ne lui ai jamais parlé. Le fait qu'il parle anglais signifie qu'il est arrivé en Hollande depuis peu de temps, à l'instar de la plupart des employés yéménites et palestiniens. Je suis curieuse de savoir qui il est, pourquoi il est venu ici et pourquoi il ne parle pas néerlandais. Je m'approche de sa table. Si ça l'importune, il n'a qu'à me le faire savoir ; après tout, je ne peux pas flairer ça. J'agis selon l'étiquette hollandaise, Mohammed devra bien s'y habituer. D'autres femmes lui adresseront la parole.

Je lui demande si je peux m'asseoir en face de lui.

« *Yes, of course, sister ! Sit, please.* »

Ah ! les Arabes et leurs « sœur » et « frère » à la fin de chaque phrase qu'ils échangent avec un musulman. Ça a quelque chose de touchant. Je peux donc m'asseoir, bien.

« *How are you, Mohammed ?*

– *Fine, fine, alhamdulillaah*, et toi ? Comment tu t'appelles, déjà ?

– Büsra.

– Aaah, Bouchra, désolé, j'avais oublié. »

Les Arabes et les Marocains prononcent systématiquement mon prénom de cette façon. Putain de merde, c'est Büsra, pas Bouchra, mais bon, je ne vais pas m'embêter à lui expliquer ça, contentons-nous de Bouchra.

« Pas de problème, t'es pardonné, je dis. Tu aimes la nourriture ici ?

– Oui, oui, je l'aime, c'est vraiment bon, *alhamdulillaah*, ma sœur. »

Bien sûr qu'il aime ces plats, qui n'aime pas la cuisine turque ? La cuisine gréco-turque n'est-elle pas la plus distinguée ? En revanche, la néerlandaise, pour autant qu'elle existe, n'est pas du tout raffinée. Je me souviens de la première fois où je suis restée dîner chez Freek. On a eu droit à des pommes de terre bouillies avec des haricots verts pour accompagner un morceau de viande arrosé d'un peu de jus. Pas d'épices, rien que du sel. À table, tout le monde a commencé par écraser pommes de terre et haricots en un mélange homogène. Ça n'était guère appétissant. Je n'ai pas compris pourquoi ils faisaient ça. Quand j'ai vu Freek à l'œuvre, je me suis dit qu'il avait vu le jour même un chirurgien maxillo-facial. C'est alors que j'ai vu sa sœur procéder de même. J'ai pensé : prépare-t-elle l'assiette du chat ? Après tout, dans pas mal de foyers, on partage sa nourriture avec Mistigri. Je n'ai pas tardé à découvrir qu'écraser les légumes fait partie du jeu. J'ai donc imité mes hôtes. La façon qu'ont les Bataves de cuire le riz n'est pas plus avancée, on devrait l'interdire. On le fait cuire et on le verse dans une passoire, personne ne peut décemment appeler cela du riz.

Je demande à Mohammed d'où il vient et pourquoi il ne parle pas néerlandais. Du Yémen. Il a commencé à apprendre la langue, mais trouve celle-ci incroyablement difficile. La nuit, après le restaurant – où il travaille toute la journée sept jours sur sept –, il s'efforce de mémoriser du vocabulaire, mais on ne peut pas dire que ça aille comme sur des roulettes. Je lui demande pourquoi il a quitté son pays. Il y a la guerre là-bas, sa famille s'y trouve malheureusement encore, il leur est pour ainsi dire impossible de fuir, lui a eu de la chance. Je suis curieuse d'en savoir un peu plus sur le conflit en question, mais je me rends vite compte qu'il ne tient pas à en parler, c'est une plaie encore à vif. Aussi, je passe à un autre sujet. Je lui demande ce qu'il pense des Pays-Bas. Il n'a pas encore vu grand-chose, rien en fait, depuis son arrivée il ne fait que travailler. Néanmoins, les infrastructures l'impressionnent.

« Mais la langue est très, très difficile », répète-t-il en secouant la tête de gauche à droite et en poussant un bruyant soupir.

À son tour, il me pose une question. Ce que j'étudie. Lorsque je réponds : « La littérature néerlandaise », il est agréablement surpris et veut savoir si je serais disposée à l'aider à apprendre la langue. Lui donner des cours particuliers et l'aider à comprendre tout ce qui lui échappe. Il a un examen très bientôt.

Que ne me suis-je pas assise à une autre table !

Rentrée fatiguée chez Grand-Mère ce même soir, j'entends la sonnette. C'est Ensar, le meilleur copain de Halil.

« Hé, Büsra, où sont tes parents, tu le sais ? fait-il en haletant, le front en sueur.

– Ils sont pas à la maison ? J'en sais rien, je rentre juste du boulot. »

J'ai encore mal aux pieds après cette journée passée debout. Je tiens à peine sur mes guiboles.

« J'ai besoin d'une voiture. J'ai sonné chez tes parents, mais y a personne. T'as les clés de leur appart, hein ? Tu peux me filer celles de la bagnole de ton père ? Je la ramène ce soir !

– Euh… Pourquoi tu ne demandes pas à Halil ?

– Il ne répond pas au téléphone.

– T'en as besoin pour quoi ?

– C'est une longue histoire, je te raconterai plus tard, là, j'ai vraiment pas le temps, il répond, un peu oppressé, incapable de rester sur place.

– OK, deux secondes, je vais les chercher, mais ramène-la vite, sinon Père m'en voudra. »

En effet, les géniteurs ne sont pas là. Je trouve les clés de la voiture dans la poche de la veste de Père. Ensar file sans tarder, crie, agité, en dévalant l'escalier : « Merci, hein ! Je les rapporte bientôt ! »

Une demi-heure plus tard, Père se pointe chez Grand-Mère en me demandant où se trouvent les clés de sa voiture. Il était passé rendre visite à des voisins avec Mère et Defne. Il a maintenant besoin de la voiture.

« Ensar est venu les chercher, une urgence il a dit, je les lui ai données. Je ne savais pas que tu aurais besoin toi aussi de la voiture, je lui explique, craintive.

– Comment ça ? T'as donné ma voiture à ce morveux sans me prévenir ? T'entends ce que t'es en train de me dire ? T'as pété un plomb ? »

Il est fou de rage. Merde. Je savais que Père ne serait pas enchanté, il fait partie de ces gens qui couvent leurs affaires comme une poule son œuf, mais de façon pathologique, surtout pour tout ce qui a trait à sa voiture. Il ne l'a pas même prêtée à son frère le jour où ce dernier la lui avait demandée, la sienne étant au garage, prétextant qu'il en avait lui-même besoin. Père estime que les gens ne doivent pas attendre de lui qu'il endosse leurs problèmes : comme on fait son lit, on se couche. Lui-même ne sollicite jamais les autres ; même à l'article de la mort, il ne cherchera à obtenir aucune faveur. Je ne sais pas d'où ça vient, peut-être d'un traumatisme remontant à l'enfance. Dans sa vie, il a toujours dû tout faire par lui-même, sans amour ni soutien de personne. Dès ses quinze ans, il a quitté le domicile parental pour travailler en Hollande, dans des usines textiles. On s'était arrangé pour qu'il passe pour un majeur, à l'exemple de ce que l'on fait lorsqu'il s'agit de marier une mineure. Quand Halil et moi étions enfants, il ne se lassait pas de nous répéter qu'il ne fallait compter sur absolument personne dans la vie, si ce n'est sur soi-même : notre ombre ne nous quitte-t-elle pas dès qu'il fait sombre ? Tout dans l'existence tourne autour de l'argent et du pouvoir, il faut se satisfaire de balayer devant sa porte. Père évoque souvent ses jeunes années. Tandis qu'il lui fallait travailler dur, personne ne s'occupait de lui ; il aurait aimé fréquenter une école secondaire, son instituteur avait dit à son père qu'il était très intelligent, qu'il devait poursuivre sa scolarité, étudier, mais tout le monde s'en foutait. Il n'avait donc pu concrétiser ce désir. Comme le dit Carl Jung, la plus grande tragédie d'une famille, c'est la vie que les parents n'ont pas vécue. Père nous a appris qu'il était stupide de se soucier des autres, puisque ceux-ci ne se soucient pas de nous. Il est un de ces hommes pour qui être intelligent signifie être sans scrupules. Aujourd'hui encore, il vit dans le passé, tout comme Grand-Mère.

« Oui, pardon, je sais, j'aurais sans doute dû te demander, mais il était très pressé et il a promis de la ramener dans la soirée.

- Qui t'a dit, nom de Dieu, que tu pouvais prêter mes affaires !? Ma voiture, je ne l'ai jamais prêtée à personne, et toi, tu donnes les clés à ce crétin ? Incroyable, t'es vraiment une incorrigible idiote ! »

Une gifle ponctue ses paroles. Elle met un peu de temps à passer. Au moins, Ensar a pu régler ses petites affaires.

31

C'est le ramadan. En cachette, je m'abstiens de jeûner. Avec le temps qu'il fait, je me refuse à endurer la soif. Je me demande si cela contrarie Allah, étant donné qu'avec Sa supposée omnipotence, Il peut très bien se passer de ma souffrance. J'estime que je souffre déjà bien assez pour Lui en couvrant une bonne partie de mon corps et en renonçant à une douzaine d'autres libertés et plaisirs élémentaires. C'est donnant-donnant.

Sèchepaille regarde les émissions sur le ramadan au cours desquelles des imams répondent toute la journée aux questions des téléspectateurs. Hier, l'un d'eux a demandé : le jeûne demeure-t-il valable si, lorsqu'on se lave les fesses, notre anus absorbe une goutte d'eau ? Oui, c'est le cas. Un autre voulait savoir si on peut rompre le jeûne en partageant l'*iftar*[1] de parents qui gagnent leur vie grâce à la vente de drogue ou à d'autres activités illégales. Ce n'est pas autorisé. Mais que se passe-t-il si ces proches ont à la fois des revenus haram (illégaux) et des revenus halal (légaux) ? L'imam a répondu par la négative, le jeûne ne serait pas valide. Un troisième

1. Repas pris le soir pendant le ramadan pour rompre le jeûne.

a demandé ce qu'il en est si un homme a vu le corps nu d'une femme. Ça ne compte pas, si cela n'a produit aucun effet sur lui ; dans le cas contraire, il faut au musulman rattraper le jour en question après le ramadan. Un quatrième tenait à savoir si télécharger des films illégaux constitue un péché. L'imam a répondu que, de toute façon, la plupart des films sont interdits en raison des scènes immorales qu'ils contiennent. Quant aux films islamiques non peccamineux, il convient de les télécharger légalement.

Sur mon lieu de travail, je suis témoin d'une altercation qui part en vrille entre le directeur du supermarché et une poignée d'employés d'origine marocaine. « *Wollah mèh*, pas question ! Je vais pas travailler le jour de la fête du Sucre, t'es fou, je marche pas, mec, lance un bouillonnant Hussein à Peter.

– Ouais, désolé, Peter, ça va pas le faire, je veux un jour de congé, dit Ali.

– Moi aussi, fait Hamza.

– C'est d'accord, les gars, mais le problème, c'est que vous ne pouvez même pas me dire quand la fête aura lieu. Or, vous savez que j'établis les emplois du temps trois semaines à l'avance. Vous devez me dire maintenant quel jour vous serez absents, leur répond Peter.

– Mais on peut pas le savoir. C'est pas notre faute. On le saura que la veille, en fonction de la lune, on apprendra alors si le lendemain c'est la fête ou le dernier jour du jeûne, rétorque fébrilement Ayoub.

– Peut-être, les gars, je vous crois, c'est bien beau, mais je ne peux pas accepter que vous vous décommandiez tous le même matin au prétexte que c'est la fête ; moi, je n'aurais plus de personnel. Fête ou pas, le magasin doit tourner.

– Moi, je peux vous donner la date, elle est déjà fixée, dit Hakan, qui est turc.

– Pourquoi toi, tu le sais déjà ? lui demande Peter, un peu désorienté.

– Oui, c'est les Turcs, ils regardent pas la lune, ils ont leur islam à eux, explique Hamza d'une voix condescendante.

– Ouais, c'est vrai, hein, confirment les autres Marocains.

– Eh, allez vous faire foutre, vous allez rendre le patron fou avec votre lune ceci, votre lune cela. Ç'est quoi, cette histoire de lune ? Trente jours de jeûne et ensuite la fête, un point c'est tout. Avec vous, on attrape tout le temps des maux de tête. Peter, ne les écoutez pas, les Arabes, y sont capables de se battre avec leur ombre. »

Je n'ai jamais compris comment les Turcs conjuguent aversion contre les Arabes et amour de l'islam.

La même discussion animée se produit chaque année. Tous les musulmans du monde fixent le jour de la fête du Sucre en regardant la lune pendant les derniers jours du ramadan, sauf les Turcs. Eux jeûnent tout simplement pendant trente jours avant de faire la fête, quoi que raconte la lune. Par conséquent, il arrive que l'Aïd el-Fitr ne tombe pas à la même date chez les Turcs et chez les Arabes.

32

Pendant un cours à la fac, je remarque que j'ai loupé huit appels. Et beaucoup de messages. Ce qui n'est pas rare, comme vous avez pu le lire si vous n'avez pas sauté les derniers chapitres – soit dit en passant, le plus grand vice du lecteur est l'impatience. À la différence des fois précédentes où je rentrais tard le soir, c'est encore l'après-midi, et c'est donc inhabituel. Je lis que Carabosse me somme de me rendre sans délai chez tante Kadriye, la cousine qu'elle considère depuis des décennies comme sa sœur. Les whatsapps alarmants ne peuvent signifier qu'une chose : depuis deux ans, Tante souffre d'un cancer ; ces derniers temps, son état s'est dégradé, Mère lui rend régulièrement visite. Les médecins, j'ai appris voici peu, ont abandonné tout espoir. Enfin, ils nous ont dit qu'il fallait nous préparer. Ça revient au même, mais formulé dans le langage politiquement correct des toubibs qui doivent bien entendu édulcorer les choses. L'heure avait sonné, il allait falloir lui dire adieu.

Je remballe mes affaires et m'apprête à quitter les lieux. Comme nous ne sommes que six dans mon cours, moi comprise (nous étudions le néerlandais, une matière peu en vogue, raison pour laquelle elle ne sera plus enseignée dans mon université à partir de la rentrée prochaine), on se cultive, à la différence des autres étudiants, dans une petite salle de classe. Sauf quand on suit des cours avec des camarades inscrits en histoire ou en philosophie. De ce fait, je ne peux pas m'éclipser sans que ça passe inaperçu. Je lève la main.

« Pardon, monsieur Koppenol, je suis désolée de vous interrompre, mais je reçois à l'instant un message de Mère qui me dit de venir de toute urgence. Je vous expliquerai plus tard.

– Urgent ? Il n'y a rien de grave, j'espère ? »

Que pourrais-je bien lui répondre ? Que ce n'est pas urgent parce qu'il s'agit d'une tante à l'article de la mort, ce à quoi on se prépare depuis des mois, on n'est donc pas pris au dépourvu ? Ou au contraire que c'est grave ? Qu'est-ce que j'en sais au juste ? Si je lui dis que ce n'est pas grave, pourquoi aurais-je besoin de quitter la fac en plein cours ? Lui dire que c'est grave, c'est l'inviter à me demander prochainement des explications.

« Ce n'est pas très grave, mais je dois vraiment y aller, c'est quelque chose d'important.

– Euh… bien. D'accord, c'est bon, vas-y. Bonne chance ! »

J'arrive chez Tante. L'appartement est bondé. Je dois jouer des coudes pour me frayer un chemin jusqu'au lit. Je la vois qui gît là. Rien qu'une partie de son visage. Elle gît et souffre. Tout autour de moi, qui ne mesure que cent soixante centimètres, des proches, des connaissances et des voisins sanglotent et geignent. Ce que je vois suffit pour comprendre que la vie est impitoyable : je ne la reconnais pas. Elle est décharnée. Totalement disparues, ses joues pleines à la roseur permanente, remplacées par un patchwork de peaux flétries et pâles, recroquevillé comme le caoutchouc de baudruches éclatées. Un visage blême. Pas de cheveux, de sourcils ni de cils. Un mannequin de vitrine qui souffre d'anorexie. Au bord de la mort. Elle disparaît sous les tubes et les sondes. De toute évidence, elle se débat avec son âme, ainsi que disent les Turcs. La maladie est extrêmement impudique.

Carabosse a les yeux rougis. Je m'approche d'elle.

« On attend qu'Allah l'accueille, on ne peut plus la sauver », elle sanglote.

Je ne sais pas quoi faire en présence d'une Carabosse émotionnelle ; je ne la connais que comme tyran, pas comme suppliciée. J'ôte mon manteau et m'assieds sur le canapé, à côté de la médecin de famille. Plus d'une personne pose sur moi un regard perplexe, je ne parais pas assez affligée. Tout le monde pleure et souffre bruyamment alors que je m'installe comme si ça ne me faisait rien, ni émue ni bouleversée par ce que je viens de contempler ; je dois prendre part à l'affliction, mais suis incapable de produire des larmes. Je fais mon possible pour avoir l'air triste, enfouis par moments mon visage dans mes mains, attendant ainsi que la malade meure, mais cela se prolonge des heures durant. Comme les autres, mes cousines et cousins, les enfants de Tante, pleurent. Une scène contristante, Ibrahim n'a que six ans. Tante a survécu ces deux dernières semaines grâce à des appareils.

La médecin raconte que, même si elle a l'air paisible – l'affaiblissement du cerveau et des signaux cérébraux fait qu'elle ne bouge pratiquement plus –, le cancer diffuse de terribles douleurs dans son corps. Voilà pourquoi elle estime que ses proches devraient envisager de la plonger dans un coma artificiel, puis de la laisser peu à peu mourir en lui administrant de la morphine ; à défaut, l'agonie pourrait durer des jours et on ne pourra déterminer à quel moment elle s'éteindra. Inconcevable selon la famille, que pareil conseil scandalise. On croit que ce serait un péché irrémissible, un suicide en quelque sorte : l'homme se doit de souffrir jusqu'à sa fin, jusqu'à l'épuisement naturel du corps, dans l'attente de la décision de Dieu. Qui sait s'Il ne va pas faire un miracle ? On ignore donc le nombre de bip que les appareils vont encore émettre. Qu'en sera-t-il si chacun rentre ce soir chez soi parce que la machine n'a pas envie d'en finir aujourd'hui ?

Juste au moment où je m'interroge à ce sujet, ça se produit. Un bip presque inaudible et c'est fini. Elle est partie. Où ça ? Bonne question. Sa mère se met à hurler, à redoubler de pleurs et de cris stridents, tout en se frappant la poitrine avec les poings. Les autres l'entourent, ne se lassant pas de lui dire de tempérer ses émotions, mais elle n'est aucunement réceptive à leurs prières. De sa voix lourde et imposante, l'imam à la franche barbe réclame l'attention : les criaillements des femmes cessent tout de suite. Je ne l'avais pas encore repéré ; bien entendu, il était resté jusque-là avec les hommes dans une autre pièce.

« Frères et sœurs, nous sommes tous réunis ici pour assister au départ irréversible de notre estimée sœur Kadriye. C'était une femme extraordinairement pieuse, elle a eu une importance incalculable et étonnante dans nos mosquées. Qu'Allah accepte ses actes, *amin*. Coreligionnaire du droit chemin, elle vient de s'éteindre, le livre de ses actes est fermé à jamais. Surtout, ne vous inquiétez plus pour elle, elle est de retour auprès de son Créateur, alors que nous, nous devons encore faire nos preuves, jour après jour, ici-bas, dans ce monde qui regorge de tentations infernales. *Wallah*, cette vie n'a qu'une durée éphémère qui ne mérite pas même d'être mentionnée. Allah, le Clément et le Miséricordieux, nous enlève de temps en temps un être cher, parce que Lui, le Tout-Puissant, veut nous rappeler combien tout est périssable et insignifiant. Nous, insignifiants mortels, risquons de l'oublier tant nous nous focalisons sur notre brève existence matérielle en ce monde, au point de négliger qu'il nous faut trimer pour gagner l'éternité. Kadriye, elle, l'a fait, elle va très probablement, par la volonté de Dieu, gagner l'incomparable paradis, cela grâce à ses mérites, si nous nous fondons sur ce que nous savons d'elle, à savoir qu'elle était une femme juste et droite qui a accompli beaucoup d'actions nobles et aucun péché manifeste. Ce qu'elle a caché ou dissimulé, c'est entre elle et son Créateur. Elle a brillamment rempli sa tâche dans ce monde, soyons donc heureux pour notre sœur ! De notre côté, ô frères et sœurs, il nous faut lutter chaque jour contre le diable. Ne soyez pas affligés ! Allah reprend tôt Ses serviteurs préférés ! C'est la destination finale de nous tous ! Nous le savons, chacun de nous rend un jour son âme au Seigneur, nous le savons dès la naissance d'un enfant. La mort ne préserve personne, pas même les êtres chers du Prophète, que la paix soit sur lui, qui tous ont péri les uns après les autres, à une époque où il avait le plus besoin d'eux dans son combat contre les polythéistes et les oppresseurs. Malgré cette peine, il n'a jamais omis, à aucun moment, de célébrer et d'adorer Allah l'Imposant. Il ne s'est pas laissé guider par des émotions irraisonnées, non, bien au contraire ! Bien entendu, il a déploré ces pertes, c'est tout à fait humain, mais de façon mesurée. Sachant mieux que quiconque que cette vie ne signifie rien, il ne s'est jamais abandonné à des émotions et à des souffrances exagérées. Ô frères et sœurs, ne cédez pas au doute qui s'insinue en nous de temps en temps. Priez beaucoup, rendez-vous souvent dans nos mosquées, veillez sur la foi de vos enfants, car chaque enfant pieux que vous élevez témoignera pour vous devant Allah après votre mort. Donnez autant que vous le pouvez, car chaque centime témoignera en votre faveur, et aidez vos coreligionnaires, car je vous le dis, le *ḳafan*[1] n'a pas de poche ! Arrêtez de pécher, rejetez le mal, le peccamineux, poussez-vous mutuellement vers le bien ! Entraînez-vous mutuellement vers le bien, le vertueux, vous serez reconnaissants les uns envers les autres ! Changez ce qui est péché avec votre main ; si vous ne le pouvez pas, avec votre langue ; si vous ne le pouvez pas non plus, alors abhorrez cela avec votre cœur ! C'est la foi la plus

1. Le tissu blanc dans lequel les musulmans sont enveloppés après leur mort.

faible. Que soit issue de vous une communauté qui appelle au bien, ordonne le convenable et interdit le blâmable. Car ce seront eux qui réussiront[1] ! D'ici quelques années, demain peut-être, ce sera notre destination finale à tous. »

Dans le salon, les gens vivent un moment d'extase collective. J'applaudis, les poings serrés. Ce qui est insidieux avec les prétentions, c'est leur force de persuasion.

---

1. Verset du Coran (3:104).

33

« *Abla*[1], tu viens faire du shopping avec moi ? me demande Defne.

– Je suis occupée, je réponds, le dernier Ian McEwan dans les mains.

– Allez, s'il te plaît, sans toi, c'est pas drôle, et maman n'achète jamais ce que je veux. Y a que toi qui le fait. »

Elle a raison. Mère est économe, il faut dire qu'elle doit se débrouiller avec l'argent que Père lui remet. D'autre part, elle croit que les sucreries sont cancérigènes, c'est ce que lui a appris une de ses émissions télévisées. Le cancer a été diagnostiqué un beau jour chez Tante, sans cause évidente. Si ce n'est une division cellulaire anormale, mais pourquoi ? Personne ne pouvait l'expliquer. Ça ne peut pas tenir à Dieu. Mère est tout à fait convaincue que c'est à cause de la merde qu'on consomme sans compter, et que les signaux WiFi et d'autres trucs comme ça déforment nos cellules. Si je reste plus de cinq minutes au téléphone, elle crie que je me prends trop de radiations dans le cerveau. L'autre jour, elle s'est disputée avec Père parce qu'elle refuse que le modem reste

1. Sœur.

trop près du lit de Halil : on lui diagnostiquera bientôt une tumeur. Halil ne l'a pas prise au sérieux, Père non plus. De même, elle râle et radote quand Defne reçoit des sucreries à l'école – lors d'une fête religieuse et jamais lors d'un quelconque anniversaire puisqu'il est interdit de les fêter au sein de l'école islamique.

Une fois au supermarché, je dis à Defne de choisir une friandise. Sans hésiter, elle se dirige vers les lettres en chocolat[1], après quoi nous rejoignons la file d'attente pour passer à la caisse.

« Oh ! merde, attends, je reviens tout de suite ! fait-elle soudain avant de disparaître entre les gondoles et de revenir, haletante, après avoir échangé le D pour un R.

– Mais pourquoi tu veux un R ?

– Je suis pas abrutie, dans le R, il y a plus de chocolat que dans le D. J'ai hésité entre le E et le R, mais le R est un tout petit peu plus grand. Celui qui achète un L, un I ou un J est vraiment bête. »

C'est à ce moment-là qu'elle aperçoit les acolytes[2] de saint Nicolas qui distribuent des bonbons aux enfants devant l'Albert Heijn.

« Pourquoi ils sont pas tout noirs ? elle me demande.

– C'est fini, on ne fait plus ça.

– Pourquoi ?

1. À la période de la Saint-Nicolas, des lettres en chocolat (noir, au lait ou blanc) de différentes tailles sont en vente dans tous les Pays-Bas. En principe, on choisit ou se voit offrir l'initiale de son prénom. (*N.d.T.*)

2. À la différence d'une tradition dans certaines aires francophones où saint Nicolas est accompagné du Père Fouettard, aux Pays-Bas, il compte plusieurs gentils « compagnons » appelés les Zwarte Pieten (Pierre noirs). Depuis quelques années, une querelle resurgit en raison du visage grimé en noir de ces personnages, qui pourrait choquer des personnes de couleur. Dans de plus en plus de localités, on évite dorénavant ce maquillage. (*N.d.T.*)

– Parce que certaines personnes pensent que leur grimer le visage comme ça, c'est insulter les gens à la peau noire, je réponds avant d'éprouver le besoin de lui préciser les différentes facettes du débat. Mais il y a d'autres personnes qui trouvent stupide de les maquiller de toutes les couleurs, car on reconnaît facilement les personnes grimées. Et puis c'est une tradition à laquelle des gens tiennent.

– Hmm, fait Defne, plongée dans une réflexion, les yeux rivés sur ses chaussures. Ça y est, j'ai la solution ! Si on les maquille en violet foncé ou en gris, ils seront méconnaissables et ils n'offenseront personne. »

Defne vient de résoudre en moins de deux la question qui agite le pays entier.

De retour à la maison, je pousse un insondable soupir à la vue de la première fournée de visiteurs dans le salon. Une journée pénible m'attend. Aujourd'hui, c'est la fête du Sacrifice. Cela signifie : assurer un service non-stop, faire la vaisselle et jaser avec des tas de gens à propos de certains absents en faisant semblant d'être intéressée par leurs histoires, des potins pour l'essentiel, et en reproduisant le rire enregistré d'un programme américain. La chaleur humaine dont on parle à propos de telles réunions de famille, je m'en passe très, très bien.

Assise à table, je fixe le vide, rêvassant, puis mon regard se pose sur les assiettes et les plats chargés et rechargés d'une nourriture que j'ai préparée à l'avance les jours passés. Les corpulents visiteurs ne crachent pas dessus. Les desserts font sauter l'émail de leurs dents.

Je regarde, mais ne vois rien. Je suis entourée de gens qui génèrent des bruits, mais n'écoute pas. Tout comme la fournée précédente, celle-ci raconte des histoires sur un couple qui a divorcé après seulement six mois de mariage.

« Elle ne trouvera sûrement jamais un autre mari, elle est maintenant de seconde main, elle aurait mieux fait de rester avec lui. Les femmes d'aujourd'hui, elles sont faites de caca moulu, elles ne supportent plus rien, divorcent aux premières tracasseries, piétinent et bousillent leur nid comme si ce n'était rien.

– Oui, mais bon, il la battait, hein, on peut la comprendre, de nos jours, ça va trop loin, ça.

– Hé, ho ! une paire de gifles, ça n'a jamais tué personne, qui sait si elle n'a pas crié comme une damnée pour se trouver une excuse alors qu'il n'y avait pas grand-chose, regardez ce que nos mères ont enduré de la part de leurs maris, d'ailleurs elles ne sont pas toujours innocentes, les femmes, qui sait ce qu'elle a fait ou dit pour porter Mehmet à ébullition, lui, ce n'est pas quelqu'un qui file des claques sans raison, croyez-moi, ces choses, c'est plus souvent les femmes que les hommes qui les provoquent. »

Je me lève et gagne la cuisine. Je suis au bout du rouleau. À mon arrivée, on m'a fait remarquer que je portais une robe trop moulante, on m'a recommandé d'en mettre une autre. C'est toujours amusant de constater combien les gens cherchent à projeter leur pudeur acquise et leur gêne sur les autres. Toujours le grand écart entre l'image de la putain et celle de la vierge. Je n'en ai pas moins passé une autre robe. Je m'en veux. Pourquoi est-ce que je continue à céder ? Pourquoi ne pas tout simplement me mettre en colère, me montrer insolente, hardie, menaçante et méchante ? Pourquoi je n'occupe pas la place qui est la mienne, pourquoi je reste gentille et mignonne, pourquoi je ne me manifeste pas dans tout mon tempérament, pourquoi je ne remplis pas une fonction exemplaire dont nous avons besoin ? Suis-je incapable d'en trouver la force, est-ce cela ?

Je regarde par la fenêtre et vois, en face, des voisins qui s'embrassent. Ce sont des étudiants qui ont récemment emménagé ici ; ils n'ont pas de rideaux aux fenêtres. Les seuls du coin. Mère ne peut imaginer qu'il existe des gens d'un tel sans-gêne qui accordent aussi peu de valeur à l'intimité.

« Ça, c'est vraiment un truc de Hollandais », résume-t-elle. Récemment, alors qu'on avait commandé de nouveaux rideaux et retiré les autres, elle n'a pu supporter cette situation plus d'une heure ou deux.

« Je me sens toute nue, tout le monde peut nous regarder », n'a-t-elle cessé de répéter, fébrile, s'empressant de coller prospectus publicitaires et journaux sur les vitres.

Depuis le balcon, je vois des passants marcher sur le trottoir, certains leur téléphone à la main, d'autres des écouteurs fixés aux oreilles, un autre encore qui essaie de calmer un enfant qui hurle. Je vois une femme sur un vélo cargo, des jeunes sur des scooters. Une autre femme qui téléphone avec un kit mains-libres, son portable glissé dans son foulard.

Un jour, tous les gens qui se trouvent chez nous seront morts, je me dis soudain, de même que ceux qui passent dans la rue, la traversent et tentent de calmer un gosse. Au cours de leur vie, les générations futures verront ces personnes tout au plus pendant une heure à travers des photographies et des vidéos. Une œuvre ou un livre d'une poignée d'individus sera encore en circulation, mais pas ces gens-là, car la grande majorité de la population mondiale est condamnée à être oubliée à jamais, leur nom ne sera plus mentionné, on ne se souviendra plus d'eux, leur existence n'aura pas revêtu la moindre importance. Chaque génération considère son époque avec le plus grand sérieux, alors que toutes, les unes après les autres, se trouvent pulvérisées et entraînées dans le col du sablier de l'Histoire par l'implacable force gravitationnelle de l'évolution. Cela ne nous rend-il pas mélancoliques et nihilistes ? Moi, si. Je m'attarde peut-être trop souvent sur cette réalité : l'existence humaine est d'un absurde achevé. Tout ce que je vois, c'est la volonté de survivre et, d'autre part, le fait qu'on est condamnés à ne pas savoir pourquoi il nous faudrait vouloir survivre, ce qui explique qu'on cherche l'aide de dieux. Ces gens seront tous gommés de la Terre, notre sort à tous. On joue le rôle qui nous est assigné dans l'histoire de l'humanité. À supposer que les catastrophes climatiques éradiquent notre race, Dieu, si cela Lui chante, va tout recommencer à zéro avec un nouvel Adam et une nouvelle Ève, à condition que cette dernière se garde de poser les pattes sur la pomme et que Lui évite cette fois-ci tout vice et défaut de conception. Quoique, la pomme, ce soit plutôt le problème de Dieu : c'est Lui qui en a fait tout un drame, pas Ève. D'autre part, il y a tellement de vices et de défauts que je préfère laisser la conception de l'Homme 2.0 à un technicien. Peut-être devrions-nous donner une chance à une autre marque « Dieu » ; celle dont on dispose a eu plus que le temps de faire ses preuves. Et il me plairait en outre qu'Adriana remplace Adam. Adriana et Ève, ça nous épargnerait bien des misères.

« Büsra, ressers Canan en thé ! » lance Mère.

Je ne me fais pas prier. Canan, je l'aime bien. C'est une voisine qui a divorcé, il y a peu, de son mari agressif. Comme elle ne parle pas néerlandais, pour voler de ses propres ailes, elle en est réduite à nettoyer les toilettes de la Gare centrale le soir et, le reste du temps, de nuit comme de jour, à préparer sandwichs, *loempias* et pizzas qu'elle congèle avant de les vendre à des boulangeries et à des restaurants du quartier. Pour des femmes comme elle, j'éprouve un profond respect. Elles ne se prostituent pas à un époux. Bien des femmes au foyer turques, qui se plaignent jour et nuit de leur mari despotique mais se refusent à le quitter pour ne pas avoir à travailler, devraient prendre exemple sur elles. Une enquête menée par le Bureau central des statistiques montre que les Turques surclassent toutes les autres femmes en matière de déprime : en 2011, 28 % d'entre elles, dans la tranche d'âge 45-55 ans, prenaient des antidépresseurs. Cela s'explique principalement par le fait qu'elles épousent des hommes qui souffrent de déficience mentale ; de surcroît, en raison du contrôle social, elles ne considèrent pas le divorce comme une option. À moins qu'elles n'aient aucune envie d'exercer un travail non qualifié. Pour celle qui ose prendre son indépendance, je veux donc rompre une lance.

Je soulève la théière bien trop lourde de la cuisinière et me dirige vers le salon. Les femmes sont en train de parler du fait que la bru de quarante-deux ans de l'une des tantes de Mère ne veut plus avoir d'enfants, alors qu'elle n'en a que deux. La tante en question en réclame un troisième : deux, c'est trop chiche.

Cette tante me demande si je suis intéressée par un prétendant qu'elle connaît bien. Il est peintre en bâtiment, plutôt aisé, déjà propriétaire, sa famille vient du même endroit que mes géniteurs. En outre, il est tout à fait disposé à me laisser finir mes études, ça ne le dérange pas, elle le lui a demandé pour moi. Il aura cette patience et cette gentillesse, pour moi il est prêt à faire une exception, ô le biquet ! Elle lui a montré plusieurs photos de ma personne, il m'a homologuée non sans poser une condition inflexible : une fois que nous serons fiancés, je ne porterai que des vêtements longs couvrant adéquatement mes jambes et mes rondeurs, pas de jeans ni de leggings, ce sont des tenues pour allumeuses, or il est très jaloux. Et, une fois que nous serons mariés, je ne travaillerai qu'à temps partiel, la priorité revenant à la maternité. Un candidat que je ne dois laisser échapper à aucun prix, la tante le connaît et connaît sa famille depuis des années, ce sont des gens exemplaires.

« Non, tante, merci quand même, mais je passe mon tour, je n'en suis pas encore à penser au mariage, j'explique pour la énième fois ces derniers jours.

– Mais pourquoi donc ? Tes études, c'est pas un problème pour lui. Pourquoi attendre plus longtemps ? C'est un candidat irréprochable, à ne pas rater ! »

Je m'emploie à ravaler mon irritation. Je ne suis pas d'humeur à me lancer dans une nouvelle discussion animée sur le sujet, mais *fuck it*, je me jette à l'eau. Je sais exactement ce que je dois dire pour que ces dames voient rouge.

« Je préfère quelqu'un qui a fait des études universitaires, c'est ce qu'il y a pour moi de plus important chez un homme. »

Ça ne loupe pas : pour qui je me prends ! Discriminer les gens qui n'ont pas fait d'études – mes géniteurs ont-ils le moindre diplôme, eux ? Cela signifie-t-il qu'un homme qui n'est pas allé à l'université est inférieur ou moins apte à être un conjoint ou un père intègre ? Quel est donc, bon sang, le rapport entre un diplôme et le mariage ? Rien de sensé ne peut expliquer le souhait que j'exprime. Le plus important, c'est qu'il s'agisse d'un homme bon et pieux, blablabla, qui assume ses responsabilités, qui connaît son rôle de vrai mari, blablabla.

« Et où va-t-on trouver un homme assez instruit pour madame la Reine, perchée sur un nuage dont elle ne veut pas descendre ? » intervient tante Durdane pour souligner l'attitude hautaine et déplacée que je trahis en plaçant le curseur bien trop haut, avant d'en remettre une couche : « Je connais plus de bonnes personnes peu instruites que de bonnes personnes très instruites, tu vas pas me contredire, les personnes très instruites sont madrées et rusées, les personnes peu instruites, elles, ne jouent pas un jeu. »

J'en ai ras la couenne de cette affligeante pauvreté rhétorique et de ces raisonnements à deux balles.

« C'est mon critère et je m'y tiens, désolée, c'est mon choix, c'est moi qui vivrai avec l'heureux élu, pas vous. »

Il est hors de question que j'épouse un homme dans le cadre d'un mariage arrangé, ce que je ne peux leur avouer, sinon elles comprendraient que je ne respecte pas leurs coutumes et leur foi. Voilà en réalité pourquoi je me replie sur un universitaire : je sais très bien qu'il est pratiquement impossible d'en trouver un. Rares sont les hauts diplômés qui s'en remettent à leurs géniteurs pour leur dénicher une épouse. Les seuls qui le font sont de tristes déchets qui n'ont aucun talent pour trouver une chouette nana, ou qui sont tellement bigots qu'ils refusent de s'écarter de la doctrine et donc de flirter ou de s'inscrire sur un site de rencontres.

« T'entête pas comme ça, laisse-lui une chance, fait Carabosse. Personne ne dit que tu vas te marier tout de suite ou que tu dois donner ton accord, mais permets au moins aux gens de passer, c'est tout le mérite d'une jeune femme comme il faut.

– Tu sais quoi, dit la tante sur un ton forcé, je vais juste lui donner ton numéro, vous pourrez vous parler au moins une fois et voir ce qu'il en ressort. »

Ça commence à bouillir en moi.

« Non, tante, non c'est non, pas la peine d'insister, je n'aime vraiment pas ça.

– Mais pourquoi ! s'exclame Mère, les mains dans les cheveux, ou plutôt dans son foulard.

– Rien ne t'empêche d'essayer, hein ? reprend la tante. C'est vraiment un excellent jeune homme, il est de notre quartier, je le vois aller comme il se doit à la mosquée tous les vendredis, quand j'ai trop de courses, il se propose de les porter pour moi, il salue tout le monde, il n'a pas de mauvaises habitudes, il aide ses parents financièrement, sa mère me l'a dit.

– Un homme comme ça, de nos jours, ça ne court pas les rues, renchérit Sèchepaille. Ce sont tous des drogués. Comme il est bien élevé, lui ! Qu'Allah récompense au multiple ses parents.

– Je veux bien croire que c'est un garçon parfait, mais, j'ai été claire, j'en préfère un qui sort de l'université.

– Voilà qu'elle remet ça avec ses foutus diplômes ! » réplique Mère, qui fait comme si elle pouvait à tout moment exploser de frustration, et adresse à Père un regard éloquent.

Ce que je ne sais pas encore, c'est que cette discussion va se reproduire de plus en plus souvent, avec une pression toujours accrue sur moi.

Je décide de changer de tactique.

« En fait, avant de me marier, je préfère travailler, faire des économies et m'acheter un appartement. »

Mère : « Hein ? Pourquoi travailler pour ça si tu trouves un homme qui le fait pour toi ? »

Moi : « Parce que je n'ai pas besoin d'un homme. »

Mère : « T'es vraiment bête comme tes pieds. Fais à ta guise, achète-toi un appartement ; comme ça, celui que t'épouseras profitera bien de toi, il aura pas besoin de se décarcasser pour acheter une maison. Monsieur viendra habiter gratuitement chez toi et pour pas un sou. Si t'es aussi accommodante, il te quittera tout aussi facilement pour une autre que tu auras laissée entrer chez toi, puisque de toute façon tu lui auras rien coûté. Il aura pas investi quoi que ce soit en toi, alors pourquoi resterait-il ? Quelque chose qui coûte peu n'a aucune valeur ! »

Je n'ai plus envie de l'ouvrir, je m'éloigne, prends du papier et un stylo, car, comme l'a si joliment dit le Petit Prince, il arrive qu'on se sente tout aussi seul parmi les gens que dans le désert.

Saison de la pêche

Je me noie
dans les poissons qui m'entourent
les poissons qui se présentent
comme des sympathisants et des proches

Tellement trompeurs
ne venant pas du cœur
inauthentiques
Les contacts me manquent
j'en ai une putain d'envie
je souffre d'une faim de contacts
mais l'aorte semble être bouchée

Leurs cœurs
bien présents
et morts pourtant
Pas une mort cérébrale
mais une mort du cœur
Des yeux qui rient, mais sans éclat
sans chatoiements
les pupilles… incroyablement fixes

J'ai beau fuir
me voilà ensevelie sous la neige
et emmitouflée

Go with the flow
telle est la devise des poissons

Ils saisissent toutes les mains possibles
et appellent ça amitié
amour
Tandis que moi
je tourne le dos à tout ce qui n'est pas
possible en amour

Je les abandonne
au temps
et me cache moi-même en moi
Ils me disent antisociale, inadaptée
Moi j'appelle ça humanité
Moi j'appelle ça solitude

Or j'aime la solitude
parce que c'est la seule chose
qui me protège
et qui m'empêche
de faire partie
de ce terrarium

Je vois des humains, mais pas d'humanité
Je vois des poissons
des yeux sans éclat, sans chatoiements
les pupilles… incroyablement fixes

34

Mon téléphone vibre. Freek.
« Salut, mon chéri.
– Devine où je suis, fait sa voix.
– En stage, non ?
– Juste derrière toi. »

Je me retourne et constate qu'il dit vrai. Un câlin et un baiser.

« Surprise ! »

On est devant l'université. Aujourd'hui, il a effectué son premier jour de stage dans une entreprise d'Amsterdam ; une expérience qui s'inscrit à la perfection dans le cadre de ses études d'architecture. Il a tout fait pour en dénicher un dans la capitale et non à La Haye, de manière à ce qu'on se retrouve plus souvent. Il est toujours d'avis qu'on ne se voit vraiment pas assez. Ces derniers jours, ça a un peu chauffé à ce sujet entre nous.

« Il faut simplement que tu mettes ta famille devant la réalité, tu n'as pas à faire ce qu'eux veulent, suis tes propres souhaits, tu mérites mieux que ça, on mérite mieux que ça. »

Il ne pige pas au juste de quoi il retourne. Bien entendu, il a mille fois raison ; bien entendu, dans une relation amoureuse, il est normal de passer les nuits ensemble, de passer chez l'un, chez l'autre, d'avoir toute liberté de mouvement. Mais voilà, je ne peux pas tourner le dos à ma famille et quitter la maison. Non, je ne suis pas encore prête. Oui, je hais les géniteurs, mais, en même temps, Grand-Mère et Defne sont les êtres que j'aime le plus en ce bas monde, je ne peux pas me passer d'elles. En outre, la solitude me fait peur, elle qui, me semble-t-il, ne va cesser d'être en embuscade si j'en viens à prendre une décision aussi rigoureuse. C'est un choix trop radical. J'aime Freek, mais ne sais s'il vaut un tel sacrifice. Ne serait-ce pas me rendre la vie pour ainsi dire impossible, tout ça juste pour un beau mec ? Ne vaut-il pas mieux que j'en présente un à mes géniteurs qu'ils pourraient un tant soit peu valider et qui me correspondrait, un musulman turc sur la même longueur d'onde que moi ? Il doit bien exister quelques Büsra de forme masculine, non ? Mais n'est-il pas vil de fantasmer sur une liaison avec d'autres hommes alors que j'ai déjà un petit ami ? N'est-ce pas une énorme injustice envers ce charmant garçon ?

Je ne sais pas, je ne sais plus, je suis tiraillée, mes pensées prennent en permanence le dessus, je me sens vidée, décharnée. J'en ai ras le bol de moi-même. Et ce dont j'ai complètement marre, c'est bien cette petite voix. En arrière-fond, il y a cette petite voix et la conscience que tout va bientôt changer. Quelle que soit l'alternative, peu réjouissante, pour laquelle je vais opter, il ne fait aucun doute que je vais devoir faire un choix. L'incertitude s'est nichée dans mon cerveau, elle me regarde de haut : comment vas-tu résoudre ce problème ? Il est tout à fait inconcevable que mes proches respectent mon choix pour ce qui est de Freek : cette option, je peux la barrer. Devant Mère, Père et Halil, j'ai bien essayé d'amener le sujet d'un conjoint d'une autre origine sur le tapis. Or, on ne saurait être plus clair qu'eux : dans un tel cas de figure, je serais bannie de la famille, même à supposer que le jeune homme se convertisse. Autant imaginer le pape en huguenot. Ou en musulman. Je ne m'attendais pas à autre chose : les préjugés sont le *modus operandi* des incompétents. Je me suis trompée en pensant – lueur d'espoir – que l'amour finit en général par l'emporter sur la persévérance. Hélas ! Pour appréhender le monde, ils ont besoin de conserver une vue d'ensemble en mettant les choses dans des cases, en apposant un autocollant dessus et en vivant selon des règles strictes. Moi, je désire l'impossible. Seule Grand-Mère est ouverte à cette idée, mais elle n'a pas voix au chapitre.

Il me faut donc choisir. Et vite, car plus ma liaison avec Freek dure, plus il sera difficile d'y mettre un terme et plus l'injustice que je lui fais sera grande. Mieux vaut le faire dès maintenant. Ne serait-ce que pour mon bien-être : je sais que, tôt ou tard, tout finit par se savoir, la vérité triomphe toujours même si ce sont les corbeaux qui la colportent. Autrement dit, poursuivre la mascarade est un projet qui a autant de valeur que la livre turque.

« C'est chouette que tu sois là, tu m'as manqué. »

Je l'embrasse tendrement tout en passant les mains dans son dos, comme pour le préparer au poignard qui ne va pas tarder à le transpercer.

« On prend le tram pour aller au cinéma ? Après, on ira manger un morceau, puis je te libérerai, à contrecœur bien sûr. Malheureusement, ma belle, on peut pas faire autrement. »

Il m'embrasse une nouvelle fois. Ça se répète le reste de la journée, tour à tour, on est incapables de rester sans se toucher. Se balader dans Amsterdam avec Freek, c'est tout sauf une bonne idée, ça revient à défier le sort, à tenter les dieux. À tout moment, quelqu'un peut me reconnaître. Quelqu'un de mon quartier, un membre de ma famille, des copains de Halil, on ne sait jamais, ils sont partout. Mais je sais que si j'avance cette esquive, Freek sera déçu. Mais… Avec son stage, cela va se reproduire bien souvent. Aujourd'hui, je vais peut-être y survivre, la deuxième et la troisième fois aussi, mais qu'en est-il de toutes les autres promenades à venir ?

Je chasse mes soucis comme s'il s'agissait d'une mouche et m'abandonne au moment présent. Je prends sa main dans la mienne et on se dirige vers l'arrêt de tram.

Après le film et le dîner, on se retrouve dehors. Il fait un froid de gueux, mes mains virent au bleu. Alors que je le serre une dernière fois dans mes bras, m'envahit la sensation d'être dans un cocon chaud.

Il m'a manqué, je m'en rends compte. Il me manque chaque jour. Freek est spécial, je suis tout aussi amoureuse de lui qu'il y a trois ans, voire plus. C'est un gars qu'on aurait envie de côtoyer dans *Koh-Lanta* en cherchant de quoi se nourrir. Ce qui m'attire en particulier chez lui, c'est son talent à remonter le moral des gens, sans pour autant le chercher : il est comme ça, toujours gai, il respire loyauté et cordialité, son aura en quelque sorte. Il est drôle, enflammé, et sait comment vous flatter en vous couvrant de compliments tout au long de la journée. C'est un gentleman comme je les aime, toujours disposé à m'aider, attentionné, concerné par ce qui m'arrive, disponible en permanence et sans aucune réticence, qui m'appelle tous les jours et me comble de cadeaux auxquels je ne m'attends pas. Bien peu de copines ayant un petit ami pourraient en dire autant. Des fleurs, des chocolats, un livre, un parfum, un album rassemblant mes photos les plus embarrassantes, et j'en passe… Certaines fois, il nous réserve un sauna ou un massage privé. Propose une sortie à la plage, sort de sa poche des places pour le théâtre ou le show d'un humoriste, quand il ne m'emmène pas en pleine nature, dans des coins champêtres du sud ou de l'est de la Hollande. Avec lui, on ne s'ennuie jamais, il a toujours une idée en tête; je n'ai rien à faire si ce n'est m'abandonner à ses vagues. En sa présence, je me sens comme une apparition à nulle autre pareille.

Comme si cela ne suffisait pas, il n'a aucune raison d'être envieux de quiconque quant à ce qui relève du physique. Il a des cheveux blond foncé qui lui tombent sur les épaules – il est plus irrésistible encore lorsqu'il les coiffe en un petit chignon –, des yeux d'un bleu-vert qu'accentuent ses sourcils brun foncé ; il est grand et divinement musclé, pas trop, juste ce qu'il faut, il a les bras les plus sexy que l'on puisse souhaiter. Nu, il ressemble à un dieu grec, on pourrait faire de lui une statue, le faire reluire et le placer derrière la vitrine d'un musée. Dans toutes les circonstances, on a l'impression qu'il est tiré à quatre épingles. Quelle plume pourrait décrire sa beauté ? Chez lui, l'habit fait le moine, il est délicieux, pas uniquement en raison de son enveloppe corporelle. Le plus séduisant chez lui, c'est une voix à la fois onctueuse et virile ainsi qu'une pomme d'Adam proéminente : l'une et l'autre me rendent folle. La première fois que je lui ai parlé au téléphone, je suis tombée amoureuse illico, car sa voix sonne juste. Il peut se faire les nanas les plus baisables, il n'en a d'ailleurs pas manqué par le passé, les photos de ses ex en témoignent. Mais il est dorénavant à moi, le plus grand trophée de ma vie.

À quelques reprises, il plaisante en se disant jaloux de moi parce que j'ai des géniteurs qui se soucient en permanence de mon sort. Pour preuve, leurs très fréquents coups de fil, le contrôle qu'ils exercent au quotidien sur mes faits et gestes, les règles qu'ils m'imposent pour mon bien. Dans de telles règles, Freek voit de l'amour, de l'attention, de l'affection et de la sollicitude ; moi, uniquement un mode de suffocation, d'oppression, de la méfiance, une limitation de la liberté individuelle et de l'épanouissement personnel. Elles visent à faire de moi un simple prolongement de ma famille. Quand on a le sentiment d'être utile et qu'on ressent le besoin de pousser des proches à se rendre utiles de la même façon, il arrive qu'on leur nuise. Je ne suis pas un individu, rien qu'un appendice de Mère et de toutes les autres femmes ; de par mon vagin, je suis porteuse de l'honneur familial, voilà pourquoi mes géniteurs font tout pour que je sois là où ils me veulent : une femme comme il faut, chaste, qui se conforme aux règles de la communauté. Une créature qui reste en arrière-plan, une servante, le piédestal et brave soutien d'un homme, de plusieurs hommes, du monde des hommes. Non un être ayant des opinions et des aspirations personnelles, des problèmes et des engagements propres, mais un utérus, une allaiteuse, une protectrice, une mère portée à température, chargée de faciliter les choses, tout le reste étant secondaire. Carabosse me demande de gagner avec elle le marché bras dessus, bras dessous, pour y dégoter d'excellents choux-fleurs, de me pencher avec elle sur la question de savoir ce qu'il convient de préparer pour le dîner des hommes qui se décarcassent pour nous, cela afin que j'apprenne ce qui m'attend dans mon ménage à venir. Je suis censée trouver amusant de prendre le petit déjeuner avec des femmes de la famille au HEMA, à l'IKEA ou dans un des cafés turcs près du marché. De boire un café turc et de papoter avec des voisines, des tantes, des cousines et d'autres vulves après m'être enthousiasmée à l'idée de leur préparer biscuits et sandwichs dont elles feront l'éloge et me demanderont la recette. Je plaisanterai en affirmant que c'est un secret bien gardé, leur ferai remarquer avec une confiance de granit : à bon vin, point d'enseigne, reconnaîtrai que si mes premiers essais ont certes laissé à désirer, j'ai bien vite maîtrisé mon sujet. De leur côté, elles assureront que l'homme qui me prendra dans ses filets sera un gros veinard. Puis l'une de mes nombreuses tantes prédira l'avenir de chacune en se fondant sur les formes apparues dans nos tasses de café bues et tenues un petit laps de temps à l'envers (ce qui, soit dit en passant, relève de l'idolâtrie selon l'islam légaliste, mais, en ce domaine comme en bien d'autres, on fait comme si la doctrine n'existait pas). Bavardages obligatoires sur le beurre en promotion, tout en mâchouillant des graines de tournesol, ou sur les problèmes que rencontrent des gens plus bêtes encore que la raie du cul d'une mule, la génération qui était, disons, à la queue à l'époque où Dieu était encore potier, et qui, de ce fait, s'est empêtrée dans toutes sortes de galères, alors que je ne ressentirai pas le besoin de m'embêter avec ces questions, d'être là pour les servir ni de savoir quoi que ce soit sur leur vie et leurs emmerdes. Or, il s'agit là du rêve érotique de Mère, ce sont les pôles autour desquels tourne la vie d'une femme.

Freek avance régulièrement que j'ai tort et que j'exagère, qu'il est sûr que mes géniteurs font tout cela pour que je m'en sorte et que, s'ils apprennent à le connaître, ils l'accepteront pour de bon. Je lui réponds par un profond soupir. Au bout de trois ans, il n'a manifestement toujours rien compris. C'est loin d'être simple, expliquer correctement les choses à quelqu'un qui voit surtout les inconvénients découlant d'une liberté débridée et qui ne connaît pas les cultures collectivistes, quelqu'un qui éprouve respect et fascination pour le conservatisme, la religion et son immense faculté à structurer les rapports sociaux. Nous avons nombre de désaccords à ce sujet ; il émet toujours des réserves quant à mes critiques. À mon sens, la vie consiste à se trouver soi-même, à être soi-même et à s'épanouir en toute liberté. Je suis une individualiste fondamentaliste, j'aspire à l'intériorité et à écouter mes propres sentiments, rien d'autre.

« Chérie, je comprends très bien d'où tu viens, mais la liberté, ce n'est pas tout non plus, crois-moi, parfois on se perd en elle, elle débouche sur bien des impasses ; si on est tenté de s'engager dans l'une de ces impasses dans un moment de faiblesse, sans être à même d'opposer une farouche résistance, on risque de sacrément se compliquer l'existence. La liberté est élitiste, il faut être capable de la dompter, sinon on tombe dans le vide, alors que le manque de liberté permet d'éviter de tels culs-de-sac puisqu'il les dérobe à notre vue. Bien vivre, de surcroît, ça passe par la communauté, la sécurité, la bonté, la sagesse et la paix. Nous, on a perdu tout ça, pas vous, je m'en suis aperçu au contact de musulmans au cours de mon adolescence. On l'a perdu et le pire, c'est que la plupart d'entre nous ne se rendent même pas compte de ce manque. La liberté favorise la solitude. Vois-tu, on n'est pas si éloignés que ça des grands singes. Or, les trois quarts d'entre eux vivent en groupe. Même s'ils sont intelligents, ils restent attachés au concept de horde. Ils ne connaissent pas l'individualisme, nous non plus d'ailleurs, il nous rend malheureux, l'homme est le seul animal qui n'accepte pas ce qu'il est par essence. On est des animaux habitués à vivre en bande, des singes, juste un peu moins poilus et doués d'un peu plus d'intelligence, on aspire à être aimés et reconnus dans ce que l'on est : un câlin, des conversations, on a besoin de regarder les autres dans les yeux. La disparition des communautés religieuses pousse les gens à se jeter dans des subcultures au sein desquelles, grâce à l'esprit de groupe, ils croient trouver un bain chaud et un but dans la vie alors que les choses peuvent tourner plus mal que dans un contexte religieux. Tel est notre schéma directeur, on ne peut pas y échapper. Tu te plains de ta culture et des choses qu'on t'impose, ça je le comprends, mais sache que l'athéisme, c'est pas forcément tout lisse. Des gens qui pourrissent pendant des décennies dans leur logement, une partie de la jeunesse qui perd le fil, des familles et des communautés en pleine dilution, une pléthore de divorces et tous les inconvénients qui en résultent, les psychiatres et les psychologues peuvent t'en parler. Au cours des soixante dernières années, on a jeté nos valeurs par-dessus bord, relativisé les vies à naître, abandonné des personnes âgées à leur sort, miné la famille. On est issus d'un paysage postmoderne dépourvu de costumes traditionnels, de folklore et d'églises. On a perdu toute cohésion. L'islam est la dernière idéologie collectiviste qui se débat contre le bordel postmoderniste, et c'est louable. Pouvoir s'épanouir pleinement en tant que femme, ce que prônent les féministes, ne correspond pas à la nécessité d'être présente pour ses enfants. Il faut les confier à autrui, mais ça ne se passe pas comme prévu. Ça se passe déjà mal lorsqu'il s'agit d'avoir des enfants ; les femmes qui croulent sous les diplômes en ont vers la quarantaine, voire plus tard, de justesse, à la dernière minute. On se tient donc en équilibre sur un filin, ce qui n'est pas sans présenter certains inconvénients, ainsi que l'a montré la science. Ne va pas te méprendre. Pour toi, notre façon de faire les choses paraît, vue de loin, comme une pleine lune qui brille dans l'obscurité, d'un bel arrondi, lisse et éclairée, mais si tu t'en approches, tu vas découvrir des cratères. L'homme fait l'expérience de la sérénité et de la sécurité lorsqu'il appartient à un groupe plus large qui aspire à la cohésion. Bien entendu, il convient d'en éviter les arêtes, les saillies anguleuses. Bien entendu, l'individualisme est important quant au développement de choses comme la science et, bien entendu, un sens exacerbé d'appartenance à un groupe sape la diversité. Mais il ne faudrait pas pousser le bouchon aussi loin qu'on l'a fait, nous qui en sommes venus à tout relativiser, y compris la pédophilie, au prétexte, eh bien, qu'il n'est pas convenable de cataloguer des gens en raison d'un comportement dont ils ne peuvent s'amender. Plutôt leur accorder une place dans nos quartiers ! Effarant, ça me donne des envies de meurtre. Pure dégénérescence et pur nihilisme.

« La rationalité, en tant que rejet radical des émotions, de la tradition, de la foi, de l'intuition et de la volonté humaine, est irrationnelle. Autrefois, les liens étaient plus riches et plus profonds ; à l'heure actuelle, on assiste à une érosion, nous sommes devenus un peuple sans âme, sans harmonie. L'esprit de lucre et le désir nous animent. Nous sommes culturellement évidés, à une grande partie de la population vieillissante répond un faible taux de natalité. Qui va porter à bout de bras l'État-providence ? Et tu sais, ma chérie, chaque être humain a besoin de personnes qui partagent les mêmes goûts et les mêmes idées, nous nous retrouvons les uns dans les autres, nous ne pouvons pas échapper à notre dimension d'animal social, voilà pourquoi la moitié des Pays-Bas est sous antidépresseurs. Les rapports que nous entretenons aujourd'hui sont de nature transactionnelle et calculatrice, à long terme cela entraîne la faillite de la société. Une nation saine possède les deux. Nous relativisons tout à l'aune de la morve, nous ne savons même plus pourquoi nous devrions nous marier ou avoir des enfants. Vous, vous avez encore une culture aux contours bien définis, l'honneur, le respect ; apprécie cela, chéris-le. Nous, notre dieu, c'est l'argent, rien de plus. »

J'ai l'impression d'entendre Carabosse. Si je ne le connaissais pas mieux, je croirais qu'il fait le paon en ayant revêtu son plumage à elle. Mettez-le derrière un rideau et donnez-lui un changeur de voix, et je jurerais que Mère est en train de caqueter ; certes, il formule ses assertions de manière plus châtiée qu'elle, l'autre différence étant qu'il s'exprime plutôt à partir d'une sorte de conservatisme culturel chrétien et Mère à partir de ses axiomes islamiques. Lui, bien sûr, une liaison amoureuse multiethnique hors mariage ne le dérange pas du tout. Avec de tels amis, on n'a pas besoin d'ennemis. Voyons, ce n'est pas parce que Mère et Freek croient au même mensonge que cela en fait une vérité. Ce parallèle me fâche. Je suis en colère et désorientée. Furibonde. Je suis sûre qu'il est animé des meilleures intentions, mais, à chaque fois, il se débrouille pour ne pas se retrouver à mes côtés dans mon combat. Dans des moments pareils, les exposés de Freek se réduisent à une bourrasque riche en oxygène qui attise le feu en moi.

Peut-être n'existe-t-il aucun fait, uniquement des expériences, des observations et des interprétations qui contredisent celles de l'autre. Dans ce type de débat, la réalité n'est peut-être pas indépendante, mais liée à la façon dont chacun la perçoit. Freek et son point de vue sur la liberté et l'individualisme m'ont souvent rappelé, dans nos conversations, le poisson de la blague de David Wallace, dans laquelle un poisson qui nage rencontre un poisson plus âgé, lequel lui demande ce qu'il pense de l'eau aujourd'hui. Le jeune poisson ne sait pas ce que c'est, l'eau.

35

Un jour de novembre, Freek est parti chercher un paquet au bureau de poste, me laissant seule avec Koos. Lui à son bureau, devant son ordinateur portable, moi sur le canapé, un livre sur les genoux. Télé allumée. Je grignotais des cacahouètes en guise de déjeuner. Une fois de plus, je m'efforçais de manger sainement. J'étais un peu malade, incommodée depuis plusieurs jours par une toux qui me démangeait et semblait s'aggraver, les glaires me sortaient des oreilles. Tousser me faisait mal.

Je ne sais pas comment c'est arrivé, mais, pendant que je mangeais et parlais en même temps, une cacahouète a atterri dans ma trachée. L'air m'a bientôt manqué. J'ai tout essayé pour stimuler ma toux. Suffoquant, j'ai commencé à agiter les bras comme un pigeon qui ne parvient pas à s'envoler. Autant d'efforts vains. Je n'émettais plus le moindre son, je n'arrivais plus à respirer ni à tousser. Coincée, prise comme un rat, c'en était fini de moi. J'ai senti ma tête s'alléger et mon visage se changer en nuancier. J'allais m'évanouir ou mourir. Ou les deux. C'est alors que les bras fermes de Koos m'ont ceinturée et qu'il m'a filé de rudes coups de poing du bas vers le haut dans l'estomac. Puis il a exercé deux violentes pressions de ses biceps sur mon ventre, éjectant ainsi la misérable coupable. Si je peux aller et venir aujourd'hui, c'est grâce à lui. (Koos, si tu lis ceci, je veux te remercier encore une fois du fond du cœur de m'avoir sauvé la vie. Je ne t'oublierai jamais et ne pourrai jamais m'acquitter de cette dette.)

Pour le remercier un tant soit peu, j'ai fait en sorte d'être la plus adorable possible. À chaque fois que j'allais voir Freek, je me chargeais d'apporter boissons et plats que son père apprécie. Quand il me demandait un petit service, je me précipitais et, quand il ne me demandait rien, je m'empressais pareillement. Quand sa femme le sollicitait pour des courses ou une tâche ménagère, je m'en chargeais à sa place même s'il m'opposait un refus. Je n'omettais jamais de faire un brin de causette avec lui, lui demandais comment ça allait, s'il ne manquait de rien, si je pouvais lui être utile à quoi que ce soit. Lors du dernier Noël, il m'a offert un bon d'achat pour le grand magasin le plus chic d'Amsterdam.

« Je t'ai mis 50 euros de plus qu'à Valentino, alors chut », m'a-t-il prévenue. J'ai dû mentir en disant que j'avais reçu 150 euros tout comme le petit copain de Tessa. Moi, étant donné qu'il avait déjà tout, je m'étais contentée de lui offrir un kit de test ADN. Il s'était montré enthousiaste lorsque j'en avais fait un quelque temps plus tôt, dont j'avais, en sa présence, partagé les résultats avec Freek. Des résultats pour le moins étonnants : 40 % de gènes grecs, 33 % de gènes juifs Mizrahim, 15,8 % de gènes asiatiques de l'Ouest, 9,2 % de gènes scandinaves et 2 % de gènes eskimo. Le pourcentage juif m'a particulièrement surprise. Je n'avais pas non plus la moindre idée concernant l'origine de cet élément scandinave. Koos a alors éclairé ma lanterne : « On était des Vikings, on pillait et on violait à tour de bras, donc il y a des chances qu'une de tes ancêtres ait été violée.

– Ha ha ! » j'ai rigolé, sans pour autant savoir quoi faire de cette information.

Quand j'ai fait part de mes résultats à mes géniteurs, ils se sont mis en colère et se sont indignés : « On est tout simplement des Turcs, a répliqué Père. Tout ça, ce sont des foutaises ! Ces entreprises mentent pour qu'on ne se sente plus turcs.

– Juif ? *Astagfirullah !* T'as perdu la boule ? Nous, on est des musulmans ! » s'est exclamée Mère, qui ignore manifestement que le vocable « juif » renvoie à une appartenance ethnique et non pas seulement religieuse.

Pendant le dîner de Noël, la grand-mère catholique de Freek a raconté qu'elle avait fait un don à une œuvre de charité. Ce que font également mes géniteurs les jours de fête religieuse. Elle a remis en main propre de l'argent à ses petits-enfants ainsi qu'à leurs partenaires respectifs, donc à moi aussi. Ce que fait également Grand-Mère lors des fêtes musulmanes. La seule différence, c'est que Freek n'est pas invité.

Six semaines après le repas de Noël, Koos a reçu les résultats. Ils étaient aussi hétérogènes que la composition du comité de direction des banques ou de tout autre secteur du pouvoir qui a son mot à dire. 100 % de gènes scandinaves, j'ai pu lire.

Le même soir du 24 décembre, chacun de nous avait dressé une liste de nos résolutions pour l'année à venir, mais, comme chaque année, celles-ci ne devaient prouver qu'une chose : notre capacité à nous bercer d'illusions.

36

C'est deux mois après Noël que Freek a commencé son stage à Amsterdam. Deux fois par semaine, je me promène dans ma ville avec lui, sans cesse sur mes gardes et le cœur battant la chamade dès que j'aperçois au loin quelqu'un qui ressemble à une de mes connaissances. À la maison, les disputes se répètent lorsque je rentre tard, mais dorénavant avec encore plus de virulence. Voici peu, Mère a découvert que je prends la pilule ; elle a tout de suite reconnu l'emballage, le même que celui qu'elle cache dans sa chambre. J'ai menti, sans la convaincre pour autant, en avançant que je la prends pour réguler mon cycle menstruel. Elle m'a avertie qu'elle demanderait au généraliste pour quelle raison elle me l'avait prescrite. Il faut dire qu'on a la même médecin : Mme Kaya, une Turque qui porte le hidjab, une sorte de copine de Mère, car leurs pères se sont connus par le passé. Elle fréquente d'ailleurs la même mosquée que Carabosse. Je sais qu'un médecin est tenu au secret professionnel, aussi je ne me fais pas trop de souci, quoiqu'on ne sache jamais dans un tel cas de figure qui réunit des Turcs entre eux. Ce qui est sûr, c'est que je ne demanderai jamais un dépistage MST à cette généraliste si jamais j'en ai besoin un jour.

La méfiance de Mère ne fait qu'augmenter. Dans l'heure, elle a mis Père au courant au sujet de la pilule en lui expliquant que je cache les plaquettes dans mes chaussettes. Sous le coup, Père est tombé à la renverse. Il n'a pas gobé une seconde l'histoire de mes règles. Halil m'a dit les avoir entendus parler la nuit suivante du fait que Père va me suivre en cachette la prochaine fois que je sortirai de bonne heure.

« Ils ne te font plus du tout confiance », a ajouté mon frère. Lui ne doute pas encore de mes explications, qu'il prend pour argent comptant. Il va de soi que je vais bientôt être démasquée. J'évolue au bord du ravin.

Il me faut choisir entre deux brandons, je ne peux pas rester plus longtemps les deux pieds dans le même sabot. Piloter une embarcation instable, ça ne peut durer éternellement, pas plus qu'éteindre en désespoir de cause des départs de feu. Il me faut quitter ces eaux houleuses, trancher le nœud gordien. Mon découragement des dernières semaines provient du désir de me délivrer. La plus intense souffrance n'est-elle pas celle que l'on redoute ? Me reste donc à éliminer mes atermoiements sans fin, eux qui affligent mon cœur et mon cerveau. Et à me préparer de façon sensée à l'inévitable. Mieux vaut que je me détache dès à présent.

Je pars. Dans l'idée de plaquer Freek cet après-midi.

Il arrive qu'on donne raison à quelqu'un qui a quêté un compliment en déployant toute sa fausse modestie. Par exemple, je laisse la victoire à Carabosse après qu'elle l'a mendiée en pavanant sa contenance victimaire et en faisant du chantage au suicide. Elle a assez d'outils en réserve pour m'imposer sa volonté. Mais ne vous méprenez pas. Si un choix donné peut sembler se confondre avec une conclusion, ce n'est en l'occurrence pas du tout le cas. Mère est vraiment malade mentalement, or la maladie vous prive de toute possibilité d'échapper à vous-même. Nous, les personnes en bonne santé, avons le devoir d'aider notre prochain en détresse, quand bien même la cause de cette détresse réside dans un comportement stupide, irréfléchi, malsain ou encore malveillant.

Je gagne l'arrêt du tram en sachant que c'est la dernière fois que j'emprunte cette rue, que j'arpente ce trottoir ; que je ne franchirai plus cette porte et que je ne reverrai peut-être jamais plus Freek. Certaines solutions sont une invitation à apprendre à vivre avec un problème. Celui qui ne dit pas adieu à temps reste abandonné à lui-même et à la solitude.

Le lendemain. Je suis dans ma chambre, après avoir passé la nuit à me tourmenter, pendant que mes doigts tapaient de longs mails qu'ils n'ont pas envoyés. Comme Freek ne fait plus partie de ma vie – j'ai fait primer la prudence sur le franc parler –, je n'ai pas reçu ce matin de message de bonjour. Non qu'il soit question d'un bon jour, cela d'autant moins que, depuis hier soir, j'ai vu toutes les heures défiler sur la pendule.

Dans trois quarts d'heure, j'ai un cours. Il faut que je me bouge. Comme un automate, je m'habille. Jambe droite dans un pantalon, jambe gauche. Remonter, boutonner. Le premier chemisier qui se présente fera l'affaire. Un bleu. Boutons. Qui, putain, n'arrêtent pas de sortir des boutonnières. Chaussettes. Puis le foulard. Bien évidemment, l'éternel foulard. Quelle couleur avec ma tenue d'aujourd'hui ? Celui d'hier, que je portais quand j'ai dit adieu à mon amour, et que mes larmes ont trempé dans le train ? Ou le rouge que je portais pour son anniversaire ? Ou le crème que j'ai ôté sur la plage pour nager avec lui ? Peut-être le noir que je portais aux obsèques de son grand-père. Ou rien du tout. Pas de foulard tout simplement. Je ne veux plus de tout ça, je n'en peux plus de tout ça.

Je pose le noir sur mes cheveux, les extrémités frôlent mes joues. Prendre une épingle et le fixer. Pas bien compliqué, je fais ça depuis des années, mais aujourd'hui ça me pèse. Pourquoi est-ce que je porte encore ce bout de tissu ? Parce qu'on me l'impose ? La même raison pour laquelle j'ai sacrifié mon amour ? Jusqu'où va mon aptitude à me tourmenter pour satisfaire les souhaits de mes oppresseurs ? Combien de temps va-t-il encore me falloir pour me libérer de ces chaînes ?

Je laisse tomber le foulard. Cette personne, ce n'est pas moi. Je suis celle-ci, celle que je regarde en ce moment dans le miroir, droit dans les yeux, sans foulard, les yeux rouges et gonflés, un nez plus rouge encore et qui coule. Sous chaque foulard se cache une femme qui ne s'accorde pas assez d'attention.

Je décide de sortir comme ça. Manteau, bottes. Grand-Mère me demande où je vais habillée comme ça.

« En classe. »

Tirer la porte d'entrée. Descendre les escaliers. Me voici dehors. Je sens le vent dans mes cheveux. Que rien ne protège. Descellés. Je vois le voisin qui me fixe. Halil est sur le balcon :

« Hé ! Et ton foulard ? »

Je ne lève pas les yeux, ça me demanderait trop d'énergie. Je me dirige vers le métro.

« Büsra ! Tu vas où ? Tes cheveux ! »

Je poursuis mon chemin, glisse mes écouteurs dans les oreilles.

Arrivée à destination, je vois Maartje à la sortie de la station. Elle ne me reconnaît pas, je fais comme si de rien n'était. Nous marchons dans la même direction, moi quelques pas derrière elle. Une fois devant la porte de la salle de classe, elle remarque le changement. Les autres aussi. De même que le prof. Ils ne savent pas quoi dire au juste. Moi non plus. Je préfère qu'ils ne fassent aucun commentaire.

À mon retour, Carabosse m'attend devant la porte. Elle m'a téléphoné vingt fois. Elle crie, hurle et me bombarde de questions. Elle a l'air désespérée, mais ça ne me touche pas le moins du monde. « J'ai décidé de ne plus porter de foulard. C'est mon choix. Voilà tout ce que j'ai à dire à ce sujet. » Je ne veux pas avoir à expliquer quoi que ce soit, je n'ai aucune explication à apporter, je m'y refuse, point barre, voilà l'unique raison, c'est suffisant, je n'ai pas à prêcher l'évangile du néant, je fais partie de ces gens qui s'opposent aux dogmes tout en gardant cela pour eux, du moins tant que les autres me font grâce des leurs – on reste ainsi en bons termes. Bien entendu, dans le cas présent, il ne peut en être ainsi. Je n'ai pas baptisé Mère « le diable en personne » pour rien. L'indifférence habite toute personne qui pense à mal, mais c'est là quelque chose dont elle est incapable.

Mon argument se heurte à une opposition féroce. Père rapplique. Halil rapplique. Defne. Grand-Mère.

Halil calme les choses et adopte une approche plus intellectuelle : « Büsra, explique-toi.

– Il n'y a rien à expliquer, comme vous pouvez le voir, dorénavant je sors les cheveux à l'air, il n'y a pas de quoi en faire toute une histoire, c'est mon choix, point final. »

Je gagne ma chambre et ferme la porte à clé. J'entends Mère fulminer et les autres garder par moments le silence, par moments faire des remarques auxquelles je ne prête pas attention. Père se demande où et quand exactement j'ai mal tourné. Ils ne cessent de frapper à ma porte en redoublant d'invectives, mais je n'ouvre pas, remets mes écouteurs et la musique à fond.

Une heure plus tard, Oncle arrive. À son tour, il frappe à ma porte. Sans doute Carabosse l'a-t-elle appelé à la rescousse, puisque c'est son *alter ego* dans ce genre d'affaires. Aujourd'hui, en présence d'Oncle, hors de question que je mette un hidjab, je l'ai jeté pour de bon aux orties. Oncle est en colère. Furieux. Il me demande, le regard pénétrant, si je n'ai pas honte, si je ne crains pas Dieu, si j'ai fréquenté l'école coranique pendant toutes ces années pour des prunes, si je n'ai aucun respect pour les sentiments et les souhaits de mes géniteurs, de ma propre mère, pourquoi je suis ingrate à ce point, pourquoi je salis mon nid, et pourquoi je m'acharne à détruire la vie de Mère et à lui donner une hémiplégie. Il la montre du doigt.

« Regarde ! m'intime-t-il. Regarde ce que tu as fait d'elle ! T'es fière ? »

Il pose sa question, des flammes dans les yeux. C'est la énième fois que je regarde quelqu'un dans les yeux en me disant qu'on opère beaucoup trop de coupes budgétaires dans les services de santé mentale.

Je trouve curieux de voir combien les gens peuvent s'emporter pour un putain de chiffon.

« Et pourquoi t'as ramené du poulet haram dans le frigo ? Tu manges comme les infidèles, maintenant, en plus de t'habiller, de parler et de te comporter comme tu le fais devant moi ? »

Les questions se font plus incisives, plus sonores. J'ai les genoux qui flageolent, la chair de poule me parcourt le corps, même si je m'y oppose, car je n'ai pas peur du tout, ils ne peuvent rien me faire. Mon corps ne réagit donc pas en conformité avec ce que je ressens au fond de moi. Refusant de regarder Mère, de répliquer quoi que ce soit à Oncle, je garde le silence, détourne les yeux. Les pose d'abord sur le sol, puis autour de moi, de nouveau sur lui, un regard fixe et indifférent, comme quand on veut voir de quel côté vient le vent, parce que je n'ai vraiment aucune idée de ce qui va se passer et que je suis en réalité quelque peu curieuse d'assister à la suite. Après tout, on ne vit réellement qu'à partir du moment où on affronte la force de la tempête, en refusant obstinément de se mettre à l'abri.

Oncle attrape en tenaille mon menton et tourne ma tête vers Mère. Ça me fait un peu peur.

« Regarde ce que tu as fait de ta mère, tu détruis sa vie ! C'est comme ça que tu la remercies ? »

Carabosse pleure et fait pâle figure. Le défaitisme a un visage. Son rêve – me voir malgré tout devenir une fille avec laquelle elle pourrait s'entendre – vient de s'éteindre comme une bougie sous le coup d'un courant d'air. Impitoyables, les vulnérables ! Vulnérables, les impitoyables !

« Je vis ma propre vie, cela ne vous regarde pas, je n'ai rien fait de mal. Elle doit juste apprendre à respecter mes choix », j'arrive à dire.

Postillons et insultes me giflent. *Deus vult*. Dogmes et axiomes ne se laissent pas tordre sans conséquences. Après tout, les principes moraux n'ont de valeur que s'ils subsistent dans les situations les plus extrêmes.

« Tu perds rien pour attendre ! s'écrie Mère. Je vais te couper les cheveux dans ton sommeil, tu seras bien obligée d'en porter un, de foulard ! »

Elle ne peut avaler la disparition du hidjab, c'est une sacrée saignée, elle va se casser les dents là-dessus pendant des semaines et des mois. En l'espèce, je suis en présence d'une rancœur bon marché dont je ne peux pas faire grand-chose. Le désir de rester au pouvoir cause la chute de bien des tyrans. Ou d'idées tyranniques. Nos refus et notre désapprobation revigorent constamment la créativité du mal.

De là ma décision de réduire en cendres ma famille dans ces pages. Mais il convient de ne pas confondre vengeance et résistance.

Mère n'a aucune raison de se plaindre. Elle a choisi d'avoir un enfant, lequel aurait certes pu se révéler un reflet impitoyable de son comportement. La génétique permet de fuir ses responsabilités d'une manière scientifiquement fondée, ce sur quoi je me repose volontiers. De même que ma conviction de pouvoir la changer est restée assez inébranlable au fil des ans, de même la sienne à mon sujet.

L'ère de faire copain-copain est à jamais derrière nous. J'ai ouvert une bouteille de Coca dans laquelle j'ai plongé un Mentos. C'est la guerre parce que moi, qui ai vu la lumière, je ne peux plus être forcée à demeurer dans l'obscurité. Une réconciliation est-elle encore possible ? Et, si oui, est-ce que j'y aspire ? La réconciliation n'est-elle pas autre chose que la reconnaissance par l'un et par l'autre de la même incapacité à remporter la victoire ? Le paradoxe n'est-il pas le principe du compromis ?

Plus tard dans la journée, Mère téléphone à des membres de la famille pour leur faire part de ce qui se passe. Une tante raconte que son imam lui a dit que j'étais peut-être possédée, que ce n'est peut-être pas moi qui agis de la sorte, que je suis téléguidée par un mauvais esprit ; le problème pourrait être résolu à condition que je suive quelques séances de guérison. À cela viendraient s'ajouter l'écoute, des heures durant, de récitations coraniques, l'application d'huiles saintes sur ma peau et l'absorption d'eau sacrée. Poussé à bout, le mauvais esprit finirait de lui-même par sortir de mon corps.

Cette même nuit, je me rendors assez tard à cause d'un cauchemar dans lequel j'ai vu Mère me couper les cheveux. Folle comme elle est, elle en est capable, même si je pense qu'il y a peu de chances qu'elle passe à l'acte, car elle me croit probablement possédée à mon insu.

Je me sens mal, désespérée au plus haut point, je me pose une multitude de questions. Toutefois, il y a en moi une étincelle d'espoir que je me cache à moi-même. L'espoir et l'espérance ne sont-ils pas les ingrédients indispensables d'une vie délectable en même temps que l'ADN du progrès ?

Au cauchemar succède un rêve. Dieu me parle. Un moyen éprouvé par lequel le Seigneur prouve Son existence à Ses mortels.

« Pourquoi ne Me cherches-tu pas, mon enfant ? me demande-t-Il.

– Je ne Te connais plus, je T'ai abandonné. Tout au plus, je connais encore les limites de mon incrédulité, qui m'habite depuis que j'ai vu un paratonnerre sur le toit de la mosquée. Or, il m'est désormais impossible de franchir celles-ci.

– Tu n'as pourtant rien à perdre en continuant de croire en Moi ?

– J'estime qu'une vie consacrée à la foi est une vie gâchée, je lui rétorque.

– Pour ma part, tu peux vivre comme tu l'entends, dans la mesure où tu continues à croire.

– Vos disciples ici-bas disent le contraire.

– Mais c'est Moi le patron. Laisse-les babiller. Le diable est plus fier de ceux qui se considèrent pieux que des incroyants. Ma religion, c'est comme la France, dont on dit que c'est un pays magnifique, dommage simplement qu'il soit habité par des Français. Tu as la foi même si tu te convaincs du contraire. Sinon, nous n'aurions pas cette conversation. Ne pas vivre selon la couleur de son âme et de son désir colore peu à peu celle-ci de noir. Continue à y croire. Et sois heureuse. Fixer ses propres règles morales, vivre selon elles et mourir en tant que citoyen respecté, voilà ce qui est bon, le véritable art de vivre, m'explique-t-Il.

– Mais qu'en est-il des préceptes ? je Lui demande, étonnée.

– La force de la vraie morale, Mon enfant, réside dans l'espace qu'elle offre à la responsabilité de l'individu.

– Je vais vivre. »

Le désenchantement fait des merveilles. L'abîme béant entre moi et mes proches m'est désormais précieux. Dieu m'a donné Sa bénédiction. Plus rien ne peut m'atteindre.

Adieu

J'ai essayé
De composer un poème
Mais n'ayant pas trouvé
Les mots justes
Pour cerner mes sentiments
Les traduire dans une langue
J'ai pris conscience
Que les trouver aurait
Réduit de beaucoup ma peine

Ce qu'on exprime en peu de mots
Peut être le fruit d'une longue
Et ample réflexion
Cet ineffable faisceau de sentiments
Est la source de ce travail

C'est bizarre
Que l'on puisse sentir pour de bon cela
Dans son cœur
Et dans son estomac
Un moignon rougeoyant
Un nœud intolérable

On dit que le temps guérit
Mais je sais à présent
Que c'est là un mensonge
L'inconvénient d'avoir une bonne mémoire
C'est d'être exposé plus d'une fois
À des souffrances causées par les mêmes choses
Ma vie a continué
Jour après jour
Un mois, puis un autre mois
Année après année
La douleur a vieilli
Sans faiblir

On est à présent
Des étrangers l'un pour l'autre
On a tellement parlé
Puis du jour au lendemain
Plus du tout
Car si j'aime la pluie
Je ne voulais pas courir après la tempête
Car tout être sensé
Essaie de s'épargner les peines

Bien que tout
Ait dorénavant changé
Certaines choses
Sont restées telles quelles
Malgré ce monde fou
Et tous ceux qui le composent
Je t'aime
J'espère pour toi
Que l'être suivant
Dont tu t'éprendras
Fera plus que simplement
Accroître ton espoir

Cet être viendra
À moins qu'il ne soit déjà là
Car en fin de compte nous les humains
Nous choyons le désir
Et non ce qui est désiré

Parfois
Se séparer
Est le seul moyen
D'aimer l'autre

L'idée de savoir
Ce qui aurait pu advenir de nous
M'a impitoyablement hantée
Alors que je fuyais
Mais il n'y avait pas de refuge
Pour une aussi grande flamme
Si omniprésente
Si engageante
Et dévorante

Par conséquent
J'ai enterré
Vivants mes sentiments
Sans plus leur rendre visite
Ni les arroser
Après tout
Plus on ressent intensément
Plus on souffre
L'amour crée des obligations
Un désir ardent
Ce n'est chose
À laquelle aspirer de tout son être
Et tout être sensé
Essaie de s'épargner les peines

Je t'ai donné plus d'amour
Que je n'en avais en réserve
J'écris sur toi
Parce que c'est la seule façon
De te conserver
Et te rendre tangible

Je te verrai
Quand je te vois
Que ce soit dans la prochaine vie
Ou celle d'après

Tu es une grande concession
Que j'ai faite
Et qui me remplit
Encore aujourd'hui
De mélancolie
Et de spleen

Ma peine d'amour
M'a guérie
De l'amour exalté
Tout comme les pieux
M'ont guérie
De la piété
Les amis et la famille
Eux m'ont guérie
De l'amitié
Et des liens de parenté
Quant à la mort de Grand-Mère
Au calvaire que le cancer
Lui a fait endurer
Ils m'ont guérie
Du travers de prendre la vie
Trop au sérieux

Et d'accorder chaque jour
De la valeur à des choses
Qui ne vont pas de soi
Faire le tri dans ses affaires
Après ses funérailles
M'a guérie de l'envie
De posséder quoi que ce soit
Puisque celle-ci n'est rien de plus
Qu'une résistance à la déchéance
À la temporalité
À la mort
Rien ne nous rapproche plus de nous-même
Que le plus profond chagrin

J'ai appris
À réprimer mes pulsions
À aimer le banal
Et suis devenue
Un gourmet
De l'existence
Car la sagesse
Mate joie et peine
Les soucis des hommes
Sont d'une plus riche variété
Que ceux du reste
De tout le règne animal

Les humeurs maussades
Des êtres enjoués proviennent
Tout comme leur joie de vivre
De leur incapacité
À trouver équilibre et harmonie

La résignation
C'est tout ce qu'on peut acheter
En échange des espoirs envolés

Fi de tous ceux
Qui ne veulent voir
Que le verre à moitié plein
Afin de se persuader
Qu'ils n'ont pas
À le remplir

Je refuse
De rallier
L'armée des radicaux
Des dépourvus d'esprit critique
Des croyants rigides

Le meilleur moyen
De se revancher
Consiste à faire
Ce qu'ils ne digèrent pas
Se distinguer d'eux
Par ces mots je me
Venge
Car les potentats
Ont tendance
À sous-estimer
Leur prochain

Cela bien que ce ne soit pas raisonnable
Car qui aspire au confort et à la tranquillité
Doit le plus possible s'abstenir d'actes de résistance
Et tout être sensé
Essaie de s'épargner les peines

Un bon sommeil
Nécessite après tout la paix
La bénédiction de Dieu
Et celle des voisins

Et tout être sensé
Essaie de s'épargner les peines

Je n'ai pas moins opté
Pour une vertu précieuse
Appelée sincérité
Alors même que la duplicité
Est un remède éprouvé
De gagner la confiance

Après quoi je finirai
Sans famille
À cause de mon refus
De l'hypocrisie
De la médiocrité
Un remède éprouvé
Contre la solitude

Quand j'ai regardé en arrière
J'ai vu où j'avais marché
Mais en réalité
J'avais surtout rampé
Et quiconque rampe
Développe un lien étroit
Avec l'endroit où il va

Comme l'a dit Victor Hugo
Chaque village connaît un enseignant
Qui éclaire le tout
Et un pape
Qui éteint cette lumière
Que se passerait-il s'il y avait
Plus de professeurs que de papes ?

La lâcheté est souvent
Une faiblesse de caractère
Qui prolonge la vie

Or la valeur
D'une vie n'est-elle
Pas déterminée
Par le degré de souffrance
Qu'elle est capable
D'endurer ?

Peut-être la grandeur
De mon existence réside-t-elle
Dans la reconnaissance
Du tragique
Auquel j'ai aspiré
Vers l'impossible

Peut-être l'optimiste
Est-il un défaitiste
En devenir
Peut-être pas

Restons fidèle à notre capacité de trahir sans pitié tout ce qui est faux.

À suivre (sans doute).

Composition réalisée par Belle Page

Cet ouvrage a été imprimé en France par
CPI Brodard & Taupin
Avenue Rhin et Danube
72200 La Flèche (France)

pour le compte des Éditions Fayard
en mai 2023

PAPIER CERTIFIÉ

fayard s'engage pour l'environnement en réduisant l'empreinte carbone de ses livres.
Celle de cet exemplaire est de :
750 g éq. CO_2
Rendez-vous sur
www.fayard-durable.fr

N° d'édition : 89-1542-3/01 - N° d'impression : 3053281